Janne Schmidt

Wir bleiben, wenn wir gehen

Janne Schmidt

Wir bleiben, wenn wir gehen

FSC
www.fsc.org
MIX
Papier aus verantwortungsvollen Quellen
Paper from responsible sources
FSC® C105338

1. Auflage

Deutsche Erstausgabe November 2018

Umschlaggestaltung & Buchsatz: Laura Newman
- design.lauranewman.de -

Lektorat: Julia Feldbaum
Korrektorat: Michaela Retetzki

Impressum
Janne Schmidt
Ackerstraße 2
27607 Geestland

Herstellung und Verlag: BoD – Books on Demand, Norderstedt.
ISBN: 978-3748199106

(6·8)/48

Ich stopfe meine zur Faust geballten Hände noch tiefer in die Taschen meiner dunkelgrünen Sweatshirt-Jacke. Ganz unten haben sich Krümel gesammelt, die auch beim Waschen nicht weggehen. Außerdem ist der Stoff schon ganz dünn – kurz davor einzureißen –, weil ich diese Haltung so oft einnehme.

Entschlossen weiche ich meinen Mitschülern aus, die alle, durch das Klingeln zum Ende der Pause aufgehetzt, zu ihren Klassenräumen hasten. Auch ich beeile mich. Aber nicht, weil ich zum Unterricht will.

Ich ziehe mir die Kapuze tiefer in die Stirn, um nicht gesehen zu werden, nicht aufzufallen. Ich will einfach in der Menge untergehen, so tun, als würde ich hier hingehören – in den engen, an den Seiten von blaugrünen Spinden gesäumten Schulflur, zwischen all diese lachenden, ekelig frohen Jugendlichen, zu denen ich versuche, Abstand zu halten.

Eine große Last fällt von mir ab, als ich durch die Eingangstür trete, hinaus auf den Schulhof und an der Gebäudewand entlang bis zu der kleinen, mit Graffiti beschmierten Ecke neben den Müllcontainern.

Ich bin allein. Selbst die üblichen Verdächtigen sitzen heute wohl offenbar einmal brav im Unterricht. Es stört mich nicht. Ganz und gar nicht. Hastig fingere ich nach einer Kippe, klemme sie mir fest zwischen die Lippen und schütze sie mit der einen Hand vor eventuell aufkommenden Luftzügen, während ich mit der anderen versuche, ein Feuerzeug anzubekommen. Schließlich brennt sie, ich nehme einen tiefen Zug und behalte den Rauch möglichst lange in der Lunge, bevor ich ihn wieder entweichen lasse. Dann noch einen. Noch mal und noch mal, wie ein Ritual. Zitternde Finger, hektische Atemzüge und ein unregelmäßiger Herzschlag.

Ich weiß nicht, wieso ich so austicke. Das ist eigentlich nicht meine Art.

Alles spult sich noch mal in meinem Kopf ab, immer und immer wieder, während ich mich an die Wand lehne und verzweifelt den Rauch in meine Lungen strömen lasse.

Johanna Mason kommt näher und näher, ihre lästigen Fragen bereits auf den Lippen.

»Also, zu Rose, sie …«

»Nein«, falle ich ihr ins Wort, wobei ich es nicht einmal für nötig halte, sie anzugucken.

Doch Johanna gibt keine Ruhe. »Willst du denn gar nicht wissen, worum es geht?«, fragt sie, worauf ich erneut verneine. Leider gehört Johanna Mason zu den Menschen, die es nicht gewohnt sind, eine Abfuhr zu bekommen. Also redet sie unbekümmert weiter auf mich ein. »Na ja, ich, also wir alle, wir dachten uns, da Rose ja nun nicht mehr zur Abschlussfeier kommen kann, wäre es doch ganz schön, wenn du uns vielleicht ein paar Sachen von ihr geben könntest. Kinderfotos oder so. Wir wollen nämlich so eine Art Rückblick machen, also von uns allen, und da wäre es doch schade, wenn Rose fehlt.«

»Ja, wirklich schade«, antworte ich tonlos. »Aber nein. Schaut doch mal in alten Schülerzeitungen nach, da gibt es sicher genug.«

Ich drehe mich um und will zu meiner nächsten Stunde gehen, einfach wieder nicht beachtet werden – so wie sonst auch. Aber Johanna hat nicht vor, sich so einfach abspeisen zu lassen und bringt das eine Argument, das ich mehr als alles andere hasse.

»Rose hätte es so gewollt. Sie hatte sogar die Idee zu diesem Rückblick.«

Ich seufze. »Okay, ich bring dir Montag was mit. Aber dann ist es auch gut, ja?«

Ich hoffe, dass ich genug Autorität ausstrahle, damit sie mich endlich in Ruhe lässt – aber seien wir doch mal ehrlich, wann habe ich das je getan?

Johanna Mason murmelt noch etwas, und vermutlich lächelt sie dabei, aber ich bekomme nichts von alldem mit, denn Blut rauscht in meinen Ohren und mein Herz beginnt, wild gegen meine Rippen zu hämmern.

Ich werde in Roses Zimmer gehen müssen.

Roses Zimmer. Wo all ihr Kram ist und ihr Geruch und einfach so viel von ihr.

Und so bin ich hierher geraten. In die Kifferecke, obwohl ich sie hasse und obwohl ich schon so lange aufhören will.

Ich bin Gelegenheits- und Stressraucherin. Meine Klamotten riechen nicht nach Tabak und meine Fingernägel sind nicht gelb.

Ich weiß, dass viele Leute in der Schule denken, ich wäre die meiste Zeit zugedröhnt. Was ein weiterer Grund für mich ist, die Kifferecke eigentlich zu meiden. Denn auch wenn es mir egal ist, was sie über mich denken, so nervt es mich doch, wenn einige Übereifrige unter ihnen – so Typen wie Johanna Mason – meinen, sie müssten gegenüber meinen Lehrern irgendwelche Bedenken über meinen *nicht vorhandenen* Drogenkonsum äußern.

Meine Augenringe, die hageren Gliedmaßen und die eingefallenen Wangenknochen, die dünnen, fettigen Haare und das permanente Desinteresse an meinen Mitschülern – all das deutet für sie darauf hin, dass ich ein waschechter Junkie bin. Keiner von ihnen kommt drauf, dass ich vielleicht einfach nicht schlafen kann. Dass ich keinen Bissen herunterbekomme, ohne dass mir speiübel wird. Dass meine Haare echt mein letztes Problem sind und dass mich meine Mitschüler noch nie interessiert haben.

Vielleicht wollen sie das auch gern glauben. Vielleicht ist es so einfacher für sie.

Ich kann es ihnen nicht einmal verübeln.

Plötzlich muss ich husten, weil ich zu tief inhaliert habe. Seufzend betrachte ich den kleinen, kümmerlichen Zigarettenstummel zwischen meinen Fingern und werfe ihn dann auf den Boden, um ihn dort mit meiner Schuhsohle auszutreten.

»Sage?«, höre ich jemand rufen. »Hey, Sage!«

Einen Moment lang überlege ich, so zu tun, als hätte ich nichts mitbekommen. Vielleicht, wenn ich mich nur dicht genug an die raue Backsteinmauer hinter mir presse und nur lange genug die Augen schließe … vielleicht geht die Person dann einfach weg.

Aber ich bin keine Träumerin und ich weiß, dass die meisten Menschen ein gestörtes Verhältnis zu Nähe und Distanz haben, sodass meine Ignoranz das Interesse dieser Person nur noch mehr anstacheln wird. Also warte ich einfach, bis sie näher kommt und ich nur an der

Stimme erkennen kann, wer es ist. Noch möchte ich meinen Blick nicht von der Ferne losreißen.

»Dich hab ich ja schon lange nicht mehr hier gesehen!«

Eine Feststellung.

Robbie. Ebenfalls eine Feststellung, aber diesmal von mir.

»Ich dachte, du rauchst nicht mehr«, meint er.

Ich grinse, den Blick immer noch so fest auf den Parkplatz der Schule und die dahinter liegende Straße gerichtet, dass alles langsam beginnt, vor meinen Augen zu verschwimmen. Einen Moment spiele ich mit dem Gedanken, mir noch eine Kippe anzustecken, aber »für mal so eben« sind sie mir zu teuer.

Klar, ich kellnere abends in diesem Nobelrestaurant im Stadtzentrum und verdiene mir so ein wenig Geld. Aber für Kippen ausgeben? Die ich sowieso nur verbrenne? Ich muss mich jedes Mal überwinden – eine Packung hält bei mir ziemlich lange.

»Ich versuche, damit aufzuhören«, erkläre ich und werfe einen Seitenblick in die vage Richtung des Bodens, auf dem er steht. »Ist 'ne ziemlich schlechte Angewohnheit.«

Zumindest in der Schule bemühe ich mich normalerweise, mir keine anzustecken. Seit der Sache mit Rose sind sie auf mich aufmerksam geworden. Haben mich – die kleine, eigentlich unauffällige Schwester – beobachtet.

Im Gegensatz zu Rose kann ich Aufmerksamkeit nur bis zu einem gewissen Grad etwas abgewinnen. Am liebsten bin ich allein, unsichtbar. Der einzige Mensch, auf den man sich zu hundert Prozent verlassen kann, ist und bleibt man selbst.

»Samstag ist die Beerdigung genau ein Jahr her, oder?«

Ich nicke, weiß nicht, ob Robbie mich hört, und lasse deswegen noch einmal ein »Ja« so sanft zwischen meinen Lippen hervorströmen, als wäre es der Rauch der Zigarette, die ich dort gern spüren würde.

Aus dem Augenwinkel bemerke ich, wie sein Feuerzeug aufflackert und ein paar Sekunden später steigt mir der intensive, ein wenig süßliche Geruch eines Joints in die Nase.

»Willst du?«, fragt Robbie und hält mir seine nachlässig gewickelte Tüte vors Gesicht.

Ich kneife die Augen zusammen und verneine. »Wollte ich das denn jemals?«

Er kichert neben mir. Ein heiseres, heimeliges Geräusch.

Ich spüre dieses vertraute Ziehen in der Magengrube. Das, was man hat, wenn man Fotos von früher ansieht und sich fragt, warum die lächelnden Gesichter der Menschen, die man so sehr liebt, ihr Strahlen verloren haben. Wenn man an die Zukunft denkt, die man hätte haben können, und an den Mist, den man tatsächlich bekommen hat.

Jetzt hat er die Beerdigung erwähnt und damit dafür gesorgt, dass mein Herzschlag sich schon wieder schmerzhaft beschleunigt. Es gibt vieles, woran ich nicht denken will, aber am wenigsten an den Tag, an dem der tote Körper meiner Schwester für immer ganz tief unter der Erde vergraben wurde. Genauer gesagt ungefähr zwei Meter tief. Zwei Meter, die ihren Tod so endgültig machen, aber dennoch niemals genug Abstand zwischen mich und die Gedanken an sie bringen können.

Als sie an einem Montag vor dreizehn Monaten, an meinem siebzehnten Geburtstag, verschwunden ist, habe ich lange daran geglaubt, dass sie sich einfach nach irgendwo abgesetzt hat. Die ganze Zeit in ihrem gelben Bikini am Strand lag und aus einer von ihren frisch manikürten Händen gehaltenen Kokosnuss getrunken hat. Einen pinken Strohhalm zwischen den Lippen balancierend und die Zehen im warmen Sand vergraben. Als alle die Hoffnung aufgegeben hatten, sie lebendig zu finden, habe ich fest daran geglaubt, dass sie jeden Moment mit einer neuen Abenteuergeschichte, die bereit war, erzählt zu werden, durch die Haustür marschieren würde. Ihr Verschwinden mit einer lässigen Handbewegung abtun würde, in den Augen dieses Funkeln, das von Abenteuern erzählt, die ich wohl nie erleben werde.

Selbst als sie ihren Körper gefunden hatten, habe ich daran festgehalten, dass es irgendwer anders sein musste. Nicht Rose.

Ich habe einfach nicht wahrhaben wollen, dass sie tatsächlich tot ist, auch als längst alles dafürsprach. Nicht Rose.

Nachdem sie verschwunden war, sind alle total durchgedreht. Erst ein bisschen, dann immer mehr. Aber ich bin ruhig geblieben. Ich war mir sicher: Das ist nur wieder eines von Roses Abenteuern. Es war nicht das erste Verschwinden. Aber das erste Mal, dass es auch nach zwei Wochen noch kein Lebenszeichen von ihr gab. Und nach drei dann immer noch nicht …

Müsste man so etwas als Schwester nicht eigentlich spüren? Den Moment, in dem sie aufhört zu leben? Die Sekunde, in der sie ihren letzten Atemzug nimmt – wie ein Stich ins Herz, ein Moment, in dem kurz alles stehen bleibt? Aber ich habe nichts gemerkt und fühle auch heute nichts. Wenn überhaupt, dann spüre ich bloß Unwirklichkeit und eine Leere, die mit jedem Tag größer wird.

Rose kann nicht tot sein. Nicht meine strahlende, schillernde, lebendige Schwester. Nicht die einzige Person in diesem verödeten Vorort, die mehr tut – tat –, als nur vor sich hin zu vegetieren.

Es fühlt sich eigenartig an, Robbie so dicht neben mir zu spüren. Eine quälende Mischung aus fremd und vertraut. Ich kann mich immer noch nicht dazu bringen, ihn anzusehen. Er ist einer der wenigen Menschen, mit denen ich eigentlich ganz gern zusammen bin. Robbie raucht wie ein Schlot und ist Fan von großen, über alle Maßen dramatischen Worten; zumindest ab und zu und wenn ihm gerade der Sinn danach steht.

Es ist nur so, dass ich im Gegensatz zu Robbie nicht vergessen kann, was damals passiert ist. Ihm nicht in die Augen sehen kann, weil mich dann alles wieder überrollt.

Ich möchte ja nicht einmal daran *denken*. Das Problem ist, er erinnert mich daran.

Und deshalb löse ich mich von der Wand, strecke die Arme kurz aus, bis die Gelenke knacken, und vergrabe dann die Hände wieder in den Taschen meiner Jacke.

»Ich schätze, ich sollte wieder in den Unterricht gehen«, meine ich. »Ich möchte dem Typen, der bis jetzt die meisten Fehlstunden aller Zeiten an dieser Schule hat, seinen Rekord nicht streitig machen.«

»Der Kerl ist eine Legende«, flüstert Robbie hinter mir.

»Eigenlob stinkt.«

Ich habe mich schon ziemlich weit entfernt, da höre ich ihn leise reden, fast schon flüstern. »Sage? Wenn etwas ist, wenn du reden möchtest – komm vorbei.«

Ich nicke, keine Ahnung, ob er es sieht; keine Ahnung, ob er weiß, dass das niemals passieren wird. Dann gehe ich wieder in das Hauptgebäude und verlasse den besten Freund, den ich je hatte, ein weiteres Mal, weil ich seine Nähe nicht mehr ertragen kann.

$2^{4}/8$

Ich schlage ein paar Mal mit den Fingerknöcheln gegen die Tür zu meiner Englischklasse und trete dann ein, ohne auf ein »Herein!« zu warten. Den Blick halte ich gesenkt und meine Hände haben es sich wieder an ihrem üblichen Platz gemütlich gemacht, wo sie auch verweilen, während ich mich auf meinen Stuhl in der letzten Reihe am Fenster, etwas abseits von meinen Mitschülern, fallen lasse.

»Miss Cavendar?«, ruft mein Englischlehrer streng. Er ist ein unglaublich junger Kerl, gerade mal mit dem Grundstudium fertig und erst seit diesem Jahr an unserer Schule. Ich habe absolut keine Idee, wie er heißt. Ich schätze, ich habe in Gedanken versunken aus dem Fenster geguckt, als er sich dem Kurs vorgestellt hat – oder ich habe geschwänzt.

Ich tue so, als würde ich ihn nicht hören, schaue einfach weiter nach draußen. Vielleicht vergisst er mich dann ja. Als er zum zweiten Mal meinen Namen sagt, strenger, lege ich die Hände auf den Tisch und starre auf meine nervös herumtippelnden Finger. »Ja?«

In solchen Momenten wünsche ich mir zu wissen, wie er heißt.

»Warum sind Sie zu spät?«

»Ist doch egal.«

»Ist es nicht. Sie stören meinen Unterricht, wenn Sie mittendrin reinplatzen.«

»Ich bin nicht ›mittendrin reingeplatzt‹.«

»Wie bitte?«, fragt er, und ich beiße mir auf die Lippe.

Ich habe das Gefühl, zu weit gegangen zu sein. Die Stille im Raum und das ungenierte Gaffen meiner Mitschüler sind Bestätigung genug. Ich bin mir sicher, dass sie in der Pause reden werden, und ich kann es ihnen nicht mal verdenken. Immerhin kann ich mich ja nicht einmal selbst daran erinnern, wann ich im Unterricht zuletzt etwas gesagt habe. Aber ich kann auch nicht einfach aufhören, nicht jetzt so mitten im Satz. Auch wenn ich es gern tun würde und es vermutlich das Beste wäre, ich kann mich nicht einfach so ergeben. Das konnte ich noch nie.

Ich werfe einen Blick auf die große Digitaluhr über der Tafel, die mir das, was ich eigentlich schon von vornherein wusste, bestätigt.

Dann seufze ich betont gelangweilt. »Ich bin nicht mittendrin reingeplatzt. Eine Stunde dauert fünfundfünfzig Minuten. Mittendrin, wie Sie es genannt haben, wäre es gewesen, wenn ich nach siebenundzwanzig Komma fünf Minuten hier aufgekreuzt wäre. Bin ich aber nicht, es waren nicht mal zehn.« Ich zucke mit den Schultern und sehe wieder auf meine Finger, die ich nach wie vor hektisch bewege.

Als wäre ich ein verrückter Pianist, der die irre Melodie, die ihm seit Tagen im Kopf herumschwirrt, endlich rauslässt – was für ihn wohltuend und befreiend ist, während alle anderen sich vor Schmerzen die Ohren zuhalten. Allerdings kann ich kein Klavier spielen, im Gegensatz zu Rose, die seit ihrem vierten Lebensjahr zur Musikschule ging. Gezwungenermaßen war ich auch ein paarmal dort und habe mich in einen kleinen, ekelig gelb gestrichenen Raum gehockt. Mir gegenüber saß eine Frau mittleren Alters mit langen grau gesträhnten Zöpfen, die versucht hatte, mir Gitarre spielen beizubringen. Aber irgendwie war Musik immer Roses Sache gewesen und um ehrlich zu sein, war sie auch um einiges begabter als ich. Also habe ich wieder aufgehört.

»Warten Sie bitte am Ende der Stunde noch kurz«, meint er und macht einfach mit dem Unterrichtsstoff weiter, ohne auf meine Reaktion zu achten.

Ich seufze stumm. Vermutlich will er mir Nachsitzen oder so etwas aufbrummen. Selbst die Aussicht aus dem Fenster ist interessanter als das Geschehen im Unterricht. Und das will schon etwas heißen.

Von hier aus habe ich einen guten Blick auf den Schulhof oder zumindest auf einen kleinen Teil davon. Dort steht ein winziger, kümmerlicher Eichenbaum, hinter dem die Jungs früher versucht haben, die Mädchen zu küssen. Daneben ist ein halb verrostetes Schaukelgestell, an dem nur noch eine Sitzgelegenheit hängt – und auch die nur noch mit Ach und Krach. Der Rasen hingegen ist frisch gemäht und strahlend grün, seit wir einen neuen Hausmeister haben.

Ich bin froh, wenn ich endlich mit der Schule fertig bin, auch wenn ich noch nicht weiß, was ich danach machen werde. Hauptsache raus.

Am Ende der Stunde warte ich auf meinem Platz, bis alle meine Mitschüler den Raum verlassen haben. Am Rande bekomme ich mit, wie der Lehrer ihnen die Klausuren von letzter Woche austeilt, zusammen mit knappen Kommentaren. Ich wünsche mir, ich hätte irgendwelche Sachen auf den Tisch gepackt, die ich jetzt ganz langsam wieder einräumen könnte, um eine Beschäftigung zu haben. Aber Tatsache ist, dass in meiner Schultasche nur ein Kugelschreiber, ein Füller und ein paar Tintenpatronen, der Großteil davon leer, sind, und ein vollgekritzelter Block, den ich sowieso niemals auf einen Tisch legen werde, wenn andere Leute im Raum sind. Es stehen einfach zu viele private Dinge darin. Gedankenfetzen, Satzsplitter – Wortfetzen, die ich loswerden muss, weil mein Kopf sonst platzt.

Schließlich stehe ich auf und gehe langsam auf das Lehrerpult zu, setze mich kurz davor auf eine Tischplatte. Ich gestatte mir einen Blick auf den Englischlehrer. Er lehnt noch an der Tür, einen Arm am Rahmen entlang nach oben ausgestreckt. Diese Geste unterstreicht, wie groß er ist. Er trägt die üblichen Klamotten, die junge Lehrer tragen, wenn sie Autorität ausstrahlen wollen, aber in Wahrheit einfach zu viele alte Schwarz-Weiß-Filme gesehen haben: Sakko und eine dunkle Hose. Ich vermute, darunter trägt er noch ein Hemd, wahrscheinlich sogar mit Krawatte. Das kann ich allerdings nicht klar sagen, weil ich ihn nur von hinten betrachte und den Blick rasch wieder senke, als er sich umdreht.

Ich höre, wie er die Tür mit einem Klacken schließt.

»Das ist ein Gespräch unter uns beiden. Das ist mir sehr wichtig, deshalb habe ich darauf geachtet, dass deine Mitschüler alle weit weggegangen sind.«

Ich verdrehe die Augen, eigentlich will ich nur schnell zu meinem nächsten Kurs, damit ich dort nicht auch noch für mein Zuspätkommen gerügt werde.

»Also ich habe nichts zu verbergen. Was gibt es denn? Und können wir uns bitte etwas beeilen? Falls ein Vortrag übers Zuspätkommen zu einer weiteren Verspätung führen würde, fänden wir uns nämlich in einer moralisch höchst fragwürdigen Situation wieder …«

»Sage?«, sagt er. *Fragt er.* Ich bin mir da nie sicher, wenn Leute einfach so meinen Namen aussprechen. Glücklicherweise redet er unbeirrt weiter. »So viel habe ich dich in diesem ganzen Schuljahr, in dem ich dich jetzt unterrichte, noch nie am Stück reden hören.«

Ich zucke mit den Schultern – kann er sich ja einrahmen oder in seinem Kalender markieren. Dann fällt mir auf, dass er mich auf einmal duzt. Er ist dieser typische motivierte, moderne Pädagoge, der denkt, er könnte noch wirklich was bewegen. Der meint, dass er einen Draht zu seinen Schülern hat und der sich hip genug fühlt, sie zu duzen, wenn er allein mit ihnen ist. Der große Weltverbesserer, der weiß, was ich denke, nur weil er selbst vor wenigen Jahren noch so alt war wie ich.

Als könnte man Leute über einen Kamm scheren, nur weil sie biologisch gesehen in etwa gleich alt sind. Bei dem Gedanken, dass irgendwer auf die Idee kommen könnte, jemand wie Johanna Mason und ich hätten auch nur ansatzweise etwas außer der Chromosomenzahl gemeinsam, wird mir ein wenig mulmig zumute, um nicht zu sagen kotzschlecht.

Die Tatsache, dass ich ihn nicht unterbreche, scheint ihn zum Weiterreden zu ermutigen. »Du sitzt hier in meinem Unterricht und guckst aus dem Fenster. Die ganze Zeit, jede Stunde. Normalerweise erscheinst du pünktlich mit dem Klingeln und verschwindest pünktlich mit ihm wieder – wenn du es denn mal erübrigen kannst, überhaupt aufzutauchen. Du machst dir nie Notizen, und falls du dir eine der Lektüren, die wir über das Jahr gelesen haben, gekauft hast, habe ich sie zumindest nicht auf deinem Tisch gesehen. Ich habe nicht das Gefühl, dass du auch nur versuchst, dem Unterricht zu folgen, geschweige denn dass du überhaupt weißt, was wir machen. Und trotzdem sind deine Klausuren um ein Vielfaches besser als die deiner Mitschüler.«

Gut zusammengefasst, auch wenn das Ende fragwürdig ist, denke ich, als er mir meine Arbeit reicht. Ich habe ein A. Ich hebe den Blick und starre in seine fragenden Augen. Sie sind überraschend grün und aufrichtig, ruhen hinter einer Hornbrille, die ihn ziemlich nerdy wirken lässt. Ich kann mir gut vorstellen, dass die Gläser nicht einmal geschliffen sind und er sie nur wegen der Optik trägt. Ich habe mitbekommen, dass viele meiner Mitschülerinnen für ihn schwärmen, und wenn ich ihn so aus der Nähe betrachte, kann ich durchaus nachvollziehen, was ihnen an ihm gefällt. Er sieht gut aus mit den unordentlichen braunen Locken, den Sommersprossen auf der schiefen Nase und dem kantigen Kinn, mit seinem jugendlichen Gesicht und dem Hemd, das ihm tatsächlich auf einer Seite unachtsam aus der Hose gerutscht ist und unheimlich schlecht sitzt, weil er so schmal ist. Dass er attraktiv ist, kann man nicht bestreiten. Aber für meinen Geschmack ist er ein bisschen zu bemüht – als würde er versuchen, eine Autorität auszustrahlen, etwas Erwachsenes, das eigentlich gar nicht wirklich zu ihm passt.

Vielleicht verurteile ich ihn – gerade ich. Das ist mehr, als nur ein paar Steinchen im Glashaus rumzuschmeißen.

Und vielleicht kümmert er sich tatsächlich nicht darum, wie er wirkt. Aber auf mich macht er den Eindruck, als gäbe er sich zu viel Mühe, irgendwie jugendlich und gleichzeitig wie ein Lehrer zu wirken. Als ob er um jeden Preis cool sein wollte.

Früher hätte ich ein wenig mit ihm geflirtet, nur um zu sehen, wie er rot wird, wie er sich unwohl fühlt, weil ich seine Schülerin bin und er mein Lehrer – und um meine Mitschüler zu ärgern. Aber so bin ich nicht mehr. Also lasse ich das.

Stattdessen versuche ich, seinem Blick standzuhalten. »Ich hab das Buch schon mal gelesen.«

»Das dachte ich mir schon. Aber das meine ich gar nicht. Wach auf, Sage! Du hast Talent! Deine Aufsätze sind toll, du traust dich an Themen heran, bei denen ich bezweifle, dass einige deiner Mitschüler je von ihnen gehört haben. Da steckt etwas in dir, vergeude das nicht.«

Ich nicke. »Kann ich jetzt gehen?«

Talent, ich. Alles klar. Das würde bedeuten, dass all die anderen, erfahreneren Lehrer vor ihm, die mich schlecht bewertet haben, keine Ahnung hatten.

Ich schreibe gern, einfach weil Papier ein besserer Zuhörer ist als die meisten Menschen. Weil es nicht urteilt und nichts verrät – und ich würde auch nicht behaupten, dass ich total schlecht darin bin. Aber eben auch nicht besonders gut. Es gab eine Zeit, in der ich überlegt habe, der Schülerzeitung beizutreten; aber für die vielen Gruppensitzungen, Besprechungen und Interviews, die dazugehören, bin ich einfach nicht kommunikativ genug.

»Danke«, sage ich trotzdem, weil er, schätze ich, versucht hat, nett zu sein.

Ich gehe, die Arbeit dicht und schützend an meine Brust gepresst, aus dem Raum und habe das Gefühl, dass da noch unausgesprochene Worte zwischen uns stehen, nicht von meiner Seite aus, aber von seiner, und ich habe nicht das Bedürfnis, sie jemals zu hören.

$1{,}11612317403^{10}$

Heute ist Samstag. Samstag, Samstag, Samstag. Der Tag, den ich mir nicht rot im Kalender anstreichen brauche, weil ich immer an ihn denken werde. Sieben Buchstaben, die mir eine Gänsehaut machen und Bilder vor meinem inneren Auge auftauchen lassen, die ich eigentlich vergessen will.

Heute vor einem Jahr war Roses Beerdigung. Ich weiß noch, wie wir alle zusammengepfercht in der Gemeindehalle saßen und viel zu viele Stimmen kreuz und quer durcheinanderredeten, sodass mir ganz schwindelig wurde.

Ich erinnere mich noch wie heute an die Enge, an das Gefühl, zwischen Mom und Dad eingequetscht zu sein, und an den Butterkuchen, den ich mit geschlossenen Augen auf meinem Teller von links nach rechts geschoben habe.

Genauso wie heute zogen auch damals am Morgen dichte, Unheil verkündende Gewitterwolken auf und stahlen der Sonne ihr Licht, bevor sie den ganzen Tag unerbittlichen Regen auf die Erde prasseln ließen.

Auch heute bin ich gezwungen, mir die Kapuze meiner Jacke tief in die Stirn zu ziehen, und auch heute friere ich unter dem bis in die letzten Fasern durchnässten Stoff, während ich mit gesenktem Kopf über aufgeschwemmten Friedhofsboden stapfe.

Matsch spitzt gegen meine blassen Beine, sprenkelt sie mit seltsamen Kuhflecken.

Ich trage dasselbe Kleid, das ich auch schon auf der Beerdigung anhatte. Erinnerungen an damals schießen mir durch den Kopf, an meine Mutter, die mit meiner Kleiderwahl alles andere als zufrieden war.

»Was stimmt nicht mir dir? Zieh dich sofort um! Fang endlich an, irgendetwas ernst zu nehmen!«, hatte sie mich angekeift, aber wir waren ohnehin schon spät dran, weil Mom sich nicht entscheiden konnte, welche Schuhe sie anziehen sollte, und Dad sich noch nicht von seiner Schreibmaschine losreißen wollte. Er arbeitete gerade an einem neuen Roman, und wenn er einmal »im Schreibfluss« war – was meistens zu den ungünstigsten Zeiten passierte –, dann blieb wenig von ihm für die echte Welt übrig.

Auf jeden Fall war keine Zeit mehr da, mich umzuziehen, und deshalb hatte ich genau das Kleid getragen, was ich an genau diesem Tag eben tragen wollte.

Mittlerweile durchnässt der Regen mein Haar und das Kleid. Beide beginnen, schwer und klamm an mir herabzuhängen. Ich gehe auf Roses Grab zu, dabei komme ich an einem der unzähligen kleinen Mausoleen, die über den ganzen Friedhof hinweg verstreut sind, vorbei und kann mein eigenes verzerrtes Spiegelbild in einem der über die Jahre trüb gewordenen Fenster beobachten. Mein Kleid, das ohne Strumpfhose und nur mit der leichten Sweatshirt-Jacke darüber eigentlich viel zu dünn ist, ist teilweise fast schon transparent geworden und klebt an mir wie eine zweite Haut.

»Na, fällt dir was auf?«, frage ich, als ich vor Roses Grab stehe. Die Erde drum herum ist vom Regen aufgeschwemmt, so wie vor einem Jahr, als sie meine Schwester hier beerdigt haben. Durch das lange Gras hat sich das Grab ins Gesamtbild des Friedhofs eingefügt, letztes Jahr war es noch nicht einmal gesät gewesen. Einzig der Stein ist im Vergleich zu den nebenstehenden noch erschreckend neu und schimmert, ummantelt von einer Schicht Regenwasser, wie ein glitschiges Etwas aus einer anderen Galaxie.

Ich drehe mich noch einmal im Kreis, rufe laut genug die Frage, die ich mich vor einem Jahr nicht getraut habe auszusprechen. Das Grollen meiner Stimme vermischt sich mit dem des Donners. »Steht mir, nicht wahr?«

Aber niemand antwortet.

Ich wünsche mir meine Zigaretten, aber es regnet, und selbst wenn ich welche dabeihätte, würde ich sie vermutlich nicht einmal anzünden können – ohne Feuerzeug schon gar nicht.

Ein plötzlich aufkommender Wind peitscht mir die Haare um die Ohren, ins Gesicht, in den Nacken. Wie kleine Nadeln, Gertenhiebe, Messerstiche.

Es fühlt sich an wie ein Zeichen von Rose. Vermutlich bin ich einfach nur irre.

»Na, ärgert es dich, dass ich dein Kleid anhabe? Ärgert es dich, dass es mir *verdammt noch mal* besser steht als dir?«, schreie ich, während all meine Gedanken kreischen: *Wo bist du? Wobistduwobistduwobistdu?*

Als ich vor einem Jahr meine Wäsche in die Garage bringen wollte, um sie in den Korb neben der Waschmaschine zu legen, ist mir dieser kleine schwarze Zipfel aufgefallen, der hinter dem Regal hervorlugte, fast vollständig versteckt. Weil er dort offenbar fehl am Platz war, habe ich ein wenig daran gezogen und eines von Roses Kleidern zutage gefördert.

Ich erinnere mich noch gut daran, wie sehr sie sich aufgeregt hatte, als es verschwunden war, und dass sie eine ihrer besten Freundinnen verdächtigt hatte, es gestohlen zu haben. Irgendwie war das ein Zeichen für mich. Rose hat es abgrundtief gehasst, wenn sie ihre Sachen teilen musste, auch wenn sie es meistens gut verborgen hat.

Ich glaube nicht an das Schicksal, und doch: In diesem Moment war es, als wollte das Universum mir etwas sagen. Ich weiß nicht genau, warum ich es damals zur Beerdigung angezogen hatte. Vielleicht, um irgendein Zeichen meiner Schwester zu bekommen, und vielleicht – und sogar am wahrscheinlichsten – auch deswegen, weil ich einfach ein schrecklich geschmackloser Mensch bin. Ein schrecklich geschmackloser Mensch mit einem Sinn für noch viel geschmacklosere Rituale.

Und genau deswegen stehe ich heute wieder hier, klatschnass und mit Gänsehaut, und schreie ins Nichts. Das Kleid meiner toten Schwester am Körper und ansonsten alles von ihr so weit weg, wie man es sich nur vorstellen kann.

Ich weiß, dass meine Schwester tot ist.

Und dennoch: In meinem Kopf ist immer noch dieses unausweichliche kleine Aber.

Aber wenn das hier vielleicht doch nur eines ihrer kranken Spiele ist – Verstecken für Erwachsene, wie sie sagen würde –, wenn sie noch lebt, dann müsste sie spätestens jetzt wütend ihre Deckung verlassen. Ein kleiner, naiver Teil von mir ist enttäuscht, dass meine Schwester nicht aufbrausend auftaucht, ungeachtet des

Unwetters noch schön, vielleicht sogar selbst wie ein riesiger Wirbelsturm, und mich anschreit, weil ich ihr Kleid gerade ruiniere und dass ich es überhaupt wage, zu behaupten, es stünde mir besser.

Abgesehen davon, dass das Wetter verrücktspielt, passiert nichts. Natürlich nicht. Vielleicht ist das ja auch ein Zeichen von ihr. Ich meine, es sähe Rose ähnlich, selbst nach ihrem Tod noch vom Jenseits aus, oder wo auch immer sie jetzt ist, alles kontrollieren zu wollen. Und welche Wetterlage würde besser zu meiner Schwester passen als stürmischer, garstiger Regen?

Ich lasse mich auf die nasse Erde fallen und vergrabe das Gesicht in den Händen. Heiße Tränen benetzen meine Wangen, und ich hasse mich selbst dafür, dass ich weine wie eine Geisteskranke.

Aber ich kann nicht anders, das ist doch alles absurd. Ich habe seit Monaten nicht richtig geschlafen oder gegessen, und irgendwie bricht auf einmal einfach alles zusammen.

Ich brauche doch etwas Handfesteres als die Vermutung irgendeines Dorfpolizisten, der etwas von einer Überdosis Tabletten gemurmelt hatte. Die unwirschen Ergebnisse der Obduktion, die nicht mehr viel gebracht haben, weil Roses Körper schon ziemlich verfallen gewesen war, als sie ihn gefunden hatten, gaben mir nicht die Antworten, die ich suchte.

Rose *wollte* doch leben. Wenn jemand hier wirklich lebendig war, dann doch sie. Warum also sollte ausgerechnet meine Schwester Selbstmord begehen?

Ein paar Polizisten haben alles ganz genau mit uns durchgesprochen, aber das Blut hat so heftig in meinen Ohren zu rauschen begonnen, dass ich kein Wort verstanden habe und irgendwann einfach aufgestanden und ins Badezimmer gerannt bin, um meinen spärlichen Mageninhalt über der Kloschüssel zu entleeren. Das ist mehr als ein Jahr her, aber in meinen Erinnerungen noch so lebendig, als wäre es gestern gewesen.

Ich brauche Rose doch.

Und das ist komisch, denn seit ich denken kann, habe ich mir weniger von ihr in meinem Leben gewünscht. Sie ist meine große Schwester, sie war überall vor mir, hat alles als Erste entdeckt und besser gemacht – natürlich, denn Rose ist Rose und ich bin einfach nur Sage. Sie, die anmutige Rose, die die Menschen seit Anbeginn der Zeit fasziniert hat – und ich, bloß der öde Salbei. Ich meine, selbst heute noch, mehr als ein Jahr nach ihrem Verschwinden, scheint es so, als wären überall, wo ich hingehe, Teile von ihr.

Als ob Rose an allem haften würde, mich spöttisch mit nach oben gereckten Kinn und einer kokett hochgezogenen Augenbraue angrinsen würde, wie sie es so oft getan hat, und sagte: »Das geht aber besser, Sage.«

Ich habe mir vor ein paar Wochen ein Buch aus der Stadtbibliothek ausgeliehen. Zwischen Seite 216 und 217, so ziemlich in der Mitte, was typisch ist, lag ein kleines Lesezeichen. Aber nicht irgendeins, sondern ein Foto von Rose und ihrem Freund Dylan, eine Großaufnahme ihrer lächelnden, dicht aneinandergedrängten Gesichter.

Dylan hat dieses Foto vermutlich nie gesehen, weil Rose, so wie ich sie kenne, sicher fand, dass sie darauf schielte. Sie hätte nicht gewollt, dass ihr Freund ein Bild von ihr sah, auf dem sie nicht perfekt war. Es ist so typisch Rose, ihre Sachen überall rumfliegen zu lassen, Teile von sich selbst zu verstreuen, um sich in jedermanns Leben einzuklinken. Und noch typischer für sie ist es, das Buch nicht fertig gelesen zu haben. Die einzige Lektüre, die meine Schwester voller Eifer verschlungen hatte, waren stets Hochglanzmagazine mit Überschriften wie »5 Kilo in 10 Tagen – Bikinifigur JETZT« oder »Die 160 besten Beautyprodukte des Jahres«.

Sie ist wie ein nerviger Poltergeist, ein altes Hausgespenst. Sie lässt uns alle nicht los, selbst nachdem sie schon so lange gegangen ist.

Ich war immer diejenige, die hinter Rose das Haus aufgeräumt hat, wenn unsere Eltern übers Wochenende Freunde besucht haben und sie mal wieder eine ihrer Hauspartys hat steigen lassen. Seit jeher ist es meine Rolle gewesen, den Ärger, der eigentlich ihr gegolten hätte, zu bekommen: zum Beispiel für die kaputte Vase, die meine Schwester versehentlich von der Truhe im Flur gefegt hatte. Ich bin es auch gewesen, die achtzehn Sozialstunden aufgebrummt bekommen hat, weil Rose eine Sonnenbrille geklaut hatte und alle dachten, ich wäre es gewesen.

»Lüg uns nicht an, Sage. Wir wissen, dass du es warst. Sie war in *deinem* Zimmer. Was denkst du dir dabei?«, haben sie geschimpft. Und: »Versuch nicht immer, alles deiner Schwester in die Schuhe zu schieben. Das ist charakterschwach!«

Niemand ist auch nur einmal auf die Idee gekommen, meine Schwester zu fragen, ob sie es war. Natürlich, ich meine, wie könnte Rose auch nur daran *denken*, etwas

Verbotenes zu tun? Sie hat immer bloß zugesehen. Ich weiß, dass Rose alles mitbekommen hat. Sie hat sich niemals auch nur bei mir bedankt.

Und dann wünschte ich mir einmal, dass sie vielleicht ein kleines bisschen verschwinden könnte. Nur ein klein wenig. Dass sie einen Schritt zurücktreten sollte, damit ich einen vortreten könnte und wir uns zumindest ein bisschen näher wären. Damit die Kluft zwischen der Vorzeige- und der verkorksten Schwester etwas geringer würde.

Ich habe ja nicht damit gerechnet, dass dieser eine Wunsch in Erfüllung ging. Hätte ich das gewusst – ich hätte mir nicht einmal erlaubt, daran zu denken!

Ich weiß noch: Rose und ich haben uns gestritten.

Ich will mich nicht erinnern.

Augen zu, mir wird schwindelig. Meine Fingerspitzen graben sich tiefer in den feuchten Matschboden, finden darin nicht den Halt, den sie suchen.

Wir haben uns gestritten.

Ich will mich nicht erinnern, aber der Gedanke lässt mich nicht los.

Ich will den Blick heben, mich an irgendeinem Gegenstand in der Ferne festklammern, damit er mich in der Realität hält. Damit mich die Dunkelheit in meinen Gedanken nicht in dieses tiefe schwarze Loch reißt, das sich da vor mir auftut. Aber meine Lider sind so tonnenschwer, ich schaffe es nicht, sie weit genug zu heben. Stattdessen wird der Boden unter mir eine Spur dunkler, das Gras verschwindet und er klafft mit riesigen Fangzähnen vor mir auf, bevor er mich verschlingt und in die Dunkelheit reißt, die meine Gedanken und meine Erinnerung sind.

Ich möchte das nicht. Ich möchte nicht daran denken.

Aber ich kann nicht alles ignorieren, was damals passiert ist. Drei Worte, zweiundzwanzig Buchstaben, die ich schreiend an sie gerichtet habe, hallen in meinem Kopf wider. Hämmern sich in meinen Verstand, verankern sich in meinen Knochen. Sie warten darauf, immer dann geflüstert zu werden, wenn ich versuche zu schlafen.

»*Verschwinde doch einfach!*« Es dauerte weniger als eine Sekunde, das auszusprechen.

Es war nicht der erste Streit zwischen Rose und mir, aber es war der letzte. Denn am nächsten Tag, an meinem Geburtstag, war sie verschwunden, einfach weg, ohne ein Wort zu sagen oder wenigstens ein Post-it zu hinterlassen, wie sie es sonst so oft getan hatte.

Bin ich schuld, dass sie gegangen ist? Ich weiß, es klingt total bescheuert, ist vollkommen irrational und dämlich. Aber ich kann nicht damit aufhören, daran zu denken.

»Du bist schuld, dass ich weg bin und dass zu Hause alles den Bach runtergeht«, höre ich Rose flüstern, sobald ich versuche, auch nur ein Auge zuzumachen.

Und ich weiß, dass das nicht wirklich meine Schwester ist, die da zu mir spricht, genauso wie ich mir vollkommen im Klaren darüber bin, dass mir bloß meine blöden, vollkommen unsinnigen Schuldgefühle einen Streich spielen. Aber das ändert nichts daran, dass sie da sind. Die anklagenden Worte, gesprochen mit Roses Stimme – und die Gewissensbisse.

Es ist nur so: Es wäre einfach so typisch für Rose, der Aufforderung *»Verschwinde doch einfach!«* nachzukommen. Ich kann mir nicht vorstellen, dass sie sich wirklich umbringen wollte. Sie hatte schon immer einen ausgeprägten Hang zur Theatralik. Es wäre ihr ganz besonderes Geburtstagsgeschenk an mich gewesen. Das beste, das sie mir in ihren Augen hätte machen können. Ich kenne meine Schwester, es sähe ihr einfach ähnlich. Vielleicht waren meine Worte nicht ausschlaggebend, aber vermutlich waren sie der nötige Denkanstoß.

Ich kann mir gut vorstellen, dass sie einfach mal wegwollte. Eine Woche vielleicht oder auch zwei. Mich ein bisschen schmoren lassen, am besten noch alles von irgendwo aus beobachten und sich daran laben, wie alle langsam durchdrehen. Ich bin mir sicher, dass sie eigentlich vorhatte wiederzukommen. Vermutlich wollte sie bei Mom und Dad ein wenig die Mitleidsschiene fahren, á la »Sage hat mich rausgeekelt«, und in der Schule hätte sie wieder die wildesten Geschichten erzählen und sich anhimmeln lassen können. Und wer weiß, vielleicht hätte sie die ja wirklich erlebt, wenn sie nicht gestorben wäre. Vielleicht *hat* sie die ja wirklich erlebt.

Aber irgendetwas oder irgendjemand muss ihr dazwischengekommen sein. Irgendetwas muss passiert sein, das sie dazu gebracht hat, ihre Meinung über das Leben so sehr zu ändern, dass sie keinen Sinn mehr darin sah.

Und das ist es, was mir Sorgen bereitet. Denn immerhin war ich es vielleicht, die überhaupt erst dafür gesorgt hat, dass sie in diese Situation gekommen ist. Welche auch immer das war.

Ich schüttele mich in der Hoffnung, all diese Gedanken loszuwerden. Eine Gänsehaut überzieht meinen ganzen Körper, als sich mein Blickfeld wieder klärt und der verregnete Friedhof die Schwärze vor meinen

Augen verdrängt. Es war eine schlechte Idee, herzukommen. Ich sollte unbedingt nach Hause gehen, aber der kalte Boden, auf dem ich mich zusammengekauert habe, fühlt sich an wie Teibsand aus dem ich aus eigener Kraft nicht mehr herauskomme.

Aber ich kann nicht anders, das ist doch alles so absurd. Ich habe seit Monaten nicht richtig geschlafen oder gegessen, und irgendwie bricht auf einmal einfach alles zusammen.

Irgendwann findet mich Dylan in genau dieser Position. Ein vor Kälte zitterndes Häufchen Elend mit geschwollenen Augen und aus der Nase laufendem Rotz, das in einer Pfütze aus Regenwasser, Matsch und seinen eigenen Tränen hockt.

Ohne ein Wort kniet er sich neben mich und wiegt mich sanft in seinen Armen. Ich stehe so neben mir, dass ich es einfach geschehen lasse, ohne zu hinterfragen, wie er hierhergekommen ist.

»Wieder gut?«, fragt er nach einer Weile.

»Wieder gut«, schniefe ich, aber mein zitternder Körper straft die Worte Lügen.

Dann zieht er mich auf die Beine und hebt mich, nachdem ich mich einfach wieder fallen lassen will, kurzerhand über seine Schulter, als würde ich nichts wiegen.

»Du bist ganz kalt. Wir müssen dich dringend irgendwie aufwärmen«, meint er.

»Ich kann jetzt nicht wieder zurück zu *denen*!«

»Ich weiß.« Seine Stimme ist warm, ein tiefer, brummender Bass, dem ich nur zu gern lausche.

Ich schließe die Augen und schmiege den Kopf an seine Schulter, genieße das stete Auf und Ab seiner Schritte.

Dylan ist ein riesiger Kerl, er kratzt bestimmt an die zwei Meter. Meine Füße berühren nicht einmal ansatzweise den Boden, während er mich trägt. Er spielt Football an unserer Schule, so sind er und Rose sich auch nähergekommen – er, der Quarterback, und sie, die Headcheerleaderin. Es war klar, dass die beiden über kurz oder lang ein Paar werden würden.

Ich kann verstehen, warum Rose ihn mochte, und ich glaube, das hat sie wirklich getan. Er ist nett, hat ein großes Herz. Und er ist komplett und hoffnungslos verrückt nach ihr.

Er ist damals, vor einem Jahr, nicht zur Beerdigung gegangen, weil er diese Endgültigkeit, die damit verbunden ist, nicht ertragen konnte. Auch wenn er selbst es etwas anders formuliert hat. Dylan, dieser Bär von einem Jungen, hat in seinem breiten Brustkorb das größte und weichste Herz, das ich kenne, versteckt. Ich schätze, dass er nun, ein Jahr später, jetzt, wo sich alles jährt, versucht hat, Wiedergutmachung zu betreiben und sie nun doch an ihrem Grab zu besuchen. So, wie er es vermutlich schon etliche andere Male ganz allein getan hat. Nur er und Rose, so war das vermutlich geplant. Und dann bin ich dazwischengekommen.

Auf einmal bleibt Dylan stehen. Es ist nach wie vor kalt, aber zumindest regnet es nicht mehr. Ich schlage die Augen auf und versuche, mich zu orientieren, brauche jedoch einen Moment, um mich an die Dunkelheit zu gewöhnen.

»Wo sind wir?«, frage ich erstaunt, aber ich bekomme keine Antwort.

27·10·0,014815

»Ein Mausoleum? Du bringst mich in ein *Mausoleum*?«, frage ich, als ich mich wieder ein bisschen orientieren kann. Es ist so dunkel, dass ich nur einen schemenhaften Umriss von Dylans Körper erkenne.

Zur Antwort zuckt er bloß mit seinen breiten Schultern. »Die Tür war nich' abgeschlossen. Hast du mal 'n Feuerzeug?«

Ich schüttele den Kopf und beobachte, wie er sich in der kleinen Grabstätte nach irgendetwas zum Feuer machen umsieht. Vermutlich hat er vor, die langen Kerzen, die an den Wänden verteilt aufgestellt sind, anzuzünden, damit es hier ein wenig wärmer und heller wird.

Es gibt nur ein kleines Fenster, das nahezu vollständig mit Spinnenweben überzogen ist – und selbst wenn das eine ausreichende Lichtquelle darstellen würde, dann würde es doch nichts nützen, weil sich draußen dichte, dicke Regenwolken vor die Sonne gelegt haben. Schließlich zischt es, als er ein Streichholz anzündet und damit die erste Kerze zum Leuchten bringt. Er schafft es bei zwei weiteren, bevor das Feuer so weit runtergebrannt ist, dass es an seinen Fingern leckt, was ihn dazu verleitet, das Streichholz fallen zu lassen und leise vor sich hin zu fluchen. Ich stehe in der Mitte des kleinen Mausoleums und beobachte, wie er nun auch die anderen anzündet und wie sein Gesicht jedes Mal hell aufleuchtet, wenn eine neue Kerze beginnt, Feuer zu fangen.

Als er fertig ist, kommt er auf mich zu und reibt mir von hinten die Schultern.

»Das wird so nichts, du bist ganz nass ...«, murmelt er. Ich spüre, dass er nach einem Reißverschluss sucht und dass er, als er ihn findet, genervt daran zieht.

»Klemmt.«

»Ein Zeichen von Rose?«, grinse ich. »Vielleicht will sie nicht, dass ich mich vor dir ausziehe?«

Hinter mir hält Dylan inne und ich drehe mich um. In seinen Augen liegt eine so tiefe Trauer, dass es mir das Herz zuschnürt. Bodenlose graue Wirbelstürme, die dem Dunkel draußen in nichts nachstehen.

In diesem Moment verfluche ich mich und die Tatsache, dass ich dazu neige, erst zu reden und dann zu denken. Warum kann ich nicht einfach einmal die Klappe halten? Ich stelle mich auf die Zehenspitzen, irgendwann muss ich meine Schuhe verloren haben, und recke mich ihm entgegen, während ich gleichzeitig seinen Kopf ein Stückchen zu mir herunterziehe.

Unsere Lippen berühren sich, nur einen ganz kurzen Moment, Hitze auf Kälte, bevor ich mich wieder löse und ihm sanft in die Augen sehe.

»Alles gut bei dir?«, frage ich und versuche mich an einem Lächeln.

Dylan nickt und zieht mich wieder zu sich heran, dieses Mal mit so einer Wucht, so einer Entschlossenheit, dass unsere Zähne gegeneinanderstoßen – aber es scheint ihn nicht zu stören. Vielleicht merkt er es auch gar nicht.

Er hebt mich hoch und ich verschränke die Beine hinter seinem Rücken, so taumeln wir zu einem Sarg, auf dem Dylan mich schließlich absetzt, ohne sich auch nur eine Sekunde von mir zu lösen.

Er knabbert drängend an meiner Unterlippe, bis ich, ihm völlig ergeben, meinen Widerstand fallen lasse und den Mund öffne wie eine Ertrinkende, nachdem man sie aus dem Wasser gezogen hat. Mit seinen Händen wandert er an meinem Rücken entlang, gibt keine acht mehr auf den Reißverschluss, macht kurzen Prozess mit dem feinen Polyester, aus dem das Kleid besteht. Kalter Sargmarmor an meinen nackten Oberschenkeln und Dylans kurze Haare zwischen meinen Fingern.

Wir sind verloren, keine Hoffnung mehr auf Rettung. Aber wenigstens steht es uns frei, selbst zu entscheiden, was wir machen, während wir fallen. Und es kann für einen Moment so schön sein, jeglichen Halt zu verlieren, wenn man einfach die Augen schließt und es zulässt. Zumindest bis zu dem Moment, in dem man sie wieder öffnet und den Abgrund sieht, auf den man sich mit rasender Geschwindigkeit zubewegt.

Mein Atem geht unregelmäßig, während Dylan meinen Nacken mit Küssen bedeckt, und meine Finger zittern, als ich eilig Knopf und Reißverschluss seiner Jeans öffne, sodass sie ihm bis in die Kniekehlen rutscht. Ich muss ein Kichern unterdrücken, weil ich es noch nie in einem Mausoleum gemacht habe und ich mich frage, ob sich die Toten gerade in ihren Särgen umdrehen. Der Gedanke gefällt mir.

Mit meiner Hand wandere ich unter dem Sweatshirt über seine Brust; von der Stelle, an der ich seinen schnellen Herzschlag unter meinen Fingerspitzen spüren kann, weiter zu dem schmalen Streifen aus Haaren, der unter seinem Bauchnabel beginnt, und dann noch weiter nach unten, nur um festzustellen, dass Dylan mehr als erregt ist. Romantik, das ist nicht so unser Ding, auch wenn hier ein paar Kerzen flackern.

»Kondom, Dylan!«, stoße ich hervor, Sicherheit ist wichtig, und sehe zu, wie er meiner Aufforderung Folge leistet, indem er sein Portemonnaie aus der Hosentasche fischt und darin nach einem kramt.

Dylan öffnet die Verpackung grinsend mit den Zähnen, sein Atem kitzelt meine aufgerichteten Nippel, als er es sich überstreift. Ich schließe die Augen, lege meinen Kopf auf seine Schulter und erkunde mit meinen Händen das wohlbekannte Terrain seines Rückens.

Ich weiß nicht genau, wann es angefangen hat, diese Sache mit Dylan und mir. Die Polizei hatte Roses Tod schon eine ganze Weile bestätigt und er ist wie eine wandelnde Leiche durch die Gegend gelaufen. Ich glaube, es war ungefähr vor einem Vierteljahr, kurz nachdem er mit Chelsea Carlston zusammengekommen ist – einem Mädchen aus meiner Stufe, das Rose nicht unähnlich sieht, aber doch ganz eindeutig nicht meine Schwester ist. Die arme Chelsea ist so vernarrt in Dylan, dass ihr bis heute noch nicht aufgefallen ist, dass sie nicht mehr und nicht weniger als die Lückenbüßerin ist.

Er und ich sind uns jeden Tag auf dem Flur begegnet, aber ich bin seinem Blick ausgewichen, so, wie ich es bei den meisten anderen auch tat und bis heute tue.

Ich habe Dylan schon immer gemocht, obwohl er der Freund meiner Schwester war. Nicht auf eine romantische Art, aber er war mir nicht so unsympathisch wie die meisten anderen Menschen. Er hat zumindest in Ansätzen die echte Rose erlebt und er hat sie trotzdem abgöttisch geliebt, liebt sie bis heute. Ich schätze, das ist eines der Dinge, die ich an ihm schätze; er ist treu wie ein Hundewelpe.

Ich hatte Angst davor, ihm in die Augen zu sehen und dort denselben enttäuschten Ausdruck zu finden, der mir in den Blicken der anderen entgegenschlägt. Ich hatte Angst vor der stummen darin liegenden Frage »Warum sie und nicht du?« und dem Vorwurf, den sie sich alle nicht trauten auszusprechen, aber von dem ich weiß, dass sie ihn denken: »Warum hast du nicht besser auf sie aufgepasst?«

Irgendwann konnte ich Dylan nicht mehr ausweichen. Und in seinem Blick lag nichts von alledem. Bloß Trauer und Sehnsucht, er war ruhelos, auf der Suche. Ich schätze, mit mir, *in mir*, hat er irgendetwas gefunden, wenn auch nicht das, wonach er ursprünglich Ausschau gehalten hat.

Aber niemand kann ihm Rose zurückgeben.

Ich bin ihre Schwester, ich schätze, er versucht, sich so irgendetwas von ihr zurückzuholen. Natürlich reagiert mein Körper auf seine Berührungen, auf seinen heißen Atem, seine verzweifelten Küsse und seine starken Arme, die mich manchmal so festhalten, als hätte er Angst, dass ich verschwinde, wenn er es nicht tut.

Aber mein Geist macht nicht mit, nicht auf dieser Ebene, nicht mit Roses Freund.

Ich habe gesagt, dass ich Dylan mag, aber ich mag ihn nicht auf diese Art. Ich mag es, wie er mir in die Augen guckt und wie nichts als Sehnsucht in seinem Blick liegt, keine Verurteilung, keine Abneigung, keine Enttäuschung, und ich mag es, dass er sich um mich sorgt. Es gefällt mir, dass ich diese eine Sache *vor* Rose haben kann. Sie und ich haben nicht häufig *wirklich* miteinander geredet. Und wenn, dann gehörte Sex ganz sicher nicht zu unseren Hauptgesprächsthemen. Aber sosehr sie auch mit allem geprahlt hat – was Sex anging, ist Rose schon immer furchtbar prüde gewesen.

Tja, Schwesterherz. Bei dieser einen Sache bin ich die Erste.

Und es war komisch, weil Dylan und ich beide Jungfrau gewesen waren, unsere ersten Versuche glichen unbeholfenen Knoten aus Gliedern, Ellenbogen, die kurz davor waren, Nasen zu brechen, und Küssen, die viel zu nass waren, um auch nur ansatzweise schön zu sein.

Aber irgendwie hat es uns nicht gestört, hat es Dylan nicht gestört, und wir haben einfach weitergemacht, bis wir das eingespielte Team waren, das wir heute sind. Dylan weiß genau, wo er mich berühren muss, und umgekehrt ist es nicht anders. Man kann keine Liebe lernen, aber mit ein wenig Übung und Aufmerksamkeit kann man zumindest ansatzweise beginnen, den körperlichen Teil davon zu imitieren.

Manchmal komme ich mir deswegen schlecht vor. Es fühlt sich an, als würde ich Rose betrügen. Auch Dylan spürt das. Aber für ihn ist das hier eine – wenn auch spezielle – Möglichkeit, meiner Schwester nahe zu sein, und für mich ist das die einmalige Chance, irgendetwas *vor* Rose zu tun.

Vielleicht fühle ich mich auch ein wenig schuldig. Schuldig, dass ich ihr Verschwinden nicht aufhalten konnte und schuldig, weil ihr Leben nun niemanden mehr hat, der es fortführen kann.

-1

Er beobachtet sie mit angehaltenem Atem. Sie, die andere Cavendar-Schwester. Die, die so wenig mit seiner gemeinsam hat und die doch so viel von ihr ist. Es ist nicht so, dass er ihr oft nachstellen würde. Da legt er sehr viel Wert drauf.

Er ist schließlich kein »Stalker«, so wie das Mädchen, dem noch immer sein Herz gehört, ihn in ihren letzten gemeinsamen Momenten genannt hatte. Er beißt sich in die geballte Faust und wünscht sich, er hätte die Gelegenheit, sie davon zu überzeugen. Wünscht sich, ihre vollen Lippen würden sich noch einmal öffnen, für ihn, nur für ihn, und ihn um Verzeihung anflehen, dafür, dass sie es so weit hat kommen lassen – dass sich dieser völlig irrsinnige Gedanke überhaupt erst in ihrem zugegebenermaßen sehr hübschen Kopf manifestieren konnte. Aber das wird nicht passieren. Kann nicht mehr passieren. Wütend nimmt er die Hand, auf der seine Zähne rote Abdrücke hinterlassen haben, aus dem Mund und schlägt damit gegen den Stamm des Baumes neben ihm.

Wie konnte das überhaupt geschehen? Wieso hat er die Zeichen nicht gesehen und sie nicht gerettet, als er es konnte? Warum hat er sie in den Tod geschubst, anstatt sie in die schützende Sicherheit seiner Arme zu ziehen? Er war damals so dumm. So dumm und so ängstlich.

Wie so oft kommt ihm der Gedanke, zur Polizei zu gehen und alles zu sagen. Aber was würde dann passieren? Trotz allem, was er ihr angetan hat, sorgt er sich mehr um sie als um sich selbst. Er hat schon ihr Leben zerstört, wer wäre er, wenn er auch noch ihren Tod in den Dreck ziehen und ihm seine Makellosigkeit nehmen würde? Er kennt sie gut genug, um zu wissen, dass das nicht in ihrem Sinne wäre. Sie hat schon immer das Geheimnisvolle geliebt, das Ungeklärte, das Mysterium.

Erneut versucht er, den Blick auf die Schwester zu fokussieren, auf den Salbei. Die Heilpflanze. Die Eingebung löst irgendetwas in ihm aus, aber er lässt den Gedanken fallen, als ihm klar wird, dass sie demnächst um die Ecke biegen und sich aus seinem Blickfeld entfernen wird.

Alsbald bleibt ihm auch von dieser Schwester nicht viel mehr als die Erinnerung – ein blasser Hauch ihrer selbst. Fragil genug, um von einem winzigen Flüstern des Windes zerstört zu werden, und gleichzeitig ausreichend kraftvoll, um einem Tornado standhalten zu können. Mit dem Unterschied, dass er sie jederzeit wiedersehen kann, die Erinnerung mit ihrer Präsenz nähren kann, um sich in ihrer Abwesenheit daran zu laben.

Sie ist anders, so anders. Um ein Vielfaches kratzbürstiger, raubeiniger. Viel überlegter, wen sie an sich heranlässt und wen sie meilenweit von sich fortstößt. Vertrauen scheint sie nur in sich selbst zu haben, und auch das macht auf ihn einen mehr als brüchigen Eindruck. Man müsste nur den einen Riss in der Mauer, die sie um sich errichtet hat, finden, das weiß er, nur den einen losen Stein in der ohnehin schon maroden Fassade. Ein kleiner Stoß würde schon ausreichen, um ihn zum Purzeln zu bringen, und die anderen, dessen ist er sich mit jeder Faser seines Seins sicher, würden folgen. Schneller als die Regentropfen, die neben ihm auf die Straße klatschen, schneller als das Auto, das an ihm vorbeirast und die Luft mit süßlichen Abgasen und beißendem Benzingeruch verpestet, und schneller als sein Herz schlägt, wenn er an ihr Lachen denkt.

Mit ihr war alles einfach. Wie atmen. Er und sie waren wie füreinander geschaffen.

Und nun ist sie weg, für immer … seine Schuld. Wenn er so darüber nachdenkt, ist es schon ein Phänomen, dass sein Körper überhaupt funktionieren kann, so ganz ohne Herz. Ganz und gar unglaublich, wie er hier stehen kann, auf den ersten Blick lebendig, ohne diesen so unberechenbaren Muskel in seinem Thorax, der dafür sorgt, dass seine Organe mit Blut versorgt werden; der die rote Flüssigkeit durch seinen Körper pumpt und ihn am Leben hält. Denn er spürt ganz genau, dass da nichts ist in seiner Brust – außer Leere. Ein schwarzes Loch, das sie zurückgelassen hat und das ihn mehr und mehr von innen zerfrisst.

Die verzehrendste Kraft von allen ist schon immer die Sehnsucht gewesen. Ist es nicht paradox, dass er trotz allem noch lebt? Ist es nicht beinahe eine Art Wunder, dass man zwar am Leben sein kann, ohne dabei aber zwingend lebendig sein zu müssen?

Er unterdrückt ein bitteres Lachen, denn sie, seine große Liebe, sie ist all das, was er ist, aber gar nicht mehr wirklich sein möchte. Sie ist tot.

Und das, obwohl die Erinnerung an sie ihm doch in manchen Momenten beinahe greifbar erscheint – selbst wenn es nur eine Illusion ist – und ein Hände ausstrecken seinerseits genügt, um sein Wunschbild wieder zu nicht mehr und nicht weniger als einer spröden Einbildung werden zu lassen.

Oh, wie sehr er sie zurückwill. Obwohl er an allem schuld ist, obwohl er vieles bereut, was passiert ist, würde er sie doch gern zurückhaben – das Leben in vollen Zügen auskostend. Ganz so, wie es sein sollte und doch nie wieder sein wird. Und doch würde er nichts ändern, nichts von alledem.

Bis auf diese eine Sache, die alles entschieden hat. Auch wenn er derjenige ist, der für ihren Tod verantwortlich ist, hätte er sich damals nicht von ihr ferngehalten – so leid es ihm für sie auch tut. Für die guten Momente, für die Momente mit ihr, dafür würde er alles geben. Er ist der Richtige für sie. War es immer schon und wird es auch immer sein.

Warum musste sie am Ende so gehässig werden, so bitter? Er wollte sie süß und zart, nicht gebrochen und widerspenstig, so, wie sie es in ihren letzten gemeinsamen Stunden manchmal war.

Und doch: Er würde auch das in Kauf nehmen, weil sie selbst in ihrer Gehässigkeit noch das zauberhafteste Wesen war, das er je gesehen hat.

Sie war gemein, undankbar, ein richtiges Biest. Hat es genossen, andere zu manipulieren, alles so hinzubiegen, wie sie es gern hatte. Sie hat sich selbst von ganzem Herzen geliebt und den Neid der anderen wohlwollend betrachtet. Oh ja, an Selbstbewusstsein hatte es ihr nie gemangelt. Ihre Launenhaftigkeit hatte ihn so manches Mal zur Weißglut getrieben, aber es war eine gute Art Launenhaftigkeit. Sie war kein einfacher Mensch. Sie glich einem offenen Buch, allerdings geschrieben in einer Sprache, die er nicht immer verstand. Es war ein steter Drahtseilakt und er immer gefordert, abzuwägen, wie weit er lesen durfte, ohne dass sie den Buchdeckel zuschlug und ihm die Finger einklemmte.

Aber er hat sogar das an ihr geliebt. Sie war einfach himmlisch.

Seit sie weg ist, sieht er die Schwester, die kleine, die, deren Glanz er nicht sehen kann, mit ganz anderen Augen. Er weiß, dass das nicht bedeutet, dass sie keinen hat. Man sieht nicht alle Menschen strahlen. Und auch sie zieht ihn magisch an, obwohl sie doch so wenig wie ihre Schwester ist. Manchmal geht sein Unterbewusstsein Wege, die er selbst nicht sehen kann, betritt Pfade, die von dichtem Nebel umgeben sind.

Er ist so kaputt, seit sie nicht mehr da ist. Man sagt immer, dass man erst weiß, was man hatte, wenn es fort ist. Aber so ist das nicht, nicht bei ihm und ihr. Jeden Moment hat er genossen, selbst wenn er sie nur aus der Entfernung irgendwo sah, flüchtig, im Vorbeirauschen. Er wusste die ganze Zeit, wie sehr er sie wertzuschätzen hatte.

Und ist das nicht viel schlimmer, als erst spät zu erkennen, wie großartig jemand war? Es ist einfach entsetzlich zu wissen, dass man diese von Kopf bis Fuß und mit jeder Zelle ihres Körpers hinreißende Person nie wieder sehen wird und dass man selbst daran schuld ist. Wie könnte man daran nicht kaputtgehen?

Dichter Nebel umwabert seine Gedanken, seine gequälte Seele. Er sehnt sich nach … Heilung … nach Genesung … nach Besserung. Er braucht – den Salbei.

Die Erkenntnis löst den alles verzehrenden Dunst in seinem Herzen gewaltsam, offenbart einen Weg hinaus aus dem Leid.

Vielleicht kann ihn der Salbei kurieren, vielleicht ist es ihm möglich, sein verdorbenes Selbst zu desinfizieren. Vielleicht kann er sich mit seiner Hilfe regenerieren.

Das muss sie sein, die Lösung! Und selbst wenn sie es nicht ist, so ist sie doch die einzige Sache, die er versuchen kann – die ihm geblieben ist.

Dieses Mal wird er es besser machen, da ist er sich sicher. Dem Salbei wird er nicht dasselbe antun wie ihr.

Er ist sich bewusst, dass auch der Salbei die Verlockung in sich birgt, aber er wird ihr nicht nachgeben. Nicht so sehr zumindest, dass der Salbei dabei ernsthaft zu Schaden kommt …

$(\sqrt{5})^2$

»Sage, kommst du zum Abendessen?«, ruft meine Mom von unten. Ich stehe seit einer geschlagenen halben Stunde vor Roses Zimmertür. Dunkles, teures Holz. Mahagoni. Unheil verkündend. Als würde der Teufel höchstpersönlich dahinter warten, um mich in die Hölle zu verfrachten. Oder eben das alte Zeug meiner Schwester – der Unterschied ist marginal.

Ich weiß, es ist lächerlich, aber ich muss mich zusammenreißen, nicht gegen die Tür zu klopfen, so wie ich es sonst immer getan habe. Nicht dass das oft vorgekommen ist.

»Reiß dich zusammen«, flüstere ich mir selbst zu, hoffentlich leise genug, dass es niemand hört. Rose wird wohl kaum hinter einer Schranktür hervorspringen, wenn ich den Raum betrete, und »Buh« rufen.

Als ich die Tür aufstoße, quietscht es qualvolle Sekunden lang ausgedehnt und ächzend, so wie es nur Eingänge tun, denen schon seit Ewigkeiten niemand mehr Beachtung geschenkt hat.

»Was machst du?«, ruft Mom von unten, ich höre, wie sie mit dem Geschirr klappert, während sie es auf den Tisch stellt.

»Nichts, Mom.«

Zu lange wurde diese Tür schon nicht mehr geöffnet. Es ist, als würde sie erleichtert – oder warnend – aufstöhnen. Ich bin mein Leben lang davon ausgegangen, dass Räume zum Betretenwerden und Türen zum Hindurchgehen gemacht sind – in diesem Moment würde ich meine Hand dafür nicht mehr ins Feuer legen. Unsicher, was mich erwartet, trete ich, mit einem Herz, das bis zum Hals pocht, ein. Verfluchte Johanna Mason!

Alles sieht noch genauso aus wie früher, wartet darauf, dass meine Schwester zurückkommt. Die Schulbücher auf dem Schreibtisch vor dem Fenster, dessen Vorhänge halb zugezogen sind, liegen aufgeschlagen da. Als hätte meine Schwester kurz bevor sie gegangen ist, noch ein wenig Biologie gepaukt. Als ob, Rose!

Die Bettdecke ist nachlässig zurückgeworfen, das Kissen noch eingeknautscht, als wäre es nicht einmal eine Minute her, dass sie dort lag und sich beim langsamen Aufwachen den Schlaf aus den Augen gerieben hat.

An den altrosa gestrichenen Wänden hängen noch Poster von Bands, die vor einem Jahr total angesagt waren und von denen heute kaum einer mehr den Namen kennt – sie sind eines der wenigen Indizien dafür, dass dieser Raum schon lange verlassen ist, stehen geblieben, während sich die Erdkugel unaufhaltsam weitergedreht hat.

Als ich ein paar Schritte weiter in ihr Zimmer gehe, schlägt mir der Geruch ihres Parfüms entgegen. Rose roch – wonach auch sonst? – nach Rosen. Kaum zu glauben, dass sich der Duft so lange hält! Auf der Fensterbank steht eine Vase, die mit diesen Blumen gefüllt ist – vertrocknet, kümmerlich und braun: ein weiterer Hinweis auf den Zahn der Zeit, der an allem nagt.

Nur an der Erinnerung nicht, Schwesterherz. In unseren Gedanken bist du noch genauso strahlend wie eh und je.

Ein bitteres Sehnen steigt wie Galle in mir hoch und hinterlässt einen faulen Nachgeschmack.

Ich traue mich nicht, etwas anzufassen – was, wenn Mom mich sieht?

Was, wenn Rose doch und entgegen jeder Logik irgendwann wieder auftaucht und bemerkt, dass ich an ihren Sachen war? Sie wird mich so was von umbringen! Normalerweise würde ich grinsen, aber selbst dazu fehlt mir gerade der Mumm.

Vorsichtig beginne ich damit, die Schubladen unter ihrem Bett hervorzuziehen. Obendrauf hat meine Schwester dieses Papier, mit dem normalerweise die Blumensträuße beim Floristen eingewickelt werden, drapiert. Rosa-weiß kariert. Ich lege es vorsichtig zur Seite, damit es nicht so raschelt. Die eine Schublade ist ziemlich unspektakulär: Socken. Überwiegend kurze, in weiß oder schwarz. Langweilig. In der anderen Schublade sind alte Schulbücher und Hefte. Ohne großartig nachzudenken, schnappe ich mir eines, das oben liegt, und schlage es an einer willkürlichen Stelle auf.

Das Wartezimmer – von Rose Cavendar, lese ich irritiert. Das kann nicht sein, oder?

Schnell überfliege ich die ersten Sätze und schnappe empört nach Luft. Das passiert gerade nicht wirklich, oder? ... Das habe *ich* geschrieben! Nicht Rose! Meine Schwester hat meine Kurzgeschichte einfach abgeschrieben – ohne auch nur ein Wort zu verändern. Das weiß ich, weil ich so lange daran gesessen und sie überarbeitet habe, dass ich sie auswendig konnte.

Wo hat Rose die Geschichte gefunden?

Ich blättere ein paar Seiten zurück und stelle fest, dass sie sie in ihrem Englischkurs als Aufsatz zum Thema Gesellschaftskritik genutzt hat. Das war letztes Jahr. Ich bewahre meine Geschichten in dem kleinen

Schuhkarton ganz oben auf meinem Kleiderschrank auf. So weit nach hinten an die Wand geschoben, dass man ihn eigentlich nicht sehen kann, außer man ist über einen Meter neunzig groß wie mein Dad – von dem ich bezweifle, dass er jemals in meinem Zimmer war. Um dranzukommen, muss ich einen Stapel Bücher aus meinem Regal nehmen, ihn auf meine Kommode, die neben dem Schrank steht, tragen und dann draufklettern. Und mich auf die Zehenspitzen stellen.

Rose war nicht wesentlich größer als ich.

Und überhaupt – wie kam sie auf die Idee, auf meinem Kleiderschrank etwas zu suchen, von dessen Existenz sie eigentlich nichts wissen dürfte??

Ich weiß nicht, ob ich lachen, weinen oder einfach den Kopf schütteln soll angesichts so viel Dreistigkeit.

»Sage, das Essen wird kalt!«, ruft Mom von unten und reißt mich damit aus meiner Schockstarre.

»Dann wärme ich mir das halt wieder auf!«, brülle ich zurück und ignoriere ihre Antwort – ich kann mir schon denken, dass sie nicht gerade nett ausfällt.

Ich blättere wieder zurück zu Roses Englischhausaufgabe – meiner Geschichte – und lese Mrs Summers' daruntergeschriebenen Kommentar.

Rose. In Ihrer Hausarbeit ist Ihnen durch die gezielte Verwendung von Anthropomorphismen eine hervorragende Herausarbeitung des Themas gelungen. Der subtile satirische Einschlag, den Sie gewählt haben, hebt Ihre Arbeit deutlich von der Masse ab. Die Bearbeitung zeichnet sich durch eine differenzierte Denkweise, das tief greifende Verständnis des Themas und einen beeindruckenden Umgang mit der Sprache aus. Sehr gut.

Ich lese noch einmal drüber, weil ich nicht glauben kann, was da steht. Mrs Summers, *die* Mrs Summers, die ich bis zum letzten Jahr in Englisch hatte, hat etwas von mir mit einem A+ bewertet – die beste Note, die *ich* bei ihr jemals hatte, war ein C-! Vorsichtig blättere ich weitere Seiten um, lese ungläubig, was dort steht, und schnappe mir Heft um Heft. Meine Bewegungen werden immer fahriger, schneller – Rose hat jede Menge Hausaufgaben von mir abgeschrieben. Ich finde Ideen wieder, die ich an die Seitenränder der Bücher, die ich lese, gekritzelt habe. Bücher, die sie mir zu Weihnachten oder zum Geburtstag geschenkt hat – und die *sie* parallel dazu im Unterricht bearbeitet hat. Diese miese Heuchlerin!

Ich höre, wie Mom irgendetwas Wütendes von unten hochruft, und ich nuschele etwas zurück, über dessen Bedeutung ich mir selbst nicht ganz klar bin. Soll sie doch ihre eigenen Schlüsse ziehen, macht sie ja sonst auch.

Unter all den Arbeiten, die Rose von mir übernommen hat – und das, obwohl ich eine Stufe unter ihr bin –, hat Mrs Summers positive Bewertungen geschrieben. Einige sind auch von Mr Levine korrigiert worden – es läuft auf das Gleiche hinaus.

Die Lehrer, dich mich seit Jahren mittelmäßig bewertet haben, haben meine Schwester für nahezu exakt dieselbe Arbeit in den Himmel gelobt.

Ich rolle ein Heft – das, was ich zuerst gefunden habe – zusammen und stecke es hinten in den Bund meiner Jeans. Dann schiebe ich die Kiste mit den Schulsachen wieder sachte unter das Bett.

Ich meine, es ist nicht so, dass *alles* geklaut ist. Oft noch nicht einmal Wort für Wort. Das wäre ja auch viel zu aufwendig, um nicht zu sagen, nahezu unmöglich gewesen. Aber die Ideen – es sind so häufig meine. Ich fühle mich, als hätte meine Schwester mir diese eine Sache, die nur mir gehörte, gestohlen, sie überall herumgeschleift, bis sie ihren Glanz verloren hat, und dann achtlos in eine Ecke gleiten lassen. Ich bin verletzt, wütend, schockiert. Und vor allem nicht mehr in der Lage, sie deswegen zur Rede zu stellen.

Auch wenn ich mehr als sauer bin, fühle ich mich immer noch wie ein Eindringling. Ich muss nur ein paar Fotos für Johanna Mason raussuchen, dann kann ich verschwinden und ein weiteres, in jedem nur erdenklichen Sinne kaltes Abendessen zu mir nehmen.

Dad wird nicht mitessen. Macht er nie, wenn er gerade an etwas schreibt. Dann schließt er sich in seinem kleinen Büro ein, wo er einen mit Müsliriegeln, Tütensuppe (nur Eiernudelsuppe) und Instantkaffeepulver gefüllten Schrank hat und einen Wasserkocher auf dem Schreibtisch. Sogar ein Schlafsofa hat er sich hineingestellt. Raus kommt er eigentlich nur, wenn er auf die Toilette oder Wasser holen möchte. Oder wenn eine seiner Töchter beerdigt wird. Duschen wird seiner Meinung nach in dieser Zeit überbewertet, also versuche ich, ihm bei wie auch immer geartetem Kontakt nicht allzu nahe zu kommen.

In Roses Schreibtischschublade werde ich schließlich fündig: Ein paar Familienalben liegen ordentlich gestapelt darin, verschiedene Pastellfarben, geschichtet wie ein Regenbogen. Meine Familie ist nicht so fotolastig. Auf dem Kamin stehen die obligatorischen Kinderpassbilder und eins von uns allen vor dem Weihnachtsbaum – aber damit ist dann auch das Pensum an freudigen Erinnerungsfotos ausgeschöpft.

Nicht zu vergessen die Jahrgangsfotos, die sich im Archiv der Stadtbibliothek finden lassen – zusammen mit grausigen Presseberichten und unzähligen traurigen Kommentaren. Als ich Johanna diese Alternative vorgeschlagen habe, war mir von Anfang an klar, dass das nicht die Art Bilder sind, die sie sucht. Die, die sie haben will, sind glückliche, unbeschwerte. Solche wie die in dem Album, das nun auf meinem Schoß liegt und darauf wartet, aufgeschlagen zu werden – ja geradezu darauf brennt.

Als Rose und ich fünf und sechs Jahre alt waren – oder ein bisschen jünger? –, hat unsere Granny uns einen kirschroten Fotoapparat geschenkt und ein paar Filme dazugelegt.

Diese kleine Kamera sollte unser liebstes Spielzeug werden.

Ich frage mich, wo sie heute ist.

Wir haben jede freie Minute damit verbracht, uns gegenseitig zu porträtieren – wie Vorschulkinder das nun einmal machen: mit Fingern vor dem Objektiv, schräger Kamera, Doppelbelichtungen – und mit einer Leidenschaft und Ernsthaftigkeit, die an Fanatismus grenzte. Mom hat die Filme auf Roses Drängen hin entwickeln lassen, aber nie aus den Umschlägen geholt, und auch ich habe zwar Spaß am Schaffensprozess gehabt, aber mich nicht besonders für das Endergebnis interessiert. Im Gegensatz zu Rose, die alles fein säuberlich in Alben geklebt hat, die sie vor dem Rest der Familie hütet – *hütete* – wie wertvolle Schätze.

Unter dem Einband offenbart sich mir ein Blick in meine Kindheit: viele Fotos von Rose in rosa Prinzessinnenkostümen, in Moms viel zu großen Pumps balancierend, am Strand mit einem großen Schlapphut aus Bast, mit Zöpfchen, auf der Schaukel, die früher mal bei uns im Garten stand. Und zwischendrin ein paar Fotos von mir, damals noch blond, fast schon weißblond, so wie Rose, aber goldener, wie ich Handstände mache und Grimassen schneide, wie ich mit aufgeschürften Knien, Gras in den Haaren und einem breiten Zahnlückenlächeln in die Kamera grinse. Bilder, die ich noch nie gesehen habe. Bilder, auf denen wir glücklich waren.

Was ist mit uns passiert? Ich habe ganz vergessen, dass es eine Zeit gegeben hat, in der Rose und ich noch wirklich so etwas wie Schwestern waren, nicht nur zwei rein biologisch verwandte Menschen, zufällig mit einem ähnlichen Gen-Cocktail ausgestattet, aber ansonsten grundverschieden. Ich weiß nicht, ob ich glücklich oder traurig sein soll, mich nicht mehr wirklich daran erinnern zu können.

In der Hoffnung die Gedanken fortzuwischen, greife ich nach ein paar Fotos von Rose, willkürlich, und löse sie nicht gerade sanft von den Seiten des Albums. Als ich ein paar habe, lasse ich sie in meiner Hosentasche verschwinden und schließe Roses Schreibtischschublade schnell wieder, wie um die bösen Geister der Vergangenheit, die darin zu lauern scheinen, zu verjagen.

Aber ich bin wohl etwas zu hektisch, denn die Erschütterung sorgt dafür, dass sich irgendetwas am Schreibtisch löst – oh Gott, ich hoffe es ist nichts Wichtiges. Mom bringt mich um, wenn sie erfährt, dass ich etwas in Roses Zimmer demoliert habe. Herrje, ich schätze, es liegt durchaus im Bereich des Möglichen, dass sich mich dann auf ein katholisches Mädcheninternat schickt, wie sie es schon öfter im Streit angedroht hat. In eines, das weit weg von allem, das ansatzweise Spaß macht, liegt.

Während all diese Gedanken in Bruchteilen von Sekunden durch meinen Kopf schwirren, landet etwas Hartes auf meinem Fuß. Ich bücke mich, um nachzusehen, was mir beim Runterfallen beinahe die Zehen meines linken Fußes gebrochen hat.

Zumindest hat es sich so angefühlt. Aber vielleicht bin ich da auch etwas empfindlich.

0,2/0,33333

Vorsichtig beuge ich mich unter Roses Schreibtisch. Es ist ziemlich dunkel dort, was wohl auch an meinen Haaren liegt, die es dem verbliebenen Sonnenlicht verwehren, zu mir zu gelangen. Ich ertaste etwas Kleines, Rechteckiges. Scharfe, harte Kanten. Buchseiten, die in meine Fingerkuppen schneiden, als ich zu schnell drüberfahre. Ich stoße mir den Kopf, als ich mit dem Ding in der Hand unter dem Schreibtisch hervorkrieche. Ich fluche – so leise wie möglich, damit Mom es nicht hört.

Ich bemerke Schritte auf der Treppe, gedämpft zwar, aber meine Mutter hat vergessen, die dritte Stufe von unten zu meiden. Das ist die, die immer knarzt. Schnell schiebe ich den Schreibtischstuhl wieder zurück und das Etwas, das ich noch nicht genauer betrachten konnte, notgedrungen unter meinen Pulli. Dann haste ich, froh, dicke Socken anzuhaben, die meine Schritte dämpfen, aus Roses Zimmer und ziehe die Tür hinter mir zu. Das Klicken verrät mich. Zum Glück verbindet eine Wendeltreppe die beiden Stockwerke unseres Hauses, sodass Mom nicht sehen kann, welche Tür ins Schloss gefallen ist, weil sie gerade mit dem Rücken zu mir steht. Hastig mache ich einen Satz zur Seite, zur Badezimmertür, und lege die Hand vorsichtshalber noch an die Klinke.

»Oh, hey, Mom«, sage ich. »Ich wollte gerade runterkommen.«

Moms missbilligender Blick ruht auf mir wie einen tonnenschwerer, mit Scherben garnierter Eisklotz. Ich schiebe mich an ihr vorbei, ohne sie zu berühren, und gehe die Treppe nach unten in die Küche.

Würde sie mich ansehen, richtig ansehen, dann würde sie bemerken, dass sich mein Pulli an ganz und gar unüblichen Stellen ausbeult. Aber das Kleidungsstück ist so weit geschnitten, dass das nur bei näherer Betrachtung auffällt – und die hat Mom nur für mich übrig, wenn ich ausgehe und mich jemand sehen könnte.

Nach dem Essen gehe ich schnellstmöglich nach oben. Ich schließe meine Zimmertür hinter mir und drehe den Schlüssel im Schloss. Nicht dass ich unliebsame Besucher befürchte, aber man weiß ja nie.

Als Erstes fliegen – nein, eher flattern – die drei Bilder von Rose auf den Schreibtisch, damit ich morgen nicht vergesse, sie einzupacken und die Sache mit Johanna Mason endgültig geklärt ist. Danach schiebe ich das Deutschheft achtlos zwischen meine eigenen Schulsachen – nichts verrät mehr, dass es nicht mir gehört. Als Letztes widme ich mich dem Buch.

Der Einband ist aus einem dunkelblauen Stoff, der mich an meine Ausgabe von Anna Karenina erinnert, und an den Ecken ausgefranst, als wäre es oft in die Hand genommen worden. Erst denke ich, dass nichts den Inhalt verrät. Aber dann fällt Licht auf das Buch, das ich in meinen Händen drehe, und reflektiert sich in etwas hektisch Gekritzeltem, das haargenau in der Farbe des Einbands geschrieben worden ist.

Die Wahrheit.

Mein Herz schlägt plötzlich schneller? Welche Wahrheit? Und warum habe ich das Gefühl, dass Rose wollte, dass mir dieses Buch in die Hände fällt und dass der Text, der vorn draufsteht, ganz genau an mich gerichtet ist?

Soll ich oder soll ich nicht? Wenn meine Schwester das Buch versteckt hat, so sorgsam gehütet, dann hatte sie sicherlich einen guten Grund dafür. Andererseits hatte Rose neben ihrer Vorliebe für Geheimnisse auch eine für kryptische Botschaften. Ich seufze, fahre an den kaputten Ecken und Kanten entlang, vor und zurück, unschlüssig.

Außerdem ist da dieser drängende Gedanke, dass sie diesen Moment hier ganz genau so haben wollte. Ich weiß nicht, woher er kommt, aber er ist da und ich kann ihn nicht ausblenden.

Schließlich siegt doch meine Neugier und ich schlage es auf: *rose cavendar, tagebuch.*

Das ist eindeutig die Schrift meiner Schwester. Mit den Fingern taste ich den Vertiefungen in den Seiten nach, die der Kugelschreiber, mit dem sie geschrieben hat, dort hinterlassen hat. Ich mag behaupten, meine Schwester ziemlich gut zu kennen. Besser als jeder andere. Aber dass Rose, *ausgerechnet Rose*, Tagebuch geführt hat – das scheint mir doch ziemlich an den Haaren herbeigezogen. Würde ich den Beweis nicht gerade in den Händen halten, die hässliche, schnörkelige Schrift meiner Schwester – ich würde jeden, der mir von einem Tagebuch, das sie angeblich geführt haben soll, erzählt, für verrückt erklären.

Rose hat sich gern mit sich selbst beschäftigt, ja – noch viel lieber hatte sie es jedoch, wenn andere sich mit ihr beschäftigt haben.

Aber – Rose und etwas zu Papier bringen? Das passt nicht zu meiner Schwester, die grundsätzlich alles, was nicht in die Hände eines Lehrers gelangen würde, kleingeschrieben hat.

Und doch, hier ist es, schwarz auf weiß. Als ich die erste Seite aufschlagen will, fällt ein kleiner Zettel heraus. Das Papier ist kariert und die Ecken sind zerfranst, als ob er irgendwann impulsiv aus einem Block oder Heft gerissen worden wäre. Der Text darauf ist mit demselben dunkelblauen Stift geschrieben wie der auf dem Einband – und passt nicht zu dem schwarzen Kuli, der für die anderen Seiten verwendet wurde.

Mein Blick fliegt eilig über die Worte.

ich wusste, du würdest das hier finden, du neugierige nase. du hast vielleicht fragen – hier drin sind antworten.

Einige Textstellen sind durchgestrichen. Ich entziffere etwas, das aussieht wie *geheim, ungeplant* und *privat,* aber der Rest ist bis zur Unkenntlichkeit übergemalt worden. Es ist Roses Schrift – aber eine hektischere Version davon. Als ob sie sich selbst nicht wirklich sicher war, was sie da überhaupt tat. Ich schlucke – das passt so gar nicht zu meiner Schwester – und lese den ersten Eintrag.

montag, 3. Dezember 1992
ich muss das hier loswerden, aber ich kann es niemandem sagen. niemandem. und das zerfrisst mich, von ganz tief innendrin nach ganz weit draußen raus. weil ich mit niemandem sprechen kann, denn mir fehlen nicht nur die worte, sondern auch der mut, sie zu sagen. deswegen hier. vielleicht hilft das ja. hab gelesen, man soll

seine gedanken aufschreiben. meine schwester, sage, die schreibt auch immer, andauernd. zelebriert das total und tut so, als wär's das größte auf der welt. und als wär's so groß und so gut, dass wir alle nicht verdient haben, dran teilzuhaben. bisschen so wie daddy. sie zeigt niemandem, was sie da so die ganze zeit aufschreibt, versteckt das und so. und keiner scheint sich dafür zu interessieren. sie macht auf mich den eindruck, als gehe es ihr gut damit, also geht es mir vielleicht auch gut damit. ich muss es wenigstens versuchen.

Ich schlucke schwer, als ich den letzten Satz lese.

Das Ganze wirft unheimlich viele Fragen auf. Solche, auf die ich keine Antwort weiß und von denen ich mir auch gar nicht sicher bin, ob ich sie überhaupt kennen möchte. Hastig schlage ich das Buch zu und schiebe es unter meine Matratze. Nach einer halben Minute ziehe ich es wieder hervor. Wie soll ich schlafen, wenn Rose oder zumindest das, was noch von ihr übrig ist, so nah an meinem Herzen liegt und flüstert? Darauf wartet, gelesen zu werden.

Aber wohin damit? Es ist wie in der Geschichte mit dem verräterischen Herzen – je mehr ich Roses Tagebuch ignorieren möchte, desto lauter schreit es mich an. Probeweise teste ich, mir die Ohren zuzuhalten – ein Versuch, der von vornherein zum Scheitern verurteilt ist.

Schließlich schiebe ich es in meine Schultasche. Der Schlaf lässt dennoch lange auf sich warten.

Am nächsten Tag passe ich Johanna Mason vor ihrem Schließfach ab, drücke ihr die Bilder in die Hand und will mich gerade umdrehen, als sie mich an der Schulter packt.

»Sage?«, sagt sie und probiert sich an ihrem üblichen Zahnpastalächeln, das einen dunklen Raum vermutlich mehr erhellen würde als zehn Glühbirnen. »Danke.«

Ich nicke mit zusammengekniffenen Augen und bin froh, als ich ein bisschen Abstand zwischen ihr, ihrer Parfümwolke und mich gebracht habe.

In meiner Mittagspause sitze ich wie immer in der hinteren Ecke der Cafeteria, an dem unangenehmen Tisch neben der Essensrückgabe. Unangenehm deshalb, weil andauernd irgendwelche Leute an einem vorbeilaufen, weil es widerlich nach diversem halb verzehrten Schulessen riecht und weil man, um nach draußen zu sehen, seinen Hals in einem unnatürlichen Winkel verrenken muss. Das Einzige, was an diesem Platz ansatzweise attraktiv ist, ist, dass hier kaum jemand sitzen will. Und das ist das letztendlich das Wichtigste für mich. Links von mir sind zwei Plätze frei und rechts ist es immerhin einer.

Ich stochere gelangweilt in meinem Pudding herum, während ich die anderen beobachte.

Die Seniors, wie sie an ihren Tischen am Fenster sitzen, hinaussehen, lachen. Ich erkenne einige von Roses Freundinnen und Freunden, auch Dylan sitzt bei seinen Kumpels und lacht, als ihm jemand an die Schulter boxt.

Ich starre wieder wie versteinert auf den leeren Stuhl neben mir. Vor etwas mehr als einem Jahr saß Robbie dort und hat ebenso mit mir herumgealbert, wie die anderen Leute um mich herum es gerade tun – nach der Sache mit Rose hat er seine Mittagspause in die erste Lunch-Gruppe verschoben. Manchmal vermisse ich ihn.

Ein Löffel Pudding findet den Weg zu meinem Mund. Er schmeckt fad. Ich muss wieder an Rose und ihr Tagebuch denken, will weiter darin lesen. Herausfinden, was meiner Schwester so schwer auf dem Herzen lag.

Einen Hauch von einem Moment lang trifft Dylans Blick meinen und er lächelt mir flüchtig zu – was ich nicht erwidere –, bevor er sich wieder seinen Freunden zuwendet und über irgendetwas, vermutlich ist es ein dummer Witz, lacht.

Ich will gerade aus der Tür zu meiner Englischklasse gehen – ich bin eine der Ersten –, da höre ich meinen Lehrer.

»Sage? Wartest du noch kurz?«

Die Mitschüler, die nahe genug bei uns stehen, ziehen ihre Augenbrauen hoch oder gucken fragend von ihm zu mir. Ich seufze, gehe einen Schritt zurück, damit die anderen den Raum verlassen können, und starre aus dem Fenster. Was ist jetzt schon wieder sein Problem? Diese Stunde habe ich mir nun wirklich nichts zuschulden kommen lassen!

»Das wird langsam zur Gewohnheit, was?«, stelle ich trocken fest, als wir beide allein sind. Seinen Gesichtsausdruck kann ich nicht erkennen, da er sich irgendwo hinter mir aufhält. Draußen stürmt und regnet es – mal wieder. »Was gibt es denn?«, frage ich genervt, weil er immer noch nicht mit der Sprache herausrückt, und drehe mich schwungvoll um.

»Ich weiß, dass dich das mit deiner Schwester sehr mitnimmt«, fängt er an, »und ich wollte dir sagen, dass ich da bin, wenn du mal reden willst. Gerade wenn sich solche schrecklichen Ereignisse jähren, ist es besonders schlimm.«

Entgeistert starre ich ihn an, wie er da an seinem Schreibtisch lehnt, die langen, in hässlichen Cordhosen steckenden Beine übereinandergeschlagen.

»Sind Sie scharf auf den Posten als Vertrauenslehrer, oder …?«, setze ich an und versuche, dabei nicht allzu bissig zu klingen. Nervig hin oder her, er ist immer noch mein Lehrer.

»Ich … nein.« Er schüttelt den Kopf, überrumpelt von meiner Reaktion. Aber was hat er erwartet? »Ich möchte nur, dass du jemand zum Reden hast. Das, was du zurzeit durchmachst, ist sicherlich nicht einfach.«

»Ach was, meinen Sie? Wow, da wär ich nie draufgekommen. Danke. Reicht das jetzt?« Ich kann nicht verhindern, die Augen zu verdrehen. Das schrille Klingeln, das den Beginn der nächsten Stunde einläutet, dringt an mein Ohr. Ich werde so was von zu spät kommen. »Okay«, wieder einmal ärgert es mich, seinen Namen nicht zu wissen. »Sie haben ja jetzt vielleicht eine Freistunde, aber ich nicht. Kann ich gehen?«

Das mit der Freistunde war nur eine Vermutung, aber da er nur verdutzt nickt und etwas wie »Ja« murmelt, gehe ich davon aus, dass ich richtiglag.

Eilig presse ich meine Tasche so nah wie möglich an meinen Körper und gehe mit gesenktem Kopf und schnellen Schritten aus dem Raum.

93·0,075269

Die nächsten Tage siechen grau und ereignislos dahin. Ich gehe zur Schule, esse in der Mittagspause allein, weiche meinem Englischlehrer aus und arbeite nach dem Unterricht in diesem blöden Restaurant, wo ich die abwertenden Blicke der Leute über mich ergehen lasse. Stillschweigend. Auch wenn ich ab und an kurz davor bin, jemandem Pasta über die Manolos zu kippen.

Am Wochenende hole ich meine Laufschuhe das erste Mal wieder aus meinem Schrank, schlüpfe hinein und binde mir die neongrünen Schnürsenkel zu.

Nachdem Rose verschwunden ist, habe ich einfach an andere Dinge gedacht als ans Laufen, und irgendwie bin ich dann nicht mehr dazu gekommen. Aber heute ist so ein schönes Wetter und ich denke, es ist Zeit, wieder damit anzufangen. Einfach auch, um den Kopf frei zu bekommen.

Frei zu bekommen von Roses Notizbuch, das mir die ganze Zeit zuflüstert, es zu lesen. Ich will es aufschlagen, Seite um Seite verschlingen, aber gleichzeitig habe ich ein furchtbar mulmiges Gefühl dabei. Mein Kopf sagt mir, dass es eine ganz schlechte Idee ist, darin herumzublättern, und überraschenderweise stimmt mein

Bauch ihm einmal zu. Wenn da nur diese Neugierde nicht wäre, die zäh an mir haftet und jedem Versuch, sie abzuschütteln, widersteht.

Ich gebe mir keine Mühe, die Treppe leise hinunterzugehen, denn Mom ist außer Haus und Dad hört sowieso nichts, wenn er in eine seiner Geschichten vertieft ist. Den Haustürschlüssel nehme ich vom Haken an der Garderobe und lasse ihn in meine Trainingsjacke gleiten.

Auf der Straße angekommen, beginne ich, zunächst langsam zu traben, steigere mich gemächlich. Kaum biege ich um die erste Ecke, bemerke ich, wie mir die Puste ausgeht. Ich ignoriere es.

Meine Jogginghose schlackert bei jedem Schritt um meine Beine wie ein aufgebauschtes Segel. Früher, als ich noch regelmäßig gelaufen bin, hat sie sich angeschmiegt, fast schon gespannt.

Die Luft riecht noch morgendlich frisch und kühl, am Straßenrand glitzern gefrorene Tautropfen an sorgsam gestutztem Vorgartengras. Ich schließe einen Moment lang die Augen, konzentriere mich darauf, Atmung, Schritte und Herzschlag in Einklang zu bringen, bis sich dieses herrliche Gefühl, seinen Rhythmus gefunden zu haben, einstellt.

Es ärgert mich, dass ich nicht einmal ansatzweise an meine alte Form heranreiche. Was habe ich auch erwartet? Dass meine Muskeln, die monatelang Zeit hatten, sich gemütlich abzubauen, plötzlich, mir nichts, dir nichts und Simsalabim wieder da sind? Dass alles wie früher ist?

Als ich einen Berg hinauflaufe, keuche ich bereits wie eine Dampflok. Ich habe das Gefühl, dass meine Beine kurz davor sind, in Flammen aufzugehen, und Schweiß rinnt von meinen Schläfen über Ohren und Hals hinab.

Oben angekommen stelle ich mich an den Straßenrand. Versteckt zwischen ein paar mickrigen Birken, stütze ich mich mit den Händen an den Oberschenkeln ab und spucke ins Gras.

Ein Blick auf meine Armbanduhr verrät mir, dass ich mehr als dreißig Minuten für drei Meilen gebraucht habe. Früher waren es zwischen achtzehn und zwanzig Minuten mit dem Ziel, an die siebzehn zu kommen.

Ich seufze schwer atmend – das wird noch eine Menge Arbeit bis dahin.

Vollkommen fertig lasse ich mich auf die kleine, zwischen den Bäumen ziemlich versteckt liegende Bank fallen. Das alte Holz knarzt ebenso müde, wie ich es bin, als wir uns berühren. Wie lange ist es her, dass meine Kondition so schlecht war, dass sie mich gezwungen hat, hier eine Pause zu machen? Ich kann mich nicht erinnern.

Ich vergrabe den Kopf in den Händen. Jetzt gerade ist einer der wenigen Momente in meinem Leben, in denen ich mich nach Musik, nach einem Soundtrack sehne. Die Augen schließen und die eigenen Gedanken nicht mehr hören müssen, sich von denen anderer tragen lassen.

Aber ich weiß, dass ich das eigentlich nicht kann, dass ich dann durchdrehe und wirr werde. Also bleiben mir nichts weiter als die Vögel in den Baumkronen über meinem Kopf und die Autos auf der Straße, die ich durch das Geäst und die Büsche kaum sehen kann.

Von hier aus liegt mein Zuhause nur knappe zweihundert Meter entfernt, wenn man den Berg – vielmehr ist es eigentlich ein Hügel – an der anderen Seite entlanggeht. Ich kann sogar das Dach in der Sonne schimmern sehen, ebenso wie unseren Familien-Van in der Einfahrt. Eine schöne Aussicht, wenn man solche Wackelpuddinggliedmaßen wie ich hat.

Plötzlich fängt der Himmel an, sich zu verdunkeln, um nur Sekunden später – so kommt es mir zumindest vor – alles an Wasser auf mich niederprasseln zu lassen, was er hat.

Ich strecke die Zunge raus, bis ein paar Wassertropfen drauffallen. Sie schmecken viel weniger aufregend als in meiner Kindheit. Fast schon fad.

»Miss Cavendar?«, reißt mich mein Englischlehrer aus meinen Gedanken, »warten Sie nach der Stu…«

»Und täglich grüßt das Murmeltier«, nuschele ich, nicke aber und lehne mich auf meinem Stuhl zurück. So langsam frage ich mich wirklich, was sein aufkeimendes Interesse daran, mich zu nerven, so sehr angestachelt hat. Es war doch alles schön und gut, als wir uns noch in beiderseitigem Einvernehmen ignoriert haben!

Hätte einer meiner Mitschüler das gesagt, würden die anderen jetzt lauthals lachen. Irgendwer hätte sich vorgebeugt und der Person auf die Schulter geklopft, und mein Lehrer hätte etwas Neckendes erwidert, was noch mehr zur allgemeinen Erheiterung beigetragen hätte. So aber starren sie mich alle einen Moment lang entgeistert an und sehen dann schnell weg, als ich frage, was los ist.

Der Ton macht die Musik, Sage, hat Robbie, der ewige Clown, mal zu mir gesagt, *und deiner ist immer so furchtbar ernst.*

Weil nicht immer alles witzig ist, war meine genervte Antwort.

Robbie hatte mich in die Seite geknufft, mich breit angegrinst, sein Gesicht ganz dicht vor meinem, und gesagt: *Ich hab dich trotzdem gern, serious Sage.*

Und dann habe ich auch gelacht, weil er so ernst und so aufrichtig klang – und weil er mein bester Freund war. Ich vermisse diesen Robbie – den, mit dem ich lachen konnte, mit dem alles unbeschwert und leicht war. Unsere Allianz der Außenseiter fehlt mir, aber letztlich muss jeder von uns für sich allein kämpfen.

Ich seufze, als die anderen den Raum verlassen haben, und gehe nach vorn ans Lehrerpult.

»Was gibt es denn dieses Mal?«, frage ich. »Und bitte beeilen Sie sich etwas, das letzte Mal hat mich Mr Yang wegen meiner Verspätung nachsitzen lassen. Und ich muss *nie* nachsitzen.«

Irgendetwas scheint ihn zu erheitern, er versucht, sein Grinsen zu verbergen, indem er sich die Brille hochschiebt.

»Ich schreibe dir eine Unterrichtsbefreiung«, erklärt er schließlich gönnerhaft und in einem Tonfall, als wäre er Gott.

Es ist ihm deutlich anzusehen, wie cool er sich fühlt. Erwartet er jetzt etwa Applaus?

Als ich nichts sage, plappert er weiter: »Willst du heute mit mir über deine Schwester sprechen? Ich sehe doch, dass dich das mitnimmt. Oder bedrückt dich etwas anderes?«

Ich schüttele den Kopf. »Nein. Danke. Außerdem sind Sie nicht mein Vertrauenslehrer oder so was. Können wir es nicht einfach dabei belassen, dass Sie mir Englisch beibringen?«

Am Ende des Satzes hebe ich die Stimme hoffnungsvoll. Es ist schwer, wirklich ruhig zu bleiben, wenn jemand so hartnäckig ist.

Heute habe ich mir sogar Mühe gegeben, seinem Unterricht zu folgen. Und ich muss zugeben, dass er seine Sache gar nicht so schlecht macht – zieht sein Ding durchaus charmant durch, das muss man ihm lassen. Sobald er von den Schriftstellern, die er genauso sehr liebt wie ich, redet, beginnen seine grünen Augen zu funkeln, und er erzählt von ihnen auf eine Art und Weise, die einem das Gefühl gibt, als wären sie so etwas wie Freunde für ihn.

Plötzlich grinst er geradezu fies.

»Miss Cavendar«, sagt er, und ich zucke zusammen, als mir auffällt, dass er mich wieder siezt. Es ist zwar das, was ich die ganze Zeit über wollte, aber jetzt, nachdem ich mich gerade einigermaßen an sein familiäres Duzen gewöhnt habe, wirkt es doch reichlich merkwürdig. »Sie sind aufmüpfig. Sie nehmen nicht am Unterrichtsgeschehen teil. Ich empfinde Ihre flapsigen Bemerkungen als äußerst unangebracht und verletzend ...« Mit jeder Sache, die er aufzählt, streckt er einen Finger aus, als würde er meine Verstöße notieren. »Außerdem fehlen Sie häufig unentschuldigt.«

»Das stimmt nicht!«, falle ich ihm ins Wort. Ich gebe Entschuldigungen ab – auch wenn sie häufig selbst gemacht sind.

Wieder dieses fiese Grinsen, als er weiterredet.

»Also die habe ich nie bekommen, tut mir leid. Zudem, Miss Cavendar, sind Sie zuletzt mit deutlicher Verspätung zu meinem Unterricht erschienen. Ich habe dieses Verhalten zunächst toleriert, denn ich habe gehofft, dass Sie sich bessern. Nun finde ich aber, dass disziplinarische Maßnahmen notwendig sind. Ich denke da an einen Anruf bei Ihren Eltern und an einige schöne Samstage hier in der Schule …«

»*Was?*«, frage ich entrüstet. »Das, das … das ist doch jetzt nicht Ihr Ernst, oder?«

Diese aufgesetzte Art, mit der er plötzlich spricht, hat etwas von einem schlechten Scherz. Einen Moment lang starre ich ihn an wie einen grottigen Stand-up-Comedian und warte vergeblich auf eine Pointe, die nicht kommt.

Sein Gesichtsausdruck bleibt unverändert, er scheint das hier sehr auszukosten. »Doch, natürlich. Ich denke, das gibt Ihnen die Möglichkeit, über Ihr Fehlverhalten nachzudenken.«

»Dafür ist doch kein Nachsitzen notwendig!«

»Schon allein dein Widerspruch würde es rechtfertigen.« Wieder dieses Du. In diesem Moment wird mir klar, dass das hier eine einzige Show ist. Er will etwas – was, wird er mir sicher gleich verraten – und versucht, mich zu erpressen.

Als ich entgeistert den Kopf schüttele, tritt er einen Schritt vor und greift nach einem Stuhl. Schwungvoll wirft er ihn um und sieht mich dann mit gespieltem Entsetzen an. Der Knall hallt mir immer noch in den Ohren wider.

»Sage! Wieso reagierst du denn so wütend? Dein Aggressionsproblem macht mir wirklich zu schaffen. Ich denke, wir sollten noch ein paar Samstage drauflegen …«

Ich will ihn mit seinem Namen ansprechen, in der Hoffnung, dann zu ihm durchzudringen, und beiße mir vor Ärger auf die Lippe, weil ich den schließlich nicht kenne.

»Ich denke, du wirst dich gut mit den anderen verstehen«, grinst er.

»Den anderen?«

»Ja!«, erklärt er mir freudestrahlend – und ich bin mir nicht sicher, wie viel davon tatsächlich gespielt ist. »Nette Schüler. Etwas verhaltensauffällig – Samstagsnachsitzen verdient man sich schließlich nicht ohne Grund. Aber du weißt ja: harte Schale, weicher Kern.«

Ich kann mich nicht mehr zusammenreißen, gehe mit hochgezogener Augenbraue einen Schritt auf ihn zu. »Soll das hier irgendwie so eine Breakfast-Club-Scheiße werden? Das ist doch krank! Haben Sie sich zu Hause ausgemalt, wer wer ist? Welche Rolle spiele ich denn? Brian schließe ich jetzt mal aus. Andrew? Nee. Doch nicht etwa Allison?«

Ich erwarte auf meine Fragen keine Antwort, habe sie nur gestellt, um ihm zu zeigen, wie vollkommen irrsinnig das alles hier ist.

»Ich dachte eher so an Bender, einfach wegen dieses Gesichtsausdruckes, den du manchmal hast …«

Ich spüre, wie sich meine Augen weiten. »Das ist doch jetzt nicht Ihr Ernst, oder? Macht Ihnen das Spaß?«

Die einzige Antwort, die ich bekomme, ist dieses blöde Grinsen, das ich ihm nur zu gern aus dem Gesicht wischen würde.

Ich reibe mir mit der Hand über die Augen, flüstere mir selbst leise unwirsches Zeug zu und gehe Schritt für Schritt rückwärts, um Abstand zu ihm zu gewinnen.

»Sie wissen schon, dass das nicht okay ist, was Sie hier abziehen?«, frage ich schließlich, mittlerweile am anderen Ende des Raumes stehend.

»Aber wem«, sagt er, geht auf sein Pult zu und beginnt, die Papiere darauf zusammenzuklauben und in seine Ledertasche zu stecken, »würde man denn, solltest du so etwas jemals öffentlich äußern, glauben? Dir? Oder doch eher mir?«

Eine Frage, die keiner Antwort mehr bedarf.

Nahezu tonlos schleicht sich mein Flüstern zwischen uns. »Und worin besteht die Alternative?«

»Die Alternative?«

»Ja. Darauf wollen Sie doch hinaus, oder?«

Einen Moment lang sieht er fast ein bisschen wehmütig aus, ich glaube, er hat großen Gefallen an seiner kleinen Show gefunden, vermisst klatschendes Publikum und rote Rosen, die zu seinen Füßen regnen.

Dann klärt sich sein Blick, man könnte sogar sagen, er hellt sich ein wenig auf, ebenso wie seine restlichen Gesichtszüge.

»Gut, dass du fragst.«

3,5·2,28572

Die *Alternative*, wie du es nennst, wäre eine Teilnahme an meiner Englisch-AG. *Das macht Spaß!*« Ich ziehe eine Augenbraue hoch. »Lassen Sie mich raten, der Frühstücks-Club ist auch da?«

»Das ist gut möglich, bis jetzt haben alle die Arbeitsgemeinschaft mit mir dem Nachsitzen bei Mrs Perkins vorgezogen.«

»Glauben Sie ja nicht, dass das an Ihrem Charme liegt!« Mrs Perkins ist ein Biest. Selbst bin ich noch nicht in den Genuss von Nachsitzen bei ihr gekommen, aber Robbie hat schon ein paar Mal teilgenommen – und der war wenig begeistert.

Robbie …

»Ich bin also charmant?«

Erneut verdrehe ich die Augen – darauf hat er also gehört.

»Und wann ist Ihre tolle Englisch-AG?«

Ich gebe ihm nicht die Genugtuung, auch noch auf seine blöde Frage einzugehen. Es ist unfassbar, wie sehr er von sich überzeugt ist. Und das Schlimmste dabei ist, dass das Verhalten meiner Mitschüler ihm gegenüber ihn in seiner Selbstüberschätzung auch noch bestätigt.

»Donnerstags, von achtzehn bis zwanzig Uhr.«

»Na super«, meine ich und bitte ihn um den Unterrichtsbefreiungszettel. Ich muss hier jetzt einfach weg.

Kaum berühren meine Finger das dünne, beinahe durchscheinende Papier, haste ich auch schon an meinem Lehrer vorbei und auf den stillen Schulflur hinaus.

»Von einem Anruf bei deinen Eltern sehe ich noch einmal ab!«, höre ich ihn mir gönnerhaft hinterherrufen. Bei seinen Worten schmecke ich bittere Galle auf meiner Zunge.

Ein paar Ecken weiter, um die ich stürmisch und mit quietschenden Schuhen biege, fällt die Tür des Mädchenklos hinter mir ins Schloss. Ich lehne mich dagegen und versuche, meinen Herzschlag, der während unseres Gesprächs immer unkontrollierter geworden ist, wieder zu normalisieren.

Als ich nicht mehr das Gefühl habe, sofort umkippen zu müssen, stolpere ich auf die Waschbeckenfront zu, stütze mich mit beiden Händen darauf ab und betrachte mich im Spiegel.

Mein blonder Haaransatz ist mittlerweile fast zwei Fingerbreit und hebt sich deutlich von der übrigen dunkelbraunen, beinahe schon schwarzen Farbe ab.

Ich ziehe missmutig meine hellblonden, fast unsichtbaren Augenbrauen zusammen – ich muss wohl bald mal wieder den Ansatz nachfärben, aber dafür habe ich gerade echt keinen Kopf.

Meine braunen Augen sind rot gerändert, und wenn ich nicht wüsste, dass es meine eigenen sind, würde ich dem irren Blick im Spiegel mittlerweile längst ausgewichen sein.

Ich stecke den Unterrichtsbefreiungszettel in die Tasche meiner Jacke und nehme mir eine Kippe. Weil ich immer noch zu aufgewühlt bin, um jetzt nach draußen zu gehen, stolpere ich in die letzte Kabine, stelle mich aufs Klo und öffne mit flinken Fingern das Fenster, bevor ich sie mir anstecke.

Meine Haltung, auf Zehenspitzen stehend und den Hals in einem unnatürlichen Winkel verbogen, damit ich den Rauch aus dem Fenster pusten kann, sodass kein Rauchmelder Alarm schlägt, ist alles andere als bequem. Außerdem riecht einfach alles hier widerwärtig. Zu dem abstoßenden Gestank von Urin und Erbrochenem, gemischt mit dem von viel zu süßen Deos, gesellt sich der mir vertraute Tabakgeruch. Zu meinen Füßen liegen eine Rolle Klopapier und ein benutzter Tampon.

Und doch kann ich, sobald der Rauch meine Lungen füllt, endlich wieder frei atmen. Es klingt falsch, fühlt sich aber richtig an. Es ist, als würde ich mit jedem Ausatmen nicht nur den Tabakrauch, sondern auch den Nebel aus meinem Kopf rauslassen. Langsam, aber sicher kann ich meine Gedanken wieder ordnen.

Donnerstag. Zwei Stunden Englisch-AG. *Wie lächerlich ist das denn?*

Direkt nach der Frage, was dieser ganze Mist soll, stellt sich mir die, wie ich meinem Chef die schöne Geschichte beibringen soll. Trotz der miesen Bezahlung und der nervigen Kundschaft reißen sich die Leute geradezu darum, bei ihm zu arbeiten. Es ist nicht so, dass er mich nicht einfach durch eine andere, vermutlich freundlichere Servicekraft ersetzen könnte. Um ehrlich zu sein, ist es ja sogar schon verwunderlich, dass er es nicht längst getan hat. Ich vermute, das ist der Mitleidsbonus. Ich meine, wer feuert schon das Mädchen, das seine große Schwester verloren hat und jetzt ganz offensichtlich eine schwere Zeit durchmacht? Wie würde man denn dastehen, wenn man so etwas täte?

Schon allein das wäre eigentlich ein Grund für mich, zu kündigen, aber ich brauche das Geld, viel mehr aber noch die Beschäftigung, und ich bin mir nicht sicher, ob ich sonst irgendwo arbeiten könnte.

Davon mal abgesehen behandeln mich beinahe alle so. Alle außer Dylan. Als wäre ich eine Art Zeitbombe, in irgendeiner Form gefährlich, unberechenbar und gleichzeitig bemitleidenswert.

Ich hasse das. Hasse es so sehr und noch mehr, dass ich keine Ahnung habe, was ich dagegen machen kann, außer zu versuchen, es weitestgehend zu ignorieren.

Nachdem ich den mittlerweile mehr als kümmerlichen Zigarettenstummel aus dem Fenster geschnipst habe, klettere ich vom Klo und trete aus der Kabine heraus.

Ich habe weder eine Uhr noch ein vertrauenswürdiges Zeitgefühl, aber da ich es noch nicht zur nächsten Stunde habe klingeln hören, gehe ich davon aus, dass es nicht schaden kann, mich schon mal in die Nähe meines nächsten Unterrichtsraumes zu begeben.

Gerade als ich auf den Schulflur treten will, fällt mir auf, dass etwas fehlt. Und mit etwas meine ich etwas Essenzielles. Meine Tasche. Oder vielmehr die meisten meiner Gedanken, die lose und ungeschützt darin rumflattern. Ich merke, wie meine Hände unkontrolliert zu zittern anfangen, als ich mich noch einmal umsehe, alle Kabinentüren grob mit meinem Fuß aufstoße – und sie einfach nirgendwo entdecken kann.

Der Englischraum!

Ich schließe die Augen und presse die Arme ganz dicht an die Seiten meines Körpers, um sie irgendwie unter Kontrolle zu bringen.

Warum lasse ich mich in letzter Zeit von nahezu allem so vollkommen aus der Bahn werfen?

Ich nehme noch einmal einen tiefen Atemzug, um mich zu beruhigen – wie töricht, auch nur daran zu denken, dass es funktionieren würde –, dann trete ich auf den Schulflur hinaus und laufe in Richtung Englischraum. Jeder Schritt verlangt ein riesiges Maß an Überwindung.

Was, wenn er noch da ist? Der Lehrer? Ich weiß nicht wohin mit meinen Gefühlen, mit all der Angst, die ich nicht zugeben will, mit all der Wut angesichts so viel Ungerechtigkeit.

Vielleicht bin ich wirklich giftig, zumindest im Moment. Vielleicht bin ich es auch schon immer gewesen. Um nicht weiter darüber zu grübeln, zähle ich die Spinde, an denen ich vorbeilaufe. Bei zweiundzwanzig verliere ich den Faden. Ich beruhige mich mit dem Gedanken, dass mein Englischlehrer, kurz bevor ich gegangen bin, Anstalten gemacht hat, seine Tasche zu packen. Vielleicht ist er ja schon längst weg. Bestimmt. Ich hoffe nur, dass in diesem Fall der Raum nicht abgeschlossen ist.

Als ich die Tür erreiche und sie sich unter einem gleichsam beherzten wie auch zaghaften Druck meiner Hand öffnet, stoße ich erleichtert die Luft aus, von der ich gar nicht bemerkt habe, dass ich sie angehalten habe.

Ohne mich großartig umzusehen – immerhin sagt niemand etwas, als ich hineintrete, also werde ich wohl allein sein –, gehe ich zielstrebig nach hinten und will meine Tasche aufheben. Als ich mich über den Tisch beuge, ist der Platz, an dem sie üblicherweise steht, *immer* steht, jedoch leer.

Unfähig, mich zu rühren, gehe ich noch einmal meinen Tag durch. Ich habe sie doch ganz sicher hier gehabt.

Hinter mir höre ich, wie sich jemand leise räuspert. Ich zucke erschrocken zusammen und drehe mich ruckartig um meine eigene Achse, nur um zu sehen, wie mein Englischlehrer im Schneidersitz direkt neben der Tür hockt. Auf dem Boden – vermutlich habe ich ihn deswegen nicht gesehen – mit einem erschreckend leeren Stoffbeutel neben sich. In dem Moment, in dem ich den Inhalt ausgebreitet auf seinem Schoß entdecke, habe ich das Gefühl, gleich in tausend Stücke zu zerplatzen – blutige, ekelige, voll mit Organfetzen. Ich komme nicht umhin, mir seinen angewiderten Gesichtsausdruck vorzustellen, wenn Teile von mir auf seine Tweedhose kullern, wenn meine schwarze Lunge sich zu seinen Füßen ausbreitet, und bei dem Gedanken daran muss ich ein Lachen unterdrücken.

Wann habe ich zuletzt gelacht? Wirklich gelacht? So richtig herzhaft? So sehr, dass einem der Bauch wehtut und man das Gefühl hat, kurz davor zu sein, sich in die Hose zu pinkeln?

Ich kann mich beim besten Willen nicht erinnern. Einen Moment lang frage ich mich sogar, ob ich das Gefühl nicht bloß aus Büchern kenne.

»Hey, das ist nicht okay! Geben Sie meine Tasche her!«, fluche ich, als ich mich endlich wieder gefasst habe, und stapfe wütend auf ihn zu.

»Du liest *Die Verwandlung*?«, fragt er, ohne auf meine Bitte einzugehen.

»Sie können nicht einfach meine Sachen durchwühlen!«, erwidere ich gereizt, seine Frage ebenso ignorierend wie er zuvor meine Aufforderung.

Ich kann das Blut geradezu durch meine Venen rauschen hören, wohingegen er ein Bild der Gelassenheit ist. Wer zur Hölle denkt dieser Lehrer eigentlich zu sein? Jemand Besseres, nur weil er unterrichtet? Jemand, der sich alles erlauben kann?

Ich stöhne, knie mich ihm gegenüber hin und ziehe meine Tasche schwungvoll zu mir.

Ich mag gar nicht daran denken, was er alles gelesen haben könnte. In diesem Moment bin ich froh darüber, nicht zu den Menschen zu gehören, die allzu schnell rot werden.

»Das wird Konsequenzen haben!«, zische ich durch meine Zähne, als ich hastig damit beginne, die verstreuten Blätter in meine Tasche zu stopfen.

»Wie bitte?«, fragt er mit Unschuldsmiene und hält mir meine Stifte hin. Zwischen uns wieder die Frage danach, wem man glauben würde, ihm oder mir.

Ich beiße mir auf die Innenseite meiner Wange, bis ich Blut auf meiner Zunge schmecke.

»Wie findest du es?«

»Was?«, frage ich, komplett aus der Fassung gebracht. »Dass Sie meine Tasche durchwühlen? Scheiße! Dass Sie sich aufführen, als wären Sie Gott? Noch viel beschissener! Dass Sie hier seelenruhig sitzen und in meiner Privatsphäre graben wie auf einem Wühltisch beim Sommerschlussverkauf? Glauben Sie mir, dafür habe ich nicht mal mehr Worte.«

Einen Moment lang guckt er zur Seite, schiebt sich diese hässliche Hornbrille die Nase hoch. Fast habe ich das Gefühl, in seinen Augen kurz Bedauern aufblitzen zu sehen, aber im nächsten Moment bin ich mir absolut sicher, dass ich mir das nur eingebildet habe.

»*Die Verwandlung*«, meint er dann, in seiner Stimme nicht die geringste Spur der eben noch gezeigten Reue.

Nun hat sich nicht nur meine Fassung, sondern auch mein Konzept verabschiedet. »Ähm … ganz gut. Das Ende gefällt mir nicht … wie seine Familie einfach so weitermacht.«

»Du hast es schon durch?«

»Bin grad damit fertig geworden.«

Mein Gegenüber schnaubt irgendetwas, das ich nicht verstehe. Vermutlich will ich das auch gar nicht. Alles, was aus seinem Mund kommt, ist Müll. Abfall, unbrauchbar.

»Wissen Sie, wir können das ja alle zusammen in der Englisch-AG ausdiskutieren, hm? Als kleinen Exkurs in übersetzte Literatur.« Mit diesen Worten, zuckersüß und gleichzeitig gepresst vor Wut und Scham, reiße ich ihm schließlich auch noch meine Ausgabe der *Verwandlung* aus den Händen – sie ist aus der Stadtbibliothek ausgeliehen und ich muss sie spätestens morgen zurückbringen.

Kurz bevor ich aus dem Raum gehe, um ihn allein am Boden sitzend zurückzulassen, sage ich noch einmal mit vor Wut gepresster Stimme: »Ach ja, und wagen Sie es ja nicht, noch einmal in meinen Sachen rumzuwühlen. Vielleicht können wir das nicht auf offiziellem Wege klären – aber das heißt ja nicht, dass ich nicht anders dagegen vorgehen kann. Und dann …« Ich stocke kurz, weil ich seinen Namen immer noch nicht kenne. Ich muss mal irgendwen danach fragen, vorzugsweise, ohne dabei wie ein Idiot dazustehen. »… dann wäre ein Gespräch mit der Schulleitung noch das geringste Übel.«

»Sage?«

Ich antworte nicht, bleibe aber vor der Tür stehen. Warte ab, ob er noch etwas sagt. Gerade als ich mich wieder in Bewegung setzen möchte, höre ich ihn leise fragen: »War das jetzt eine Drohung von Sage Cavendar?«

Schon allein der amüsierte Ton in seiner Stimme sorgt dafür, dass ich die Fäuste balle.

Ich denke, dass er mehr zu sich selbst spricht, dennoch kann ich mir ein entschlossenes »Darauf können Sie wetten!« nicht verkneifen.

Keine Ahnung, ob er es hört, aber es ist mir auch egal. Ich hoffe, dass weder er noch ich jemals erleben müssen, wie ich meinem Ärger Luft mache.

Pünktlich mit dem Klingeln betrete ich meinen nächsten Unterrichtsraum, aber selbst als die Schulglocke längst aufgehört hat, das nervtötende Geräusch durch die Gänge zu schicken, klirrt es in meinen Ohren, als würden zehntausend Porzellanteller zerbrechen.

-2

Er sitzt auf seinem Bett, den vom vielen Denken schweren Kopf in den Nacken gelehnt, und starrt an die kahle Decke. Er muss die Augen ein wenig zusammenkneifen, weil das spätnachmittägliche Licht durch das vergilbte Rollo am einzigen schmalen Fenster bricht. Goldene Streifen, die die Staubpartikel, die durch den winzigen Raum flirren, sichtbar machen.

Es erinnert ihn daran, wie sie einst hier lag, mit nichts weiter bekleidet als mit ebendiesem Licht, das sich wie ein maßgeschneiderter Mantel um ihren Körper schmiegte. Wie es sich in ihren Haaren reflektierte, ihnen die Farbe von Butterblumen gab, weich und warm, und wie es in der lieblichen Unordnung, die nur seine Hände darin verursachen konnten, über ihren in seinen Augen makellosen Rücken fiel.

»Was guckst du so?«, hatte sie ihn gefragt, eine fein gezupfte Augenbraue neckisch hochgezogen, einen lockenden Ton in der sanften Stimme.

»Du siehst schön aus«, hatte er erwidert und ist nicht umhingekommen, ihren Mund, ihren süßen, frechen Mund, der so wunderbar mit seinem verschmolz, zu küssen.

Die nackte Zimmerdecke verwandelt sich vor seinen Augen in eine Leinwand, die den Film ihrer gemeinsamen Zeit abspielt. Kleine Sequenzen, manchmal nur Millisekunden. Ihr Lachen, die Art, wie sie ihre Haare über die Schulter wirft, wie ihre langen Wimpern bei bestimmtem Licht dichte Schatten auf ihre Wangen werfen, wie sie ihn mit diesem ganz besonderen Blick ansieht, wenn sie glaubt, er merke es nicht.

Sie haben nur so wenig Zeit miteinander verbracht, kaum mehr als einen Wimpernschlag. Es war einfach nicht genug.

Er atmet stoßweise aus. Das impliziert ja geradezu, dass es das je hätte geben können. Genug … Unvorstellbar. Selbst eine Ewigkeit mit ihr wäre zu kurz gewesen.

Oh, wie sehr hat er es geliebt, zu spüren, wie sich ihre Lippen unter seinem Kuss zu einem Lächeln verzogen. Wie ihre schmalen Hände sich behutsam an seine Wangen schmiegten, wie die Daumen kleine Kreise malten, während sie ihn zu sich heranzog.

Und ihre Fingernägel. Nie hätte er gedacht, dass er jemals in die Lage kommen würde, zu vermissen, wie sie sich voller Leidenschaft in seinen Rücken gruben.

»Du bist unmöglich«, hatte sie lachend gesagt, als er die zarte Haut an ihrem Hals immer wieder zwischen die Zähne saugte, damit jeder sehen konnte, zu wem sie gehörte. »Ich habe gesagt, du bist unmöglich!«, hatte sie wiederholt, dieses Mal, ohne den üblichen Schalk in ihren Worten mitschwingen zu lassen.

»Du wirst wohl einen Schal tragen müssen oder etwas sehr Hochgeschlossenes, wenn du nicht willst, dass es jemand sieht«, hatte er, heiser vor Erregung, geflüstert. Auch wenn er jedem zeigen wollte, was er, nur er, mit ihr machen durfte, so war er doch alles andere als erfreut gewesen, dass irgendjemand außer ihm auch nur einen Quadratzentimeter dieser zarten Haut sehen konnte.

Sie gehörte ihm. Nur ihm. Allein.

Der Film an der Decke bricht ab und er merkt, dass seine Wangen nass sind. Tränenbenetzt, trauerfeucht.

Sie hätte ihm gehören können, tat es ja auch eine ganze Zeit lang. Warum hat er es nur verbocken müssen?

So, wie er einfach alles zerstörte, was ihm zu nahe kam. Wie er restlos alles zerbrach, was ihm wichtig war – und sie war immer so fragil.

Sie hat ihm erlaubt, in ihren wunderbaren Kopf einzutauchen, ein kleines Universum mit ihr aufzubauen, nur sie beide, er und sie. Und er? Er hatte es irgendwie – und er würde gern sagen, dass er nicht wüsste, auf welche Art, aber die Wahrheit ist, dass er das ganz genau weiß – geschafft, das zu zerstören, was seine ganze Welt war. Immer noch ist.

Wie hatte er sich nur einlullen lassen können von der Stärke, die sie ausstrahlte, wo doch gerade er wusste, wie weich und begierig nach Bestätigung sie im Inneren stets war. Dass sie nur zahm war, wenn man sie auch als zerbrechlich behandelte.

Er hatte die Löwin gebändigt, bis zu einem gewissen Grad. Und dann – eine falsche, fatale Bewegung, und er, der so tief in ihre Höhle eingedrungen war, musste sich dem Kampf stellen. Sie hatte ihn zerfleischt. Und er sie.

Unmöglich, noch festzustellen, wer angefangen, wer aufgehört hatte.

Sie waren nie gut füreinander gewesen. Er nicht für sie und sie nicht für ihn. Und dennoch ist sie das Beste gewesen, was ihm je passiert ist.

Ihre Beziehung war immer eine schmale Gratwanderung. Ein Drahtseilakt in schwindelerregender Höhe. Hätte er doch nur geahnt, dass sie bei seinem letzten Stoß das Gleichgewicht verlieren … und dass sie ihn bei ihrem Sturz mit in die Tiefe ziehen würde.

Der einzige Unterschied ist, dass sie bereits unten angekommen ist, während er noch fällt. Immer und immer tiefer in die bodenlose Dunkelheit hinein, ohne Aussicht auf ein Ende.

Er weiß nicht, was selbstsüchtiger ist: sich zu wünschen, ebenso wie sie unten aufzukommen, obwohl er sich der Endgültigkeit dessen bewusst ist – oder das Verlangen in ihm, niemals anzukommen, aus Angst, dort so zu zerbersten wie sie.

Wenn sie doch noch hier wäre. Hier bei ihm, wo sie hingehört. Wenn das doch nur möglich wäre …

Er hebt den Saum seines T-Shirts zu seinem Gesicht, wischt sich die Tränen von den Wangen. Sie in diesem T-Shirt … Wenn sie sich auf die Zehenspitzen gestellt hatte, um die kleine Schachtel mit Fotos von ihnen beiden aus seinem Regal zu nehmen, und dabei einen winzigen Teil ihres perfekten Hinterns entblößt hatte. Was würde er geben, um das noch einmal erleben zu können. Ihre Haut noch einmal berühren zu können. Ein letztes Mal ihre Stimme zu hören, voller sanfter Worte.

Es ist ihre Schuld. Allein ihre Schuld! Warum musste sie so dumm und störrisch sein? So kratzbürstig und uneinsichtig und – vor allem – so unachtsam?

Aber ebenso ist es seine. Wie kann er sie überhaupt beschuldigen? Es ist ein schreckliches Gefühl für ihn, zu wissen, wie feige er ist, dass er sie für alles verantwortlich macht, wo es doch er allein ist, der ihr Leben in jeder nur erdenklichen Hinsicht zerstört hat. Wenn jemanden Schuld trifft, dann immer nur ihn.

Der Knall reißt ihn aus seinen Gedanken, seine Augen weiten sich erschrocken, als er die Scherben der Lampe, die zuvor noch auf seinem Nachttisch stand, an der gegenüberliegenden Seite des Raumes glitzern sieht.

Da ist es wieder. Alles macht er kaputt. Aber nicht den Salbei. Schon allein der Gedanke an ihn macht ihn so wohlig ruhig. Der Salbei wird ihn heilen, bevor er etwas zerstört. Es muss nicht so weit kommen! Wenn er ihn nur lässt, dann wird alles gut werden, hätte er das doch nur schon früher erkannt!

Wie lange war er jetzt schon nicht mehr so angenehm zerstreut? Wenn schon die bloße Vorstellung von ihr dieses Gefühl in ihm auslöst, wie wird es dann erst sein, wenn sie endlich bei ihm ist? Er hat sich viel zu lange eingeredet, dass er die ganze Sache allein bewältigen kann. Sie wird ihm helfen können.

Er spürt seine vor Trauer brennenden Augen lächeln.

Ja, das ist es, was er braucht. Er ist sich noch nicht sicher, wie weit er mit ihr gehen will oder gar in welche Richtung.

Das Einzige, was er weiß, ist, dass er sich wie ein Stück morsches, sprödes Treibholz fühlt, das durch ein schier unendliches Meer aus Erinnerungen treibt. Und dass der einzige Anker, wenn auch in weiter Ferne, der Salbei ist.

Seine Gelenke knacken, als er sich von seinem Bett erhebt und aus der Küche eine Kehrschaufel holt, um die Scherben, die wie Bruchstücke zerbrochener Träume auf dem Parkettboden liegen, aufzufegen.

Er verdrängt den Gedanken, dass er, der alles zerbricht, vielleicht nicht die beste Gesellschaft für ein Mädchen mit einem Herzen aus Glas ist.

(1,9+0,1)·4,5

Einen ungünstigeren Zeitpunkt als Donnerstag um achtzehn Uhr hätte sich mein Englischlehrer wohl nicht aussuchen können, um seine 1980er-Jahre-Teenagerfilmkomplexe zu verarbeiten. Wäre ich in der Schule geblieben, hätte ich, da meine letzen beiden Stunden ausgefallen sind, immerhin fast fünf Stunden auf den Beginn des Breakfast-, oder sollte ich es eher Dinnerclub nennen, warten müssen. Eine ziemlich lange Zeit, wenn man sich klarmacht, dass man niemanden hat, mit dem man sie verbringen kann. Also bin ich stattdessen mit dem Bus nach Hause gefahren und habe mir als Einstimmung auf den Abend noch einmal den Film angesehen. Sosehr ich auch versucht habe, mich darauf zu konzentrieren, konnte ich Roses Tagebuch und sein Schreien nach mir – denn nichts anderes tut es – nicht ganz ausblenden. Dementsprechend eilig hatte ich es dann auch, meine Laufschuhe zuzubinden und in Richtung Schule zu joggen, um so viel Platz wie möglich zwischen mich und die unerwünschte Erinnerung zu bringen. Ich weiß einfach nicht, ob ich dem, was darin steht, standhalten kann.

Deswegen stehe ich nun auch verschwitzt, außer Atem und in meinen Sportklamotten vor der Tür meines Englischraumes und hebe und senke meine Faust unschlüssig. Dadurch, dass ich beschlossen habe, meine tolle neue Freizeitbeschäftigung mit meinen Training zu verbinden, bin ich jetzt dummerweise zu früh da. Fast eine halbe Stunde, wenn man es genau nimmt.

Meine Schicht im Restaurant hat sich auf Samstag verschoben, deswegen musste ich meine Trainingszeit irgendwie umdisponieren – und das ist dabei herausgekommen.

»Super Idee, echt«, murre ich und puste mir eine Haarsträhne, die sich beim Laufen aus meinem Zopf gelöst hat, aus der Stirn.

Nachdem meine letzte Zeit so ernüchternd langsam war, habe ich für heute einen extradicken Puffer eingebaut – ich möchte ja schließlich nicht zu spät kommen und doch noch eine Runde Samstagsnachsitzen bei Mrs Perkins riskieren.

Ich kann mich nicht mal vernünftig freuen, dass ich doch besser in Form bin, als ich gedacht habe. Besonders weil ich die verhältnismäßig gute Zeit sicherlich nur dadurch erzielt habe, dass ich vor meiner Schwester, oder zumindest dem Teil von ihr, den sie zurückgelassen hat, weggelaufen bin, als wäre es ein Ticket direkt in die Hölle. Was, wenn ich ehrlich bin, gar nicht einmal so abwegig scheint.

Es ist komisch, meine Schule so zu sehen – so leer und verlassen, einzig von der sirrenden und schwachen Notbeleuchtung erhellt. Die ohnehin schon schmalen Gänge wirken enger, dunkler. Jeder Schritt scheint in ihnen doppelt so laut widerzuhallen. Als sich die Haupteingangstür unter meinem Drücken tatsächlich geöffnet hat, war mir schon ein bisschen mulmig. Ich bin um Himmels willen kein Angsthase, aber die ganze Szenerie könnte man ebenso gut in einen schlecht gemachten Low-Budget-Horrorfilm adaptieren.

Geräusche, die man sonst wegen der vielen Schüler nie wahrnimmt, lassen einen auf einmal zusammenzucken. Es riecht sogar anders. Ein wenig muffelig, gemischt mit einer leichten Note von billigem Putzmittel. Es ist, als wäre sämtliches Leben an diesem Ort an die Menschen, die sich hier aufhalten, geknüpft. Und jetzt, wo sie abwesend sind, ist alles verpufft.

Ich wünsche mir, behaupten zu können, dass ich den Raum nicht gefunden habe, um jetzt einfach gehen zu können. Aber mein Englischlehrer hat mich bis zum heutigen Tag jede Stunde lang, unfähig oder unwillig, einen leisen Triumph in seiner Stimme zu verstecken, an das Wo und Wann erinnert.

Ein letztes Mal streiche ich mir über meinen ehemals straffen Zopf, dann gehe ich hinein. Das Klopfen verkneife ich mir letztendlich doch.

»Oh, hallo, Sage! Du bist etwas zu früh«, begrüßt mich mein Lehrer mit einem freundlichen, jungenhaften Grinsen. Er steht vor einem Tisch in der hinteren Ecke des Raumes und … platziert Schalen mit Chips und Crackern darauf?!

Ich ziehe eine Augenbraue hoch, spare mir aber einen Kommentar. Das ist es echt nicht wert.

»Ähm, ja, ich bin hergejoggt«, sage ich stattdessen und beiße mir auf die Innenseite meiner Wange. Warum fange ich jetzt auch noch an, Small Talk zu führen?

»Du läufst?«

»Äh, ja. Nein. Früher – aber ich will wieder damit angefangen.«

»Sehr schön«, kommentiert er, als wäre ich eine Art Versuchsobjekt, und ich frage mich, ob ich die Einzige bin, für die das gerade extrem merkwürdig ist. »Es ist auch überhaupt nicht schlimm, dass du zu früh bist. Du kannst mir dabei helfen, die Stühle zu einem Kreis aufzustellen!«

Sein viel zu fröhlicher Ton veranlasst mich dazu, genervt Luft zwischen den Zähnen auszustoßen. Irgendwie kann ich mir gut vorstellen, dass ihm das alles eine diebische Freude bereitet. Vermutlich ist das Teil des perfiden Plans, den ich ihm insgeheim andichte, Lehrer des Jahres zu werden.

Ich mustere ihn, wie er zwei Stühle auf einmal nimmt, jeweils einen in eine Hand, und sie in den hinteren Teil des Raumes stellt.

Er trägt mal wieder eine graue Tweedhose, seine schwarzen Schuhe glänzen wie vor zwei Minuten poliert, um den Hals hängt eine ungebundene Krawatte. Sein knitteriges Hemd ist wie üblich an einer Seite aus der Hose gerutscht und auf seiner Stirn glitzert ein wenig Schweiß. Ob aus Nervosität oder vor Anstrengung, kann ich nicht sagen.

Ich frage mich, wie es einem Menschen gelingen kann, zur gleichen Zeit ebenso unglaublich aufgeräumt wie auch hoffnungslos verplant auszusehen.

»Wie viele brauchen wir denn?«, frage ich, als mir auffällt, dass ich noch immer wie versteinert rumstehe.

»Oh ja, natürlich. Entschuldige bitte, ich bin einfach etwas aufgeregt. Insgesamt sind wir sechs.«

Ich nicke, schnappe mir ebenfalls zwei Stühle und hieve sie zu den anderen. Ich versuche, mir meine Anstrengung nicht anmerken zu lassen – die Dinger sehen gar nicht so schwer aus!

»So«, sagt er dann gedehnt und verschränkt die Hände hinterm Kopf, dreht sich im Kreis, bevor er mich wieder ansieht. »Meinst du, wir haben eine Wohlfühlatmosphäre geschaffen?«

Ich übergehe sein »Wir«, allgemein seine ganze Frage, und gucke zur Uhr. Es ist immer noch viel Zeit …

»Ich möchte, dass ihr euch hier alle sicher fühlt.«

Das klingt wie eine Passage aus einem billigen Elternratgeber, in der man auf ein ernstes Gespräch mit dem missratenen Sprössling vorbereitet wird. Ich dachte, hier ginge es um eine Englisch-AG. Die Cracker hätten mich misstrauisch machen müssen. Argwöhnisch sehe ich mich nach einer Packung Taschentücher um.

»Wenn ich das richtig verstanden habe, haben Sie vier potenzielle Samstagsnachsitzer hierherbestellt, ja? Und jetzt wollen Sie alles hier schön kuschelig machen, damit wir … Ja. Was machen wir hier eigentlich?«

»Diskutieren«, meint er kurz angebunden. In mir wächst das Gefühl, dass er selbst noch gar nicht genau weiß, was das Ganze hier eigentlich werden soll. Nicht gerade vertrauenserweckend …

»Ich weiß ja nicht, wer alles kommt, aber wenn die anderen wegen echter Vergehen hier sind – und nicht so wie ich aus Ihrer Laune heraus –, dann werden die sich sicherlich nicht durch Knabberkram und 'nen Sitzkreis dazu herablassen, hier irgendwie mitzumachen.«

Eine Millisekunde huscht Enttäuschung über sein Gesicht, dann dreht er sich um und versucht, so scheint es, die Snackschalen parallel zueinander hinzustellen.

»Kann das sein, dass Sie kalte Füße kriegen? Sie haben sich das alles anders vorgestellt, was?«

»Na ja …«

Ich schnappe mir eine Handvoll Chips und setze mich.

»Wenn Sie hier irgendwelche Sympathiepunkte sammeln wollen, hätten Sie Alkohol mitbringen müssen. Was Hartes.«

Ich kann nicht glauben, was ich hier gerade sage. Das ist eindeutig ein weiterer Tiefpunkt meines Lebens.

»Ich kann wohl schlecht unterstützen, dass sich Minderjährige volllaufen lassen!«

Ich muss ein Lachen unterdrücken, weil er mich so ernst anguckt, und verschlucke mich dabei. Das wäre doch mal witzig.

Ich habe ja schon gedacht, dass er ein ziemlicher Spießer ist, aber so geordnet – das überrascht mich jetzt doch. Nicht dass ich etwas gegen verantwortungsbewusstes Handeln habe. Um ehrlich zu sein, wünsche ich mir oft mehr vernünftig denkende Menschen in meinem Umfeld.

Wir werden beide durch ein schnelles Klopfen an der Tür aufgeschreckt. Ich merke, wie sich meine Schultern bei dem Gedanken, nicht mehr allein mit meinem Lehrer hier rumhocken zu müssen, entspannen.

Danke, wer auch immer du bist, dass du mich aus dieser verstörenden Situation rettest!

»Komm rein«, ruft mein Lehrer.

Die Tür öffnet sich schwungvoll und herein tritt ein Mädchen, das kaum größer ist als ich. Ihre Augen werden durch ihre dicken Brillengläser noch vergrößert, ihre dünnen Haare trägt sie zu vielen kleinen Flechtzöpfchen, die entlang ihres Kopfes verlaufen. Sie sind so blau wie Kornblumen zwischen August und September.

»Oh, wow, es gibt Cracker!«, ist das Erste, was sie sagt, als sie reinkommt, und ihre Stimme ist hoch und piepsig – und macht mir eine Gänsehaut.

Wenn wir hier wirklich reden sollen, dann weiß ich nicht, wie ich dieses Gequietsche ertragen soll, ohne ihr den dünnen Hals umzudrehen. Mehrfach.

Mein Lehrer wirft mir einen triumphierenden Blick zu, als sich der Neuankömmling, den ich noch nie zuvor gesehen habe, gierig über die Chips hermacht. Ich verdrehe nur die Augen.

»Oh, lecker, ich liebe die mit Essig und Salz. Da fühlt man sich gleich so britisch. Ich bin zu früh, tut mir leid. Oh, und Hallo. Das hab ich ganz vergessen. Tut mir leid.«

Sie beißt sich auf die Lippe und kichert nervös. Vermutlich, weil ihr grade auffällt, dass sie, wenn sie redet, entweder Entschuldigungen ausspricht oder uninteressanten Mist.

»Schön, dass du da bist«, erwidert mein Englischlehrer und bedeutet ihr, sich zu setzen. Sie plappert irgendetwas vor sich hin und ich versuche, sie weitestgehend auszublenden.

Warum habe ich mir noch mal gewünscht, dass jemand zu mir und meinem Lehrer stößt?

Ich betrachte das Mädchen. Beim Reden zuckt seine spitze Mäusenase, die Augen sind wach und frech. Ihr linkes Bein bewegt sich die ganze Zeit hektisch, was mich vollkommen kirre macht. Außerdem unterbricht sie sich selbst ständig, indem sie über das, was sie sagt, lacht, wobei sie eine Reihe kleiner weißer Zähne entblößt. Sie ist unglaublich nervig! Aber ansonsten harmlos, schätze ich.

Ich frage mich, wie sie im Breakfast Club gelandet ist.

Ein weiteres Klopfen unterbricht ihren Monolog. Dieses Mal öffnet sich die Tür ganz ohne ein »Herein«.

Anstatt irgendeiner Begrüßungsfloskel erklingen nur ganz leise, schnelle Schritte, die vorsichtig über den Boden schlurfen.

Ich starre auf meine sich andauernd ver- und entknotenden Hände, bis sich die Person direkt mir gegenüber hinsetzt. Dann komme ich nicht mehr umhin, nachzusehen, wer es ist.

Das hat ja schon fast etwas von Weihnachten hier.

Es ist ein Junge, dem ich keinen Namen zuordnen kann, den ich aber, im Gegensatz zur Quasselstrippe, schon ab und zu auf dem Schulflur gesehen habe. Er hat rote Locken, die ihm tief ins Gesicht fallen, außerdem hat er, kaum dass er saß, einen Skizzenblock aus seinem Ninja-Turtles-Rucksack geholt und beginnt, einen Kugelschreiber in seinen Fingern zu zwirbeln. Er sagt nichts, meidet jeden Blickkontakt. Auch er macht nicht den Eindruck, ein wirklicher Draufgänger zu sein, aber wie sagt man so schön: Stille Wasser sind tief.

Am Rande meiner Gedanken höre ich ein weiteres Klopfen, quietschende Turnschuhe und ein erschrockenes Keuchen.

Schön. Endlich jemand, der erkennt, was für ein riesiger Mist diese ganze Sache ist.

Bevor ich mich umdrehe, spiele ich mit dem Gedanken, dem Neuankömmling zuzulächeln, verwerfe ihn aber. Wer auch immer es ist – er oder sie soll auf keinen Fall auf die Idee kommen, mich mit Quasselstrippe und Rotschopf über einen Kamm scheren zu können.

»Sage?«, fragt der Neuankömmling.

Jetzt bin ich es, die keucht. »*Dylan?*« Als ich aufstehe, wackelt mein Stuhl, kippt aber nicht um. »Was machst *du* denn hier?«, frage ich ihn.

»Das Gleiche könnte ich dich fragen«, gibt er grinsend zurück.

Ich seufze. Früher oder später werde ich sowieso rauskriegen, was ihn hierher gebracht hat.

»Egal«, meine ich dann und setze mich zurück auf meinen Stuhl. »Schön, wenigstens ein bekanntes Gesicht hier zu sehen.«

Wobei er »bekannt« auch nach Lust und Laune mit »normal«, »vernünftig« und »nicht nervtötend« ersetzen könnte. Dylan würde sicher gleich sehen, was ich meine.

»Ihr kennt euch?«, fragt mein Englischlehrer sinnloserweise und zeigt auf einen Stuhl. Es ist der neben Rotschopf, was bedeutet, dass die Quasselstrippe zwischen ihm und mir sitzt.

Mit einem Blick auf seine Uhr lässt sich mein Englischlehrer auf den anderen freien Platz neben mir fallen.

»Flüchtig«, murre ich und beginne, Däumchen zu drehen.

»Warum hast du so schlechte Laune?«, fragt Quasselstrippe. Ich ignoriere sie und ihre piepsige Stimme.

»Wollen wir anfangen?«, fragt mein Englischlehrer, und ich glaube, er versucht, damit die Wogen ein wenig zu glätten.

»Ich dachte, wir sind sechs?«, erinnere ich ihn und nicke dem freien Stuhl zwischen ihm und Rotschopf zu.

»Vor allen Dingen ist es schon zehn nach. Vielleicht ist er krank …«

Er? Ich hoffe inständig, dass der Letzte in der Runde halbwegs normal ist. Jemand, mit dem ich etwas anfangen kann.

Ich bin froh darüber, Dylan hier zu haben, klar. Auch wenn ich nicht sicher bin, inwieweit unsere Beziehung eine Bruderschaft im Breakfast Club zulässt.

Ich würde ihn und mich nicht gerade als Freunde bezeichnen, auch wenn er mich andauernd »Kumpel« nennt und er im Moment das ist, was dem für mich am nächsten kommt. Freunde ziehen sich allerdings eher verbal voreinander aus – und nicht physisch, so wie wir beide es tun.

Mein Englischlehrer räuspert sich. Er hat eines seiner langen Beine über das andere geschlagen, sodass es fast meinen Oberschenkel berührt. Ich rutsche unangenehm berührt ein wenig weiter nach rechts.

»Also. Schön, dass ihr fast alle da seid. Ich denke, wir können schon mal anfangen. Ich glaube, zu einem großen Teil kennt ihr euch noch nicht, deswegen dachte ich mir, dass wir erst mal ein kleines Spiel zum Warmwerden machen. Ich habe hier einen Ball mitgebracht«, sagt er und kramt in seiner Tasche, »und den werft ihr dann immer bitte zu eurem Sitznachbarn nach rechts. Der oder diejenige stellt sich dann vor. Also ... wie ihr heißt, warum ihr hier seid, etwas über euch selbst und so weiter.«

Parallel zu seinen Worten wirft er einen kleinen roten Schaumstoffball abwechselnd von der einen Hand in die andere.

»Ich denke nicht, dass wir anfangen sollten, wenn jemand fehlt. Ich meine, wie soll derjenige, der noch kommt, denn wissen, wer wir alle sind. Und wer sind *wir*, ihm dieses unheimlich spaßige Spiel vorzuenthalten«, sage ich schnell genug, um fast über meine eigenen Worte zu stolpern, und betrachte den Ball argwöhnisch.

Plötzlich höre ich schwere Schritte von hinten näher kommen.

»Wer will mir hier etwas vorenthalten?«

2·2,5+2,5

»Robbie?«

Die Worte kommen über meine Lippen, bevor mein Gehirn auch nur den Hauch einer Chance hat, alles zu verarbeiten. Allein der Klang seiner Stimme hat meinen Verstand, zumindest temporär, lahmgelegt.

»Sage?«, fragt dieser nicht minder überrascht. »Wofür haben sie dich denn dieses Mal drangekriegt?«

Ich pariere mit einem Schnauben. Wir wissen beide, dass ich mir eigentlich nichts Gravierendes zuschulden kommen lasse.

»Ihr kennt euch *auch*?«, fragt mein Lehrer verwundert. »Gut … gut. Trotzdem heißt das nicht, dass wir die Begrüßungsrunde einfach so überspringen sollten.«

Er fixiert Robbie mit einem durchdringenden Blick und bedeutet ihm, auf dem letzten freien Stuhl Platz zu nehmen. Die gewohnt strähnigen Haare meines … ehemaligen besten Freundes sind mittlerweile lang genug, um unter seiner grauen Mütze hervorzugucken. Das ist mir bei unserer letzten Begegnung gar nicht aufgefallen. Nicht weiter verwunderlich, wenn man bedenkt, dass ich gern jedem Blickkontakt ausweiche. Er trägt eine von diesen lächerlich großen Kapuzenjacken, die er, ebenso wie ich, meistens anhat. Einen Moment frage ich mich, ob ich damit genauso zwielichtig wirke wie er.

Etwas beschämt, weil ich ihn so lange angestarrt habe – länger, als es ich üblicherweise aushalte –, wende ich den Blick ab.

»Ich fange an«, bestimmt mein Lehrer, und ich bin ihm dankbar, dass er damit dieser merkwürdigen Stille ein Ende setzt.

»Wie ich heiße, wisst ihr ja alle.« Er lacht ein wenig in seine Faust. »Ich unterrichte hier seit diesem Jahr, aber auch das ist den meisten von euch sicherlich aufgefallen. Warum bin ich hier? Weil ich es möchte. Ich komme direkt von der Uni – diese Stelle war zunächst eine echte Umstellung, ist es, um ehrlich zu sein, immer noch, aber ich bin glücklich, mich hierfür entschieden zu haben.«

Sanft landet der Ball auf meinem Schoß und ich picke ihn mit spitzen Fingern auf. Er ist schwerer, als er aussieht. Während ich ihn zwischen meinen Händen hin und her drehe, fällt mir auf, dass die Oberfläche schon ziemlich angefressen ist. An einer Stelle ist gar kein Schaumstoff mehr vorhanden, sodass das feste Material darunter, der Grund für das überraschende Gewicht des Balls, zum Vorschein kommt. Es erinnert mich an Medizinbälle.

Ich seufze. »Ich bin Sage. Ich bin hier, weil ich … neben kleinen Vergehen, wie Schule schwänzen oder einigen Anfällen von Respektlosigkeit, auch ein immenses Aggressionsproblem«, ich huste und verdrehe dabei die Augen bedeutungsschwer in Richtung des Lehrers, »*angedichtet bekommen* habe. Ich beglücke uns also alle mit meiner Anwesenheit, damit ich meine Samstage nicht mit Mrs Perkins verbringen muss.«

Der Teil, in dem ich etwas über mich selbst preisgeben muss, bringt mich zum Stocken. Ich bin die mit der toten Schwester – aber was gibt es über *mich* zu sagen? Wer bin *ich*? Und warum ist es mir überhaupt so wichtig, das hier zu erzählen? Die Hälfte der Idioten um mich herum kennt mich sowieso, und die übrigen kann man vermutlich vergessen. Und trotzdem sitze ich hier und ringe um Worte. Schließlich, weil ich mein Schweigen nicht länger hinauszögern will, sage ich das Unverfänglichste, was mir einfällt: »Ich gehe in meiner Freizeit gern laufen.«

Ich gebe den Ball an die Quasselstrippe weiter.

»Hey«, quietscht sie kichernd und hebt einen Arm, um damit zu winken, wobei ihre Hand in den groben Stoff ihres viel zu großen grauen Pullis gekrallt ist. Fängt ja gut an. »Tut mir leid, ich bin etwas nervös. Ich bin Kit Kat. Also eigentlich heiße ich Katie, Katie Carter, aber es ist mir lieber, wenn man mich Kit Kat nennt. Das macht jeder. Ich glaube, die Einzige, die mich Katie nennt, ist meine Grams. Aber dann auch nur, wenn sie sauer auf mich ist. Oh, und ich bin Freshman. Ich weiß immer noch nicht so genau, wo alle Räume hier sind, aber ich bin sicher, das legt sich noch. Ich freu mich, euch kennenzulernen. Das wird sicher noch lustig hier.«

Ich verdrehe die Augen bei ihrem hoffnungsvollen Ton; da sucht wohl jemand Freunde. Neben mir spüre ich, wie mich mein Lehrer mahnend ansieht.

»Oh, oh, *sorry*!«, hängt sie plötzlich noch an, ihre Stimme doppelt so laut und mindestens dreimal so schrill wie zuvor, ihre Nasenspitze zuckt bei jedem Wort aufgeregt. »Tut mir leid. Fast hätte ich es vergessen. Ich bin hier, weil ich den Aushang gesehen habe, dass wir hier eine Englisch-AG machen, und ich liebe AGs, deswegen dachte ich, ich meld mich hier mal an.«

Mit den Gedanken abwesend nehme ich nur verschwommen wahr, wie der Ball zu Dylan wandert, kann ihn aber beim besten Willen nicht ansehen, während er redet. Es gab einen *Aushang*?

Quasselstrippe – Oder sollte ich sie Kit Kat nennen? Ich weiß nicht, was lächerlicher ist! – ist also kein potenzieller Samstagsnachsitzer. Irgendwie beruhigt mich die Vorstellung.

Als ich meine Aufmerksamkeit wieder Dylan zuwende, zieht er gerade die Unterlippe zwischen die Zähne und die Brauen konzentriert zusammen, holt mit dem Arm aus und schleudert den Ball gegen die Wange seines Sitznachbarn.

»Au!«, quiekt dieser empört wie ein Ferkel, und ich muss ein Lachen unterdrücken – ein Blick in Richtung Robbie verrät mir, dass es ihm nicht anders geht. Da hat wohl jemand Dylans berüchtigten Wurf am eigenen Leib erleben dürfen.

Rotschopf reibt sich über die bereits die Farbe seiner Haare annehmende Stelle, immer noch auf seinen Zeichenblock stierend. Gerade als ich nachsehen will, was er da die ganze Zeit so gebannt draufkritzelt, dreht er ihn um, beginnt den Kugelschreiber in seiner Hand zwischen seinen Fingern zu drehen und hebt den Blick.

Er scheint niemand direkt anzusehen, und doch ist es, als würde er mich direkt fixieren und an den Stuhl, auf dem ich sitze, tackern.

Seine Pupillen sind so groß und schwarz, dass es, zusammen mit der Dunkelheit draußen und dem Kunstlicht hier drinnen, den Eindruck erweckt, als wären seine Iriden davon aufgefressen. Das Schlimmste ist, dass sie einfach dunkel sind. Keine Reflexion, kein

Leben. Seine Augen sind wie seelenlose schwarze Seen, die mich verschlucken. In denen man ertrinkt, wenn man nicht aufpasst. Wie zwei Pfützen aus zähem Teer, die einem in die Lungen sickern und die Atmung immer schwerer und schwerer machen, bis man klebrige schwarze Klumpen hustet und dann schließlich qualvoll daran erstickt.

Ich schüttele den Kopf, um die Gedanken zu vertreiben. So was, genau das hier, ist der Grund, warum ich es normalerweise vermeide, anderen allzu lange in die Augen zu sehen. Ich bin froh über die langen Ärmel meiner Trainingsjacke, denn sie verstecken die Gänsehaut, die sich auf meinen Armen ausgebreitet hat.

»Ich bin Zachary«, sagt er, und seine Stimme klingt nicht so, als würde er oft Gebrauch davon machen, »ich bin hier, weil sich so was gut in einer Collegebewerbung macht. Ich zeichne.«

Mit diesen Worten gibt er den Ball an Robbie weiter, dreht seinen Block wieder um und beginnt erneut damit, den Stift über das Papier kratzen zu lassen. Ein ganz schön merkwürdiger Mensch, dieser Zachary. Aber zumindest weiß er, wie man sich kurzfasst.

»Ich bin Robert Mayer und meine Teilnahme an dieser Veranstaltung ist eng mit meiner Freizeitbeschäftigung verknüpft. Ich schwänze gern. Deswegen fehlen mir auch ein paar Stunden, die ich hiermit ausgleichen kann.«

Ich liebe die Art, wie Robbie redet. Die Art, wie seine Stimme sanft steigt und fällt, hat so etwas Beruhigendes. Er wirft den Ball von der einen Hand in die andere, bevor er ihn schließlich zurück in den Schoß meines Lehrers schmeißt, der ihn wiederum in seine Tasche gleiten lässt.

Robert. Niemand außer mir nennt ihn Robbie, und es gefällt mir, dass sich daran nichts geändert hat. Ich habe das Gefühl, dass er es als eine Art Friedensangebot meint, mir metaphorisch seine Hand reicht.

Wir könnten das hinkriegen …

Das Problem ist nur, dass ich mich nicht bereit fühle, einzuschlagen – noch nicht zumindest, und ich bin mir auch nicht sicher, ob ich es jemals sein werde. Aber ich hoffe es.

Ich sehe, dass die Haut an seinen Knöcheln aufgeschürft ist, und frage mich, was dieses Mal dazu geführt hat. Robbie ist eben immer noch Robbie. Und sosehr mich der Gedanke daran, dass er immer noch der gleiche Kerl ist wie damals, auch tröstet, so sehr macht er mich traurig, weil es mir zeigt, in was für einem Stillstand wir uns alle befinden. Wir stecken in einer zähen Treibsandwelt fest, die droht, uns immer mehr zu verschlucken, je mehr wir versuchen, uns hinauszuwinden.

Das ist er also, der Breakfast Club. Oder wohl eher die Reinkarnation davon. Ein Haufen langweiliger Idioten. Kit Kat, die mehr redet, als sie sagt, hat sich zu Dylan vorgebeugt, um ihm irgendetwas zuzuflüstern. Er tut mir leid, aber nicht so sehr, dass ich in Erwägung ziehen würde, ihn zu retten. Immerhin bin ich froh, wenn ich den Kontakt mit der kleinen Quasselstrippe hier auf ein Minimum begrenzen kann. Der andere, der mit den roten Haaren … Zachary, zeichnet – wie überraschend – immer noch. Als ich meinen Kopf ein wenig vorstrecke, um zu erkennen, worin er sich da so vertieft, kippt er den Block, als würde er meinen neugierigen Blick spüren, noch ein wenig weiter in die Senkrechte.

Ich seufze, will etwas sagen, ende aber schließlich damit, nach der Knabberkram-Schale zu greifen und mir ein paar Erdnussflips in den Mund zu stopfen. Das Laufen hat meinen Körper daran erinnert, dass er ab und zu Nahrung zu sich nehmen sollte. Und wenn es nur Junkfood ist.

»Prima, dass wir das geklärt haben. Ich denke auch, dass wir hier viel Spaß haben werden …«, reißt mich mein Lehrer aus den Gedanken.

»Und womit oder wobei, wenn ich fragen darf«, wendet Robbie ein, »werden wir den haben?«

Dieser Zachary irritiert mich, sodass ich dem Gespräch nur zu einem gewissen Grad folgen kann.

Im Hintergrund höre ich Robbie ungläubig irgendetwas murmeln, was nach »Schönes« und »Arbeit« klingt.

Mit einem leisen Murren lasse ich mich zurück an die Stuhllehne fallen und schließe die Augen, während ich ein paar tiefe Atemzüge nehme. Als ich sie wieder öffne, ist Dylans Kopf in mein Blickfeld geraten.

»Hey, Kumpel, wir sind ein Team, ja?«, fragt er und nickt dabei, wie um sich selbst eine Antwort auf seine Frage, die ich nicht ganz verstehe, zu geben.

»Ähm …«, setze ich an. Ich will nachhaken, worum genau es jetzt eigentlich geht. Allerdings werde ich durch Robbies plötzliches Einmischen unterbrochen. »Sorry, Schwachkopf, aber Sage und ich sind schon Partner.«

»Wie hast du mich gerade genannt?«

»Worum genau …?«, probiere ich es erneut. Dieses Mal verhindert Kit Kat, dass ich zu Ende reden kann.

»Dylan, wollen wir Partner sein?«, fragt sie schüchtern.

»Ich arbeite schon mit Sage, Cathy …«, erwidert der Angesprochene.

Ihre Augen weiten sich enttäuscht. »Katie – Kit Kat, meine ich. Kit Kat, nicht Cathy.«

»Mach dir da mal keine Gedanken drüber, Dylan. Sage und ich machen Partnerarbeit. Du kannst ruhig mit Cathy arbeiten«, erklärt Robbie gönnerhaft. Ich würde meine Hand dafür ins Feuer legen, dass er ihren Namen absichtlich falsch ausspricht. Robbie ist aufmerksam genug, um zu wissen, dass das die kleine Quasselstrippe über alle Maßen ärgert.

Mein Lehrer, Zachary und ich sind die Einzigen, die noch sitzen. Bei mir liegt es daran, dass drei Leute dicht vor meinem Stuhl stehen und ich allein vom Logistischen her gar nicht fähig wäre, meinen Körper auch nur ein kleines bisschen nach vorn zu bewegen. Mein Lehrer ist zu geschockt, um sich zu rühren. Und Zachary scheint einfach kein Interesse daran zu haben, viel zu vertieft ist er in seinen verdammten Zeichenblock.

Gerade als ich mal etwas Verrücktes tun möchte und versuchen will, die vor mir entbrannte Diskussion zu schlichten, schafft es mein Lehrer, sich aus seiner Starre zu lösen, und weist alle mit fester Stimme an, sich wieder zu setzen. Zu meiner Überraschung hören sie auf ihn.

»Weil ihr das offenbar nicht allein gelöst bekommt, machen wir das jetzt folgendermaßen: Kit Kat, du arbeitest diese Woche mit Robert zusammen, Zachary, du mit Dylan. Und Sage …«, er dreht sich zu mir und versucht, Blickkontakt aufzunehmen, dem ich aber erfolgreich ausweichen kann, »du wirst mit mir vorliebnehmen müssen.«

»Und, ähm … wobei?«, frage ich schließlich, auch auf die Gefahr hin, wie der letzte Idiot dazustehen.

»Wir haben eine ›Hausaufgabe‹ bekommen beziehungsweise eine ›Partnerarbeit‹«, erklärt Robbie mir grimmig und malt verächtlich Anführungszeichen in die Luft, bevor er sich seine Haare unter die im Affekt verrutschte Mütze schiebt. »Bis zum nächsten Donnerstag sollen wir irgendetwas ›Schönes‹ – was genau damit gemeint ist, darfst du frei interpretieren – machen, also mit unserem Partner. Und das sollen wir dann aufschreiben. Und wer mag, darf es dann nächsten Donnerstag vortragen.«

So bitter und missmutig habe ich Robbie schon lange nicht mehr gehört. Meine Gedanken schießen zu Dylan, der mit mir zusammenarbeiten wollte. Was er wohl vorhatte zu unternehmen … Vermutlich hätten wir uns merkwürdig angeschwiegen. Oder ich wäre in seiner karierten Bettwäsche gelandet, was wohl eines der am wenigsten geeignetsten Dinge gewesen wäre, die man nächsten Donnerstag hätte vortragen können.

Wenn ich mit meinem Lehrer zusammenarbeite, wird es allerdings schwieriger werden, sich vor der Präsentation zu drücken. Eigentlich will ich unzufrieden mit meiner Situation sein, aber wenn ich daran denke, dass ich, Dylan schließe ich kategorisch aus, mit Robbie hätte arbeiten müssen – da verpufft jedes Fünkchen Wut. Denn … dafür bin ich wirklich noch nicht bereit.

Ich nicke Robbie, der mich abwartend ansieht, zu und kontrolliere dann, wie viel Zeit ich hier noch absitzen muss.

Die restlichen Minuten verbringt Kit Kat damit, ihrem Alter Ego Quasselstrippe alle Ehre zu machen, indem sie den Lehrer mit allerhand sinnlosen Fragen zur Aufgabe löchert. Als wir alle entlassen werden, atme ich erleichtert auf. Dylan und Robbie stürmen, ehe ich michs versehe, an mir vorbei und aus der Tür. Die Quasselstrippe hastet ihnen hinterher, sicherlich um mit ihrem neuen Idol Dylan noch etwas für ihre Partnerarbeit zu besprechen. Ich weiß nicht wie oder wann, aber auch Zachary muss sich irgendwie rausgeschlichen haben.

»So, tschüss. Bis morgen in Englisch«, meine ich und winke halbherzig, dann verschwinde auch ich durch die Tür.

Als ich auf den Schulhof trete, empfängt mich kalte, dunkle Luft. Bibbernd ziehe ich mir den Reißverschluss meiner Trainingsjacke noch ein wenig höher und beginne, mich ein wenig warm zu machen. Langsam entferne ich mich immer mehr von dem Schein der Laterne, unter der ich mich zunächst positioniert habe.

»Sage?«, höre ich plötzlich jemanden hinter mir sagen.

Mann, das muss echt aufhören, dass mich andauernd Menschen ansprechen, die zu weit weg sind, um von mir richtig zugeordnet zu werden.

Langsam drehe ich mich um und sehe, wie mein Lehrer auf mich zugelaufen kommt. Und wenn ich laufen sage, dann meine ich wirklich laufen. Sprinten geradezu. Die Arme zieht er dynamisch an, sein Blick ist konzentriert und … er erinnert mich an etwas. An jemand.

Die Art, wie er läuft, ist ein bisschen so wie … Forrest Gump!

Einmal den richtigen Namen gefunden, geht er mir nicht mehr aus dem Kopf. Ich muss ein Kichern unterdrücken.

»Sage, warte!«, ruft er, als ich mich abwende, damit er nicht sieht, dass ich lache. Vermutlich denkt er, dass ich weggehen will.

Forrest hat sich in meinem Kopf verankert, und ich werde sein Bild nicht mehr los, selbst als mein Lehrer vor mir steht. Von meinem kleinen Lachanfall gerade eben bin ich sogar so ausgelassen und mutig (was man an dieser Stelle auch mit dämlich ersetzen kann), dass ich leichthin frage: »Was gibt's denn, Forrest?«

Und da hat er auf einmal einen Namen. Wie er außer Atem vor mir steht, mich mit diesem irren Blick anstarrt und sich sein knitteriges Hemd wieder notdürftig in die Hose steckt.

»Forrest?«, fragt er.

»Richtig.« Ich grinse schief, und vermutlich sehe ich dabei nicht weniger irre aus als er.

»Darüber reden wir später«, beschließt er, »jetzt muss ich dich erst mal was fragen. Wie kommst du nach Hause, Sage?«

Ich ziehe eine Augenbraue hoch und spüre meine neu entdeckten Glücksgefühle wieder schwinden.

»Ich laufe«, sage ich bestimmt.

»Dafür ist es viel zu spät. Komm, ich fahre dich.«

»Ähm, Sie wissen schon, dass man mir von klein auf eingetrichtert hat, nicht zu Fremden ins Auto zu steigen?«, gebe ich zu bedenken und sehe mich auf dem leeren Schulparkplatz nach Fluchtmöglichkeiten um. Nicht weil ich Angst vor meinem Lehrer habe oder vor einer Autofahrt mit ihm. Um Himmels willen, jemand, der bei Menschen wie Kit Kat Ruhe bewahrt, ist vermutlich nicht einmal fähig, einer Fliege etwas zuleide zu tun. Allerdings wäre es merkwürdig, mich von ihm heimfahren zu lassen, außerdem ist es nicht sehr weit.

»Ich weiß, dass es ein ganz schöner Weg bis zu dir nach Hause ist«, sagt er, als hätte er meine Gedanken gelesen.

»Das … wie?! *Warum?*«, frage ich stutzig.

»Komm erst mal mit ins Auto, und den Rest erkläre ich dir während der Fahrt. Wir müssen noch ein kleines Stück laufen, ich parke nicht auf dem Schulgelände.«

4,8+6,2

Das Auto meines Lehrers entpuppt sich als hellblauer Nissan Cherry mit einigen Dellen und Kratzern im Lack. Bevor ich mich auf den Beifahrersitz fallen lassen kann, muss ich einen Stapel Bücher und eine Papiertüte von einem Fast-Food-Restaurant zur Seite schieben.

»Leg das einfach nach hinten – oder in den Fußraum«, weist Forrest mich an, während er nach seinem Anschnallgurt langt. Sehr witzig. Ich meine, da ist ja auch so viel Platz frei. Überall sind irgendwelche Hefte, Kassetten und Essensreste, ja sogar ein T-Shirt liegt zusammengeknüllt in einer Ecke des Armaturenbretts. Letztlich finde ich doch noch ein wenig Raum für die Sachen, allerdings muss ich nun die Beine anziehen und meine Arme herumschlingen, damit sie in Position bleiben. Normalerweise wäre es mir unangenehm, meine Füße auf einen fremden Autositz zu stellen, aber hier drin ist ohnehin schon alles voller Krümel.

Es ist nicht direkt ekelig, aber durchaus mehr als einfach nur unordentlich.

Nahezu der gesamte Innenraum ist mit einer Art Teppich ausgekleidet und am Rückspiegel hängt ein Wunderbaum. Dem Geruch im Auto nach zu urteilen, ist es die Duftrichtung »Cotton«. Mit einem ungesunden Knirschen legt Forrest den ersten Gang ein und würgt den Motor einmal ab, bevor wir schließlich aus der Parklücke rollen.

»Sie wissen also, wo ich wohne?«, frage ich und bekomme ein bestätigendes Brummen zur Antwort. Mein neu entdeckter Chauffeur fährt wie ein tollpatschiger Fahranfänger, und ich bin froh, dass um diese Zeit nicht allzu viel Verkehr ist.

Durch meinen Kopf schwirren zehn Millionen Fragen, aber keine einzige schafft es heraus. Es ist, als würden meine Gedanken ihr eigenes Gefängnis bauen. Forrests Hand wandert zwischen unsere Sitze. Ohne den Blick von der Fahrbahn zu lösen, tastet er dort nach irgendetwas, bis er schließlich eine Kassette zutage fördert und Anstalten macht, sie einzustecken.

»Oh nein, bitte nicht!«, meine ich auf einmal und bin selbst über die Dringlichkeit in meiner Stimme überrascht.

»Hm, was?«, fragt er und sieht mich kurz an, bevor sich sein Blick wieder auf die Straße vor uns heftet.

»Keine … Kassette bitte«, flüstere ich ich und verknote meine Hände ineinander.

Einen Moment stutzt Forrest, dann bietet er an, stattdessen das Radio einzuschalten.

Ich gucke aus dem Fenster. »Nein. Keine Musik«, sage ich mit Nachdruck.

»Keine Musik? *Okay* …« Er zieht den letzten Vokal auf eine absolut hässliche Art und Weise lang. Meine Scham ist verflogen.

»Richtig!«, pampe ich ihn giftig an. »Wollen wir das noch weiter ausreizen, oder haben wir das dann geklärt?«

»Nein, nein, natürlich nicht. Tut mir leid, Sage, das ist nur sehr ungewöhnlich.«

Ich gebe ein Grummeln von mir. Mann, jetzt muss er wirklich denken, dass ich nicht mehr ganz dicht bin.

Sicherlich war das sogar nett von ihm gemeint, ganz bestimmt wollte er einfach nur etwas gegen die merkwürdige Stille, die zwischen uns herrscht, tun. Und ich pflaume ihn gleich so an. Jetzt tut er mir schon fast wieder leid, immerhin kann er ja nicht wissen, dass es nichts gibt, was ich weniger ausstehen kann als Musik. Wenn ich welche höre, kann ich mich einfach nicht konzentrieren.

Als ich meinen Kopf in Richtung Forrest drehe, kann ich im Licht der Straßenbeleuchtung sehen, dass er eine rötliche Färbung angenommen hat. Das hilft auch nicht gerade bei der Bewältigung meines schlechten Gewissens. Meine Hände zittern immer mehr.

»Darf man hier rauchen?«, frage ich, ohne großartig darüber nachzudenken, was ich da sage. Ein typischer Sage Cavendar.

Die Ampel vor uns springt auf Rot, und obwohl Forrest alle Zeit hätte, langsam runterzubremsen, tritt er das Pedal gewaltsam durch und rollt erst im Nachhinein an die Haltelinie heran.

»Äh, nein?!«, gibt er mir zu verstehen.

Wir notieren uns: Im Auto des Königs des Chaos darf man sich keine Zigarette anzünden.

»Außerdem«, hängt er an, »solltest du eigentlich gar nicht rauchen. Nicht nur, dass du minderjährig bist – es ist auch furchtbar ungesund!«

»Wollen Sie jetzt wirklich den Moralapostel raushängen lassen, Forrest?«, unterbreche ich ihn. Obwohl ich mit so einer Reaktion gerechnet habe, ärgert sie mich.

»Du bist doch Sportlerin!«, murmelt er, ohne mich zu beachten. Sein kleiner Kurzvortrag über Gesundheit, Bewegung und meinen Lebenswandel hält an, bis wir an der nächsten Kreuzung abbiegen. Da unterbreche ich ihn.

»Warum fahren Sie mich nach Hause?«

»Weil du sonst gelaufen wärst. Versteh mich nicht falsch, aber du bist ein ziemlich zierliches Persönchen, und hier treiben sich abends nicht nur nette Menschen herum ...«

Ich schnaube empört. »Danke, aber ich kann auch ganz gut auf mich selbst aufpassen. Und überhaupt – was ist mit Robbie, Dylan, Kit Kat und dem Rotscho… Zachary? Habe ich die Aufmerksamkeit aller *nicht netten* Menschen im Umkreis von zwanzig Meilen für mich allein gepachtet, oder was?«

Einen Moment huscht das Bild des Breakfast Clubs in Forrests Auto durch meinen Kopf. Nie und nimmer würden wir hier reinpassen. Ich komme mir ja jetzt schon wie eine Ölsardine in einer Dose vor und möchte mir nicht vorstellen, wie es wäre, wenn sich hier noch vier weitere Menschen reinquetschen würden. Die Rückbank ist kaum existent, so viel Zeug steht darauf. Fragwürdig, ob er überhaupt noch ein Fünkchen Straße durch die Heckscheibe sehen kann.

»Dylan hat ein Auto. Zachary wurde von einem Erziehungsberechtigten abgeholt, das war vorher abgesprochen. Kit Kat wohnt direkt gegenüber der Schule, und Robert fährt dieses schreckliche laute Mofa. Du warst die Einzige, bei der ich mir nicht sicher war. Alt genug zum Fahren wärst du, allerdings habe ich dich noch nie hinter dem Steuer gesehen«, meint Forrest.

»Woher wissen Sie das alles?«, frage ich. So langsam bekomme ich ein mulmiges Gefühl, aber ich versuche, es mir nicht anmerken zu lassen. Er weiß so viele Dinge über mich und die anderen, die er eigentlich gar nicht wissen sollte, dürfte, könnte.

Forrest scheint meine aufkommende Panik zu spüren und beginnt, ein wenig langsamer zu fahren. Beim Runterschalten trifft er den falschen Gang und der Wagen brummt protestierend auf, als er auf ein Schneckentempo runterbremst. Forrest hustet ein wenig und setzt den Blinker.

»Hey – hier müssen wir nicht lang«, bemerke ich, und mein Mund ist plötzlich ganz trocken und meine Stimme nur noch ein Krächzen. Diese Gegend, durch die wir gerade fahren, liegt, das kann man drehen und wenden, wie man will, nicht auf der Route zu meinem Haus.

»Doch, ist richtig«, meint Forrest nur kurz angebunden und verriegelt das Auto mit einem Klicken.

Oh. Mein. Gott.

Ich bohre mir die Fingernägel noch fester als ohnehin schon in die Innenseiten meiner Handflächen, in der Hoffnung, so zur Ruhe zu kommen. Wäre ich doch nur gelaufen.

Hat Rose sich so gefühlt, kurz bevor sie gestorben ist? War so etwas vielleicht eine der letzten Situationen, die sie erlebt hat? Ein eiskalter Schauer läuft mir den Rücken hinunter.

Rose … und all die Fragen, die Forrest mir über sie gestellt hat. Was er alles wusste … Ich habe das damit abgetan, dass er wohl Zeitung gelesen haben muss. Aber jetzt, hier, eingesperrt und im wahrsten Sinne des Wortes vom richtigen Weg abgekommen – jetzt wünsche ich mir, ich hätte genauer hingehört.

Und dann seine Neugierde uns allen gegenüber. Wie begierig er darauf war, dass ich bei der Englisch-AG mitmache.

Stopp! Ich sollte da nicht so viel reininterpretieren. Forrest ist mein Englischlehrer. Er ist kein schleimiger, dubioser Typ, sondern ein junger Kerl, der grade mit der Uni fertig geworden ist. Er benimmt sich vielleicht ein bisschen merkwürdig – chaotisch – und gibt sich zu viel Mühe, cool zu sein – vielleicht findet er ja auch, dass er es ist. Kann gut sein, dass er sich selbst für so einen richtigen Power-Pädagogen hält. Aber das ist auch alles. Er ist Forrest. Harmlos. Er ist derjenige, der Schalen mit Chips rechtwinklig zueinander hinstellt und der mich (liebenswert schlecht) nach Hause fährt, damit mir nichts passiert. Es ist alles gut, und ich bin bloß mal wieder paranoid.

Ich meine, er wollte sogar Musik anmachen, damit diese Situation hier nicht so komisch rüberkommt.

Aber vielleicht wollte er mich damit auch nur ablenken, damit ich nicht mitbekomme, dass wir den falschen Weg nehmen … Das muss aufhören!

Mit einer Stimme, die kaum mehr existent ist, etwas, das sehr unüblich für mich ist, hake ich nach: »Das ist wirklich nicht der richtige Weg. Sind Sie sicher, dass wir über dieselbe Adresse sprechen?«

Er seufzt und setzt erneut den Blinker. Qualvoll langsam biegen wir in die nächste Straße ein, die noch weniger beleuchtet und ausgebaut ist. Die Gegend ist schäbig und zwielichtig, die Häuser, deren Abstände zueinander immer größer werden, sind heruntergekommen und teilweise verfallen. Mülltonnen, die an der Straße stehen, sind umgekippt und Graffiti, die hässliche, prollige Art davon, schmückt alle möglichen freien Flächen.

»Richtig«, sagt er leise, »du hast recht. Das ist nicht der Weg zu dir nach Hause. Ich muss noch mit dir reden.«

Das, diese Kombination aus seinen Worten und dem Ton, mit dem er sie sagt, wäre ein guter Grund für jeden halbwegs normal denkenden Menschen, um auszurasten. Irgendwas zu machen. Sich vielleicht auf den Fahrer zu schmeißen und ihm die Augen auszukratzen … Und ich? Ich nicke nur, bleibe wie erstarrt sitzen und klammere mich an das *Reden*, das er erwähnt hat.

Ich bin eine Läuferin, keine Kämpferin. Und selbst darin bin ich völlig aus der Übung und somit im Grunde unbrauchbar. Wenn das Auto nicht abgeriegelt wäre, hätte ich eventuell noch rauskommen und irgendwo hinrennen können. Aber so? Mich auf Forrest stürzen und ihn irgendwie ausknocken? Unmöglich. Dennoch spüre ich, wie mein Körper sich mit Adrenalin füllt. Ein merkwürdiges Gefühl – einerseits dieses Kribbeln in den Fingerspitzen und diese schwarzen Punkte am Rande des Blickfeldes zu haben, die sich verdichten, andererseits so aufgekratzt zu sein und den Eindruck zu haben, gleich zu zerspringen, wenn man noch eine weitere Sekunde still sitzen muss.

Auf einmal kommt das Auto am Straßenrand zum Stehen und mein Lehrer dreht sich zu mir, sieht mich mit durchdringendem Blick an.

»Ich habe recherchiert«, erklärt er.

»Was?«, hake ich, völlig aus der Bahn geworfen, nach.

»Die Informationen über dich und die anderen. Ich habe mich vorbereitet.«

Ich muss ihn wohl sehr entgeistert ansehen, denn er fährt sich hektisch durch seine braunen Haare. »Ich bin dir wohl eine Erklärung schuldig. Aber ich verstehe es selbst nicht ganz, und dementsprechend schlecht bin ich darin.«

Erst wundere ich mich, warum er stockt, dann fällt mir auf, dass mein Mund offen steht. Ich wollte wohl etwas sagen, aber ich kann beim besten Willen nicht klar genug denken, um festzumachen, was. Worte haben mir immer Trost gespendet. Sie sind, seit ich denken kann, mein Anker gewesen. Die Sache, an der ich mich festhalten konnte, wenn alles andere verrutscht war. Und nun sind sie weg. In diesem Moment habe ich nicht den Hauch einer Idee, welche Worte die richtigen sind. Vielleicht liegt es daran, dass ich jetzt nicht diejenige bin, die reden sollte. Also schließe ich den Mund, verknote meine Hände ineinander, um sie ruhig zu halten, und nicke Forrest aufmunternd zu. Er soll sagen, was er zu sagen hat.

Er seufzt schwer. »Ich weiß, wie das ist, wenn man etwas verliert. Wenn auf einmal nichts mehr einen Sinn ergibt und man sich einsam und ziellos fühlt und denkt, dass doch eh alles zwecklos ist. Ich weiß, wie leicht es ist, sich selbst die Schuld zu geben, und wie schwer es ist, wieder anzufangen zu leben. Für *sich selbst* zu leben. An meinem ersten Tag hier an der Schule fielen mir sofort ein paar Gesichter ins Auge, die mich daran erinnerten, wie mein eigenes vor gar nicht allzu langer Zeit aussah. Und ich habe mich erinnert, wie es damals war, wie einfach es ist, zu resignieren und sich selbst und die Welt zu hassen. Und dass ich damals gut jemanden hätte gebrauchen können, der mir da raushilft. Ich habe mir eure Akten durchgelesen und Schüler gesucht, denen es ähnlich geht. Deswegen weiß ich auch so viel über euch: gründliche Recherche. Ich weiß, dass ihr nur fünf Leute seid, aber das sind immer noch im besten Fall fünf weniger, die allein und wie Leichen über die Schulflure schlurfen.«

Ich schlucke. Normalerweise hätte ich jetzt irgendetwas Rotziges erwidert, aber ich bin immer noch wie gelähmt – auch wenn meine Panik langsam, aber sicher zu verschwinden scheint.

»Dann haben Sie mich also nicht hierhergefahren, um mich kaltblütig zu ermorden?«, frage ich und würde meinem Kopf im selben Moment am liebsten gegen die B-Säule rammen.

»Was? Nein! Das hast du gedacht?« Forrest ist der Schock deutlich anzusehen. Na, wenn er wüsste, wie ich mich die letzten fünf bis zehn Minuten gefühlt habe!

»Wieso sollten Sie sonst mit mir in die Pampa fahren? Und dann noch diese Geschichte mit der Zentralverriegelung …«

»Ich habe versucht, mir Worte zurechtzulegen und dabei nicht mehr an den Weg gedacht … Das Auto habe ich doch nur abgeschlossen, damit du mir nicht abhaust! Du hast so komisch nach draußen gestarrt! Ich dachte, du würdest durchdrehen, wenn ich dir erzähle, was ich dir eben gesagt habe!«, erklärt er und wird zum Ende hin immer lauter. Dann sackt er zurück in seinen Sitz und atmet eine Weile aus und ein. »Was denkst du?«

»Worüber?«, hake ich nach, ehe mir einfällt, worauf er anspielt. »Ich weiß nicht. Ich brauche keine Hilfe, und Dylan kommt auch klar. Was mit Robbie sein soll, weiß ich ehrlich gesagt nicht. Die anderen kenne ich nicht, aber die sind ja auch ohne Ihr Zutun im Breakfast Club.« Zumindest ist nicht alles davon gelogen. Das muss reichen.

Forrest zieht eine Augenbraue hoch. »Breakfast Club? Und nein, ich habe auch mit Kit Kat und Zachary … sagen wir … gerechnet.«

»Wie das?« Eigentlich will ich ihn bitten, wieder loszufahren – immerhin möchte ich auch irgendwann mal nach Hause –, aber ich glaube, dass er Reden und Autofahren nicht so gut kombinieren kann, und möchte kein Risiko eingehen.

Er murmelt nur irgendetwas von Suggestion und bringt das Auto dazu, vom Seitenstreifen zu rollen. Wir machen einen eierigen U-Turn und tuckern dann wieder auf eine vertrauenerweckendere Route.

»Ich kann nicht glauben, dass du mich für so einen Serienkiller Schrägstrich Axtmördertypen gehalten hast!«, murmelt Forrest und trippelt mit seinen Fingern in einem Rhythmus, den nur er kennt, auf das Lenkrad. Ich höre das Schmunzeln, aber auch einen Hauch Entrüstung in seiner Stimme.

»Warum ich?«, höre ich mich plötzlich sagen. »Warum erklären Sie gerade mir, warum wir alle in dieser AG sind?«

Forrest schüttelt seinen Kopf. »Ich weiß es nicht. Das war eigentlich nicht geplant, und ich hoffe, dass du das erst mal für dich behältst. Ich bin froh – und überrascht –, dass du so positiv damit umgehst.«

»Das ist nur die Ruhe vor dem Sturm«, verspreche ich trocken. Und das ist die Wahrheit.

Ich muss mir erst einmal darüber klar werden, was er mir hier grade eröffnet hat. Ich schiebe die Sage, die kurz davor ist zu platzen, energisch zur Seite und hoffe, dass sie sich derweil ein wenig beruhigt.

Als wir in die Straße, in der ich wohne, einbiegen, schlägt mir Forrest etwas vor. »Du brauchst mich hier eigentlich nicht zu siezen. Ich meine, du hast mir einen Spitznamen gegeben, sitzt in meinem Auto, als wäre es dein Wohnzimmer, und stellst mir anmaßende Fragen. Ich denke, ein *Du* ist an dieser Stelle durchaus angebracht, hm?«

Das Auto kommt zum Stehen, und ohne auf ihn einzugehen, steige ich aus, wünsche eine gute Nacht und krame nach meinem Schlüssel.

Als ich die Haustür hinter mir schließe, mich dagegenlehne und langsam daran heruntergleiten lasse, kann ich im Fenster sehen, wie sich das Licht der Autoscheinwerfer langsam entfernt.

5,3+6,2

Im Flur ist es zappenduster, einzig unter der Tür zu Dads Arbeitszimmer dringt, begleitet von dem leisen, aber konstanten Klackern seiner Schreibmaschine, ein schmaler Streifen Helligkeit hindurch. Ich schäle mich aus meiner Trainingsjacke und hänge sie an einen Garderobenhaken. Meine Schuhe von meinen Füßen kicken und nach oben gehen, so wie ich es gerade mache, könnte ich auch mit geschlossenen Augen, so gut kenne ich mich hier aus.

Ich spüre, wie meine Muskeln mir mit jedem Schritt ordentliche Schmerzen für morgen ankündigen und beschließe, dem Ganzen mit einer schönen heißen Dusche ein wenig vorzubeugen. Gerade als ich ins Badezimmer gehen will, wird am anderen Ende des Flures die Tür zum Schlafzimmer meiner Eltern aufgestoßen. Vom Schein ihrer Schreibtischlampe umrandet, taucht meine Mom im Türrahmen auf.

Die blonden Haare hat sie sich zu einem Dutt zurückgebunden. Nun, wo sie aus ihrem Gesicht gekämmt sind, wirken ihre Wangenknochen noch spitzer, ihre Kinnlinie härter, die Stirn breiter. Sie trägt einen cremefarbenen Morgenmantel, den sie in der Taille streng zusammengebunden hat. Der seidige Stoff schimmert in dem dämmerigen Licht. Wenn sie öfter lächeln, wirklich und aufrichtig *lächeln* würde, dann wäre sie sogar ziemlich schön. Nicht nur hübsch, wie es auch Models sind, die sich auf den Covers von Zeitschriften finden lassen, sondern wirklich schön. Die Art Schönheit, die von innen nach außen dringt und andere teilhaben lässt, anstatt sie auszuschließen. Vielleicht hätte ich dann in ihrer Gegenwart nicht permanent das Gefühl, für jede meiner Bewegungen verurteilt zu werden.

Ich versuche, mir ihr Gesicht mit Lach- anstatt Zornesfalten vorzustellen, aber es gelingt mir nicht.

»Hallo, Mom«, breche ich das Schweigen und ziehe das Haargummi aus meinem Zopf.

»Warum bist du schon so früh zu Hause? Gab es Probleme im Restaurant?«, fragt sie, und ich fühle mich an Robbie erinnert, als er meinte, dass der Ton die Musik mache. Er hat recht. Wenn Moms Stimmbänder in diesem Moment ein Instrument wären, dann ganz sicher eine schrille Geige. Die Art, wie sie für die Hintergrundmusik von Horrorfilmen gespielt wird, um einen spannenden Moment noch unheilvoller wirken zu lassen. Wenn Mom sich nicht mit eigenen Augen vergewissert hätte, würde sie vermutlich immer noch denken, dass ich in der Zeit, in der ich arbeiten gehe, irgendetwas anderes, ihrer Meinung nach Dubioses, treibe.

Ich muss schon zugeben, dass ich mich in gewisser Weise sogar ein wenig geschmeichelt fühle, dass sie mir so etwas wie ein Leben zutraut.

Vermutlich sieht sie sich gerade in ihrer Vermutung bestätigt, dass ich zu unhöflich zum Kellnern bin und dementsprechend gerade meinen Job verloren habe.

»Nein, Mom, gibt es nicht. Ich habe doch donnerstags jetzt immer diese Englisch-AG in der Schule. Davon hab ich doch erzählt. Deswegen habe ich meine Schicht auf Samstag verschoben.«

Sie sieht mir prüfend in die Augen, bevor sie nachhakt. »Und wie bist du nach Hause gekommen? Gina hat dich doch sicher nicht von der Schule abgeholt? Ich habe ein Auto gehört.«

Ich seufze. Gina wohnt ein paar Straßen weiter, geht langsam auf die dreißig zu, hat ein Auto und arbeitet mit mir zusammen. Da unsere Schichten nahezu identisch sind, nimmt sie mich oft mit. Wenn ich nicht mit ihr fahre, muss ich mich irgendwie anders organisieren, aber da ich mit Gina weitaus komfortabler und schneller an mein Ziel komme, bin ich eigentlich ganz dankbar dafür, dass sie nichts dagegen hat, das Autoradio auszuschalten und einen Beifahrer zu haben, der sie, bis auf ein »Hallo« und ein »Danke fürs Mitnehmen«, anschweigt.

Meine Gedanken gehen wieder zurück zu Moms Frage. Ich kann ihr ja schlecht sagen, dass mein übereifriger Englischlehrer mich heimgefahren hat. Das klingt ja bereits, ohne es auszusprechen, merkwürdig. Und unglaubwürdig.

»Dylan«, erkläre ich. Das wird Mom schlucken, immerhin nimmt mich der Gute ja auch oft nach Schulschluss mit.

Meine Mutter zieht dennoch eine ihrer wie mit dem Lineal gezupften Augenbrauen hoch.

»Dylan macht dort auch mit? Außerdem habe ich dir doch gesagt, dass ich nicht möchte, dass er dich fährt.«

»Ja, das macht sich gut auf einer Collegebewerbung«, wiederhole ich, was der Rotschopf vor wenigen Stunden gesagt hat. Die Lüge kommt mir leicht über die Lippen. »Davon abgesehen, dass du das nie so direkt gesagt hast ...«

Ich unterbreche mich selbst. Meine Stimme ist bereits merklich lauter und widerspenstiger geworden. Eigentlich wollte ich sie fragen, wie ich ihrer Meinung nach sonst nach Hause kommen sollte – schließlich sperrt sie sich in den meisten Fällen vehement dagegen, mich irgendwo hinzufahren. (*Wir erziehen dich zu einer selbstständigen Frau, Sage. Wo kämen wir denn hin, wenn ich dich überallhin kutschierte? Dazu habe ich auch ehrlich gesagt gar keine Zeit.*)

Aber dann erinnere ich mich daran, dass ich ja eigentlich joggen wollte, also murmele ich nur ein knappes »Okay«.

»Okay?«, wiederholt Mom. Sie scheint ebenso überrascht über mein plötzliches Nachgeben zu sein wie ich.

Als ich nichts weiter mache, als sie anzunicken, wirft sie mir noch einen letzten skeptischen Blick zu, wünscht mir eine gute Nacht – wobei sie nicht vergisst, mich zu bitten, leise zu sein – und geht dann zurück ins Schlafzimmer.

Ich zucke zusammen, als das zunächst kalte Wasser auf meinen Körper regnet, und seufze dann wohlig auf, sobald es langsam, aber sicher wärmer wird.

Der Breakfast Club ist also so etwas wie Forrests persönlicher Beitrag zu einer besseren Welt. Wer hätte das gedacht? Ich schließe die Augen und lehne meinen Kopf gegen die kühle geflieste Wand hinter mir. Normalerweise, wenn ich mich ganz auf die Geräusche in der Dusche konzentriere, gelingt es mir, alles andere auszublenden. Wassertropfen prasseln gegen meine Stirn und Lider, rinnen an meinem Kinn herab, um dann weich auf meine zusammengesackten Schultern zu fallen und von dort aus sanft weiterzufließen. Ich weiß, dass sie, wenn ich mich nicht beeile, demnächst eiskalt werden – aber noch bleibt mir ein wenig Zeit und ich habe das Bedürfnis, sie voll auszunutzen.

Aber heute will es mir einfach nicht gelingen, mich zu entspannen. Ich weiß nicht, was es ist, aber irgendetwas hat Forrest an sich, das es mir anscheinend unmöglich macht, ihn aus meinen Gedanken zu verbannen.

Warum kümmert es ihn, wie es mir – und den anderen Teilnehmern der Englisch-AG – geht? Was hat er von der ganzen Geschichte? Wieso scheint ihm das alles so wichtig zu sein?

Und warum weiht er mich, ausgerechnet *mich*, in seine Gedanken ein? Ich verstehe das nicht. Ich könnte ihm so egal sein. Das, was ich über ihn denke, sollte ihn eigentlich nicht im Geringsten interessieren. Wie ich nach Hause komme, könnte seine letzte Sorge sein. Und doch scheint es ihn zu kümmern. Scheint ihm das alles irgendwie wichtig zu sein. Ich denke daran, wie er angedeutet hat, dass es ihm selbst einmal sehr schlecht gegangen ist, und frage mich, was jemandem wie Forrest zugestoßen sein kann.

Welche Gemeinsamkeit sieht er bei Kit Kat, Dylan, Robbie, Zachary und mir?

Fragen über Fragen, die unter meiner Schädeldecke pulsieren, wie Presslufthämmer donnern und sich damit zu den anderen gesellen. Großbaustelle in meinem Gehirn. Vielen Dank auch, Forrest. Ich stehe ja so darauf, mir andauernd den Kopf zu zerbrechen. Nicht mal an dem Ort, an dem ich sonst so angenehm ruhig bin, lässt du mich in Ruhe.

Als ich beginne, mir die Haare einzuschäumen, wird das Wasser bereits wieder kälter, weswegen ich mich beeile, schnellstmöglich fertig zu werden.

In ein kratziges babyblaues Handtuch gewickelt tapse ich in mein Zimmer. Nachdem ich mich dort notdürftig trocken gerubbelt habe, schlüpfe ich in ein schwarzes T-Shirt und eine graue Jogginghose und beschließe, mir die immer noch feuchten Haare einfach zu flechten, weil ich zu allem anderen viel zu erschöpft bin.

Allerdings ist Erschöpftsein leider nicht mit der Fähigkeit, schlafen zu können, gleichzusetzen.

Ich liege im Bett, die Augen geschlossen, die Handflächen so fest wie nur möglich gegen meine Ohren gepresst. Und dennoch kann ich nicht in diesen herrlichen Zustand der Ruhe eintauchen, den ich mir so sehr, mehr als alles andere wünsche.

Denn was bringt es einem, sich von der Außenwelt abzuschotten, wenn das, was einem Angst macht, direkt aus einem selbst kommt?

Ich seufze. Ich bin nicht schizophren. Auch wenn schizophrene Menschen vermutlich genau das sagen würden, was jetzt wiederum nicht unbedingt für mich spricht. Ich verstärke den Druck auf meine Ohren.

Es ist Roses Tagebuch, das mir keine Ruhe lässt. Das Flüstern in meinem Kopf liegt nicht an mir oder an der Verrücktheit, die man mir bei meinem Verhalten – vielleicht sogar zu Recht, wenn man mich und die Umstände nicht richtig kennt – attestieren könnte. Es ist nur so: Ich habe die Möglichkeit, einen letzten Einblick in den Kopf meiner Schwester zu bekommen. Vielleicht etwas mehr darüber rauszufinden, warum sie so plötzlich und ohne Vorwarnung verschwunden ist, warum sie ihr Leben nicht mehr für lebenswert gehalten hat.

Und ich bin ein Feigling, weil ich alles mir nur Mögliche tue, um nicht herauszufinden, was sich zwischen den dunkelblauen Buchdeckeln verbirgt.

Irgendwo bin ich vermutlich auch ein Sadist, denn immerhin kämpfe ich mit all meiner Kraft gegen das, wonach sich jede Zelle in meinem Körper verzehrt, an. In diesem Tagebuch könnte alles stehen, absolut, unwiderruflich und unanfechtbar *alles*. Es könnte mich in meinen Schuldgefühlen bestätigen, ebenso, wie sie mir genommen werden könnten. Vielleicht stellt sich entgegen von allem, was die Polizei behauptet, heraus, dass Rose noch lebt und irgendein Versteckspiel spielt – aber ebenso gut kann es passieren, dass dieser Theorie jeglicher Wind aus ihren kaum existierenden Segeln genommen wird.

Es könnte eine ganze Welt darin versteckt sein.

Aber genauso gut auch einfach … nichts. Vielleicht hat Rose nach ein paar Tagen aufgegeben zu schreiben; das sähe ihr ähnlich. Es ist auch gut möglich, dass sich der potentielle Inhalt auf Banalitäten, wie ihre Lieblingssandalen oder eine neue Lippenstiftfarbe, von der sie sich nicht sicher ist, ob sie ihr steht, beschränkt.

Aber warum würde sie dann wollen, dass ich es finde? Warum sollte sie einen Abschiedsbrief hinterlassen, in dem nichts von Bedeutung steht?

Es ist schon merkwürdig, wie viel Macht diesen Worten, von denen ich überhaupt nicht weiß, welche und wie viele es sind, innewohnt. Wie viel ein paar Sätze imstande sind zu verändern, vielleicht auch zu zerstören.

Das klingt furchtbar dramatisch, aber mein Herz, das Stromschläge durch meinen Thorax schickt, gibt mir jedes Recht dazu, so zu sein.

Ich weiß gar nicht, wie es dort hingekommen ist, aber plötzlich halte ich Roses Tagebuch in meinen Händen. Es fühlt sich auf der einen Seite vertraut an, wie ein guter, alter Bekannter, der einem vielleicht nicht ganz so lieb ist, den man aber trotzdem irgendwie gern hat. Auf der anderen Seite dagegen fremd, scharfkantig und irgendwie bedrohlich, wie es da schwer wie Beton auf meiner Handfläche ruht.

Wie in Trance knipse ich die kleine Lampe neben meinem Bett an, die mein Zimmer sofort in einen warmen gelben Ton taucht, bevor ich einmal tief durchatme und das Tagebuch aufschlage. Schnell, ganz so, wie wenn man ein Pflaster abreißt. In der irrsinnigen Hoffnung, dass es dann nicht mehr ganz so wehtut. Aber das ist eine Illusion. Der Schmerz ist im Prinzip derselbe. Nur der Zeitraum, in der er abgerufen wird, lässt sich verändern.

Was im Gegensatz dazu nicht in unserem Machtbereich liegt, ist das, was sich unter dem Verband – oder in diesem Fall dem Buchdeckel – versteckt. Es kann ebenso gut eine schmale, kaum sichtbare Wunde sein, aber eben auch eine hässliche, nässende. Rot, entzündet und qualvoll.

Ich schlucke schwer und beginne zu lesen.

21. dezember 1992
tut mir leid, dass ich so lange nicht geschrieben habe. glaub, ich bin nicht so fürs schreiben gemacht. hab da auch gar keine zeit zu. woher andere die immer nehmen? frag mich nicht. aber es ist einfach ein schönes gefühl, zu wissen, dass man die möglichkeit

hat. dass man, wenn man dann wirklich einmal möchte, etwas oder jemanden hat, dem man alles erzählen kann. so wie heute. heute ist das ein gutes gefühl.

als ich das letzte mal geschrieben hab, war ich voll durcheinander. danach ging es mir aber besser und ich hab mir so gedacht, ich geh ihm einfach aus dem weg, und dann geht er mir aus meinem kopf. pustekuchen. ich dachte eigentlich immer, ich wüsste, was liebe ist. und dann kommt er, und ich weiß gar nichts mehr. vor drei monaten noch hätte ich dir gesagt, dass man nur einen menschen lieben kann und dass alle, die das gegenteil behaupten, lügner sind oder leute, die irgendeinen groschenroman schreiben. und jetzt sitz ich hier, schreib tagebuch – wie idiotisch ist das eigentlich? – und bin in genau dieser situation. ich kann ja auch mit niemandem drüber reden. meine freunde sind auch dylans freunde – wenn ich ihnen erzähle, dass da noch jemand ist … das erfährt dylan doch sofort, und dann hasst er mich. ich glaube, das würde mich umbringen, wenn dylan mich hasst. ich weiß, es ist selbstsüchtig von mir, beide zu wollen – deswegen wollte ich ihm ja auch aus dem weg gehen. aber ich habe es nicht geschafft, okay? ich habe nicht einmal eine woche durchgehalten, bis ich ihn angerufen habe. ich war völlig aufgelöst. das ist doch nicht normal, dass man so leidet, wenn man sich von jemandem fernhält? obwohl es das beste ist? warum fühlt es sich so falsch an, wenn ich einmal versuche, das richtige zu tun? ich weiß nicht, wie lange ich es noch vor dylan geheim halten kann, und ich habe angst davor, was passiert, wenn er es erfährt. wenn er rausfindet, dass er nicht der einzige ist, den ich liebe.

Zum Ende hin ist die Schrift vor meinen Augen immer verschwommener geworden, wozu meine zitternden Hände sicherlich auch einen nicht unwesentlichen Anteil beigetragen haben.

Dass da noch jemand ist … Ich kann beinahe hören, wie Rose die Worte leise mitflüstert, während sie schreibt. Nicht, um ihren Klang auf der Zunge zu schmecken, so wie ich es manchmal tue, sondern einfach, weil sie besser darin ist zu reden, als einen Stift auf Papier sprechen zu lassen – und das ihre Art ist, sich mit dem Ganzen anzufreunden.

Noch jemand ist … Die Erkenntnis trifft mich wie ein Schlag, immer und immer wieder, bis es fast schon schmerzhaft ist, während der Teilsatz in meinem Kopf seine Runden dreht. Das kann doch nicht sein, oder? Meine Schwester – und Dylan betrügen? Wenn es nicht hier, direkt vor meinen Augen stehen würde, geradezu greifbar, weil Rose beim Schreiben so fest aufgedrückt hat, würde ich jeden, der so etwas behauptet, für verrückt erklären. Man kann meiner Schwester vieles zuschreiben – aber Untreue? Damit hätte ich nie gerechnet.

Ich werfe einen Blick auf das Datum; sie hat das alles vor etwas mehr als einem Jahr verfasst. Durchlebt. Ich versuche, mich daran zu erinnern, ob sie sich irgendwie auffällig verhalten hat, aber mir fällt beim besten Willen nichts ein.

Wer ist das, von dem sie sich so verzweifelt fernhalten wollte, und an dem sie so leidenschaftlich gescheitert ist? Ich kann mir nicht vorstellen, dass diese kleine Liebelei etwas mit ihrem Verschwinden zu tun hat, und weiß nicht, ob ich darüber nun erleichtert sein soll oder nicht. Vermutlich ist das besser so. Ich bin schließlich kein Detektiv.

Und nun, wo ich das weiß, sollte ich ihr Tagebuch auf jeden Fall zurück in ihr Zimmer legen. Schon schlimm genug, dass ich es überhaupt habe mitgehen lassen – darin zu lesen ist viel zu intim. Ein zu massiver Eingriff in ihre Privatsphäre; es fühlt sich einfach nicht richtig an.

Aber es ist das einzige ansatzweise Lebendige, was mir von Rose geblieben ist. Und vielleicht meine letzte Chance, herauszufinden, wer sie wirklich war.

Ich beiße mir auf die Lippe und blättere die Seite um. Mein Blick wird von den Buchstaben auf dem Papier geradezu magnetisch angezogen – meine Hände hingegen kribbeln, als wollten sie mich warnen, dass das, was ich hier zwischen den Fingerspitzen balanciere, etwas ist, an dem ich mich sehr leicht verbrennen kann, wenn ich nicht gut genug aufpasse.

10+1,5·2

30. dezember 1992

ich bin froh, dass weihnachten jetzt endlich vorbei ist. und allgemein dieses jahr. es ist ja auch bald zu ende. ich hoffe, dass das nächste wieder besser wird.

ich merke, dass dylan etwas ahnt, und ich kann ihm kaum noch in die augen gucken. in meinem kopf ist einfach nur noch chaos. ich weiß so sicher wie nichts anderes, dass er mich liebt. und ich liebe ihn ja auch. ich meine, hallo, er ist dylan. es ist im grunde unmöglich, ihn nicht zu lieben. dylan zu lieben ist wie atmen – man tut es einfach, und wenn man aufhört, ist es wie sterben. aber ich liebe auch … ich kann seinen namen nicht hier hinschreiben. nicht mal das. falls das doch mal jemand liest – das geht nicht. das würde ein desaster werden. seinen und meinen ruf zerstören und uns allen unheimlich viele schwierigkeiten bringen. also x. ihn liebe ich auch. aber x zu lieben ist ganz anders. schwieriger irgendwie, aber auch aufregender. immer abwechslungsreich, so was wie eine konstante gibt es nicht. ich weiß nicht, wie er morgen ist, ich weiß ja noch nicht mal, wie er heute ist. oder in der nächsten sekunde. bis jetzt habe ich aber noch keine seite an ihm entdeckt, die mir nicht gefallen hat.

ich fürchte mich davor, eines tages eine zu finden. erst hab ich gedacht, dass ich ihn vielleicht bloß mag, weil es sich so verboten anfühlt, mit ihm zusammen zu sein. weil er so anders ist und alle meine freundinnen mich auslachen würden, wenn sie wüssten, dass ich etwas mit ihm habe. weil er einfach eine komplett andere welt

ist, eine, die, so weit es nur geht, von meiner weg ist. aber da ist mehr. muss mehr sein. auch wenn es vielleicht seinen teil dazu beiträgt. also das verbotene. mit ihm fühle ich mich irgendwie … frei. manchmal denke ich einfach, dass mich alles einengt, und dann ist er da und ich sehe die gitter des käfigs um mich herum nicht mehr. es ist, als könnte ich überallhin. dabei kann ich mit ihm eigentlich tatsächlich nirgendwo so richtig hin, weil uns ja keiner sehen darf. ich weiß auch nicht.
da. da hast du es, du blödes, rührseliges tagebuch. ich weiß nicht mehr weiter. zufrieden?

Ich merke, dass ich gespannt an meinen Fingernägeln kaue, während ich die Gedanken meiner Schwester auf meinen Knien balanciere. Sie sind immer noch merkwürdig zu lesen, und ich wäre wesentlich glücklicher, wenn die Stimme, die in meinem Kopf die Worte ausspricht, irgendeine anonym wäre und nicht die von Rose. Ich kann richtig hören, wie sie am Ende wütend schnaubt, und habe ein ziemlich klares Bild davon im Kopf, wie sie das Buch frustriert in eine Ecke ihres Zimmers schmeißt. Ein ums andere Mal, das erklärt auch die angestoßenen Ecken.

Wäre das das Tagebuch von jemand anderem, würde ich vermutlich nicht mehr weiterlesen. Einfach weil darin die Art von Problemen beschrieben wird, mit denen ich nichts anfangen kann. Über die ich lache. Außerdem ist das alles furchtbar redundant. Aber es ist nun mal Roses Tagebuch, und es war ihr Wunsch, dass ich es lese.

Wie könnte ich meiner Schwester ihren letzten Wunsch abschlagen?

Irgendwann muss ich eingeschlafen sein, denn als ich meine Augen geöffnet habe, war mein Zimmer bereits in das erste Licht des Morgengrauens getaucht. Nun sitze ich, umzingelt von Kaffeeleichen, in meinem ersten Kurs und frage mich, wieso einige Menschen solche Morgenmuffel sind – sie verpassen die beste Zeit des Tages! Alles ist noch so schön frisch und neu – und sie ignorieren es. Roses Tagebuch hat sich zu dem wenigen Kram in meiner Schultasche gesellt – es hat sich einfach nicht richtig angefühlt, es so schutzlos und allein zu Hause zurückzulassen.

In der ersten Pause benehme ich mich anders als sonst. Ich halte Ausschau nach feuerroten Haaren und einem gesenkten Blick und horche, ob ich jemanden wie einen Wasserfall quasseln höre. Ich achte sogar darauf, ob mir strubbelige, unter einer Kapuze versteckte Haare ins Sichtfeld geraten. Dabei komme ich nicht umhin, meine anderen Mitschüler zu betrachten. Die meisten sind vermutlich einfach noch nicht ganz wach, aber einige lehnen sich auch einfach lethargisch an ihre Schließfächer, verstecken sich in großen Pullis oder hinter Haaren und Schulbüchern. Längst nicht alle. Aber eben mehr, als ich gedacht hätte. Ich höre, wie es klingelt, und laufe zu meinem nächsten Kurs, ohne wirklich auf den Weg zu achten. Lasse mich einfach mit dem Strom der anderen treiben. Ich frage mich, welches der vielen durch die Flure klirrenden Lachen echt ist und welches nur eine Farce. Grübele darüber nach, ob all die Umarmungen, die ausgetauscht werden, wirklich von Herzen kommen, oder ob nicht ein Großteil davon aus Pflichtgefühl entsteht.

Am Ende komme ich zu dem Schluss, dass jeder ein paar Päckchen zu tragen hat. Und eines von meinen heißt eben Rose Cavendar und ist besonders schwer.

In Kunst bemerke ich, während ich aus dem Fenster starre, wie ein hellblauer eingedellter Cherry auf den Schulparkplatz rollt und wie Forrest mit zwei schwer aussehenden Boxen beladen aussteigt. Die Kartons stellt er auf dem Dach ab, bevor er das Auto abschließt und sich einmal durch die störrischen Haare fährt. Danach balanciert er sie wieder auf seinen Unterarmen und läuft entspannt in Richtung Hauptgebäude. *Der hat doch wieder irgendetwas vor.*

Plötzlich, als würde er meinen Blick spüren, dreht er seinen Kopf ein wenig und sieht mir direkt in die Augen. Unfähig, mich zu bewegen, starre ich einfach nur zurück. Er nickt kurz, lächelt flüchtig und geht dann weiter, während ich noch einen kleinen Moment brauche, um mich wieder zu fangen.

Komischer Lehrer. Ich frage mich wirklich, was er jetzt wieder ausheckt. Und warum mein Herz bei seinem Blick ein paar Schläge lang gestolpert ist.

Allerdings komme ich nicht dazu, allzu lange darüber nachzugrübeln, denn als ich meinen Englischklassenraum betrete, stehen die beiden blassbraunen Kartons schon mehr oder minder ordentlich gestapelt auf Forrests Schreibtisch. Sie sind so groß, dass man von einem gewissen Blickwinkel aus fast nur noch die Locken meines Englischlehrers dahinter erkennen kann.

»Guten Morgen, Miss Cavendar«, begrüßt er mich ekelhaft fröhlich. Macht er das eigentlich mit allen – diese allmorgendliche Gute-Laune-Attacke? Ich nehme mir vor, das nächste Mal früher zu kommen und dem

Ganzen auf den Grund zu gehen. Ich hoffe allerdings, dass ich nicht die Einzige bin, die hier jeden Tag mit fröhlicher Freundlichkeit überschüttet wird – das wäre irgendwie auch merkwürdig. Langsam, aber sicher beschleicht mich der Verdacht, dass ich in der Kartongeschichte eine nicht unwichtige Rolle spielen werde. Ich weiß nicht, was ich davon halten soll. Außerdem fällt mir auf, dass wir offenbar wieder beim »Sie« sind – er macht da einen ganz klaren Unterschied zwischen Unterricht und … ich will es nicht als *privaten Raum* betiteln.

»Morgen«, nuschele ich und lasse mich auf meinen Platz fallen. Dieses Mal starre ich allerdings nicht wie gewohnt aus dem Fenster, sondern auf Forrests Pult. Mit jeder Sekunde, die verstreicht, ohne dass er etwas zu den Kartons sagt, werde ich nervöser. Ich kann gar nicht mehr richtig dem folgen, was er so sagt.

Am Ende der Stunde hänge ich an meinem Platz herum, bis alle anderen den Raum verlassen haben. Er hat mich nicht gebeten zu warten, so wie ich es eigentlich schon fast gewohnt bin. Vielleicht habe ich mich getäuscht und die Kartons und das merkwürdige Verhalten meines Lehrers haben gar nichts mit mir zu tun. Peinlich berührt zwirbele ich das Ende meines Zopfes, den ich noch von gestern Abend habe und der mittlerweile ziemlich demoliert aussehen muss, zwischen meinen Fingerspitzen. Ich habe Forrest, der neben der Tür wartet, schon fast erreicht, um den Raum zu verlassen. Es ist mir unangenehm, dass mein Bauchgefühl mich so getäuscht hat, und ich bin ein wenig wütend, weil Mom wohl doch recht hat, wenn sie behauptet, ich würde mich selbst zu wichtig nehmen. Plötzlich schließt Forrest die Tür und lässt einen triumphierenden Ausruf los: »Du bist neugierig!«

Ich zucke zusammen – ob ertappt oder erschrocken, kann ich nicht genau festmachen.

»Was?«

Ich stehe mittlerweile so dicht vor ihm, dass ich den fettigen Fingerabdruck an seinem braunen Brillenbügel sehen kann und mir der von ihm ausgehende Geruch nach Pfefferminztee und umgeblätterten Buchseiten in die Nase steigt.

»Ich wusste, dass du neugierig sein würdest. Na gut, ich habe es gehofft. Du willst wissen, was hier drin ist.«

Wie um seinen Worten Nachdruck zu verleihen, klopft Forrest ein paarmal mit den Fingerknöcheln gegen einen der Kartons. Vom Geräusch her würde ich darauf tippen, dass er bis obenhin mit etwas relativ Schwerem gefüllt ist, aber so genau kann ich das nicht sagen. Er hat recht, ich bin neugierig. Sehr. Und ich wünsche, ich würde mehr über den Inhalt dieser ominösen Schachteln wissen. Oder über den Grund, warum sie hier vor mir stehen und meine Gedanken nicht in Ruhe lassen.

»Super«, sage ich jedoch einfach und versuche, ihm meine brennende, fast schon alles in mir versengende Neugierde nicht zu zeigen.

Forrest lacht. »Ach komm, Sage, mir machst du nichts vor.«

»Ich muss zu meinem nächsten Kurs.«

Mein Lehrer seufzt und lehnt sich gegen sein Pult, einen Arm legt er entspannt über den oberen Karton. »Ich weiß. Wir treffen uns nach Schulschluss wieder hier. Uns steht schließlich noch ein schönes Erlebnis für unsere Englisch-AG bevor.«

Forrest greift nach seiner Brille und putzt die Gläser mit einem Zipfel seines knitterigen Hemdes. Heute ist es dunkelblau.

»Ich – ich habe gar keine Zeit!«, protestiere ich. »Das kann ja wohl nicht wahr sein, dass Sie …«

»Du«, unterbricht Forrest mich, was ich mit einem empörten Schnauben quittiere.

»Na gut! Dann kann es eben nicht wahr sein, dass *du* einfach davon ausgehst, dass ich so mir nichts, dir nichts springe. Dass ich kein Leben außerhalb der Schule habe und nur darauf warte, dass du mit ein paar blöden Pappkartons und einem schmierigen ›Guten Morgen‹ ankommst, um irgendwas Schönes zu erleben. Also ehrlich!« Die Mundwinkel meines Lehrers zucken, was meine Wut nur noch mehr anstachelt. »Das ist nicht witzig«, werfe ich ihm vor. »Vielleicht hast *du* dein komisches Weltverbessererprojekt, und das ist ja auch schön für dich, aber ich möchte dich dann an dieser Stelle noch einmal dran erinnern, dass *ich* da nicht freiwillig mitmache! Es sollte ja wohl drin sein, dass du wenigstens vorher mal fragst, ob ich Zeit – und Bock drauf – hab!«

Plötzlich hält Forrest sich einen seiner langen Finger vor die Lippen.

»Shhh«, macht er. »Sage, andere Menschen haben hier doch noch Unterricht. Du im Übrigen auch. Willst du die ganze Schule über dein Missfallen informieren? Denn wenn nicht, solltest du dich vielleicht ein bisschen leiser aufregen.«

Ich gebe irgendeinen undefinierbaren Laut von mir und ringe mit meinen Händen in der Luft, versuche, irgendwie irgendetwas zu greifen, das ich diesem unmöglichen Lehrer vor mir gegen den Kopf schleudern kann. Vielleicht rutscht dann irgendetwas so, dass es den Stecker, der den gesunden Menschenverstand steuert, wieder anknipst. Falls Forrest den überhaupt hat. So wie er mich gerade angrinst, würde ich es nämlich für gar nicht mal so abwegig halten, dass den jemand rausgezogen hat; vielleicht sogar er selbst. Einem Teil von mir gefällt das. Dass er sich nicht von den Dingen abbringen lässt, die er sich in den Kopf setzt, und dass es so verwegen in seinen Augen funkelt, während er mit mir redet. Dumm nur, dass dieser Teil nichts, absolut gar nichts zu sagen hat.

»Ich habe trotzdem keine Zeit!«

»Mach dir darum keine Sorgen; ich habe deine Mutter angerufen und ihr erzählt, dass du heute später heimkommst.«

Jetzt bin ich doch ein wenig überrascht; so sehr sogar, dass ich ganz vergesse, mich an meine Wut zu klammern. Als er gesagt hat, dass er mit Mom telefoniert hat, bin ich sofort davon ausgegangen, dass er ihr von irgendwelchen schlimmen Sachen, die ich angeblich getan habe, erzählen würde. Mom hätte sich dann natürlich darin bestätigt gesehen, dass ich total verkorkst bin und nur Mist im Kopf habe.

Daran, dass Forrest mir sogar einen Gefallen tun könnte, habe ich definitiv keinen Gedanken verschwendet.

»Ähm … danke«, stammele ich überrumpelt. Dann bemerke ich die Stellung der Uhrzeiger, und ein paar Schimpfwörter stolpern über meine Lippen. Na toll, jetzt entwickele ich mich auch noch zu einer chronischen Zuspätkommerin. Super, wirklich. Forrests Blick folgt meinem, und als er den Grund für den wüsten

Wortschwall erkennt, bietet er mir an, mir – erneut – eine Freistellung zu schreiben.

»Danke«, sage ich patzig, als er mit einem Kugelschreiber aus seiner Tasche über das dünne Papier kratzt.

»Bis später, Sage«, verabschiedet er sich, woraufhin ich mir ein schnodderiges »Kann's kaum erwarten« nicht verkneifen kann.

Das Erste, was ich mache, als ich außer Sichtweite bin, ist, den direkten Weg in die Kifferecke einzuschlagen und nach einer Kippe zu tasten. Aber anstatt sie mir sofort zwischen die Lippen zu klemmen und anzuzünden, betrachte ich sie nur und drehe sie ein wenig zwischen meinen Fingern hin und her. Ich will doch eigentlich aufhören, schon seit Ewigkeiten. Nicht einmal, weil es ungesund ist oder in meinem Alter gar nicht erlaubt, sondern vielmehr, weil es mir nicht gefällt, von etwas abhängig zu sein. Und sei es auch nur so ein kleiner Glimmstängel. Es kann nicht sein, dass ich jedes Mal, sobald irgendetwas Außerplanmäßiges passiert, an nichts anderes mehr denken kann als daran, mir eine Kippe anzustecken. Ich meine, was, wenn ich irgendwann keine mehr habe? Was mache ich dann? Ersticke ich dann an dem Gefühl, dass mein Brustkorb immer und immer enger zugeschnürt wird?

Das ist alles Forrests Schuld! Wenn er mich nicht ständig so aus dem Konzept bringen würde, dann wäre ich jetzt gar nicht hier und würde mit meinem Feuerzeug hantieren. Die Luft, in die ich den Rauch aus meinen Lungen entlasse, ist heute frisch und herrlich kalt, fast schon stechend. So, wie ich es liebe. Eine kann ich ja noch rauchen, danach höre ich auf. Ganz sicher …

Nachdem meine letzten Stunden, die sich zäher als ein ewig gekauter Kaugummi gezogen haben, rum sind, schlurfe ich wieder zurück in meinen Englischraum, wo die Tür bereits einen Spaltbreit offen steht und mir einen Blick auf den Rücken meines Lieblingslehrers erlaubt. Er sieht aus dem Fenster.

»Ähm, hallo?«, sage ich, vom Schlimmsten ausgehend, während ich die Tür langsam weit genug öffne, um hindurchgehen zu können.

Forrest dreht sich um und lächelt. »Oh, schön, dass du da bist!«

Er klingt überrascht. Irgendwie ärgert es mich, dass er offenbar nicht damit gerechnet hat, dass ich Wort halte und hier aufkreuze. *Scheint ja sehr viel von mir zu halten, der Gute.*

»Also«, frage ich ironisch, »was haben wir denn Schönes vor?«

»Erst einmal wollen wir zwei Kartons in die Aula schleppen.«

Ich ziehe eine Augenbraue hoch und nicke in Richtung der beiden Boxen. »Die da?«

»Muss ich darauf antworten?«

Ich zucke mit den Schultern. »Wollte nur sichergehen. Warum hast du die nicht gleich in die Aula getragen – oder erst mal im Auto gelassen?«

Es fühlt sich merkwürdig an, Forrest zu duzen, aber ein förmliches »Sie« wäre mindestens genauso komisch. Ich kann niemanden siezen, mit dem ich nach Schulschluss Kartons von A nach B schleppe. Das geht einfach nicht.

»Ich lasse die doch nicht unbeaufsichtigt!«, empört sich Forrest, während er mir den oberen der beiden

Kartons reicht. Er ist so schwer, dass meine Arme im ersten Moment ein wenig herabsinken und ich überrascht aufkeuche. Ich frage mich wirklich, was da drin ist; bis jetzt habe ich nicht den blassesten Schimmer. Vorsichtig versuche ich, durch einen kleinen Schlitz an der Seite des Kartons zu linsen, aber innen erwartet mich nichts als geheimnisvolle Dunkelheit.

Forrest bittet mich kurz angebunden darum, vorzugehen. »Nicht dass die aus meinem Auto noch geklaut werden. Und wenn ich sie schon in die Aula gebracht hätte, wo sie unbeaufsichtigt und allein gewesen wären – nein. Daran will ich gar nicht denken. In diesen Kartons sind Dinge, die mir sehr, sehr wichtig sind – da habe ich dann doch gern ein Auge drauf.«

»Forrest.« Ich drehe mich um und sehe, wie er die Tür lässig mit dem Fuß zuzieht, bevor er mit einem ziemlich kompliziert – und ungeschickt – aussehenden Manöver versucht, sie abzuschließen, ohne dabei den Karton abzustellen.

»Ich will dir ja nicht zu nahe treten«, erzähle ich weiter, wende den Kopf aber ab, damit er nicht bemerkt, wie ich grinse, »aber bei aller Liebe – du fährst die Art von Auto, bei der selbst der unfähigste Kleinkriminelle das Weite suchen würde. Wenn ich eine Bank ausrauben würde und zwischen zwei Fluchtfahrzeugen wählen könnte – deinem Auto und einem Kinderfahrrad –, ich würde das Rad nehmen.«

Ich kann Forrests Gesichtsausdruck nicht sehen, da wir uns mittlerweile wieder in Bewegung gesetzt haben, aber ich höre ihn hinter mir schnauben, und auch meine eigenen Lippen kräuseln sich zu einem Lächeln, das sich zwar ungewohnt und fremd, aber nicht schlimm anfühlt.

In der Aula angekommen, bedeutet mein Lehrer mir, den Karton in die Mitte des großen Raumes und dort zwischen die rot gepolsterten Stühle, die in akkuraten Reihen stehen, zu stellen. Er selbst schließt die breite Tür hinter sich ab, kaum dass er hindurchgetreten ist.

Es ist ein mulmiges Gefühl, zu wissen, dass ich hier mit Forrest eingesperrt bin. Er scheint irgendwie Gefallen an Abschließmanövern zu finden, fällt mir beim Zurückdenken an unsere Autofahrt gestern ein.

Offenbar bemerkt er, dass ich stutze. »Normalerweise ist hier um diese Uhrzeit niemand mehr, aber falls doch noch mal jemand seine Runden dreht, möchte ich nicht, dass er oder sie hier einfach so reinplatzen.«

»Okay …«

Weil die schweren dunkelbraunen Gardinen, die vor den Fenstern hängen, jegliche Sicht nach draußen verdecken, besteht die einzige verbleibende Lichtquelle aus zwei kronleuchterähnlichen Lampen, die den Raum von der Decke aus schwach mit einem weichen, warmen Licht fluten.

Die Aula an meiner Schule ist, gemessen an der Größe der anderen Räume, nicht außergewöhnlich groß, aber sie ist der mit Abstand schönste Ort hier. Die Tür, die hineinführt, ist eine massive Flügeltür, die genussvoll seufzt, wenn man sie aufstößt. Der Boden ist aus einem Holz, das jeden meiner Schritte sanft, aber doch bestimmt klingen lässt. Sie ist so hoch gebaut, dass sie zwei Stockwerke meiner Schule einnimmt, an den Seiten sind kleine Tribünen mit ebenjenen rot gepolsterten Stühlen, zwischen denen ich stehe. Es ist jedes Mal etwas ganz Besonderes, wenn die Zeugnisse hier ausgegeben werden oder die Theater-AG eine ihrer Vorstellungen gibt.

»Und, schon neugierig?«, fragt Forrest, und ich zucke zusammen. Er steht direkt hinter mir.

»Brennend«, gebe ich mit einem sarkastischen Unterton in der Stimme zurück, der mir nicht ganz so gut wie sonst gelingen will. Ich drehe mich zu ihm um und sehe ihm fest in die grünen Augen.

-3

Es ist Freitagabend, und er ist allein zu Hause. Liegt, die Hände hinterm Kopf verschränkt, auf seinem Bett, das ihm viel zu groß und kalt und hart ohne sie vorkommt. Seit Stunden kämpft er dagegen an, dass ihm die Lider zufallen. Es ist noch nicht mal spät genug, um wirklich von »Nacht« sprechen zu können.

Freitagabende sind dafür gedacht, etwas mit Freunden zu unternehmen und ausgelassen zu sein – oder mit dem Mädchen Zeit zu verbringen, das man liebt; es vielleicht in ein schönes Restaurant einzuladen, ihm Blumen zu schenken und seine Hand zu halten.

Aber Freunde hat er keine mehr, und sein Mädchen ist schon so lange fort – es gibt keine Hoffnung, dass es jemals zurückkehren wird.

Er und Rose haben so viel mehr Zeit getrennt voneinander verbracht als zusammen. Es sollte nicht so sein. Liebe sollte nicht so sein. So schmerzhaft, alles verzehrend, zerstörerisch. Zumindest wünscht er sich das.

Frustriert atmet er aus und fährt sich mit der Hand übers Gesicht, reibt sich die müden Augen. Was der Salbei wohl gerade macht? Er hat das Gefühl, als wird sie ihm immer fremder, je näher er ihr kommt.

Er seufzt, denn egal worauf er versucht sich zu konzentrieren, seine Gedanken driften doch immer wieder Richtung

Rose. Zornige, dornige, zerbrechliche, wunderschöne Rose. Die Liebe seines Lebens.

Und weil es nichts gibt, das ihn von den schmerzlichen Erinnerungen ablenken könnte, und er viel zu müde ist, um sich auf irgendetwas anderes zu konzentrieren, kann er gar nicht anders, als daran zu denken, wie er alles, was sie letztendlich zerstören sollte, in nicht mal einem Wimpernschlag ins Rollen gebracht hat.

Wie von einer anderen Macht gelenkt fallen seine Augen zu, aber anstatt Dunkelheit umfängt ihn hinter den geschlossenen Lidern ein vergangener Moment seines Daseins, so echt und intensiv, als würde er ihn ein zweites Mal durchleben.

»Rose«, hört er sich selbst flehen und sieht wie in Trance, wie seine große, raue Hand nach ihrer kleinen, zarten greift. Er umschließt ihre Finger fast schon zu fest mit seinen und lockert den Druck, als es ihm auffällt, sodass er ihre Hand nun beinahe schon behutsam hält. »Geh nicht.«

Der niedergeschlagene Ton in seiner Stimme hallt von den Wänden wider; zerstäubt sich zwischen ihm und Rose, als wolle er sie und die ganze Ausweglosigkeit der Situation verspotten. Etwas eigentlich so Simples derartig gegen die Wand zu fahren, kann auch nur den beiden passieren. Es ist so typisch für sie.

»Wieso?« Während sie das Wort ausspricht, bebt ihre volle Unterlippe, die immer noch geschwollen ist und auf der man noch einen Hauch von den Spuren seiner Zähne sehen kann. »Nenn mir einen Grund.«

Mit seiner freien Hand fährt er sich durch die Haare, ballt sie im Nacken zu einer Faust. Er ist sich nicht ganz sicher, ob sie dem ganzen Drama, im starken Gegensatz zu ihm, nicht vielleicht sogar einen gewissen Genuss abgewinnen kann.

»Ich liebe dich«, sagt er langsam und eingehend, mit einer vor Aufrichtigkeit zitternden Stimme.

Er beobachtet, wie sich ihre wunderschönen, mandelförmigen Augen bei jedem der drei Worte mehr und mehr mit Tränen füllen, und sein Herz setzt einen Schlag aus, dann noch einen.

»Das reicht nicht.«

Wie kann sie so etwas sagen? Wie kann es nicht reichen? Immer noch kein Pochen in seiner Brust, nur Leere. Schlägt sein Herz überhaupt noch? Ist das denn noch wichtig? Macht es einen Unterschied, ob es sich noch regt oder nicht? Der einzige Grund für sein Herz, zu schlagen, hat soeben einen Dolch durch es hindurchgestoßen.

»Bitte …«, fleht er nun. »Wir kriegen das hin.«

»Das sagst du immer. Du willst immer alles ›hinkriegen‹. Ich habe dir geglaubt, dass du das kannst – aber im Endeffekt sind wir beide deshalb doch nur noch mehr kaputtgegangen, als wir es ohnehin schon waren. Ich liebe dich. Oh Gott, ja, ich liebe dich mehr als alles andere, okay? Aber manchmal reicht das nicht. Ich wünsche mir so sehr, dass Liebe allein genug ist, aber das stimmt nicht.«

Langsam, aber bestimmt entzieht sie ihm ihre Hand. Der Schmerz, den er dabei empfindet, ist fast schon körperlich. Es ist, als würde man den Teil von ihm, der sein Sein im Wesentlichen ausmacht, aus ihm herausreißen, quälend langsam und mit einer grausamen Präzision.

»Es war wunderschön mit dir. Danke. Ich hab nie gedacht, dass ich diese Art von Liebe einmal würde erleben dürfen. Aber das ist eben wie ein Traum, und jetzt ist es Zeit

für mich, aufzuwachen. Du hast es doch eben selbst gesagt: Ich muss mich endlich entscheiden. Ich sehe doch, wie sehr dich das alles mitnimmt. Kannst du bitte versuchen, mich zu verstehen? Es ist einfach besser, wenn ich mich für Dylan und damit für mein Leben entscheide.«

Wenn ich mich für Dylan und für mein Leben entscheide – da hat er ihn, den Satz, vor dem er sich die ganze Zeit gefürchtet hat. Plötzlich schrumpft all das, was er mit ihr hatte und was für ihn alles war, sein Leben war, auf einen lächerlichen Nebensatz zusammen. Er ist immer nur eine Aus-, aber nie eine Zuflucht für sie gewesen; das zumindest hatte sie ihm gerade gesagt.

Dylan, *der Name, der das Blut in seinen Adern gefrieren lässt, der dafür sorgt, dass sich Eiskristalle in seinem Körper schmerzhaft von innen nach außen ausbreiten. Dylan ist ein Idiot. Er weiß nicht zu schätzen, was er an Rose hat. Für ihn ist sie doch nur eine Trophäe. Er denkt, dass er sie liebt – das ist unschwer zu erkennen –, aber das tut er nur, weil alle das von ihm erwarten. Weil er und Rose in den Augen aller das perfekte Paar abgeben.*

Er hasst Dylan, abgrundtief und bodenlos, und noch mehr hasst er es, immer gegen ihn und die Erwartungen, die seine große Liebe an ihr Leben hat, kämpfen zu müssen.

Das Schlimmste ist aber, dass Rose, wenn sie ihm sagt, dass sie sich für »ihr Leben« entscheidet, im Grunde nichts anderes sagt, als dass sie sich gegen ihn stellt. Denn für ihn ist sie sein Leben, und es zerreißt sein Herz, dass er für sie nicht mal ein kleiner Teil des ihren ist.

Jetzt fängt sie an zu weinen. Seine schöne, starke Rose sackt in sich zusammen, wischt sich über die gerötete Stupsnase und wirft sich in seine Arme. Klammert sich so fest an ihn, als wäre er ihr Fels in der Brandung, das einzig

Sichere in ihrem Leben. Vorsichtig legt er die Arme um ihren bebenden Körper und streicht ihr über die nassen Wangen.

»Ich will nicht aufwachen«, flüstert sie, und ihr heißer Atem trifft dabei seine Schulter an der Stelle, an der sein T-Shirt bereits beginnt, von ihren Tränen durchzuweichen.

»Dann tu es nicht.«

»Ich muss aber. Ich muss einmal das Richtige machen. Wir können nicht zusammen sein, und das weißt du. Ich kann nicht weiter von dir verlangen, einfach zu ignorieren, dass ich einen Freund habe. Und Dylan – ich kann ihm kaum noch in die Augen sehen. Ich halte das einfach nicht mehr aus, verstehst du? Bitte, versuch es wenigstens. Für mich. Ich möchte doch nur das tun, was für uns alle am besten ist. Wir gehen an diesen ganzen Lügen doch zugrunde, jeden Tag ein bisschen mehr.«

Er möchte nicht, dass sie kaputtgeht. Seine schöne Rose, die er so behutsam pflegt wie nichts anderes in seinem Leben. Es bricht ihm das Herz, wenn sie unglücklich ist.

»Warum können wir nicht?«, fragt er sie, die Lippen so dicht an ihrem Kopf, dass ihn ihre strohblonden Haare beim Sprechen kitzeln. »Warum ist er besser für dich als ich?«

Sie seufzt schwer. »Er ist es einfach. Das mit uns – wir wussten beide von Anfang an, dass das keine Zukunft hat. Aber Dylan und ich – wir haben eine.«

»Und wie sieht die aus?«, braust er auf einmal auf, sie hat einen wunden Punkt bei ihm getroffen. »Was gibt er dir, was ich dir nicht geben kann? Du weißt genauso gut wie ich, dass ihr beide niemals das haben werdet, was wir haben, dass Dylan dir nie das geben wird, was ich dir geben kann. Er ist nicht gut genug für dich, Rose!«

Er ist zu laut geworden, das sieht er an dem wütenden Funkeln in ihren Augen, als sie aus seiner Umarmung zurückweicht. Er geht einen Schritt auf sie zu, ihm ist plötzlich so kalt geworden, doch sie geht nur einen weiteren zurück und schüttelt entschlossen den Kopf. Ein paar Haare kleben an ihrem Mund, und ihre Wimperntusche ist auf eine Art und Weise verschmiert, die ihre Augen nur noch mehr funkeln lässt. Mit ihrem störrisch vorgeschobenen Kinn sieht sie aus wie eine zornige Göttin.

»Ach, und wer bist du, um das zu beurteilen? Hört doch alle auf, mir vorzuschreiben, was ich machen soll! Du machst mich krank! Ihr alle!«

Sie schreit, ihre Stimme klingt schrill und brüchig und verzweifelt.

»Du drehst mir mal wieder jedes Wort im Mund um!«, wirft er ihr zornig vor.

Er kann nicht glauben, welche Schlüsse sie aus dem, was er sagt, zieht. Manchmal würde er gern in ihren Kopf krabbeln und all die Zweifel und verqueren Gedanken herausziehen, als wären sie falsch eingewebte Fäden in einem Teppich. Aber er weiß im Grunde, dass es genau diese Ecken und Kanten sind, die sie zu dem wundervollen Menschen machen, der sie ist – und den er mehr liebt als alles andere. Was nichts daran ändert, dass sie ihn in den Wahnsinn treiben!

»Ich drehe überhaupt nichts um! Du redest einfach nur Mist! Bla, bla, bla – alles, was aus deinem Mund kommt, ist falsch!«, schreit sie und gestikuliert wild mit ihren Händen in der Luft herum, etwas, das sie oft macht, wenn sie so aufgebracht ist, dass sie nicht mehr weiß, wohin mit ihren Armen.

Normalerweise würde er in so einer Situation ihre Handgelenke umfassen und sie an sich ziehen, gegen jeden Protest seine Lippen auf ihre pressen, bis sie schweigt und sich in den Kuss fallen lässt. Er weiß, dass das weder die feine Art noch besonders romantisch ist, aber seine Erfahrung hat ihn gelehrt, dass das eines der wirksamsten Mittel ist, um Rose Cavendar zu zähmen.

Aber dieses Mal ist er selbst zu wütend. Er hat nichts falsch gemacht – außer vielleicht, sich in das falsche Mädchen zu verlieben, aber das steht jetzt nicht zur Debatte – und es ist an ihr, sich zu entschuldigen. Er will sehen, wie sie zu ihm zurückkommt und sich mit reuevollen Worten und niedergeschlagenen Wimpern entschuldigt, wie sie wieder sanft und anschmiegsam ist. Das Problem ist, dass er dieses Mal nicht das Gefühl hat, dass sie das tun wird – zu ihm zurückkommen. Wenn er sie jetzt gehen lässt, dann, so ist er sich sicher, wird das Zuschlagen der Haustür ein Stockwerk unter ihnen endgültig sein.

»Rose …« Ihm fällt nichts anderes ein.

»Nein. Hör auf. Das machst du immer, und das reicht! Irgendwann müssen wir das hier sowieso beenden, und je später wir es tun, desto schmerzhafter wird es.«

Sie sieht ihm fest in die Augen. Ihre Iriden haben die Farben des Meeres. Graublaues Wasser, das von ein paar algengrünen Schatten durchzogen wird, und dazwischen ist Sand. Heute sind sie tief und stürmisch und fast schon stechend, weil die Farbe dadurch, dass das Weiß in ihren Augen vom Weinen so rot ist, noch intensiver hervortritt.

Er hat das Gefühl, als würden unter ihrem Blick Tonnen von Wasser über seinem Kopf zusammenschlagen, ihn in die Tiefe ziehen.

Er ertrinkt.

Das ist der Moment, in dem er sich entscheiden muss, ob er sie mit sich zieht, oder ob er ihr die Chance gibt, gerettet zu werden.

»Ist mir egal. Lass mich dir zeigen, dass ich besser für dich bin als Dylan, bitte. Gib mir die Chance, zu beweisen, dass das hier funktionieren kann. Rose, Baby, bitte.«

Selbstsüchtig wie er ist, entscheidet er sich dagegen, sie freizugeben, obwohl eine kleine Stimme in seinem Hinterkopf flüstert, dass sie daran kaputtgehen wird. Er ignoriert das Flüstern. Er wird mit aller Kraft dafür sorgen, dass das nicht passiert.

Er sieht, wie sie mit sich ringt. Vorsichtig, als wäre sie ein scheues, wildes Tier – was vielleicht gar nicht so abwegig ist –, geht er einen Schritt auf sie zu, dann noch einen. Streicht ihr eine der blonden Haarsträhnen hinters Ohr.

Er schließt die Augen, als sie zaghaft eine Hand an seine Wange legt, und überbrückt blind die letzte Distanz, die sie beide noch trennt.

Pflanzen müssen wild wachsen, brauchen Freiheit, um zu gedeihen. Man kann nicht einfach über eine Wiese laufen, sich das schönste Gewächs abschneiden und es in eine Vase stellen und beobachten. Vor allem keine Rose, die Königin der Blumen. Vielleicht funktioniert das im ersten Moment. Aber bald schon werden sich die zarten Blütenblätter einrollen, braun und trocken und kümmerlich werden, und es gibt nichts, was man dagegen tun kann. Er war damals nicht imstande, das zu sehen, und auch heute ist er kurz davor, denselben Fehler zu begehen … ist kurz davor, die Hand um das satte Grün des Salbeis zu schließen.

4,456338·π

So. Jetzt kannst du gucken«, erbarmt sich Forrest, und ich verdrehe die Augen – als hätte ich sie diese ganze gefühlte Ewigkeit geschlossen gehalten. Allerdings hat mein übergeschnappter Lehrer darauf bestanden, dass ich ihm, während er mit den Kartons angestellt hat, was auch immer er mit ihnen angestellt hat, den Rücken zuwende; weswegen ich die ganze Zeit auf eine leere Bühne gestarrt habe.

Ab und zu hat Forrest gestöhnt, einmal ist ihm etwas runtergefallen. Außerdem hat er die ganze Zeit mit irgendetwas geklappert – und ich bin mir fast sicher, dass das Absicht war, um mich neugierig zu machen. Zutrauen würde ich es ihm allemal. Aber was könnte er in seinen Kartons versteckt haben? Gleich werde ich es herausfinden.

Meine Knochen protestieren mit einem unzufriedenen Ächzen, als ich mich umdrehe. Die Gelenke fühlen sich von dem langen Sitzen eingerostet an, geradezu verkalkt. Ich lasse die Fingerknöchel knacken, bevor ich meinen Blick fokussiere.

Vor mir steht ein Plattenspieler. Einer, der schon ziemlich alt und benutzt aussieht. Ein Verlängerungskabel schlängelt sich durch die Aula bis zur nächstgelegenen Steckdose, während ein anderes das Gerät mit einem Lautsprecher verbindet. Die Kiste daneben ist randvoll mit Platten, in ihren Hüllen sehen sie aus wie ein verblasster Regenbogen. Nicht weit davon entfernt stehen ein paar Schalen mit Crackern. Das scheint irgendwie so Forrests Ding zu sein.

Ich denke daran, wie er mir erklärt hat, dass das eine »Wohlfühlatmosphäre« schaffen soll. Tja, Forrest. Ich schätze, das wird nicht ausreichen.

Mein Blick huscht gehetzt zur Tür, und ich versuche vergeblich, meine übereinandergeschlagenen Beine, die sich auf einmal wie ein Geflecht aus ellenlangen, schweren Stahlrohren anfühlen, zu entwirren. Aber selbst wenn ich aufstehen könnte, ist immer noch die Tür verriegelt.

»Ich dachte, wir wollten etwas Schönes erleben?!«

Meine Stimme klingt klein und dünn und ganz und gar nicht nicht so, wie ich sie gern hätte.

Forrest zieht die Augenbrauen hoch und gibt den Unwissenden.

»Aber das machen wir doch?«, meint er, kratzt sich am Hinterkopf und hebt vorsichtig einen Mundwinkel an.

Seit ich mich bei ihm im Auto so panisch dagegen gewehrt habe, dass wir Musik hören, weiß er ganz genau, dass ich gegen dieses Vorhaben hier allergisch bin. Also, was soll das? Warum will er mich quälen? Und wieso ist ihm das hier nicht mindestens genauso unangenehm wie mir?

»Was soll das, Forrest?«, frage ich.

»Eine Zeitreise durch die Musikgeschichte«, antwortet er mir unvermittelt, und an seinem unterdrückten Grinsen kann ich sehen, dass er genau weiß, dass ich eigentlich etwas anderes meinte.

»Du bist so ein Idiot! Wie kann man nur so ein Arschloch sein, Mann!«, rutscht es mir auf einmal raus, und obwohl das wohl die letzten Worte sind, die man seinem Lehrer an den Kopf werfen sollte, kann ich nicht verhindern, dass sich meine Lippen unaufhaltsam weiterbewegen. Jeder normale – jeder *vernünftige* – Mensch hätte sich an dieser Stelle entschuldigt und dann den Mund gehalten. Es spricht eher gegen als für mich, dass ich weiterrede. »Du weißt ganz genau, dass ich Musik hasse. Und trotzdem sind wir jetzt hier – hab ich erwähnt, dass wir eingesperrt sind? Nein? Also, noch mal für dich: Wir sind eingesperrt! Das kannst du doch nicht einfach machen – was hältst du denn davon, zur Abwechslung vielleicht vorher mal nachzufragen? Und dich dann auch mit der Antwort zufriedenzugeben und nicht so skrupellos alles dafür zu tun, dass wir das machen, was *du* willst? Was ist so schwer dran, einfach mal auf mich zuzugehen und freundlich nachzuhaken?« Ich mache meine Stimme tiefer und brummiger, als ich versuche, einen Superdialog vorzugeben, auch wenn Forrest wenig wie der Braunbär, den ich imitiere, klingt: *»Hey, Sage, hast du Lust, heute einen deiner schlimmsten Albträume wahr zu machen?«* – Und höher: *»Oh, nee, ehrlich gesagt nicht so.«* – Und wieder der Bär: *»Okay, dann nicht.«*

Ich drehe sogar meinen Kopf abwechselnd nach links und rechts, je nachdem, wen ich gerade mime, um meiner Vorstellung mehr Ausdruck zu verleihen. Dabei lösen sich ein paar Haare und fliegen mir in den Mund, wütend versuche ich, sie wegzupusten, und beschließe dann, wo ich schon mal dabei bin, gleich dem ganzen Zopf den Garaus zu machen. Das kann doch alles nicht wahr sein!

»Hey, hey«, sagt Forrest und macht, während er mich mustert, als wäre ich eine tickende Zeitbombe (von der er nicht die geringste Idee hat, wie er sie entschärfen soll), beschwichtigende Handbewegungen. »Beruhig dich doch erst mal. Alles gut. Ich will dich doch zu nichts zwingen.«

»Klar. Du hast uns ja nur hier eingesperrt. Tut mir aufrichtig leid, dass ich das fehlinterpretiert habe!«

Ich will mir energisch durch die Haare fahren, aber meine Hand bleibt in dem strohigen Nest auf meinem Kopf hängen. In dem Versuch, das Ganze zu kaschieren, lasse ich sie eine Weile dort und tue so, als hätte ich die ganze Zeit vorgehabt, mir den Schädel zu massieren, weil Forrests Aktion mir solche Kopfschmerzen bereitet. Ich liefere offenbar eine überzeugende Vorstellung, denn das kleine Fünkchen Humor verschwindet aus seinen Augen und macht irgendetwas, das ich nicht ganz deuten kann, Platz, als er sich mir gegenüber hinsetzt.

Ich ertrage die Intimität in seinem Blick nicht und schaue stattdessen auf meine mittlerweile wieder ineinander verschränkten Hände. Ich knibbele an der Nagelhaut des Zeigefingers herum, als Forrest anfängt, mir eine Erklärung zu liefern.

»Tut mir leid, okay? Das hier sollte eigentlich ganz anders laufen. Ich weiß nicht, woran es liegt, aber irgendwie funktionieren Dinge, wenn du involviert bist, nie so, wie ich es mir vorstelle.«

»Gibst du mir gerade die Schuld?«, frage ich empört und reiße zu fest an meiner Nagelhaut. Sie fängt sofort an zu bluten, aber ich widerstehe dem Drang, mir den Finger in den Mund zu stecken, und wische ihn stattdessen an meiner Hose ab.

»Das meine ich! Du lässt mich überhaupt nicht ausreden! Es ist so, als sträubst du dich mit jeder Faser deines Seins dagegen, dass man dir mal etwas Gutes tut!«

Ich kann deutlich hören, wie er mit den Zähnen knirscht, und lache gehässig auf. »Ich denke, wir beide, Forrest … wir beide haben eine *komplett* andere Vorstellung davon, was guttut.«

»Weißt du, was ich glaube?«

»Nein«, falle ich ihm ins Wort und setze schnell hinterher, »und ich will's auch gar nicht wissen.«

Forrest übergeht meinen Kommentar einfach und redet unbeirrt weiter. »Ich glaube, dass du Angst hast. Angst vor … ich weiß nicht, sag's mir. Du lässt nichts und niemand an dich ran, weil du den einfachen Weg gehen willst, den, auf dem du dich nur auf dich selbst verlassen brauchst.«

Mein Mund fühlt sich plötzlich so staubtrocken wie die Sahara an, wie die Pflanzen im Bioraum, die nie gegossen werden, wie Moms Sonntagsbraten. Und ich habe nicht die leiseste Idee, was ich sagen soll. Vielleicht hat er recht und ich mache es mir einfach. Aber eine Sache versteht er nicht: Man kann bei mir nicht von einem Weg sprechen. Das würde ja bedeuten, dass ich auf irgendetwas zulaufe – oder von etwas weg. Auf jeden Fall, dass ich in irgendeiner Form in Bewegung bin. Aber die Wahrheit ist, dass ich mich einfach nicht vom Fleck rühre, während alles andere an mir vorbeizieht. Es stört mich nicht. Ich will auch überhaupt nicht, dass mich irgendetwas stört. Gefühle – von denen ich mich sowieso viel zu sehr mitreißen lasse – machen einen schwach und unberechenbar und Beziehungen abhängig und irrational.

Ich kann nicht noch mehr Chaos in meinem Leben, das sowieso schon ein einziges Durcheinander ist, gebrauchen. Aber genau das ist Forrest: pure Unordnung, Unberechenbarkeit.

Forrest scheint von den ganzen Gedanken, die durch meinen Kopf schwirren, nichts mitzukriegen, denn er redet einfach weiter. »Aber diese Einfachheit, die du dir da einbildest, ist eine Illusion. Ich weiß, dass du allen Grund dazu hast, Angst davor zu haben, Menschen an dich heranzulassen – immerhin hast du deine Schwester verloren …«

Ich hebe eine Hand, um ihn zu unterbrechen, und senke sie schnell wieder, als mir auffällt, dass sie zittert. Die Worte liegen mir schon auf den Lippen, zu lange sind die unausgesprochen geblieben. Ich will sagen, dass ich Rose gar nicht ausstehen konnte, dass ich sie mein Leben lang beinahe schon gehasst habe – aber kein Ton kommt aus meinem Mund. Kein Laut schafft es, über meine Lippen zu stolpern.

Ich bin schuld, Forrest! Ich bin schuld, dass Rose weg ist, und ich hasse sie, sogar jetzt, wo sie weg ist, hasse ich sie noch, weil sie mich so allein und schuldig zurücklässt! Ich weiß, dass das falsch ist, aber ich kann es nicht ändern!

Ich beiße mir so fest auf die Zunge, dass ich Blut schmecke. Ich will nicht an Rose denken, bitte, bitte, *bitte,* kann sie nicht einfach aus meinem Kopf verschwinden?

»Scheiße«, reißt Forrest mich aus meinen Gedanken. Ich glaube, ich habe ihn noch nie derartig fluchen gehört. »Scheiße, Sage, das wollte ich nicht«, flüstert er noch mal und fängt an, hektisch in seinen Hosentaschen nach etwas zu suchen. »Ich wusste nicht, dass es dich so sehr mitnimmt, Gott, wie taktlos von mir, natürlich nimmt es dich mit«, redet er weiter, und als er nicht findet, was er sucht, reckt er einen langen Arm in Richtung der Snackschalen und umschließt mit seiner Hand die, die am nächsten liegt. Vorsichtig, fast schon wie eine Opfergabe, schiebt er sie vor meine Füße. »Iss erst mal was. Nicht weinen – oder vielleicht doch weinen. Lass es raus!«

Ich ziehe eine Augenbraue hoch und mustere die Schüssel mit den Erdnussflips kritisch. »Weinen?«

Just in dem Moment berührt etwas Nasses meine Oberlippe, und ich lasse meine Zunge, auf der sich sofort ein salziger Geschmack ausbreitet, der sich mit der scharfen Eisennote des Blutes vermischt, darübergleiten. Ungläubig hebe ich meine Hand zu meiner Wange und ertaste mit den Fingerspitzen die darüberliegende Nässe.

»Ich weine?«, frage ich schockiert. »Mist, tut mir leid!«

Schnell wische ich die Tränen mit dem Ärmel meiner Sweatshirtjacke weg, der sich daraufhin noch dunkler als ohnehin schon verfärbt.

»Dafür brauchst du dich doch nicht entschuldigen!«

Das ist alles so schrecklich peinlich. Und wenn ich nicht von einem Minenfeld aus Snackschüsseln umzingelt – und noch dazu in der Aula eingeschlossen – wäre, hätte ich vermutlich schon längst die Flucht ergriffen. So aber sitze ich bloß meinem merkwürdigen Englischlehrer gegenüber und wünsche mir sehnlichst, dass sich der Parkettboden unter mir auftut. Wobei, würde genau das passieren, wäre mir ein Sturz in den Schulkeller sicher – ich weiß nicht, ob das eine so viel attraktivere Alternative ist. Besser wäre es vielleicht, wenn Forrest verschluckt werden würde – obwohl ich ja langsam tatsächlich anfange, ihn irgendwie ganz gern zu haben … trotz seiner Fähigkeit, mich permanent zu nerven und in Rage zu bringen.

»Jetzt mach schon deine blöde Musik an und lass es uns hinter uns bringen«, sage ich und versuche, meine Unsicherheit mit einem genervten Augenverdrehen zu überspielen.

Das ist so ziemlich das Schlimmste, was passieren konnte. Mein persönliches Worst-Case-Szenario. Mein ganz eigener maßangefertigter Albtraum, »Handmade with love« von Forrest höchstpersönlich. Aber, und das ist ausschlaggebend, es ist immer noch besser, als mit ihm über meinen kleinen Schwächeanfall gerade eben zu diskutieren.

»Magst du mir vorher verraten, warum du dich so dagegen sträubst, Musik zu hören?«

»Warum ist das so eine große Sache für Sie … ähm dich?«

Er hebt halbherzig einen Mundwinkel. »Lenk nicht ab.«

Ich seufze, fahre mir mit der Hand übers Gesicht und erkläre dann: »Ich mag sie einfach nicht. Musik. Nicht dass ich da viel Erfahrung mit habe, schließlich höre ich freiwillig keine. Weißt du, es ist einfach so, dass ich mich dann nicht konzentrieren kann. Ich lese von Musik. In vielen Romanen spielt sie eine große Rolle, begleitet die Protagonisten durch alle möglichen Lebenslagen. Manchmal wünsche ich mir das auch. Aber dann habe ich auch Angst. Ich … Ich fühle mich doch schon von meinen eigenen Gedanken überfordert.«

Ich stoppe abrupt und beiße mir auf die Lippe. Ich habe schon viel zu viel gesagt, bin ehrlicher gewesen, als ich hätte sein sollen. So etwas Intimes sollte Forrest eigentlich nie erfahren. Es ist mir so peinlich, dass ich ihm nicht mehr in die Augen sehen kann und meinen Blick stattdessen über den Parkettboden schweifen lasse.

Ich ziehe kleine Kreise über das honigfarbene Holz, während Forrest mit einer Sanftheit in der Stimme, die ich so noch nicht gehört habe, spricht. »Aber wie ist das denn mit Büchern? Begleiten die dich nicht auch? Überfordern dich die Gedanken dabei nicht?«

Er lacht mich nicht aus, zieht nicht ungläubig die Augenbrauen zusammen oder speist mich als irre ab. Er fragt einfach etwas, und ich nehme es ihm ab, dass er mich verstehen will. Damit kann ich umgehen. Ich beuge mich vor, stütze die Ellenbogen auf meine zum Schneidersitz gefalteten Beine und den Kopf auf den Händen ab und erzähle. »Das ist doch etwas völlig anderes! Bücher ... das sind *Wörter* – damit kann ich etwas anfangen. Ich kann mich fallen lassen.«

»Weil du ihnen vertraust. Ich will nicht sagen, dass Bücher und Musik sich komplett ähneln, aber in gewisser Weise tun sie das doch. Versuch einfach, dich zu entspannen, okay? Mach deine Augen zu, lehn dich zurück und lass dich einfach fallen. Probier es einfach mal. Hier sind nur wir beide, und da abgeschlossen ist, wird sich das auch nicht so schnell ändern.«

Ich hätte nie auch nur gewagt, daran zu denken, dass ich mal über Forrests Vorliebe dafür, uns einzuschließen, dankbar sein würde – aber so ist es. Die Art, wie er über Musik redet, gefällt mir. Ich beobachte, wie er seine langen Finger über die verschiedenen Schallplattenhüllen gleiten lässt und wie er dann, mit entschlossen zusammengekniffenem Mund, eine herauszieht.

Seine Bewegungen sind so schwungvoll und schnell, dass ich es nicht schaffe, zu lesen, um welche Platte es sich handelt. Nicht dass die Wahrscheinlichkeit, dass ich etwas damit hätte anfangen können, allzu groß gewesen wäre. Ich habe das Gefühl, als ob er mindestens genauso nervös ist wie ich.

»LPs?«, frage ich, weil sich jetzt endlich mal eine Gelegenheit ergibt, nachzuhaken. »Wirklich? Hätte es nicht auch ein simpler CD-Spieler getan?«

»Vinyl klingt einfach besser«, erwidert er mit fast kindlichem Trotz, während er liebevoll über die große schwarze Platte in seiner Hand pustet, als wäre sie eine alte Freundin. Dann legt er sie behutsam auf ihren Platz, bevor er Anstalten macht, die Nadel darauf zu platzieren.

Kurz bevor sie das Vinyl berührt, sieht er mir fest in die Augen.

»Bereit?«, fragt er.

Ich nicke und schließe die Augen. Er soll jetzt einfach anfangen, dann haben wir die Sache wenigstens hinter uns.

Irgendwie passt es zu ihm, Platten zu hören. Ich kann ihn mir gut bei sich zu Hause vorstellen, wie er sich irgendwo mit einem Buch hinhockt und Seite um Seite verschlingt, oder eben, wie er Musik anmacht und sich von ihr davontragen lässt. Er hat vorhin gesagt, dass ihm der Inhalt der Kartons unheimlich viel bedeutet, und das glaube ich ihm sofort. Wobei – wenn ich so über sein Zuhause nachdenke – was könnte das für ein Ort sein? Mit wem lebt er dort? Sieht es dort ähnlich aus wie in seinem Auto?! Ich schüttele den Kopf, um nicht weiter darüber nachgrübeln zu müssen.

Ich höre es ein bisschen knacken, bevor das erste Lied einsetzt.

»Ich war unsicher, womit wir anfangen sollten«, erklärt Forrest und bemüht sich darum, seine Stimme so leise klingen zu lassen, dass ich sie, wenn ich wollte, problemlos ausblenden könnte, um den plötzlich erklingenden Gitarrenriffen zu lauschen. Er ist genauso angespannt wie ich.

»1958. Chuck Berry, *Johnny B. Goode*. Der Mann spielt Gitarre wie ein Gott«, schwärmt er, und ich weiß nicht, worauf ich mich lieber konzentriere: auf Forrest, der redet, als wäre dieser Chuck Berry ein alter Freund, oder auf den Mann, der von diesem Jungen aus ärmlichen Verhältnissen singt, der mit seiner Musik alle in seinen Bann zieht.

Als die letzten Töne verklingen, hat sich ein Lächeln auf meinen Lippen ausgebreitet.

»Ich war gar nicht nervös«, denke ich laut nach.

»Vielleicht hast du einfach immer die falsche Musik gehört.«

Vielleicht, vielleicht habe ich sie aber auch einfach ganz vermieden, mich viel zu sehr gesträubt und gar nicht richtig auf sie geachtet. Forrest setzt die Nadel wieder auf und wir lauschen noch ein paar Liedern von Chuck Berry, und Forrest schwärmt von Rock ’n’ Roll.

Als ich ihm erkläre, dass es mir gefällt, leuchten seine Augen auf.

»Dann wirst du den King lieben!«

»M…Michael Jackson?«, frage ich verdutzt. Diesen Namen habe ich häufiger in Kombination mit »King« gehört.

Forrest kneift die Augen zusammen und reibt sich über die soeben entstandene empörte Stirnfalte.

»Um Himmels willen, nein. Den einzig wahren King.«

Und dann legt er eine neue Platte auf und dreht die Lautstärke hoch. Ich öffne mein linkes Auge einen kleinen Schlitz und sehe, wie sein Fuß im Takt auf und ab wippt. Ich habe das Gefühl, dass er meine Anwesenheit vergessen hat, denn seine Lippen bewegen sich stumm synchron zu einigen Textpassagen, und auch er hat die Lider geschlossen.

Wenn ich ihn so sehe, dann wirkt er noch viel jünger. Kein Stück mehr wie der Lehrer, der verzweifelt auf Autorität macht, sondern vielmehr so, als wäre er selbst ein Teenager. Einer, der sich lieber zu Hause mit Büchern und mit Musik, die so viele Jahrzehnte älter als er selbst sind, verkriecht.

»Das ist Elvis«, stelle ich fest. Im Prinzip habe ich es schon die ganze Zeit geahnt, aber als die ersten Töne dieses einen Liedes einsetzen, das sogar ich kenne, bin ich mir sicher genug, meine Gedanken aussprechen zu können.

Forrest öffnet schlagartig seine Augen und schlägt dann mit seiner Hand auf den Parkettboden. Das Holz dämpft den Laut zwar, aber ich zucke dennoch zusammen.

»Richtig«, sagt er und lächelt auf einmal so breit, als wäre er ein kleiner Junge, der sein liebstes Geschenk zu Weihnachten bekommen hat. »Sehr gut! Also kennst du doch ein bisschen was!«

Ich kann nicht verhindern, dass auch meine Mundwinkel sich ein Stück weit nach oben ziehen, so ansteckend ist seine kindliche Freude. »Ja. Sonst kann man doch beispielsweise nur ohne Ton fernsehen. Das ist doch gar nicht praxistauglich. Ich habe mich einfach nie besonders für Musik interessiert, aber erst vor ein paar Monaten habe ich angefangen ... ihr wirklich aus dem Weg zu gehen.«

Für den Fall, dass er doch noch beschließt, mich nach Rose zu fragen, versuche ich, das Gespräch wieder in unverfänglichere Bahnen zu lenken. »Da laufen doch manchmal, relativ spät nachts oder früh morgens – je nachdem, wie man es nimmt –, diese schrecklich schlecht gemachten Filme. Der spielt da oft mit.«

Forrest lacht. Ich weiß nicht, ob mit mir oder über mich, aber da kein Laut meine Lippen verlässt, tippe ich eher auf Letzteres. Das Schlimmste ist, dass ich ihm nicht einmal böse sein kann. Ich glaube, für ihn ist das Ganze hier tatsächlich ein schönes Erlebnis. Und ich muss selbst auch zugeben, dass ich mir das alles wesentlich schlimmer vorgestellt habe. Außerdem ist sein Lachen so herzlich und ehrlich, dass ich gar nicht anders kann, als in das kratzige Geräusch mit einzustimmen.

Im Nachhinein betrachtet weiß ich gar nicht, wovor ich die ganze Zeit solche Angst hatte.

»Erst dachte ich, wir machen das Ganze in chronologischer Reihenfolge, aber ich glaube, wir gehen einfach mal quer durch den Garten«, murmelt Forrest, greift nach dem Karton mit den Platten und hält ihn mir unter die Nase.

Ich kneife die Augen zusammen, fahre mit meinen Fingern über die verschiedenen Hüllen und ziehe dann irgendeine heraus.

Forrest lacht. »Was sein wird, wird sein.«

Bei den nächsten Titeln, die wir hören, verlassen wir die 50er-Jahre.

Ab und zu murmelt Forrest etwas wie: »Oh, wir müssen auf jeden Fall noch etwas von The Clash hören, und erinner mich bitte daran, dass ich dir gleich noch den Boss vorstelle.«

Es kommt mir vor, als würden wir alles hören, was je irgendwann mal irgendwo aufgenommen wurde.

»Oh, das gefällt mir, das ist so schön trotzig«, meine ich bei einem der Lieder.

»Hab ich mir fast gedacht, dass du das magst«, lacht er, »aber jetzt fang bloß nicht gleich wieder an zu weinen!«

»It's my party, and I'll cry if I want to!«, sage ich halb im Singsang und ein bisschen trotzig, kann aber nicht verhindern, dass ich dabei grinsen muss. Ich versuche, meinen Gesichtsausdruck zu verstecken, indem ich mir einen Erdnussflip aus der Snackschale fische.

Forrest kennt seine Platten so gut, dass er genau weiß, an welcher Stelle er die Nadel ansetzen muss, damit wir das Lied seiner Wahl hören können.

Manchmal bitte ich ihn, noch mehr Lieder dieses Interpreten laufen zu lassen, aber es kommt auch vor, dass ich lachen muss und etwas wie »Oh Gott, lass uns schnell was anderes anmachen! Warum hast du überhaupt solche Platten, wer kauft denn so was?« sage.

Häufig stimmt Forrest mir sogar zu – manchmal verteidigt er die Künstler aber auch mit einem Herzblut, als wären es seine eigenen Kinder – und gesteht, dass er ziemlich viele Platten willkürlich auf Flohmärkten mitnimmt, beispielsweise, wenn ihm ein Cover gefällt.

Ich stelle fest, dass wir einen ziemlich ähnlichen Geschmack haben, was Musik betrifft, obwohl ich da eigentlich nicht mitreden kann. Grundsätzlich mögen wir beide Bands, die ein »The« vor ihrem Namen haben, wir lieben gute Gitarrenriffs und schnelle, ehrliche Songs.

»Okay, kommen wir zur entscheidenden Frage: Beatles oder Rolling Stones?« Forrest mustert mich forschend und hält in beiden Händen Plattenhüllen der jeweiligen Bands, die er nun in regelmäßigen Abständen auf und ab hebt.

Ich seufze. »Keine Ahnung. Beide, denke ich. Vielleicht eher die Stones, aber die Beatles haben *I Wanna Hold Your Hand*. Das ist ein unfairer Wettkampf.«

Forrest nickt, lächelt und will die Hüllen wieder sorgsam in dem Karton verstauen, als plötzlich das Licht ausgeht. Ein paar Sekunden später flackert es wieder auf, ist aber wesentlich schwächer.

»Was ist das?«, frage ich.

»Sparmaßnahmen der Schule, das ist die Nachtbeleuchtung.

»Das weiß ich«, pampe ich ihn an, »aber es ist doch noch gar nicht so spät?!«

Forrest wirft einen Blick auf die Uhr, die hinter meinem Rücken hängt, und zuckt entschuldigend mit den Schultern. »Es ist fast sieben.«

Wie von einer höheren Macht angezogen, wandern meine Augenbrauen zweifelnd nach oben. »Ehrlich?«

»Nein, ich lüge dich an.«

»Scherzkeks.«

Wenn wir so miteinander reden, hier, allein und ausgelassen, dann vergesse ich fast, dass er mein Lehrer ist. Mein komischer Englischlehrer, der es sich zur Aufgabe gemacht hat, die Welt ein bisschen besser zu machen und meinen Tag ein wenig schlechter. Und den ich – eigentlich – auf den Tod nicht ausstehen kann. In diesem Moment ist er einfach nur ein junger Kerl

Anfang zwanzig, immer noch ziemlich schrullig und verplant, aber auch irgendwie überraschend witzig und charmant.

Gerade schiebt er sich unsicher seine Brille, die ihm ein wenig die Nase runtergerutscht ist, hoch. Ich glaube, er weiß nicht, ob das jetzt der Zeitpunkt ist, die Platten wieder in die braunen Kartons zu packen und sich klammheimlich aus der Schule zu stehlen.

Aber wenn wir das machen, kann es gut sein, dass er wieder mein Lehrer und ich wieder »Miss Cavendar« bin und dass wir einfach vergessen, was gerade passiert ist, und weitermachen wie bisher. Ich weiß nicht, ob ich das will, geschweige denn ob ich dafür schon bereit bin. Also greife ich nach den Platten, ziehe, während ich Forrest in die grünen Augen blicke, eine heraus und reiche sie ihm, ohne mir das Cover anzusehen. Daran, wie er erleichtert die Luft, die er angehalten hat, ausatmet, erkenne ich, dass auch er noch nicht bereit ist, sich wieder der Realität zu stellen.

Ich habe keine Ahnung, welche Platte ich rausgesucht habe, aber als die ersten Akkorde erklingen, nehme ich aus dem Augenwinkel wahr, wie Forrest aufsteht und beginnt, etwas zu tun, was wohl in Ansätzen an Tanzen erinnert. Und passend zum Einsetzen des Gesangs erhebt er sogar die Stimme und summt ein paar schrecklich schiefe Zeilen mit. Er scheint so in die Musik versunken, dass er gar nicht bemerkt, wie ich ihn anstarre.

Obwohl ich eigentlich nur eine Augenbraue hochziehen möchte, kann ich nicht verhindern, das mein linker Mundwinkel beginnt, leicht nach oben zu zucken und mein Fuß ein wenig im Takt auf und ab wippt. Er kommt auf mich zu und hält mir eine Hand hin, als ob er mich auffordern will, mitzumachen. Und da ist dieser Teil in mir, der so gern will. Der all das, was ihn runterzieht, vergessen und sich in einen Moment und einen Song fallen lassen, das erleben will, was Forrest gerade so sehr zu genießen scheint. Aber am Ende des Tages bin ich immer noch ich und in meinem Leben gibt es Grenzen, die sich so tief in mein Ich gegraben haben wie eine klaffende Schlucht, und genau aus diesem Grund schüttele ich nur den Kopf und überlasse Forrest sich selbst.

Aber während ich das tue, hat sich ein leises Lächeln auf meine Lippen geschlichen. Seltsam verwegen.

3·6-3

Zu Hause angekommen, bin ich zu aufgewühlt, um mich einfach in mein Bett fallen zu lassen und zu schlafen. Es ist Freitagabend, mittlerweile kurz vor Mitternacht. Forrest und ich sind noch eine Weile in der Aula geblieben und haben gelacht, getanzt und … gelebt. Irgendwann haben wir uns dann doch noch aus der Schule geschlichen, haben uns an die Motorhaube von seinem Cherry gelehnt und Chips gefuttert.

Die Luft war so klar und kalt, dass ich meine Fingerspitzen bald nicht mehr gespürt habe, obwohl sie tief in den Taschen meiner Sweatshirt-Jacke steckten.

Und jetzt bin ich hier, in meinem Zimmer, das mir im Vergleich zu Forrests Auto irgendwie zu groß und weiträumig vorkommt, und kann nicht schlafen. Dazu bin ich viel zu ruhelos.

Also setze ich mich an meinen Schreibtisch, schnappe mir meinen Kuli und beginne zu schreiben. Einfach so. Nicht, um allem zu entfliehen, so wie ich es im Unterricht tue, sondern um alles Revue passieren zu lassen. Und anders als sonst ist das ein gutes Gefühl. Ein warmes irgendwie. Eines, das ich nicht weiter definieren kann. Und ich denke, das ist okay, denn manchmal muss man die Dinge nicht totanalysieren, sondern sie einfach annehmen, solange sie da und gut sind.

Ich schreibe die halbe Nacht, bringe alles zu Papier, bis ich das Gefühl habe, dass keine Kraft der Welt meine Lider vom Zufallen abhalten kann. Und als ich mich in mein Bett sinken lasse und meine Augen schließe, bin ich zu erschöpft, um mich von den üblichen Albträumen jagen zu lassen. Stattdessen denke ich an Forrest. Daran, wie unbeschwert er lacht, wenn er das Gefühl hat, dass ich es nicht sehe, und an diese zehn Millionen Platten, die ihm so unfassbar viel bedeuten und über die er mehr weiß als jeder andere, den ich kenne. Ich spüre, wie ein Lächeln an meinen Mundwinkeln zupft und drehe mich auf die Seite, um es in meinem Kissen zu ersticken.

Rückblickend betrachtet kann ich mir meine Angst davor, Musik zu hören, nur schlecht erklären. Statt gefangen, habe ich mich frei gefühlt. Anstelle des Wirrwars in meinem Kopf, vor dem ich mich so gefürchtet hatte, ist alles nichts weiter als entspannt, ja, beinahe gelöst gewesen.

Ich glaube nicht, dass ich nach diesem Erlebnis zu einem so großen Musikfan, wie Forrest einer ist, werde. Hinter meinen geschlossenen Lidern kann ich noch deutlich das Glitzern in seinen Augen sehen, das er bekommen hat, wenn er von Songs sprach, die ihm viel bedeuten. Aber ich hätte dennoch nichts dagegen, das Ganze noch einmal zu wiederholen.

Es war wirklich … schön.

Ich weiß nicht, wann ich das letzte Mal so ausgelassen war. Mit seichten Gitarrenklängen, die immer noch in meinem Kopf widerhallen, sinke ich in einen tiefen Schlaf.

Ich zucke zusammen, weil ich einen heftigen Schlag auf den Rücken bekomme, und ziehe meine Schultern noch mehr zusammen als sonst. Körperkontakt mit anderen bleibt auf den überfüllten Gängen meiner Schule nicht aus, aber das hier war in einer Stärke, die nicht als zufällig und oder willkürlich bezeichnet werden kann. Ich versuche, schneller zu gehen, vielleicht kann ich die Person hinter mir, die offensichtlich irgendetwas von mir will, abhängen.

»Hey, Kumpel«, sagt Dylan, taucht neben mir auf und boxt mir, für seine Verhältnisse sanft, gegen meinen Arm. »Wie geht's?«

Mit seinen breiten Schultern wirkt er wie ein Eisbrecher in der Antarktis; die Schüler, die ihm keinen Platz machen, schiebt er so mühelos zur Seite, dass ich mir nicht einmal sicher bin, ob ihm ihre Existenz überhaupt auffällt. Wenn man mit Dylan irgendwo unterwegs ist, ist die Wahrscheinlichkeit, angerempelt zu werden, angenehm gering.

»Gut«, erwidere ich und rücke den Riemen meiner Tasche ein wenig zurecht. Ich frage mich, was er von mir will. Wir sind Dylan und Sage. Wir laufen nicht einfach nebeneinanderher und machen Small Talk.

»Wie war dein Wochenende?«, fragt er, als hätte er meine Gedanken gelesen und wollte mich nun vom Gegenteil überzeugen. Mein Naserümpfen scheint er entweder nicht zu bemerken oder aber erfolgreich zu ignorieren.

Gerade als ich zu einer Antwort ansetzen will, schallt das erste Klingeln durch die Flure. Das Durcheinander vor mir wird noch wirrer, die Schülermassen zerstäuben sich in alle Himmelsrichtungen wie billiges Parfüm in jedem beliebigen Drogeriemarkt.

Plötzlich ist da Dylans riesige Hand auf meinem Arm. Ich spüre die Wärme durch den lächerlich petrolfarbenen Pullover, den ich trage, weil Mom am Wochenende, als ich bei der Arbeit war, ihrer Meinung nach unpassende Kleidungsstücke aus meinem Schrank aussortiert hat. Was einem Großteil meiner Klamotten entspricht.

Der Streit, den wir danach hatten, war ziemlich heftig, aber auch zwecklos – und dementsprechend auch verhältnismäßig kurz.

Er ist eines von diesen Kleidungsstücken, die meine Mom mir kauft und ohne irgendein Wort auf meinem Bett platziert. Spießige Klamotten, wie sie brave Vorzeigekinder in Hochglanzmagazinen tragen. Das Petrolmonster hat über ein Jahr sein Dasein in der hintersten und dunkelsten Ecke meines Schrankes gefristet, bevor ich ihm heute morgen wütend das Preisschild abgerissen und es mir über den Kopf gezogen habe. Hätte Mom mich so gesehen – zum Glück war sie schon auf dem Weg zur Arbeit –, hätte sie mich mit aller Kraft gezwungen, mich umzuziehen.

Ich bin eben nicht Rose und schon gar nicht habe ich ihre Kleidergröße – auch wenn Mom das offenbar annimmt. Verständlich, immerhin sind wir ungefähr gleich groß. *Waren*, meine ich. Mit dem Unterschied, dass ihre Kurven bei mir eher Kanten sind. Und dass der Ausschnitt des Petrolmonsters weiter ist, als die Kinnlade meiner Mutter vor Schock runtergeklappt wäre, hätte sie mich darin gesehen.

Auch Dylan scheint dieser Umstand nicht entgangen zu sein, denn sein Blick liegt etwas zu tief, als er mit mir redet. Ich versuche, meine Haare nach vorn über meine Brüste fallen zu lassen.

»Sage?«, sagt er und drückt meinen Arm. Waren Dylans Hände eigentlich schon immer so heiß? Wie Feuer, das sich durch meine Haut und meine Muskeln brennt, alles in mir fast schon unangenehm versengt. Ich winde mich behutsam unter seinem Griff. »Was ist?«

Der Flur hat sich mittlerweile gefährlich geleert. Es kommt mir ein wenig so vor, als hätte sich das Universum – oder zumindest ein Teil seiner Bewohner – gegen mich verschworen, mit dem Ziel, dass ich die größtmögliche Anzahl an Klassenbucheinträgen fürs Zuspätkommen bekomme, die möglich ist.

Ich hasse Unpünktlichkeit. Kann sie nicht ausstehen. Ich finde, dass sie eine furchtbar schlechte Eigenschaft ist, und es wurmt mich schon ein bisschen – sehr –, dass sie nun auf diese Art und Weise mit mir in Verbindung gebracht werden könnte.

»Ich – ich hab dich was gefragt«, murmelt er.

Ich klang wohl ein wenig gereizt, denn er nimmt seine Hand von meinem Arm und fährt sich damit unsicher durch die Haare. Er senkt den Blick, aber in den Sekunden, die er dafür braucht, kann ich darin kurz einen Ausdruck erkennen, der so verletzt und geschockt ist, als hätte ich ihm gerade erzählt, dass ich keine Hundewelpen mag.

Also bitte. Ich kann es immer noch nicht glauben, dass Dylan, dieser Bär von einem Jungen, dieser riesengroße Berg Mensch, so sensibel und verletzlich ist. Dass sich hinter all diesen Muskeln und dem ganzen Testosteron ein Kerl verbirgt, dessen Herz weicher ist als zimmerwarme Butter.

Ich habe sofort ein schlechtes Gewissen – er hat mir nichts getan, macht nichts falsch. Es steht mir nicht zu, ihn so anzupflaumen. Aber so bin ich, so garstig und gemein, dass es niemand wirklich lange mit mir aushält. Es ist sowieso verwunderlich, dass Dylan nicht schon längst rausbekommen hat, was für ein schrecklicher Mensch ich bin, und das Weite gesucht hat.

»Tut mir leid, das habe ich nicht mitbekommen. Worum geht's denn?«, probiere ich mich an einem Lächeln, das sich falsch auf meinen Lippen anfühlt und an meinen Wangen wehtut, während ich versuche, meine Stimme so sanft wie möglich klingen zu lassen.

Er scheint mir die Freundlichkeit abzunehmen, denn er stellt sich vor mich, baut sich zu seiner vollen Größe auf, indem er sich lässig mit einem Arm an die Spindwand, die neben uns ist, lehnt und mir sein selbstbewusstes, jungenhaftes Grinsen schenkt, das es tatsächlich ab und an schafft, sogar meine Stahlknie weich werden zu lassen.

Nicht weil ich ernsthaft in romantischer Hinsicht an Dylan interessiert bin. Sondern weil dieses unfassbar warme Grinsen, in dem das Versprechen liegt, dass gar nichts schiefgehen kann, mir gilt. Ich werde nicht oft auf diese Art und Weise angelächelt. Eigentlich fast nie.

»Hast du Lust, was mit mir in der Mittagspause zu machen?«, fragt Dylan und legt den Kopf ein wenig schief, als ob er meine Stimmung abschätzen wollen würde.

»Du, ich weiß nicht so richtig, ob das so eine gute Idee ist. Ich meine – deine Freunde … Chelsea … Ich glaube, dass das merkwürdig wird.«

Mein Blick huscht kurz über den Flur, auf dem inzwischen, außer uns beiden natürlich, niemand mehr rumläuft. Muss Dylan nicht auch zum Unterricht?

Dann fokussiere ich wieder seine Augen und kann förmlich sehen, wie es dahinter rattert, ebenso, wie ich deutlich den Moment bemerke, als ihm ein Licht darüber aufgeht, was ich meine.

Ich mag Dylans Freunde nicht. Diese ganzen arroganten Seniors. Roses alte Clique. Und ich glaube, diese nicht vorhandene Chemie zwischen denen und mir beruht auf Gegenseitigkeit. Außerdem ist es, denke ich, echt nicht klug, mich und Chelsea Carlston, Dylans Freundin, an einen Tisch zu setzen; so weit sollte Dylan eigentlich auch denken können.

»Nein, nein, so meine ich das nicht! Ich dachte mehr so an uns beide. Allein.«

»*Oh.*«

»Und?«

Ich werde so was von zu spät kommen. Und das alles nur, weil Dylan so ein Drückeberger ist, der nicht richtig mit der Sprache rausrückt.

Ich zucke mit den Schultern. »Okay.«

Was soll ich denn auch anderes tun? Ihm erzählen, dass ich mich viel lieber allein in die ekelige Ecke neben der Essensrückgabe verziehe, als mit dem liebsten Kerl, den ich kenne, zusammen zu Mittag zu essen? Keine Option.

Außerdem rechtfertigt schon allein Dylans fettes, dämliches Grinsen, während er mir erklärt, wo wir uns treffen, meine Antwort.

Dieses Lächeln gehört verboten.

Unpünktlichkeit ist eine ganz furchtbare Eigenschaft. Gleichzusetzen mit Unberechenbarkeit und einem Mangel an Zuverlässigkeit. Meine Schwester war unpünktlich. Immer. Wenn wir mit dem Abendessen auf sie gewartet haben, war es meistens schon kalt, wenn wir beginnen konnten. Zu Veranstaltungen, öden Familienfeiern und noch so vielen anderen Gelegenheiten war das Einzige, was man mit Sicherheit über Rose sagen konnte, dass sie zu spät kommen würde. Und dass es immer nur eines ihrer entschuldigenden, zerstreuten Lächeln und ein atemloses »Tut mir leid, ich habe einfach total die Zeit vergessen. Ihr habt doch nicht auf mich gewartet, oder?« brauchte, damit alles vergeben und vergessen war.

Rose hatte immer ein untrügliches Gefühl dafür, wann es am ungünstigsten war, zu spät zu kommen.

Und jetzt stehe ich vor dem Schulgebäude und warte auf Dylan. Wippe von meinen Zehenspitzen zu meinen Fersen vor und zurück und ziehe in regelmäßigen Abständen den Ausschnitt des Petrolmonsters hoch. Bei jedem Auf und Ab meiner Fußsohlen spüre ich die Muskeln in meinen Beinen lautstark wegen das Trainings am Wochenende protestieren.

Das Laufen macht mir mittlerweile sogar mehr Spaß als früher. Ich bin zwar alles andere als in Bestform, aber ich kann bereits erste Erfolge vermelden. Kleine zwar, aber das macht nichts. Irgendwo muss man ja anfangen.

Endlich taucht Dylan auf. Er ist ein wenig außer Atem, aber grinst breit, als er mich sieht. Er nickt mir zu und wir gehen zusammen vom Schulgelände. Ein paar Straßen weiter bietet er mir seinen Arm an, wie in alten Filmen, und schafft es damit tatsächlich, mich zu erheitern.

»Spinner«, murmele ich und habe dabei keine Ahnung, wohin er mich führt. Allzu weit weg kann er aber nicht wollen, schließlich ist die Mittagspause auch nicht ewig lang. Ich bin ein bisschen besorgt, dass uns irgendwer so sieht. Immerhin ist Dylan mit Chelsea zusammen, und ich bin die kleine Schwester seiner Ex-Freundin – seiner *toten* Ex-Freundin –, die sich dicht an ihn schmiegt. Ich kann nur vermuten, wie bizarr wir gerade auf Menschen, die wissen, wer wir sind, wirken dürften. Für alle anderen sehen wir vermutlich wie ein frisch verliebtes Pärchen aus; eigentlich ein Grund, wieder ein wenig Abstand zu Dylan herzustellen, aber er sieht gerade so zufrieden mit sich und der Welt aus. So als wäre er im Moment nirgendwo lieber als hier – mit mir.

Es ist so einfach, Dylan glücklich zu machen, leicht genug, dass sogar jemand wie ich, also ein Mensch mit einem untrüglichen Gefühl für die falschen Worte und Aktionen in den richtigen Momenten, das hinbekommt. Wer bin ich denn da, ihm die Freude zu verderben?

Wir steuern auf ein kleines Burgerrestaurant zu und lassen uns, drinnen angekommen, auf zwei quietschende Stühle fallen. Dylan lehnt sich entspannt zurück, während ich nach einer Karte greife und sie durchblättere, als wäre sie die spannendste Lektüre, die ich mir vorstellen kann. Als ob die nicht in all diesen Restaurants gleich wären.

Die Luft riecht nach schalem Bier, altem Holz und gegrilltem Fleisch und ist, vor allem im Kontrast zu der winterlich kalten draußen, unheimlich warm und schwer. Mein Stuhl knarzt, als ich ein wenig hin und her rücke, aber das Geräusch geht nahezu vollständig im Zischen der Küchengeräte unter. Es ist ganz schön leer hier, unsere Mittagspause liegt nicht parallel zu der der meisten Menschen, die in den umliegenden Büros arbeiten, und das Restaurant hier in keinem allzu touristenlastigen Teil der Stadt.

Die Bedienung kommt und nimmt unsere Bestellung auf, und als sie verschwunden ist – nicht, ohne meiner Begleitung einmal frech zuzulächeln, was diese freundlich erwidert hat –, beugt Dylan sich zu mir vor, legt seine Arme weit auseinander auf den kleinen, runden Holztisch zwischen uns und stellt mir die Frage, die ihm wohl offenbar schon die ganze Zeit auf dem goldenen Herzen gelegen hat.

»Und, wie war dein … schönes Erlebnis?«

Ich ziehe die Augenbrauen zusammen, bis mir klar wird, worauf er anspielt.

»Gut«, sage ich dann langsam, »besser als erwartet. Und deines? Du hast den Rothaarigen mit den seelenlosen Augen erwischt, oder?«

Gleich zwei Fragen auf einmal – das ist eigentlich so gar nicht meine Art. Allerdings ist es genauso wenig meine Art, mit Dylan essen zu gehen und Small Talk zu betreiben. Ich kann durchaus verstehen, warum so etwas einen Reiz hat. Es ist eine erfrischend normale Situation – wenn man ignoriert, wie wir sonst zueinander stehen. Außerdem möchte ich nicht, dass er mich dazu drängt, mehr über meinen Abend mit Forrest zu erzählen. Das ist *mein* Erlebnis und, gierig wie ich bin, bin ich nicht bereit, es mit irgendjemandem zu teilen.

Dylan bricht in schallendes Gelächter aus, was mir etwas peinlich ist. »Ja, ja, genau den. Der hat echt so richtig einen an der Waffel …«

Er verstummt kurz, als die Bedienung kommt, uns die Getränke bringt und erklärt, dass unser Essen auch unterwegs sei. Nachdem er einen Schluck von seiner Pepsi genommen hat, erklärt er, ruhiger diesmal. »Ich muss einfach mit jemandem reden. Sage. Die sind alle irre da. Wir müssen uns mit Verrückten treffen. Was soll das? Wir beide, Sage, du und ich, wir sind da die einzigen Normalen!«

Er und ich und Robbie, aber den Kommentar verkneife ich mir. Stattdessen nehme auch ich einen Schluck aus meinem Glas und frage ihn, was mit dem Rothaarigen passiert ist.

»Der heißt Zachary«, erklärt Dylan, »und ist total komisch. Der hat so Helikoptereltern, die meinten, dass wir bei denen auf dem Grundstück bleiben sollten. Hat der Verrückte zumindest behauptet. Ich kam grad vom Training und bin dann noch eben durch den Drive Through gefahren und dachte so, komm, bin ich mal nett und nehm dem was mit. Dann komm ich an und der sitzt auf deren Veranda auf so einer Hollywoodschaukel. Da hab ich mich das erste Mal gefragt, warum ich das Ganze eigentlich mache. Hab mich dann neben Zachary gesetzt und ihm paar Pommes angeboten. Wollte er nicht. Der saß da nur mit seinem beschissenen Zeichenbock und malte irgendwas drauf, was ich nicht erkennen konnte, weil er sich so weit weggesetzt hat. Und das war echt ’ne Leistung, weil diese Scheißhollywoodschaukel verdammt klein war. Winzig. Wie aus ’nem Puppenhaus oder so.«

Dylan macht eine Pause und nimmt einen großen Schluck Pepsi. Er ist normalerweise, zumindest soweit ich das beurteilen kann, nicht gerade der Vielredner.

Die Tatsache, dass er das jetzt trotzdem hier tut – und dann ausgerechnet vor mir –, zeigt mir, dass ihn das Treffen mit diesem Zachary echt ziemlich schockiert haben muss.

Seit seinen ersten Sätzen nippe ich gespannt an meinem Getränk, jetzt ist es fast leer, und ich stelle es zurück auf den Tisch, damit ich nachher noch etwas davon habe. Als Dylan erneut zum Erzählen ansetzt, bringt die Kellnerin unser Essen, aber dieses Mal verstummt er nicht für sie, was dazu führt, dass sie auch recht schnell wieder verschwindet. Ist mir recht.

»Ich ess also so meinen Burger und will grad mal schauen, was er da malt. Wenn er schon nichts sagt. Essen will der auch nicht, aber das ist ja okay. Dann bleibt halt mehr für mich. Gut. Ich beug mich also noch ein wenig näher zu ihm rüber und er rutscht weiter weg, sitzt nur noch mit einer Arschbacke auf dieser Scheißschaukel. Ich also ganz schnell in seine Richtung, Überraschungsmoment und so. Das machen wir beim Football auch so, ist 'ne Taktik, die der Coach grad mal wieder versucht, ein paar von den Neuen beizubringen. Und in dem Moment, in dem ich sehe, was er zeichnet, tropft 'n bisschen Soße von meinem Burger auf sein Blatt.«

Dylan sieht mir fest in die Augen, in seinen liegen immer noch Überraschung und Unglaube. »Sage, der ist ausgerastet. Aber so richtig. Scheiße, Mann!«

Während seiner Erzählung hat er sich immer mehr Essen in den Mund gesteckt, ist aber mit dem Kauen nicht ganz nachgekommen, sodass ich nun von seinen Schilderungen, wie dieser Zachary durchgedreht ist, kaum ein Wort verstehen kann. Vielmehr höre ich

Dylans Schmatzen, Kauen und Schlucken und ziehe meinen Teller vorsorglich ein wenig weiter zu mir heran, falls ihm bei seiner hitzigen Sprechweise doch noch ein wenig zerkautes Essen aus dem Mund fallen sollte.

»Und was zeichnet er?«, frage ich. Das ist im Grunde das Einzige, was mich interessiert.

»Das ist ja das Gruseligste!«, schmatzt Dylan und ermöglicht mir dabei auf höchst unappetitliche Weise einen großen Einblick in seinen Mund und den darin liegenden Essensbrei. Er nimmt schon wieder einen großen Schluck Pepsi und ich fixiere die Wand neben ihm, damit mir nicht schlecht wird.

»Jetzt sag schon!«, dränge ich. »Spann mich nicht so auf die Folter.«

»Er hat sich so erschrocken, dass sein ganzer Block runterfallen ist und mit ihm alle Bilder. Quer über die ganze Veranda verteilt. Und auf allen«, sagt Dylan und senkt die Stimme, »auf allen war nur ein einziges Motiv.«

Ich verdrehe die Augen. Macht Dylan das absichtlich? Mich neugierig machen? Kann ich mir eigentlich nicht vorstellen. Ebenso wenig traue ich ihm genug Kalkül oder rhetorisches Geschick zu, diese Spannung mit Absicht zu erzeugen. Er ist bloß so schockiert, dass er vermutlich den roten Faden verloren hat. Vielleicht hatte er auch gar keinen.

Auf jeden Fall braucht er einen Schubs in die richtige Richtung, falls das heute noch etwas werden soll mit einer Antwort. Und den bin ich nur allzu gern gewillt, ihm prompt und in Form einer harschen Bemerkung zu geben.

Sie verfehlt ihre Wirkung nicht, denn Dylan sagt mit einer Stimme, mit der man sich in der Middleschool bei

Nachtwanderungen im Wald Gruselgeschichten erzählt: »Er zeichnet sich selbst.«

»Ooookay«, sage ich und ziehe den Vokal länger als nötig. »Dylan, ich will dir ja nicht zu nahe treten, aber ich dachte, jetzt kommt etwas furchtbar Schlimmes. Dass er Selbstporträts anfertigt, ist vielleicht ein bisschen befremdlich, aber ich finde das jetzt nicht weiter dramatisch, um ehrlich zu sein …«

Dylan hebt ein wenig gereizt seine Hand und unterbricht mich. »Nein. Du verstehst das nicht. Erst mal ist da diese Heimlichtuerei, die dem Ganzen die Gruselkirsche aufsetzt.«

Ich lache über seine Wortwahl – hier kommen ja richtig poetische Seiten von ihm ans Licht –, aber Dylan lässt sich nicht beirren.

»Der zeichnet sich selbst. Aber die Person, die er zeichnet, ist nicht *er*. Du hast eben selbst was zu seinen Augen gesagt – wie hast du die noch mal genannt? Tot?«

»Nee, seelenlos«, werfe ich unsicher, worauf er hinauswill, ein und trinke gespannt den letzten Schluck aus meinem Glas. Danach schwenke ich es ein wenig im Handgelenk und lasse die Eiswürfel darin klirren.

»Dann eben so. Du hast selbst gesagt, dass seine Augen seelenlos sind. Und so wirkt der doch irgendwie auch, oder? Nicht ganz dicht irgendwie, und … Du weißt, was ich meine, ja? Ja. Aber das, was er zeichnet, ist anders. Die Augen sind lebendig und wach, und das sieht aus wie ein verdammt gruseliges Foto. Hättest du das gesehen – scheiße, Sage, das klingt total bescheuert, aber das war einfach so unfassbar irre.«

»Meinst du, Zachary ist vom Teufel besessen?«, frage ich.

»Kann das sein?«

»Das war ein Scherz, Dylan.« Ich versuche, meine Worte abzumildern, indem ich meine Mundwinkel zwinge, ein wenig nach oben zu wandern. »Ich hab so das Gefühl, dass wir bald losmüssen«, meine ich.

Ich spiele das mit Zachary runter. Aber um ehrlich zu sein, lässt mich der Gedanke an ihn nicht ganz los. Der Typ kam mir gleich komisch vor. Und wenn Dylan das auch so sieht, kann das nicht nur meine Einbildung sein. Irgendwas stimmt mit ihm nicht.

Und ich bin mir nicht sicher, ob ich herausfinden will, was es ist.

20-(2·2)

Der Donnerstag kommt schneller als erwartet. Und mit ihm das Breakfast-Club-Treffen. Ich bin wieder zu früh, wieder verschwitzt und wieder völlig außer Atem. Aber im Gegensatz zum letzten Mal druckse ich nicht vor der Tür herum, sondern trete einfach ein und begrüße Forrest mit einem Nicken. Außer ihm ist noch niemand hier.

»Ach, hallo, Sage! Kannst du die Stühle wieder schön aufstellen? Ich muss noch diese Klausur fertig korrigieren …«

Forrest sitzt an seinem Pult und kaut auf einem Rotstift, der in seinem Mundwinkel klemmt, herum. Den Kopf hat er auf den Händen, mit denen er sich die Schläfen massiert, abgestützt, und sein Blick ist konzentriert auf den Tisch vor ihm gerichtet. Neben ihm liegt bereits ein dicker Stapel Arbeiten; vermutlich sind sie schon korrigiert. Ich hoffe es zumindest für ihn. Ansonsten hat er noch eine Menge Arbeit vor sich.

Bevor ich mir einen Stuhl schnappe und ihn hochwuchte, öffne ich alle Fenster im Raum und lasse die eiskalte Luft herein. Heute Morgen lag sogar eine dünne Schnee- und Eisschicht über der Stadt, aber die hat sich über den Tag leider verflüchtigt. Ich atme einmal tief ein, genieße jede köstliche Sekunde, in der die frische Luft wie kleine, spitze Nadeln meine Lungen füllt.

»Ist das nicht furchtbar erschöpfend?«, will ich wissen.

Forrest sieht nicht von der Klausur auf. »Was?«

»*Das*. Lehrer sein, sich diesen ganzen Mist durchlesen müssen, den Schüler irgendwo lustlos hinklatschen, und sich dann auch noch ’ne Note dafür überlegen müssen. Das frage ich mich schon die ganze Zeit«, erkläre ich und wiederhole meine anfängliche Frage. »Ist das nicht furchtbar erschöpfend?«

Ich kämpfe mit dem nächsten Stuhl, als Forrests Stimme zu mir dringt. »Eigentlich nicht, nein. Weißt du, für mich ist das kein Beruf, sondern eine Berufung. Das klingt furchtbar ausgelutscht.« Es knallt kurz, als die Stuhlbeine den Boden berühren, aber ich halte mich nicht lange daran auf, sondern greife nach dem nächsten Stuhl und frage mich, ob ich Forrest für solche Sachen wegen Kinderarbeit verklagen könnte. Vermutlich nicht.

Als ich fertig bin, lehne ich mich an den Tisch vor seinem Pult und beobachte, wie er sich konzentriert über die Klausur beugt. Ein Blick auf die Uhr über ihm verrät mir, dass die anderen jeden Moment eintreffen müssten. Im Übrigen habe ich bis jetzt noch keine Snackschalen entdeckt; vielleicht hat sogar jemand wie Forrest keinen unerschöpflichen Vorrat an Knabberkram.

Robbie schlurft durch die Tür, nickt mir kurz zu und lässt sich dann auf den Stuhl, auf dem er auch schon beim letzten Mal saß, fallen. Ihn umgibt noch ein wenig Jointrauch, vermutlich hat er sich gerade einen genehmigt. Forrest scheint den Geruch entweder nicht wahrzunehmen oder nicht zu kennen, jedenfalls sagt er, außer der üblichen Begrüßungsfloskel, nichts zu ihm. Auch mich beginnt es in den Fingerspitzen zu jucken – ich habe mir jetzt schon so lange keine Zigarette mehr angesteckt. Würde ich nicht hier festsitzen, hätte ich vermutlich schon längst eine zwischen den Fingern klemmen.

Es klopft, und gleich darauf betritt Kit Kat leichtfüßig den Raum, man kann beinahe sagen, dass sie hineinhopst.

»Brrr«, macht sie und reibt sich über die dünnen Arme, ihre Brille ist noch ein bisschen beschlagen. »Herr im Himmel, ist das kalt!«

Sie macht ein paar Schritte in Richtung der Fenster und ich werfe ihr einen verachtenden Blick zu.

»Stell dich nicht so an.«

Sie blickt erschrocken auf. Ihre Haare, die letzte Woche noch Kornblumenblau waren, sind jetzt giftgrün. Ein wenig sehen sie aus wie ein Helm aus Energie, der sich um ihren Kopf schmiegt und sie von dort aus so unter Strom setzt. Auch von Forrest fange ich mir einen Blick ein, aber der ist warnend.

»Schon gut«, gebe ich nach und gehe langsam, aber widerwillig auf die Fenster zu und schließe sie mit einer provozierenden Lautstärke. »Sind ja schon zu.«

»Was ist zu?«, fragt Dylan, der gerade hereinkommt.

Er und ich haben seit Montag nicht mehr miteinander geredet. Eigentlich nichts Ungewöhnliches, schließlich wechseln wir so gut wie nie ein Wort – aber doch irgendwie komisch.

Wir sind noch zusammen zur Schule zurückgeschlendert. Kurz bevor das Gebäude in Sicht gekommen wäre, hat er auf einmal seine Schritte beschleunigt, »Bis bald, Kumpel!« gemurmelt und ist verschwunden, als hätte ich irgendeine ansteckende Krankheit. Das hat so gar nicht zu dem beinahe schon anhänglichen Dylan, den ich vorher im Schulflur und auf dem Weg zum Restaurant erlebt habe, gepasst, deswegen war ich einen kurzen Moment lang ein wenig enttäuscht.

»Setzt euch doch schon mal hin, ich bin hier in einer Minute fertig …«, meint Forrest und ignoriert Dylan.

Offenbar halten sich alle an die Sitzordnung vom letzten Mal, und so lande auch ich wieder auf dem alten Platz.

Ich starre in die Runde. Der Stuhl meinem gegenüber glänzt mir leer entgegen. Der Rotschopf fehlt.

Ich höre, wie Forrest aufsteht und durch den Raum geht, und dann sehe ich ihn am Rande meines Blickfeldes auftauchen und sich neben mich setzen, während ich immer noch den leeren Stuhl vor mir taxiere.

Seit dem Gespräch mit Dylan bin ich diesem Zachary gegenüber noch misstrauischer als vorher. Ich weiß nicht, was mit ihm nicht stimmt, was er verbirgt – aber es ist offensichtlich, dass er etwas versteckt. Ich habe ihn die Woche über beobachtet – beziehungsweise es versucht. So wie es aussieht, ist er ein Eigenbrötler, ein noch größerer Außenseiter als ich. Immer allein, meistens mit einem Kugelschreiber in der Hand und einem Block auf den Knien, in irgendeiner Ecke sitzend. Und wenn man Dylan glauben kann, dann zeichnet er sich dabei selbst. Die Sache mit dem Unsichtbarsein beherrscht er perfekt – fast sehe ich deswegen schon ein bisschen zu ihm auf. Er erreicht das, was ich immer wollte. Er ist ein Sophomore, ich bin ein Junior – keine Ahnung, was er außerhalb der Pausen so treibt.

Die einzige Möglichkeit, etwas mehr über ihn herauszufinden, ist Forrest. Forrest, der jetzt neben mir sitzt und mit seinen schwarzen Ledertretern in einem Takt, den nur er zu kennen scheint, auf den Boden tippt.

Ich schiele zu ihm rüber, versuche zu erraten, was er denkt, scheitere aber kläglich.

»Es tut mir leid, dass ich zu spät bin«, höre ich plötzlich Zachary leise hinter mir sagen und mit schnellen, schlurfenden Schritten und gesenktem Kopf auf seinen Platz eilen. Diese Stimme würde ich überall wiedererkennen.

»Ach, mach dir nichts draus, es sind doch nur fünf Minuten«, sagt Kit Kat plötzlich leichthin. Ich habe Forrest betrachtet, weil ich sehen wollte, wie er reagiert – und die kleine Quasselstrippe hat ihn gerade eiskalt zum Verstummen gebracht. Mein Lehrer schließt seinen Mund wieder, nickt Zachary, der uns alle gar nicht richtig wahrzunehmen scheint, freundlich zu. »Schön, dass du da bist.«

Na ja, darüber lässt sich streiten. Ich spüre, wie Dylan versucht, Blickkontakt aufzunehmen, aber ich konzentriere mich auf meine Fingernägel und die Nagelhaut, an der ich wieder mal herumknibbele. Ich weiß auch so, was Dylan denkt. Aus Dylan zu lesen ist für mich wie aus einem offenen Buch – nein, eher als würde ich einem Hörspiel lauschen. Einem, das mit maximaler Lautstärke aus jeder Musikbox im Umkreis von ein paar Kilometern schallt. Unmöglich zu ignorieren oder gar zu überhören.

»Okay, als Erstes möchte ich euch noch einmal herzlich begrüßen. Schön, dass ihr jetzt alle hier seid.«

»Als ob wir das freiwillig wären«, unterbricht ihn Robbie leise, aber Forrest geht nicht auf ihn ein.

»Wie wäre es, wenn wir diese Woche einfach damit anfangen, über das zu reden, was ihr so erlebt habt?

Also in der Gruppenarbeit – was habt ihr Schönes unternommen?«, will er wissen.

Ich befürchte schon, dass niemand, mich eingeschlossen, vorhat, die Zähne auseinanderzukriegen, aber ich habe Kit Kat vergessen. Die kleine Quasselstrippe hebt tatsächlich ihre Hand und streckt den Rücken, um größer zu erscheinen. Sie kann schon die ganze Zeit nicht still sitzen; fährt sich durch die blöden giftgrünen Haare, kratzt sich am Ellenbogen, wackelt mit ihrem Bein. Natürlich. Zu sagen, sie würde ein wenig unter Strom stehen, wäre maßlos untertrieben. Ich frage mich wirklich, wie man es schaffen kann, dauerhaft so angeknipst zu sein. Ihre riesigen Augen leuchten aufgeregt hinter den dicken Brillengläsern.

»Ja, Kit Kat?« Forrest lächelt ihr ermutigend zu.

Die zusätzliche Aufforderung hätte sie gar nicht gebraucht, denn sie legt umgehend los. »Robbie und ich sind eislaufen gegangen! Wir haben überlegt, was wir machen könnten, und dann ist irgendwie zur Sprache gekommen, dass Robbie das gar nicht kann, und das wollten wir gleich ändern.«

Sie macht eine Pause, weil sie lacht. Vermutlich ist das Ganze eine schöne Erinnerung für sie. Ich für meinen Teil habe das Gefühl, als hätte mir Robbie gerade einen Dolch ins Herz gestochen. Ich nehme Blickkontakt mit ihm auf und denke: Wirklich? *Sie* darf dich Robbie nennen?

Eigentlich sollte es keine große Sache sein. Ich habe ihm vor einem halben Jahr nur allzu deutlich gemacht, dass er und ich keine Freunde mehr sind. Aber dass sie, ausgerechnet *sie*, diese blöde kleine Quasselstrippe, ihn jetzt Robbie nennt – das sitzt.

Damit bricht er ein ungeschriebenes Gesetz, zieht unsere Freundschaft und alles, was wir früher miteinander geteilt haben, in den Dreck.

Ich hoffe, er ist glücklich damit.

»Robert«, sagt er in diesem Moment mit Nachdruck. »Wie oft muss ich dir noch sagen, dass ich Robert heiße?«, fragt er sie dann auf einmal harsch und sieht mir dabei fest in die Augen, nickt kaum merklich. In seinem Blick liegt ein leichter Hauch von Spott, als wolle er mir sagen, wie dämlich es von mir war, an ihm zu zweifeln.

Ich merke, wie ich mich wieder entspanne. Es sollte mir nicht wichtig sein, wer ihn wie nennt. Und er sollte das auch nicht – mir wichtig sein. Und doch war das gerade der quälende Beweis dafür, dass Theorie und Praxis leider zwei grundverschiedene Dinge sind.

Einen kurzen Moment trübt sich der Blick der Nervensäge, aber dann nimmt sie einen tiefen Atemzug, bei dem ihre Lider kurz flackern wie aufgescheuchte Schmetterlinge, und redet dann – ein bisschen weniger euphorisch, aber immer noch fröhlicher als die Menschen in der Waschmittelwerbung – weiter. »Also ich weiß wirklich nicht, was du gegen den Spitznamen hast, aber egal. Auf jeden Fall sind wir eislaufen gegangen und *Robert* …«, sie sieht vielsagend zu meinem ehemaligen besten Freund rüber, als würden sie sich seit Jahren kennen, und zwinkert ihm verschwörerisch zu, »Robert hat sich am Anfang ziemlich dämlich angestellt. Das war wirklich lustig.«

Ihre Augen strahlen, ihre Wangen sind zart gerötet und ihre Hände flattern beim Erzählen so durch die Luft, als würde sie alles vor ihrem inneren Auge sehen und es nun für uns modellieren wollen.

»Wir haben uns dann erst einmal so einen Stuhl geholt, den eigentlich nur die kleinen Kinder, die das Schlittschuhfahren erst lernen, benutzen, und damit hat das dann ganz gut geklappt. Ich habe mich dann daraufgesetzt und …« Sie unterbricht sich selbst durch ein herzliches Lachen.

»Komm zum Punkt!«, dränge ich. Wieder gibt es einen mahnenden Blick von Forrest – ich erwidere ihn und zucke die Schultern. Das war ein berechtigter Einwand, außerdem geht sie so in ihrer Erzählung auf, dass sie mich gar nicht mehr wahrnimmt. Super.

Ich versuche, das Positive darin zu sehen; wenn sie redet – und das tut sie, so wie es aussieht, sehr, sehr gern –, dann braucht das kein anderer von uns zu tun. Vielleicht schafft sie es ja, die ganze Englisch-AG-Zeit mit ihrem sinnfreien Gelaber zu füllen.

Mittlerweile hat sie sich wieder genug beruhigt, um zusammenhängende Sätze bilden zu können. »Ja, dann habe ich mich daraufgesetzt, und Robbie – Robert – hat dann die ganze Zeit blöde Scherze gemacht, von wegen dass wir jetzt in die anderen Eisläufer reinfahren. Und dann hat er das auch ein paarmal angedeutet! Das hat so viel Spaß gemacht! Ich hatte Bauchschmerzen vor lauter Lachen! Aber dann war es irgendwann einfach viel zu kalt geworden und deswegen hat er mir noch eine heiße Schokolade spendiert, und wir sind ein wenig spazieren gegangen. Das war natürlich immer noch superkalt, aber er hat mir dann seine Mütze gegeben …«

Wieder wandert ein schneller Blick zu Robbie. Wir sind seit der Middleschool – der verdammten Middleschool! – beste Freunde! Und mir hat er noch nie seine blöde Mütze angeboten! In all den Jahren, in denen wir zusammengehockt haben, wollte er das blöde Ding auf Tod und Verderben nicht abnehmen. Ich habe ihn unzählige Male damit aufgezogen, dass er vermutlich sogar damit duscht.

Nicht dass ich seine Mütze je hätte haben wollen, aber das kann ja nicht wahr sein, dass er sie ausgerechnet ihr anbietet. Ich dachte, Robbie und ich wären uns darüber einig, dass die Quasselstrippe nichts weiter als eine Qual ist.

Ich schiebe missmutig mein Kinn vor und lasse die Gelenke in meinen Fingern knacken. Eins nach dem anderen. Er hat ihr sogar einen Kakao ausgegeben!

Das ist nicht Robbie. Dieser Junge, von dem Kit Kat spricht – das kann nicht derselbe sein, mit dem ich früher um die Häuser gezogen bin, der immer eine Zigarette und später einen Joint zwischen den Zähnen klemmen und einen klugen Spruch auf den Lippen sitzen hatte.

Forrest reißt mich aus meinen Gedankenstürmen. »Das hört sich nach einem tollen Tag an, Kit Kat.«

Er klingt stolz, auf seinen Lippen liegt ein zufriedenes schiefes Lächeln. Er hat seine Mission erfüllt und kann sich entspannt zurücklehnen, zumindest für den Moment.

»Oh ja, definitiv«, schwärmt Kit Kat. »Können wir so etwas noch mal machen? Und überhaupt, was habt ihr anderen so unternommen?«

Ich knirsche mit den Zähnen.

»Also Zachary und ich saßen bei ihm auf der Veranda, und ich … wir … haben was gegessen«, meint Dylan. Ich vermute, dass er nur redet, damit ich es nicht tun muss. Als Entschuldigung für seinen plötzlichen

Abgang am Montag sozusagen. Dürftig, aber ich nehme, was ich kriegen kann. Besonders, wenn das sowieso erheblich mehr ist, als ich erwartet habe.

»Was gab es denn?«, fragt Kit Kat.

»Willst du das in dein Tagebuch schreiben, oder hast du irgendwie so einen Unnötige-Informationen-Fetisch oder …?«, pampe ich sie an. Erneut verfluche ich mein loses Mundwerk. Das ist einer der Gründe, weswegen ich nicht unter Leute gehen sollte. Davon abgesehen, dass ich sie in der Regel nicht einmal ausstehen kann, habe ich ein ziemlich treffsicheres Gefühl dafür, was ich sagen muss, damit diese Abneigung bald schon auf Gegenseitigkeit beruht. Meistens kann ich mich zusammenreißen. Wenn ich mich nur stark genug darauf konzentriere, alles um mich herum auszublenden, dann schaffe ich es, unauffällig zu bleiben. Leider scheint Kit Kat es darauf angelegt zu haben, mich auf die Palme zu bringen.

Beinahe tut sie mir leid. Mit ihren großen Augen, der kleinen Mäusenase und den zusammengesackten Schultern im verwaschenen kirschroten Pulli – der sich übrigens hervorragend mit ihren Haaren beißt.

»Okay, nein, Entschuldigung. Ich will das ja auch gern wissen. Was habt ihr denn gegessen, Dylan?«, frage ich und ziehe lustlos einen Mundwinkel hoch.

»Hamburger«, erzählt er. »Und, ähm … Pommes. Ich bin vorher durch ’nen Drive Through gefahren.«

»Du hast einen Führerschein?«

Ich beiße mir auf die Lippe, um ihr nicht zu sagen, dass Dylan dort mit seinem kleinen Einhorn durchgeritten ist. Himmel, ist es nicht bald zwanzig Uhr? Wer hat die Gewichte an die Uhrzeiger gehängt, und wie bekomme ich sie dort wieder weg?

»Na klar!«, meint der Angesprochene stolz. Während er und Kit Kat doch tatsächlich ein Gespräch übers Autofahren anfangen, in das sogar Robbie – der Verräter – sich einklinkt, beobachte ich Zachary.

Auf seinen knochigen Knien balanciert er den Zeichenblock, und seine um den Kugelschreiber gekrallte Hand fliegt geradezu über das Papier. Bei der Geschwindigkeit, mit der er zeichnet, frage ich mich, wie viele Bilder er bei sich zu Hause rumliegen hat. Vielleicht schmeißt er sie ja auch weg.

Ich würde zu gern wissen, ob er sich wieder selbst porträtiert oder ob er auch andere Sachen zeichnet. Aber auch heute gewährt mir der Rothaarige mit den toten Augen keinen Blick auf seinen Zeichenblock.

Er trägt unauffällige schwarze Schuhe und eine dunkle Jeans, in der seine Beine fast vollständig ertrinken – bis auf die spitzen Knochen, die beispielsweise auf Höhe der Knie wie Glasscherben herausstechen. Heute hat er seine graue Jacke – sie ist von irgendeiner überteuerten Outdoor-Marke – ausgezogen und hinter sich über den Stuhl gehängt, sodass ich seine blassen Arme sehen kann. Sie sind mit kupferfarbenen Sommersprossen übersät – ganz genau so wie eigentlich jede Stelle seines Körpers, die ich erkennen kann.

Ich will ihn nicht zu lange anstarren, aber mein Blick huscht immer wieder zu ihm. Er sieht nicht gut aus, aber unheimlich interessant. Dieses rundliche Gesicht, das noch fast wie das eines Kindes wirkt, in Kombination mit diesem skelettartigen Körper und den tief in den Höhlen liegenden kohlschwarzen Augen – er hat etwas an sich, das den Teil von mir, der es liebt zu schreiben, nachvollziehen lässt, warum er sich selbst porträtiert.

Mich überkommt ja selbst das Bedürfnis, Buchstaben zu Wörter zu formen, um seiner Erscheinung gerecht zu werden. Das Einzige, was ich nicht verstehen kann, ist, warum die Version von sich selbst, die er zeichnet – falls man Dylan denn glauben kann –, so gar nicht er ist. Gerade diese Zurückgezogenheit ist es doch, die ihn in meinen Augen zu so einem interessanten Motiv macht.

Ich starre ihn bereits viel zu lange an, er spürt sicher schon, wie ich mir seine Konturen einzuprägen versuche, um sie nachher in Worte zu fassen.

Plötzlich hebt auch er den Blick und starrt mich unverwandt an. Mein Herz setzt einen Schlag aus. Mein Gott, diese Augen. Wie kann es sein, dass ein Mensch eine solche Leere in seinen Augen trägt?

Ich will nicht die Erste sein, die wegsieht – das ist so ein Zeichen von Schwäche –, aber ich habe das Gefühl, dass ich, wenn ich nicht schleunigst den Blick abwende, von ihm aufgesogen werde oder mich vor seinen Augen in die einzelnen Atome, aus denen mein Körper besteht, auflöse und in alle Richtungen zerstäube.

Selbst als ich mich auf Forrest konzentriere, habe ich noch eine Gänsehaut und das unangenehme Gefühl, beobachtet zu werden.

Das hast du davon, wenn du so unverschämt die Leute anglotzt, Sage, höre ich Rose in meinem Kopf höhnen.

Ach, halt doch die Klappe, gebe ich patzig zurück.

Selbstgespräche mit der Stimme der toten Schwester in meinem Kopf – es ist amtlich: Ich hab sie nicht mehr alle. Ein Glück, dass ich hier in guter Gesellschaft bin …

Ich bin froh, dass wir nicht auf mein Erlebnis mit Forrest zu sprechen kommen. Es … Irgendetwas in mir will den anderen auf keinen Fall davon erzählen, will den Tag ganz für sich behalten.

Ich kann nicht glauben, dass ich mich so in meinem Lehrer getäuscht habe, dass ich ihn am Anfang für so einen Idioten gehalten habe. Denn ja, er ist speziell. Aber je mehr Zeit ich mit ihm verbringe, desto klarer wird mir, dass er es auf eine positive Art und Weise ist. Dass er eigentlich wirklich echt ist, gut ist. Dass er in die richtige Richtung gehen möchte, aber auf dem Weg, wohl wegen seiner Unbeholfenheit, häufig ins Stolpern gerät. Es macht ihn menschlich.

Gerade schiebt er sich die Brille mit Daumen und Zeigefinger die Nase hoch und streicht sich dann ein paar der wirren Locken aus der Stirn. Er könnte dringend einen Haarschnitt vertragen, aber irgendwie mag ich das.

Ich zucke zusammen, weil da plötzlich eine kleine, klebrige Hand auf meiner ist.

Sie gehört Kit Kat, die sich nun über mich beugt und mir fest in die Augen sieht.

»Sage«, sagt sie – oder fragt sie? Ich habe nach wie vor Schwierigkeiten, das zu unterscheiden.

Ich entziehe mich ihrem Griff und verstecke meine Hand wieder in der Jackentasche. Dort, wo sie hingehört, wo sie vor solchen Überfällen sicher ist.

»Hm«, brumme ich, erbost über diesen dreisten Eingriff in meine Privatsphäre.

»Wir sind diese Woche Partner.«

Ich ziehe genervt eine Augenbraue hoch.

»Na, für das schöne Erlebnis!«

Kit Kat grinst mich an und entblößt eine Reihe spitzer Zähne. Wie die von Hundewelpen, die alles anknabbern – vor allem das, was sie nichts angeht –, aber keinen wirklichen Schaden anrichten können.

Wenn ich eine Katze wäre, würde ich jetzt meine Krallen ausfahren, fauchen und ihr mit meiner Tatze einmal kräftig über das Gesicht wischen. Leider bin ich aber einfach nur ich, und meine Fingernägel sind viel zu kurz und abgeknabbert, um auch nur annähernd an Krallen erinnern zu können. Also ist das Einzige, was mir übrig bleibt, ergeben zu seufzen und ein schnodderiges »Wir gehen aber nicht eislaufen!« zu murmeln.

Ich lasse meine Schultern kreisen, kaue auf meiner Lippe herum und visiere die Tür an. Gleich werde ich dort hinausgehen, nicht lange herumfackeln und schnellstmöglich verschwinden.

Ich ertrage Kit Kat und ihre unzähligen Pläne keine Sekunde länger. Robbie würde mir jetzt vermutlich vorwerfen, dass ich meinen Biss verloren habe. Aber habe ich das? Es ist zumindest die einzige Erklärung, warum sie immer noch an mir klebt, als ob mir die Sonne aus dem Arsch scheinen würde.

Forrest zieht die Sache mit den schönen Erlebnissen tatsächlich durch, mit der Begründung, dass das doch letztes Mal allen so viel Spaß gemacht habe. Diese Woche habe ich also Kit Kat als Partnerin erwischt, und meine Begeisterung hält sich ziemlich in Grenzen. Die kleine Quasselstrippe lebt diese Woche gefährlich.

Dylan darf dieses Mal mit Robbie vorliebnehmen und Forrest hat mit Zachary sicherlich das größte Los von uns allen gezogen.

Ich frage mich, was die beiden wohl unternehmen. Ob unser Abend in der Aula etwas Besonderes, Einzigartiges war, oder ob das tatsächlich einfach Forrests Standardprogramm ist. Ich weiß nicht, ob ich damit umgehen könnte.

»So, das hat heute wieder Spaß gemacht. Ich freue mich schon, was ihr nächste Woche so für Geschichten mitbringt!«, flötet mein Lehrer, und kaum dass er seinen Mund geschlossen hat, bin ich schon aufgesprungen und auf dem Weg in Richtung Tür. *Endlich!*

»Bis nächste Woche«, murmele ich noch halbherzig im Gehen und winke dabei lasch mit meiner Hand, ohne mich umzudrehen.

Im Schulflur angekommen, beschleunige ich meine Schritte noch einmal. Es ist nicht einmal so, dass die Englisch-AG-Treffen wirklich schlimm sind. Langweilig, ja. Nervig – definitiv! Aber eben nicht wirklich grausam. Trotzdem bin ich mehr als froh, gleich das Schulgebäude hinter mir lassen zu können, um eine Runde laufen zu gehen.

»Warte!«, höre ich eine Stimme hinter mir rufen. Dadurch, dass sie so sehr durch die Schulflure hallt, kann ich nicht festmachen, wem sie gehört. In der Hoffnung, dass nicht ich gemeint bin, straffe ich meine Schritte noch einmal und biege um die nächste Ecke. Aber mit dem Hoffen ist das so eine Sache, und ich habe längst gelernt, dass das, was ich mir wünsche, in der Regel nicht für mich vorgesehen ist. Es fühlt sich dennoch an, als würde das Schicksal mir gehässig ins Gesicht spucken, als ich die Stimme erneut durch die Flure hallen höre.

Dieses Mal gibt es keinen Zweifel, dass ich gemeint bin. Denn es ist mein Name, der mich von allen Seiten, von jedem Gang aus umfängt.

-4

Er ist dem Salbei so nahe. Nahe genug, dass sie dieselbe Luft atmen, nahe genug, dass er sie, wenn er wollte, berühren könnte, und nahe genug, dass er die feinen Haare sieht, die sich aus ihrem Zopf gelöst haben und die sich, vor allem im Nacken, verschwitzt kräuseln.

Ihre honigbraunen Augen, die von einem tiefen Schwarz umrandet sind, sehen sich träge und offensichtlich gelangweilt um, verweilen mal hier, mal da und huschen dann langsam weiter.

Ihre Lippen hat sie zu einem schmalen Strich zusammengepresst, der ihn an die Schneide eines Messers erinnert. Er weiß nur zu gut, dass ihre im Moment gut dahinter versteckte scharfe Zunge noch viel gefährlicher ist.

Sie ist nicht auf die atemberaubende Art schön, die ihrer Schwester zu eigen war, aber sie ist auch keinesfalls hässlich. Das ist ihm schon lange bewusst.

Sie hat etwas Gefährliches. Man braucht Mut, um sich in ihre Nähe zu wagen. Das gefällt ihm, denn er würde sich selbst gern beweisen, dass er eben nicht der Feigling ist, der er zuletzt in Roses Gegenwart war.

Es ist nicht direkt sie, die ihn anzieht, sondern vielmehr die Vorstellung von dem, was sie sein könnte, sein werden wird. Zusammen mit ihm. Der Gedanke, dass ein Teil von Rose, der jungen Frau, an die er sein Herz für alle Ewigkeit hoffnungslos verloren hat, in ihr stecken könnte, birgt die Hoffnung, dass er alles noch einmal besser machen könnte.

Er könnte alles ändern. Der Salbei ist seine zweite Chance. Er weiß, dass es die letzte sein wird, dass es schon ungewöhnlich und ein Geschenk irgendeiner höheren Macht ist, an die er nicht glaubt, dass Rose eine Schwester hat, die ihr ähnlich ist.

Es sind die kleinen Dinge, die die Ähnlichkeit zwischen den beiden so schmerzlich offensichtlich machen. Wie beide, wenn sie aufgewühlt sind, wild mit den Händen gestikulieren. Und wie sie einem, wenn sie lächeln, das Gefühl geben, dass alles andere unwichtig ist und nur das Hier und Jetzt zählt.

Dieses Mal wird er alles richtig machen. Er wird den Salbei nicht verscheuchen, nicht verängstigen, wie es ihm bei seiner Schwester passiert ist. Wie es ihm mit den Cavendar-Schwestern anscheinend unweigerlich und immer wieder, mit einer geradezu erschreckenden Häufigkeit gelingt. Wenn er keine Fehler macht, dann kann es auch keine fatalen Folgen, keine unangenehme Verkettung ungewollter Ereignisse geben.

Und immerhin weiß er mittlerweile nur zu gut, wohin er treten kann, ohne zu stolpern. Wie weit er es wagen kann, zu rennen, ohne dass einer von ihnen erschöpft zusammenbricht. Dieses Mal weiß er es besser.

Dennoch ist es eine Herausforderung, denn im Gegensatz zu dem ihrer Schwester, ist Sages Herz nicht offen und gewillt, jedem, der freundlich daran klopft, Eintritt zu gewähren.

Plötzlich nimmt er wahr, dass sie ihn mustert. Zwar ist das auch zuvor schon vorgekommen, aber dieses Mal ist es anders, ist ihr Blick anders. Er bemüht sich, so zu tun, als würde er nicht bemerken, wie sie ihn anstarrt, weil er den Moment genießen möchte.

Findet sie ihn doch und entgegen seiner bisherigen Erfahrungen interessant? Was denkt sie sich wohl, während sie ihn so ungeniert betrachtet? Zu gern würde er sich in ihrem Kopf verkriechen – mit dem Ziel, jedes bisschen ihres Wesens zu erforschen. Immer in der Hoffnung, dort etwas von seiner Rose zu finden.

Er hält nicht viel von dieser Englisch-AG. Für ihn ist sie nur ein Mittel zum Zweck. Und die Tatsache, dass er dort ist, ist nichts weiter als ein großer Schritt auf dem schmalen Pfad zu Sage. Ein weiterer glücklicher Zufall, der ihn darin bestätigt, dass das, was er tut, richtig ist.

Immerhin: Wenn es das Universum ist, das ihn zum Salbei führt – und das immer und immer wieder –, dann kann es doch nicht falsch sein, was er vorhat.

Er ist unheimlich froh, den Raum verlassen zu können. Er kann den Salbei nicht richtig einschätzen, und zudem machen ihn so viele Menschen auf einem Haufen immer so schrecklich nervös.

Die Schritte, die er ein kleines Stück vor sich hört, reißen ihn aus den Gedanken, in denen er sich in letzter Zeit immer häufiger rettungslos verirrt. Plötzlich spannen sich alle Muskeln in seinem Körper an und er merkt, wie er seinen eigenen Laufrhythmus beschleunigt, um ihnen näher zu kommen. Diese Schritte würde er überall erkennen. Leicht, fließend und darum bemüht, leise und unauffällig zu sein. Scheitern inbegriffen, denn ihre Schritte spielen einen ganz eigenen außergewöhnlichen und ganz und gar nicht unauffälligen Takt. Sie gehören Sage. In letzter Zeit hat er sie nur zu oft gehört, wenn er sie beim Joggen beobachtet hat.

Nicht dass er ihr nachgestellt hätte oder so etwas. Vielmehr hat er sie zufällig von den Orten aus betrachtet, von denen er gehofft, vielleicht auch erwartet hat, dass sie daran vorbeilaufen würde.

Daran ist nichts Verwerfliches! Sie hat ihn ja schließlich nicht gesehen. Und er ist ihr nie nahe genug gekommen, als dass sie seine Anwesenheit hätte spüren können.

»Warte«, sagt er, als er sich sicher ist, dass sie gleich hinter der nächsten Ecke steht. Das ist seine Chance. Sein Herz pumpt Adrenalin durch seine Venen, als gäbe es kein Morgen mehr, und er hört seine eigene heisere Stimme von den Wänden widerhallen.

Jedoch wäre Sage nicht Sage, wenn sie seine Aufforderung nicht vehement ignorieren und weiter von ihm weglaufen würde. Alles andere hätte ihn auch, das muss er wider Willen zugeben, enttäuscht.

Er beeilt sich, ihr zu folgen, biegt um eine Ecke und sieht ihren Schatten hinter der nächsten verschwinden. Gleich hat er sie. Jetzt ist der richtige Moment, das spürt er ganz deutlich. Sein ganzer Körper beginnt zu prickeln, was kein Wunder ist bei der überbordenden Energie, mit der er aufgeladen ist.

Er will ein zweites Mal zum Rufen ansetzen, doch plötzlich hört er eine andere Stimme das Wort aussprechen, was ihm gerade eben noch so wohlschmeckend auf der Zunge gelegen hat.

»Warte.«

Er linst an der Ecke, die er mittlerweile erreicht hat, vorbei und sieht, wie der Lehrer, der ihn gedrängt hat, überhaupt an dieser AG teilzunehmen, aus einem weiteren der unzähligen Gänge dieser Schule tritt und wie sich der Salbei entspannt, als dieser Störenfried, der ihm immer wieder in die Quere kommt, ihren Namen ausspricht.

Bei dem Klang wird ihm schlecht, er kann diese Szenerie, die ihm klar vor Augen führt, dass er mal wieder nicht schnell genug, nicht gut genug, nicht mutig genug war – dass sein ganzes verdammtes Leben von Misserfolgen durchzogen ist –, nicht länger mit ansehen. Also wendet er sich ab und flüchtet mit ebenso leisen wie eiligen Schritten in die entgegengesetzte Richtung zum Notausgang, dessen Tür sich nur von innen öffnen lässt.

Je weiter er sich von Sage und seiner verpassten Chance entfernt, desto bitterer wird das Gefühl, das sich mehr und mehr in seiner Brust ausbreitet und die zuvor dort gewesene Leere ersetzt.

3·5+2

Sage«, sagt Forrest, und aus irgendeinem Grund entspanne ich mich, als ich sehe, dass er es ist, der etwas von mir will. Mittlerweile fällt es mir immer leichter, mich in seiner Gegenwart wohlzufühlen.

Ich weiß nicht, was ich davon halten soll.

»Was gibt's?«, frage ich trotzdem mit einer kleinen Spur Argwohn in der Stimme. So bin ich einfach, ich kann es nicht ändern, selbst wenn ich es wollte.

»Was wohl?«, sagt er und schüttelt wegen meines Tonfalls den Kopf. »Ich fahre dich wieder nach Hause.«

»Forrest. Ganz im Ernst – ich glaube wirklich, dass ich sicherer unterwegs bin, wenn ich laufe, als wenn ich mit dir fahre. Nichts gegen dich, aber ich weiß beim besten Willen nicht, wo du deinen Führerschein gewonnen hast.«

Er ballt die Hand zur Faust und legt sie sich in einer theatralischen Geste ans Herz.

»Also das verletzt mich und meine Gefühle jetzt aber zutiefst«, gibt er voller Inbrunst zum Besten.

Und weil auf seinen Lippen dabei so ein jungenhaftes Grinsen liegt, in seinen Augen dieses verspielte Flackern erscheint und damit keine Spur mehr von meinem Lehrer in Erscheinung tritt, dessen Namen ich immer noch nicht kenne, sondern nur noch von Forrest, kann ich gar nicht anders, als zu lachen und meine Schritte wieder aufzunehmen.

»Was ist so lustig?«, fragt plötzlich jemand hinter mir und bringt mich zum Verstummen. *Kit Kat.* Ich antworte ihr nicht, sondern presse die Lippen zu einem schmalen Strich zusammen und spanne mich an. Sie kommt mir vor wie ein Eindringling. Stellt sich immer ein Stück weit zu sehr in meine Richtung, spricht immer ein wenig zu laut und ein bisschen zu hoch- und ist damit meilenweit von meiner Komfortzone entfernt.

»Wo sind die anderen?«, will Forrest stattdessen wissen.

»Die Jungs sind zum Hintereingang raus, hab sie noch gesehen, vielleicht waren sie auf dem Klo oder haben noch was aus dem Spint geholt oder so ...«

»Du auch, oder was hast du noch so lange gemacht?«, hake ich nach.

Kit Kats Gesicht wird tiefrot – ein geradezu obszöner Kontrast zu ihren giftgrünen Haaren.

»Ich habe mich verlaufen«, gesteht sie zerknirscht, »diese Schule ist ein einziges Labyrinth.«

Ich muss lachen, und es stört mich nicht einmal, als Kit Kat mit einstimmt. Als ich noch ein Freshman war, bin ich auch einmal eine verzweifelte Stunde durch die Gänge geirrt.

Draußen angekommen, verabschiedet sich die überraschend still gewordene Quasselstrippe und huscht irgendwie beschwingt auf die andere Straßenseite, wo sie in einem großen Haus, das ziemlich alt und einschüchternd wirkt, verschwindet.

»Sie wohnt ja wirklich direkt gegenüber«, stelle ich fest, während ich immer noch das dunkle Gebäude betrachte. Es wirkt gotisch und will sich nicht so recht ins

Straßenbild einfügen. Irgendwie ist es zu schwer und zu alt und zu steif, um auch nur annähernd einladend zu erscheinen.

Forrest zuckt bloß mit den Achseln.

»Habe ich ja gesagt. Kommst du?«

Er lässt seinen kargen Schlüsselbund zwischen den Fingern tanzen und macht Anstalten, in Richtung des Nissan zu gehen. Mir entgeht der kleine runde Anhänger mit dem »I < 3 Texas«-Aufdruck nicht, der daran klirrt, und ich muss ein wenig schmunzeln, als ich mich ebenfalls in Bewegung setze. So ein Kitsch – das passt irgendwie so gar nicht zu Forrest.

Als ich ihn darauf anspreche, dreht er den Anhänger kurz mit einem Gesichtsausdruck, den ich – wohl auch wegen des Lichts – nicht deuten kann.

»Das … ist ein Geschenk. Ich weiß auch nicht – es erinnert mich irgendwie an Zuhause.«

»Du kommst aus Texas?«, frage ich.

Unsere Schatten laufen lang gezogen und federnd vor uns her, schmiegen sich um den rauen Parkplatzasphalt und schlängeln sich zwischen vereinzelt stehenden Bäumen und Büschen hindurch.

Forrest nickt, schließt das Auto auf, umrundet es mit seinen langen Schritten und öffnet mir die Beifahrertür, ehe ich selbst auch nur den Hauch einer Chance habe, nach dem Griff zu fassen. Er schenkt mir wieder dieses jungenhafte Grinsen, ehe er sich selbst hinters Steuer fallen lässt.

Mir fällt auf, dass der Fußraum auf meiner Seite des Wagens tatsächlich ein kleines Stück leerer geworden ist. Zumindest muss ich meine Beine nun nicht mehr anwinkeln und kann meine Schuhe auf dem Boden abstellen, anstatt auf dem Sitz.

»Und dann verschlägt es dich ausgerechnet hierher?«, frage ich mit nach oben gezogenen Augenbrauen und sehe mich bedeutungsschwer um. Hierher – an den Ort, von dem ich weg möchte, seit ich einen klaren Gedanken fassen kann.

Forrest dreht den Zündschlüssel vor und zurück, streicht in einer fahrigen Bewegung übers Armaturenbrett und murmelt ein leises »Komm schon, Schatz!«, bevor der Cherry endlich mit einem ungesunden Stottern anspringt und Forrest ihn mehr oder minder zielsicher – immerhin schrammen wir nur einmal beim Ausparken über einen Bordstein – auf die Hauptstraße manövriert.

»Ja«, antwortet Forrest schließlich, ohne den Blick von der Fahrbahn vor uns zu lassen, als ich schon beinahe vergessen habe, dass ich ihm eine Frage gestellt habe.

»So wortkarg heute? Ich dachte, das ist mein Part?«

Das entlockt ihm tatsächlich ein Lachen, wenn auch ein halbherziges und viel zu kurzes, mehr so ein Auffflackern, das allzu schnell erlischt.

»Tut mir Leid, Sage. Es ist einfach so, dass … ich rede einfach nicht so gern über Texas.«

Ich weiß, wie beschissen es ist, immer und immer wieder mit Fragen zu einem Thema gelöchert zu werden, über das man weniger als alles andere sprechen möchte. Von dem man nicht einmal dann freiwillig erzählen würde, wenn man die Wahl hätte zwischen ewigem Schweigen oder einer kurzen Unterhaltung. Also lasse ich ihn damit in Ruhe. Ich zweifle nicht daran, dass ich es früher oder später sowieso aus ihm herausbekommen werde.

»Ich habe meinen Job im Restaurant gekündigt«, höre ich mich plötzlich sagen. »Gestern habe ich meinen Chef angerufen und ihm erzählt, dass ich demnächst anfange, die Gäste mit Speisekarten niederzuschlagen, wenn ich sie weiterhin freundlich anlächeln muss. Und dass ich denke, dass es deswegen das Beste für alle wäre, wenn ich aufhöre, bei ihm zu arbeiten.«

Das habe ich bisher noch niemandem erzählt. Aber wem sollte ich es auch sagen? Es jetzt ausgesprochen zu haben, fühlt sich irgendwie befreiend an. Nun ist es realer, dass ich den Sklavenjob los bin. Dass ich endlich den Mut hatte zu kündigen. Es war schon so lange überfällig.

Immerhin brauche ich das Geld gar nicht, wofür gebe ich schon welches aus? Mittlerweile hat sich eine ganze Menge davon angesammelt, mit der ich zur Zeit einfach nichts anzufangen weiß. Was ich allerdings schon gebrauchen kann, das ist Zeit. Und zwar freie, und nicht solche, in der ich mir anhören muss, dass Herr XY doch eigentlich Coq au vin anstatt Poulet basquaise haben wollte (was für mich beides gleich unverständlich klingt). Oder wertvolle Stunden, in denen ich zehnmal durch den ganzen Laden geschickt werde, bevor irgendeine Mittfünfzigerin den richtigen Rotwein im richtigen Glas und in der richtigen Temperatur serviert bekommen hat.

Stattdessen brauche ich Zeit zum Laufen, weil mich tatsächlich der Ehrgeiz gepackt hat und ich wirklich wieder Lust darauf habe – seit Langem. Ein tolles Gefühl, das erste Mal seit Monaten wieder wirklich für etwas anderes zu brennen als für Trübsal und diese klebrige Lethargie. Ich genieße das Stechen in meinen Beinen und diesen

Moment der Ruhe, wenn ich nichts weiter höre als meine Schritte, und wenn am nächsten Tag jede Bewegung so herrlich vertraut zieht und mich daran erinnert, dass ich etwas getan habe. Dass ich vorwärtsgekommen und freiwillig wieder zurück nach Hause gegangen bin. Wenn ich laufe, dann treffe *ich* die Entscheidungen.

»Ich habe Angst, was passiert, wenn meine Mom rausfindet, dass ich gekündigt habe«, erzähle ich plötzlich weiter und bemerke, dass zwischen dem, was ich zuvor gesagt habe, und den Worten, die nun über meine Lippen kommen, kaum Zeit vergangen ist. Dass meine Gedanken einfach viel zu schnell rotieren. »Ich glaube nicht, dass sie es gut aufnehmen wird. Sie hält mich für einen Nichtsnutz, und das wird sie genau darin bestätigen, dass ich ja ach so inkonsequent bin. Dass ich kein Durchhaltevermögen habe. Ich und mein sprunghafter Charakter. Aber bitte, soll sie doch denken, was sie will. Ich meine, es ist doch mein Leben. Die Rolle der perfekten Tochter war schließlich schon vergeben, als ich in diese Familie hineingeboren wurde, also musste ich mir etwas anderes suchen.«

»Warum hast du gekündigt? Doch nicht etwa, weil die Englisch-AG zu viel Zeit wegnimmt?«, fragt Forrest vorsichtig, die Tonlage ist unmöglich zu deuten, ebenso wie der eventuelle Subtext. Die Augen hat er dabei fest auf die Straße vor uns gerichtet.

Ich wedele mit der Hand. »Quatsch. Eigentlich wollte ich den Job nie so richtig haben, ich hatte nur immer das Gefühl, ich müsste es durchziehen. Weißt du, dass ich etwas tun muss, weil man das eben so macht. Aber eben nie, weil ich es wollte. Und jetzt habe ich so viel freie Zeit, und die kann ich zum Laufen nutzen.«

Ich betrachte Forrests Profil, während er überlegt. Die Brille ist ihm ein Stückchen von der Nase gerutscht, aber er scheint sich nicht zu trauen, eine Hand vom Lenkrad zu nehmen, um sie wieder hochzuschieben. Einen Moment lang bin ich versucht, mich zu ihm hinüberzubeugen und sie wieder zu richten, besinne mich dann aber wieder darauf, dass er mein Lehrer ist und die Aktion alles andere als angemessen wäre. Ich hoffe von Herzen, dass er weit- anstelle von kurzsichtig ist.

Aber wenn ich ehrlich bin, dann komme ich nicht umhin, zuzugeben, dass er und ich so etwas wie die Könige des Unangemessenen sind, dass wir uns im Grunde nicht um Normen geschert, sonder sie sogar neu definiert haben.

Also strecke ich meinen Arm doch ein wenig aus und murmele ein leises »nicht erschrecken«, als ich den Rand des Gestells zwischen Daumen und Zeigefinger nehme und die Brille wieder in die richtige Position bringe.

»Danke schön«, erwidert Forrest überrascht und ich antworte, bemüht fest: »Ich kann doch nicht riskieren, dass wir mit einem Baum kollidieren.«

»Das reimt sich.« Die Worte kommen erst nach kurzem Zögern, fast so, als ob er damit einen Gedanken, der ihm gerade gekommen war, wegwischen wollte.

»Ja. Ich besuche seit Kurzem so eine Englisch-AG. Die scheint wohl irgendwie meine lyrische Seite zu wecken. Obwohl wir, wenn ich so darüber nachdenke, eigentlich recht wenig textbezogen arbeiten …«

Und dann lacht er. Ich liebe dieses Geräusch. Wenn Forrest so lacht, auf diese raue, unverbrauchte, jugendliche Art, dann wird mir irgendwie ganz warm. Dann ist es, als ob sich eine ganz weiche, leichte Decke um meinen Körper legt und mich überall wärmt und hält, auch an den Stellen, an die man schwer rankommt und an denen man oft am meisten friert, wie die Zehen.

Schon komisch, dass ich mich ausgerechnet in einem klapprigen Nissan Cherry, der von dem wohl schlechtesten Autofahrer aller Zeiten – der zu allem Überfluss auch noch mein Englischlehrer ist – gelenkt wird, sicher fühle.

»Sage«, sagt Forrest nun ernst und wird langsamer, weil er mich gleich aus dem Auto lassen wird. »Tu mir den Gefallen, und denk niemals so von dir selbst. In Ordnung?« Das scheint ihm wichtig zu sein, denn er schaltet den Motor aus, zieht die Handbremse an und sieht mir fest in die Augen. »Ich weiß nicht, was zwischen dir und Rose war, und Himmel, ich kann nicht beurteilen, was bei dir zu Hause los ist. Bei Weitem nicht. Aber du hast keinen sprunghaften Charakter. Du lässt einen nicht wirklich an dich heran, was vielleicht zu diesem Eindruck führen kann. Aber das entspricht nicht der Wahrheit. Fang bitte nie an, so ein schlechtes Bild von dir selbst zu haben. Okay?«

Mein Körper fühlt sich an wie mit Blei vollgegossen. Ehemals heißes Schwermetall in meinen Adern – giftig und kalt und unbeweglich. Das Einzige, was ich tun kann, ist nicken.

Aber was, wenn dieses, wie Forrest es nennt, »schlechte Bild« der Wahrheit entspricht? Denn es ist nicht zu leugnen: Meine Schwester ist aller Wahrscheinlichkeit nach tot, meine Familie unterkühlt und bröselig, kaum mehr existent, und mein Leben irgendwie ziellos, willkürlich. Und an allem bin ich unmittelbar beteiligt. Ich bin der gemeinsame Nenner, der alles in die Misere, ins Minus treibt.

Forrest beugt sich ein wenig über mich und öffnet das Handschuhfach. Er ist ziemlich groß, eigentlich viel zu groß für dieses kleine Auto, und muss deswegen im Grunde nur ein wenig den Arm ausstrecken. Das Fach klemmt, ich vermute, es ist zu voll – irgendwo muss der Kram aus dem Fußraum ja hingewandert sein –, deswegen löst er nun doch seinen Anschnallgurt, stützt sich mit der einen Hand ein wenig auf meinem Sitz ab, ohne meinem Oberschenkel zu nahe zu kommen, und klopft mit der anderen Hand noch einmal fester dagegen.

Er riecht nach Pfefferminztee und nach Büchern. Nach jeder Menge Bücher. Alten und neuen. Nach unzähligen Wörtern, nach Druckertinte auf Papier.

Als ob es das ist, was er jeden Abend macht, wenn er zu Hause ist; sich eine Tasse Tee aufbrühen und in eine Geschichte eintauchen. Warmes Licht und Heimeligkeit im Herzen, zumindest in meiner Vorstellung. Ein kleiner Teil von mir, ein etwas faustgroßer, fast mittig, ein bisschen links in meiner Brust, zieht sich sehnsuchtsvoll zusammen.

Ich schrecke aus meinen Gedanken und zucke zusammen, als das Handschuhfach nach einem weiteren resoluten Ruckeln von Forrest aufspringt und sich ein Teil des Inhalts über meine Oberschenkel ergießt. Meine Vermutung zum Verbleib des Fußraummülls scheint sich zu bestätigen.

Der Cherry hat keine Deckenbeleuchtung, zumindest ist sie nicht an, und in der schwummrigen Straßenlaternenlicht-erhellten-beinahe-Dunkelheit kann ich schwer ausmachen, worum es sich handelt.

»Mist. Tut mir leid. Ist gleich vorbei«, murmelt Forrest und tastet mit seinen Fingern ungeduldig durchs finstere Handschuhfach, bis er schließlich findet, was er sucht.

Es klickt einmal kurz, und mir wird klar, dass es sich um einen Kugelschreiber handelt.

»Ich würde dir ja eine Papierecke von irgendwo abreißen«, nuschelt er, »aber ich kann so schlecht erkennen, was hiervon wichtig und was eine McDonalds-Rechnung ist. Gibst du mir mal bitte deinen Arm?«

Das Licht von draußen findet erst das Weiß seiner Augen, dann das Grün seiner Iriden, spielt darin, während Forrest mich ansieht, als ginge es um Leben oder Tod.

»Ich schreib dir meine Nummer auf«, erklärt er, als ich ihm zögerlich meinen Arm hinstrecke, »dann kannst du anrufen, wenn irgendetwas los ist. Falls … gerade niemand anderes da sein sollte. Oder so. Du kannst es auch lassen, es ist nur … Wenn du mal jemand zum Reden brauchst und niemand anderes da sein sollte, oder …«

»Forrest«, sage ich. »Danke. Schreib sie einfach auf.«

Vorsichtig greift er nach meiner Hand, hält sie fest, während er mir den Ärmel meiner Trainingsjacke ein Stück nach oben zieht. Ich schlucke. Seine Bewegungen sind leicht und lässig und als wäre nichts dabei … und vielleicht ist auch nichts dabei … vermutlich ist nichts dabei. Aber davon will mein Herz nichts wissen – oder mein Arm, der ganz leicht zu zittern beginnt. Mein Körper, der Verräter, der auf einmal von null auf hundert von einer feinen Gänsehaut überzogen wird. Wie kann man sich so entblößt fühlen, nur davon, dass einem der Ärmel nicht einmal ganz bis zur Armbeuge hochgeschoben wird.

Forrest legt meinen Arm auf das Armaturenbrett, stützt sich mit der Handkante darauf ab und beginnt, die Zahlen zu schreiben. Ich zucke zusammen, als mir die Spitze des Kulis das erste Mal in die Haut sticht, und Forrest verlangsamt sofort seine schnellen Bewegungen, zeichnet die Zahlen nun noch behutsamer. Und man kann wirklich von »Zeichnen« sprechen, denn für jede einzelne Rundung und Biegung nimmt er sich Zeit, als wollte er sichergehen, dass ich mir ihre Form einpräge und sie nie wieder vergesse.

Erst als er seine Hand von meiner nimmt, den Kugelschreiber wieder im Handschuhfach verstaut und ich tief einatme, wird mir klar, dass ich die ganze Zeit die Luft angehalten habe.

Das ist nicht gut. Und nicht richtig. Aber es hat nichts zu bedeuten.

Er fängt an, ein paar der Gegenstände im Fußraum zusammenzuklauben und wieder ins Handschuhfach zu stopfen, und ich mache eine halbherzig flapsige Bemerkung über sein mangelndes systematisches Vorgehen und das daraus resultierende Chaos, um die Stimmung wieder zu lockern.

Forrest achtet sorgsam darauf, mir nicht zu nahe zu kommen, immer nur Zeug zu nehmen, das weit genug von meinen Beinen entfernt liegt, deswegen schnappe ich mir ein paar lose Blätter von meinem Schoß und mache mich meinerseits ans Aufräumen.

Am Ende bekommen wir das Fach nicht zu.

»Vielleicht haben wir was reingetan, was eigentlich woanders hingehört«, vermute ich zögerlich und betrachte das Problem mit schief gelegtem Kopf. Jeder Ingenieur oder Hobby-Modellbauer würde bei unserer Konstruktion vor Neid erblassen. Oder die Hände vors Gesicht schlagen und irgendeinen Fluch – oder gleich mehrere – ausstoßen. Denn der Stapel aus Papier, Heften,

Büchern, Kaugummidosen, Stiften, einer Thermoskanne, Müll, Kassetten und allerlei Kuriositäten – wie einer kleinen Spielzeuggiraffe? – ist zwar bemerkenswert klein, aber er wackelt dennoch gefährlich. Ein Windstoß, da bin ich mir sicher, oder ein lautes Geräusch wird dieses Etwas – denn genau das ist es, eine Kreatur, fast schon ein Monster, erschaffen von Forrest und mir – einstürzen lassen.

Und damit würde dann die ganze Arbeit von vorn beginnen.

Forrest scheint meine Bedenken zu teilen, denn er erklärt leise und mit einem vorsichtigen Blick auf unsere Schöpfung. »Nein, das ist immer so. So voll, meine ich.«

»Wie hast du das denn sonst zubekommen?«

»Hab mich dagegengestemmt«, erklärt Forrest, und dann, auf meinen fragenden Blick hin, »mit den Füßen. Ganz schnell, damit nichts auch nur den Hauch einer Chance hat, rauszufallen.«

Ich kneife entschlossen die Augen zusammen und taxiere das Handschuhfach. »Okay.«

Forrest nickt langsam und ernst, ein Mann mit einer Mission.

»Alles klar. Ich werd die Klappe jetzt so gut es geht zuhalten und du ziehst die Beine an«, erklärt er seinen ziemlich offensichtlichen Plan und wir bewegen uns parallel zu seinen Instruktionen, »und dann stemmst du dich mit all deiner Kraft dagegen. Keine Sorge, da kann eigentlich nichts so wirklich kaputtgehen.«

Und tatsächlich, es geht zu und verschließt sich mit einem zufriedenstellenden Klicken.

Plötzlich muss ich loslachen. Laut und ungestüm und kindisch und siegreich, und kaum dass ich damit anfange, stimmt Forrest mit ein, kugelt sich geradezu auf seinem Sitz. Die ganze Situation – sie ist einfach zu irre.

»Gute Nacht, Sage«, sagt Forrest, als ich schließlich aus dem Auto steige, weil ich meine Mutter nicht länger warten lassen kann. Ich bin immer noch erschöpft und außer Atem von dem Lachen, obwohl es längst abgeflaut und einer Unterhaltung gewichen ist, über Bücher und Worte im Allgemeinen. Ich hätte stundenlang weiterreden können, wenn die Zeit nicht so ein mieses Arschloch wäre, das gegen mich arbeitet. Immer.

»Gute Nacht, Forrest«, erwidere ich, während ich die Tür leise schließe. Ich kann nicht verhindern, ihn noch einmal anzulächeln, bevor ich auf mein Haus zugehe.

Ich schiebe mir den Ärmel meiner Jacke wieder übers Handgelenk, aber unter dem dünnen Stoff kann ich immer noch die Zahlen und Forrests federleichte Berührung spüren.

»Fo...Forrest«, schluchze ich am Freitagabend, keine vierundzwanzig Stunden nach unserem Lachkrampf im Auto, der mir nun Jahre entfernt vorkommt, »bist du da?«

Denn ich selbst bin es nicht. Ich bin irgendwie ganz weit weg von mir und beobachte ein Mädchen mit wirren Haaren und knittrigen Klamotten, das bei uns an einem der cremefarbenen Küchenschränke lehnt, die Beine verknotet und die Nase gerötet. Sie presst einen vollgerotzten Hörer gegen ihr Ohr, als ob es das einzig Feste in ihrem Leben wäre.

Und gleichzeitig bin ich eben doch bei mir und dieser klamm-kalte Hörer liegt in *meiner* Hand, die gerötete Nase ist die, durch die *ich* keine Luft mehr holen kann.

»Sage? Sage, bist du das? Was ist los, was ist passiert? Ich bin da«, höre ich seine Stimme sagen. Und er wiederholt, dass er da ist, immer wieder, aber er klingt dabei so weit weg, wie ich mich fühle.

Ich beobachte das Mädchen mit den irren Augen, wie die Knöchel an seinen Händen weiß und spitz hervortreten, während es den Telefonhörer fester umklammert.

»Was ist los?«, fragt Forrest wieder. »Du musst mir sagen, was los ist, Sage, bitte!«

Und er klingt so lächerlich dramatisch und ich will ihn auslachen, weil man diesen Satzfetzen, auch wenn er alarmiert klingt, genauso gut in jede beliebige Kitschschmonzette adaptieren könnte – und das Mädchen öffnet ihren Mund, als könnte sie meine Gedanken lesen.

Den Mund mit den rissigen Lippen und dem entsetzen Ausdruck, den Mund, der so viel sagen will, der aber so trocken von Worten ist.

Es ist mein Mund, der weit aufgerissen ist, wird mir klar, wie zu einem stummen Schrei, und der nach Luft schnappt. Einfach nur Luft, ich brauche Luft, Luft zum Atmen – aber ich habe das Gefühl, als wäre jeglicher Sauerstoff aus dem Raum gewichen, und ich glaube zu ersticken.

In die Stille mischt sich mein Schnappen und mein Krächzen und mein Schluchzen, ein verzweifelter Kampf, von dem ich nicht weiß, auf welcher Seite ich stehe.

Vielleicht gibt es keinen Gewinner, vielleicht kann es keinen geben. Hätte ich ihn doch bloß nicht angerufen.

Ich lege auf.

19-1

Es knallt, weil ich den Hörer so fest in die Station ramme, die an der Wand über meinem Kopf hängt, und das Geräusch macht mich urplötzlich wach. Ich blinzele ein paar mal heftig und wische mir wütend mit dem Handrücken über die Wangen. An meinen Fingern kleben dicke schwarze Wimperntusche- und Kajalreste, schmierige Schlieren, und vermutlich sieht mein Gesicht nicht besser aus – aber es ist mir egal.

Mir ist alles egal.

Ein weiteres zittriges, schnappatmungsartiges Luftholen durchdringt dieses zähe Stillegelee, mit dem unser Haus gefüllt ist.

Niemand ist hier. Mom geht mit irgendwelchen Freundinnen essen, und sie hat es tatsächlich geschafft, meinen Dad mitzuschleppen. Unter Protest zwar und unter der Bedingung, dass er Notizbuch und Stift mitnehmen darf, aber trotzdem. Sie sind weg.

Und es ist nicht zu leugnen: Ich bin allein.

Und zwar nicht nur körperlich allein, nicht nur allein im Umkreis von unserem Grundstück, sondern allein mit meinem Kopf und den ganzen schweren Gedanken, die mich so sehr erdrücken. Und, und das ist wohl am schlimmsten: allein in meinem Herzen. Nicht nur allein also, sondern wirklich und wahrhaftig einsam.

Es war dämlich, Forrest anzurufen. Einfach nur dämlich. Ich weiß auch nicht, was ich mir dabei gedacht habe. Vielleicht, dass ich mich ein kleines bisschen weniger verlassen fühlen würde, wenn ich seine Stimme höre.

Immerhin ist er der Einzige, der mich nicht in irgendeine Form presst, als wäre ich ein zäher Teig, um sich seine ganz persönliche Sage zu backen. So wie es sonst alle tun.

Meine Mom erstickt mich mit ihren Erwartungen, mit ihrem Wunsch nach einer Vorzeigetochter, dem ich so nie gerecht werden kann. Weil ich so nun einmal nicht bin. Weil ich nicht lächeln kann, wenn es mir nicht gut geht, und weil ich nicht Ja und Amen zu jedem Mist sage, nur weil das höflich und einfach wäre und weil man so einem Konflikt aus dem Weg geht.

Robbie, derjenige, der früher mal mein einziger Vertrauter war, mein Halt, mein sicherer Hafen – er lebt in der Vergangenheit. Er ist mit einer Sage befreundet, die es nicht mehr gibt. Nicht mehr geben kann. Weil im letzten Jahr zu viel passiert ist, das Narben hinterlassen hat, die nicht weggehen werden, und weil vernarbtes Gewebe nie mehr so weich sein kann wie gesundes.

Wenn er mich ansieht, dann sieht er nicht mich an, sondern seine beste Freundin. Ich weiß nicht, ob er nicht weiß, dass es diesen Menschen nicht mehr gibt – oder ob er es einfach ignoriert. Aber egal, was es auch ist, das ihn dazu bringt; es kann nicht mehr wie früher werden. Und es macht mich fertig, dass wir so auseinandergehen mussten.

Und dann ist da Dylan. Der Einzige, der mich nicht zu verurteilen scheint. Dessen Gesellschaft erträglich ist, zumindest irgendwie und bis zu einem gewissen Grad. Ich habe die Wahrheit ignoriert, während sie langsam durch meine Knochen gesickert ist, nicht beachtet, wie sie sich immer weiter in mir ausgebreitet hat, bis ich die Erkenntnis nicht mehr leugnen konnte, und selbst dann habe ich mir noch eingeredet, es wäre okay. Aber das ist es nicht.

Denn auch Dylan, dieser Bär von einem Kerl mit dem großen, guten Herzen, auch er sieht mich nicht. Er sieht nur die Chance, einen Teil von Rose zurückzubekommen – und mich dabei nur als ein Mittel zum Zweck, ein Objekt, um seine Verzweiflung ein bisschen zu lindern und seine Trauer ein wenig zu dämpfen.

Ich. Kann. Nicht. Mehr.

Das schrille Klingeln des Telefons durchreißt meine Stille und macht mir eine Gänsehaut. Ich stehe auf und betrachte es mit zusammengekniffenen Augen wie einen Feind. Dann kommt plötzlich der Moment, in dem ich keinerlei Kontrolle mehr über meinen Körper zu haben scheine, nach dem Hörer greife und ihn mit all meiner Kraft gegen den Kühlschrank werfe.

Und obwohl ich eine Läuferin bin – noch dazu eine, die weit von ihrer Bestform entfernt ist – und dementsprechend Kraft in den Beinen, nicht aber zwingend auch in den Armen habe, hinterlässt er dort eine Delle in dem silbrigen Metall, in der sich nun das Licht ganz merkwürdig bricht, bevor er in tausend und eine Million Plastiksplitter zerbirst, die allesamt über den Küchenboden schlittern.

Dann schlage ich gegen die Station, bis meine Hände so wehtun, dass ich das Gefühl habe, meine Fäuste nicht mehr öffnen zu können, selbst wenn ich es wollte. Und so reiße ich einfach weiter daran, bis in der Wand ein großes Loch klafft, das zwar immens, aber immer noch nicht so riesig wie das in meinem Herzen ist.

Und dann kommt die Stille zurück. Diese merkwürdige Art davon, die alles um mich herum, nicht aber meine Gedanken betäubt. Die dafür sorgt, dass sie nur noch lauter werden, bis sie so sehr kreischen, dass mein Kopf pocht. Ich betrachte mit einer merkwürdigen Distanz das Chaos in der Küche, ganz so, als wäre das nicht mein Haus, in dem so randaliert worden ist, und als wäre nicht ich es gewesen, die dafür gesorgt hat, dass es überhaupt so weit kommen konnte.

Was für eine Sauerei.

Ich klammere mich an den Gedanken, wie man das Ganze am besten wieder kitten kann – ist Sekundenkleber vielleicht die Lösung? –, bis meine Hände so sehr zittern, dass der Tremor meinen ganzen Körper erschüttert.

Es hätte nie so weit kommen dürfen. Ich hätte nie dieses blöde Tagebuch lesen dürfen. Hätte ich es doch nie gefunden, geschweige denn aufgeschlagen. Und Forrest – unter keinen Umständen hätte ich ihn anrufen dürfen. Denn so weiß ich jetzt, dass nicht mal er mir Halt geben kann.

Und dabei war es so ein tröstlicher Gedanke, dass da zumindest eine Person ist, auf die man zurückgreifen kann, wenn jeder Strick reißt und alles den Bach hinuntergeht.

Ich brauche eine Zigarette.

Ja, das ist es. Dabei habe ich jetzt schon so lange keine mehr rauchen wollen.

Wo sind sie? Meine Beine bewegen mich wie von selbst durchs Haus, die Treppen hoch, in mein Zimmer.

Ich habe es so eilig, dass ich es noch nicht einmal schaffe, den Lichtschalter zu betätigen. Meine Finger sind so hektisch und so zitterig, dass sie alles durcheinanderbringen, als sie in meiner Kommode nach Jeans und Jacken suchen, deren Taschen sie gierig durchforsten.

Hätte ich die Packung doch nicht weggeschmissen.

Hätte, hätte, hätte.

Nichts kann einen auf die Eventualitäten des Lebens vorbereiten. Nicht auf alle. Die Wahrheit ist nun mal, dass alles voll ist mit ungenutzten und ungewollten Konjunktiven.

Irgendwo muss doch noch eine sein. Ich weiß das. Eine Notfallkippe, eine für Tage wie diesen. Plötzlich klopft es an der Tür. Ich erstarre wie ertappt in meiner Bewegung, verharre und horche in das leere Haus hinein, ob ich mir das Geräusch nur eingebildet habe.

Aber nein, da ist es wieder. Beherztes Klopfen gegen unsere Haustür, schnell aufeinanderfolgende Schläge.

»Sage, ich weiß, dass du da drin bist. Mach jetzt gefälligst die verdammte Tür auf, oder ich finde einen anderen Weg, hier reinzukommen!«, schreit Forrest.

Forrest. Forrest ist hier. Und er klingt sehr, sehr wütend.

Einen Moment lang frage ich mich, was er hier will – und dann auch noch in diesem Gemütszustand –, aber dann erinnere ich mich an den Anruf. *Scheiße!*

Ich hechte zu meinem Fenster, von dem aus ich die Straße sehen kann, und überlege mir Fluchtmöglichkeiten. Ich möchte ihn jetzt nicht sehen. Genau genommen möchte ich jetzt niemanden sehen.

Auf der regennassen Straße steht der Cherry im Laternenschein. Bei diesem Licht wirkt er noch blauer, ausgebeulter. Und mindestens genauso deplatziert wie Forrest, der jetzt ein paar Schritte rückwärts geht und den Kopf in den Nacken legt.

Einen Moment lang habe ich das Gefühl, dass sein Blick meinen findet, obwohl mich mein Zimmer vermutlich in einen schweren Mantel aus Dunkelheit hüllt. Fast habe ich den Eindruck, das Grün seiner Augen bis hier oben hin erkennen zu können. Ich bekomme eine Gänsehaut.

Plötzlich hebt er die Hände an den Mund, formt sie zu einem Trichter, um die Lautstärke seiner eigenen Stimme zu verstärken, und schreit: »Zwing mich nicht dazu, Hausfriedensbruch zu begehen, Sage. Ich weiß, dass du da bist und dass du mich hören kannst!«

Auf der gegenüberliegenden Straßenseite geht Licht am Dachfenster des Nachbarhauses an, und ich sehe, wie sich die dahinter zugezogenen Gardinen ein kleines Stück bewegen.

Na super. Wenn Forrest beschließt, dort unten noch länger zu campieren, dann ist es nur noch eine Frage der Zeit, bis einer der besorgten Nachbarn den Notruf wählt. Das hier ist eine Vorstadt. Die warten doch alle nur darauf, dass endlich mal etwas Interessantes in ihrem Leben passiert.

Ich mag mir gar nicht vorstellen, was los ist, wenn das – wahre – Gerücht die Runde macht, dass ein Lehrer der Stadium High vor Sage Cavendars Fenster steht und sie anschreit. Das braucht man gar nicht erst versuchen, mit der lahmen Ausrede aus der Welt zu schaffen, es handele sich alles nur um einen nicht abgegebenen Englischaufsatz oder eine kleine Differenz in Hinblick auf eine Schullektüre. Zwecklos. Ein Klopfen reißt mich aus meinen Gedanken, dieses Mal ist es näher und klingt weniger hohl als jenes an der Haustür.

Er wird doch nicht ...?

Geduckt hechte ich zum Fenster, um ihn näher betrachten zu können, beuge mich über meinen Schreibtisch, bis mir das Holz schmerzhaft in die Hüfte sticht, und beobachte ihn.

Oh doch, er wird. Und er tut es schon wieder.

In einer Hand hält er ein paar Kieselsteine – ich vermute, sie stammen aus Moms Blumenarrangement neben der Haustür –, in der anderen wiegt er gerade ein Exemplar davon, bevor er ausholt ... und das Fenster neben meinem trifft.

Dieses Mal ist das Geräusch näher. Und lauter. Und ganz und gar nicht minder nervtötend.

Daraus schließe ich, dass er sich langsam an der Hauswand vorarbeitet. Gott, und ich habe ihn vor ein paar Wochen noch als spießig eingeschätzt. Wer hätte gedacht, dass Forrest so eine Seite an sich hat?

Aber hätte er sich für das Ausleben derselbigen nicht wenigstens den Garten aussuchen können? Da wäre er zumindest ein bisschen von den neugierigen Blicken der Nachbarn abgeschottet gewesen.

Meine Konzentration kehrt zurück, und wäre mein Verstand nicht unweigerlich mit ihr verbunden, dann würde ich Forrest vermutlich sogar dankbar dafür sein, dass ich – zumindest im Moment – wieder so etwas wie einen normalen Gedanken fassen kann.

Aber mein Verstand – er ist da, und er läuft auf Hochtouren. Und ich bin sauer.

Mit hastigen, schnellen Schritten stolpere ich geradezu die Treppe hinunter, schlittere über den polierten

Boden im Flur und komme vor unserer massiven Holztür zum Stehen, ehe ich sie mit einem kräftigen Ruck aufreiße.

Ich blicke in Forrests überraschtes – und auch ein wenig erleichtertes – Gesicht, das zwar ungefähr einen Kopfbreit über meinem schwebt, aber dennoch ziemlich nah ist. Er wollte wohl nicht länger auf der Steinchenschiene fahren, sondern hat beschlossen, wieder zum Klopf-Crescendo überzugehen.

Und wie er da so ungläubig vor mir steht, ist die einzige Reaktion, die mir einfällt, die, ihn beherzt am Kragen seines hässlichen Jacketts zu fassen und ruckartig ins Haus zu ziehen.

Kaum ist er einigermaßen über die Schwelle getreten, schmeiße ich die Haustür hinter ihm wieder ins Schloss.

»Bist du wahnsinnig geworden?«, schreie ich ihn an, dämpfe dann aber meine Stimme, als ich mich an unsere Nachbarn, die dieses Schauspiel zweifelsohne gespannt verfolgen, erinnere. »Was denkst du dir dabei, hier einfach so reinzuplatzen – und dann auch noch dieses Affentheater zu veranstalten? Weißt du, wie spät es ist?«

Ich kann nur hoffen, dass er noch nicht lange genug da war, um von jemandem erkannt zu werden.

Forrest legt den Kopf ein wenig schief und mustert mich eindringlich. »Kurz vor zwölf. Ungefähr. Ich habe keine Uhr.«

Ich kralle die Hände fest in meine Haare und ziehe kräftig an den Wurzeln, bevor ich unruhig auf und ab gehe.

»Was, wenn dich jemand gesehen hat?«, murmele ich. Daran mag ich gar nicht denken. Mein Gegenüber beobachtet mich, als wäre ich eine Art unberechenbares wildes Tier. »Kannst du bitte aufhören, mich so anzusehen?«, stoße ich zerknirscht zwischen den Zähnen hervor und fahre mir mit der Handfläche übers Gesicht. »Ich bin kein Exemplar aus ’ner Tierdoku auf *Animal Planet …*«

»Dein Anruf hat mir ein bisschen Angst gemacht.«

»Mir macht es ein bisschen Angst, dass du dich dann sofort ins Auto setzt und hierherfährst.«

Und obwohl meine Worte so schroff und abfällig klingen, ganz zu schweigen davon, dass meine Stimme selbst immer noch zittrig und schwach und definitiv nicht vertrauenswürdig ist, kann ich nicht leugnen, dass seine Anwesenheit sich tatsächlich wie eine Art Balsam um meine Schultern legt. Wie ein Beruhigungsmittel, das langsam, aber stetig beginnt, durch meine Nervenbahnen zu fließen und mich entgegen aller Wahrscheinlichkeit tatsächlich etwas gefasster werden lässt.

Und dabei haben Schmerzmittel bei mir noch nie gewirkt.

»Sage, ich sehe doch, dass etwas nicht okay ist. Willst du darüber reden?«

»Ist dir schon mal in den Sinn gekommen, dass ich dann vielleicht nicht aufgelegt hätte, als wir telefoniert haben?«

Ich kann nicht verhindern, schuldbewusst in Richtung Küche zu sehen. Das Licht ist noch an und die Plastikscherben auf dem Boden reflektieren es auf die verräterischste Weise, die ich mir vorstellen kann.

Forrests Blick folgt meinem, bevor er überrascht die Augenbrauen hochzieht: »Okay, gut. Beziehungsweise nicht gut. Ist noch etwas kaputtgegangen?«

Außer meinem Verstand? Meiner Würde? Meinem Glauben an die Menschheit und meinem Respekt vor meiner Schwester – oder zumindest dem, was davon noch übrig geblieben war?

»Nein«, sage ich.

Ich folge Forrest in die Küche, wo er den Schaden in Augenschein nimmt, und verschränke die Arme schützend vor meinem Oberkörper.

»Habt ihr …? Wo habt ihr eine Kehrschaufel?«, fragt er, und ich nicke, unfähig, mich zu rühren, in Richtung des Putzmittelschrankes. Mit seinen langen, lautlosen Schritten durchquert er die Küche, nimmt sich den Handfeger, kniet sich auf den Boden und beginnt mit routinierten Bewegungen, die Plastikteile zusammenzukehren.

Ich frage mich, ob er das öfter macht. Ob er Erfahrung damit hat, die Scherben von Nervenzusammenbrüchen und gescheiterten Existenzen aufzuräumen.

»Du brauchst das nicht zu tun.« Ich kann ihm nicht einmal in die Augen sehen, so schuldig und peinlich berührt fühle ich mich. Er antwortet mir nicht, bis ich das Schweigen zwischen uns nicht mehr aushalte. Bis ich keine Sekunde länger den Gedanken ertragen kann, dass er denkt, dass vielleicht tatsächlich etwas von dem Aggressionsproblem, das er mir damals, als er mich überreden wollte, an der Englisch-AG teilzunehmen, eingeredet hat, in mir steckt.

»Ich … du hast zurückgerufen. Zumindest denke ich, dass du das warst. Und ich … ich konnte und wollte nichts und niemand hören. Ich habe dieses schrille Klingeln nicht ausgehalten. Keine Ahnung, was da in mich gefahren ist.«

Lüge. Ich weiß sehr wohl, was es war. Eine Überdosis Rose.

Forrest nickt nur, geht zum Mülleimer, öffnet den Deckel und leert die Kehrschaufel hinein, bevor er sie wieder ordnungsgemäß im Putzschrank verstaut. Die Küche sieht gleich ein bisschen weniger nach dem Schauplatz einer Schlägerei aus.

Anstatt mir zu antworten, betrachtet Forrest missmutig die demolierte Telefonstation, die nun halb aus der Wand heraushängt.

»Weißt du, meine Schwester hat Tagebuch geschrieben«, ich lache bitter bei dem absurden Gedanken. »Rose und Tagebuch. Du kennst sie nicht, aber die Tatsache, dass sie so etwas gemacht hat, lässt mich ernsthaft daran zweifeln, ob überhaupt irgendwer wirklich hinter ihre Fassade blicken konnte, immerhin hat das Tagebuch sogar mich kalt erwischt. Auf jeden Fall habe ich es gefunden.«

»Und dann hast du es gelesen«, schließt Forrest. In seiner Stimme ist keine Spur eines eventuellen Urteils, er stellt es einfach nur nüchtern fest.

Was es mir ungemein leichter macht, weiterzureden. »Nicht so ganz – ein bisschen, ja. Aber ich konnte es nicht. Es hat sich falsch angefühlt. Verboten. Ich meine, es waren doch ihre Gedanken und ihre Geheimnisse und – Himmel!! – es war ein Teil von *ihrem* Leben. Und ich war schon so lange nicht mehr ein Teil davon. Es stand mir also eigentlich gar nicht zu, darin zu lesen.«

Wie selbstverständlich hat sich Forrest einen Stuhl vom Küchentisch gezogen, sich mit übergeschlagenen Beinen darauf gesetzt und begonnen, mir zuzuhören. Nun betrachtet er mich mit offenem Blick, das Kinn auf den Händen aufgestützt, und gibt mir alle Zeit der Welt, um zu erzählen.

Und ich weiß nicht wieso, habe nicht die geringste Idee, was er an sich hat, dass es mir so leicht bei ihm fällt, aber meine Lippen bewegen sich wie von einer höheren Macht beherrscht. Mir wird klar, dass diese Kraft mein Herz ist, das sich endlich dieser Last entledigen will.

»Aber dann habe ich es doch getan, also reingelesen. Immer mal wieder ein bisschen, so häppchenweise. Und heute Abend – frag mich nicht wieso, denn ich kann es dir beim besten Willen nicht sagen –, da wollte ich mehr. Und umso weiter ich gelesen habe, mit jedem einzelnen Wort ist mir klarer geworden, wie wenig ich meine Schwester eigentlich gekannt habe.« *Da ist sie, die Vergangenheitsform, vor der ich mich so lange gefürchtet habe.* »Wir hatten nie das beste Verhältnis. Zumindest nicht mehr ab dem Zeitpunkt, an dem meine Erinnerung einsetzt. Es gab immer Reibereien zwischen uns. Aber sie war doch immer noch meine Schwester. Ich konnte sie nicht ausstehen, aber ich habe immer irgendwie noch gedacht, dass ich die Person bin, die sie wahrscheinlich am besten kennt. Pustekuchen, Forrest. Ich habe keine Ahnung, wer Rose Cavendar wirklich war. Und ich …«, meine Stimme spannt sich wie ein Gummiband und reißt dann, als hätte man sie überdehnt, »ich habe sie nie wirklich gekannt. Nicht mal ein bisschen.«

Und dann kommen mir schon wieder die Tränen, sammeln sich in meinen brennenden Augen, bevor sie in heißen Wellen über meine Wangen schwemmen. Ich lasse den Blick durch die Küche schweifen, wandere von der Lichtreflexion in der Kühlschrankdelle über den blank polieren Herd, die Küchenschränke, die Blumenvase am Fenster. Alles ist ordentlich, sauber. Ein Haus mit weißer Weste – das perfekte Versteck für Menschen, die sich selbst hinter einer Fassade verbergen wollen.

Hier, auf der Arbeitsplatte, hat Rose manchmal gesessen und in einem ihrer Klatschmagazine geblättert, wenn Mom auf der Arbeit war. Ansonsten wäre so etwas gar nicht möglich gewesen.

Ich erinnere mich an diesen einen Tag im Februar, an dem ich von der Schule nach Hause gekommen bin – früher als sonst, weil meine letzten beiden Stunden ausgefallen sind – und Rose dort gefunden habe.

Sie saß einfach nur da, die Beine überkreuzt und die Hände um die Kanten der Arbeitsplatte gelegt, den Blick starr und abwesend nach draußen gerichtet. Keine Ahnung, woran sie gedacht hat, aber als ich den Raum betreten habe, sah sie auf und sagte ohne Umschweife und ohne irgendeine Begrüßungsfloskel, die man sonst zwecks Höflichkeit eigentlich bringt: »Wer hätte gedacht, dass es am Ende das Leben selbst ist, das einem den berühmten Strich durch die Rechnung macht, Sage? Im wahrsten …« Sie wurde durch ihr eigenes Lachen unterbrochen, glockenhell wie immer, aber irgendwie auch seltsam gehässig. Erst als ihre Schultern aufgehört haben zu beben und ihr Körper sich nicht mehr schüttelte, als würde von allen Seiten an ihm gerissen werden, erst dann sprach sie weiter: »Im wahrsten Sinne des Wortes. Dass es das Leben ist. Und die Liebe.«

Ich weiß noch genau, dass ich sie angesehen habe, als hätte sie nicht mehr alle Tassen im Schrank. Mit offenem, aber wortleerem Mund und mit weit aufgerissenen Augen.

Und gerade als ich bereit war, irgendetwas zu tun – ich kann mich beim besten Willen nicht mehr erinnern, was –, erreichte mich ihr Flüstern.

»Wer hätte das gedacht?«

Danach hat sie mir zugelächelt. Nicht ihr übliches strahlendes und schillernd schönes Rose-Lächeln, sondern ein echtes. Eines mit schmalen Lippen und vollkommen entspanntem, geradezu schlaffem Gesicht. Eines, für das man nur ein Minimum an Muskeln und Kraft braucht und das niemals auch nur ansatzweise ihre Augen hätte erreichen können.

Sie ist von der Arbeitsplatte gesprungen, leichtfüßig wie immer auf dem Boden aufgekommen und dann ohne ein weiteres Wort – oder einen weiteren Blick – an mir vorbeigegangen.

Bis heute habe ich nie verstanden, was damals los war.

Aber das war, *bevor* ich Roses Tagebuch gelesen habe.

»Ich bin immer noch nicht ganz durch«, erzähle ich Forrest. Dass ich es nicht geschafft habe, weiterzulesen, es nicht ertragen habe, das erzähle ich ihm nicht. Stattdessen sage ich mit brüchiger Stimme: »Alles hier erinnert mich an sie.«

Und das ist wahr. An beinahe jedem Gegenstand, auf den mein Blick fällt, haftet eine Rose-Geschichte. Normalerweise kann ich es ignorieren, ausblenden oder auch einfach hinnehmen. Aber jetzt gerade, in diesem Moment da habe ich das Gefühl, dass ich es keine Sekunde länger ertragen kann. Rose ist weg, aber sie ist trotzdem nie wirklich gegangen.

Ich schätze, es sind meine Augen, die Forrest meine Gedanken verraten. Einen Moment lang flackert so etwas wie Zweifel über seine Gesichtszüge, und ich habe das Gefühl, an einem Kampf teilzuhaben, den er mit sich selbst ausfechtet.

Seine Stimme ist unsicher, aber sein Blick ist fest. »Dann komm mit. Wir bringen dich erst mal hier weg.«

Ich lache auf. »Wohin sollte ich schon gehen?«

»Zu mir.« Forrest seufzt ergeben. »Ausgesprochen klingt das noch verquerer als in meinem Kopf.«

Da hat er recht. Aber der Gedanke wegzugehen, zumindest temporär – er setzt sich in meinem Kopf fest und lässt sich nicht abschütteln. Dazu ist er viel zu verlockend.

Ich weiß, dass ich im Moment keine vernünftigen Entscheidungen treffen kann – falls ich das denn jemals tun werde. Und das, was ich dann beginne, schmeckt schon, bevor ich überhaupt einen Fuß in diese Richtung setze, wie ein dicker, fetter Fehler.

Also hoffe ich auf Forrest und seine Vernunft und werfe ihm den letzten Rettungsanker, den meine zittrigen Arme, die sich eigentlich viel lieber an dieser Schnapsidee festklammern wollen, heben können, zu: »Ich renne vor nichts weg.«

»Sage, das ist nichts anderes als laufen zu gehen. Ist die Tatsache, einen physikalischen Abstand zwischen sich und die Dinge, die einen belasten, zu bringen, wirklich dasselbe wie weglaufen? Ich finde, das Wort passt nicht. Früher oder später wirst du zurückmüssen, um dich allem zu stellen – aber bis dahin ist ein neuer Tag angebrochen, die Welt sieht ganz anders aus und du weißt, worauf du dich einlässt.«

Himmel, wie schafft er es immer, dass das, was er sagt, direkt in mein Herz geht?

Ich nicke. »Okay.«

Einen Moment lang ist er überrascht, sieht sogar ein wenig ängstlich aus, aber dann nickt er.

»Ich muss nur noch mal eben ein paar Sachen packen«, erkläre ich dann.

Mir macht er nichts vor. Er ist nicht nur ein wenig ängstlich, er hat eine Mordspanik. Das weiß ich, weil ich die auch habe.

»Das war keine Einladung, bei mir einzuziehen, Sage.«

»Ich weiß, Forrest. Und ich weiß auch, wie wenig Platz in deinem Auto ist.«

Ich sitze in Forrests Cherry, meine kleine Sporttasche auf dem Schoß, und betrachte, wie die Dunkelheit und die Wohnsiedlung, in der ich meine Kindheit verbracht habe, an mir vorbeizieht.

In der Tasche ist kaum etwas; eine Zahnbürste, Wechselklamotten, etwas zum Lesen. Nichts, auf das ich nicht auch eine Nacht – oder nur noch eine halbe, denn mehr ist es nicht – hätte verzichten können. Aber ich brauchte einen Vorwand, um ins Bad zu gehen, mir die mittlerweile grauschwarzen Schminkreste unter den Augen wegzurubbeln und meine Haare zu einem Dutt zusammenzufassen, damit sie weniger hexenartig (und ich weniger nach Nervenzusammenbruch) aussehen. Danach habe ich Mom noch eine Nachricht auf den Küchentisch gelegt, in der steht, dass ich heute bei einer Freundin übernachte.

»Was hättest du gemacht, wenn meine Eltern da gewesen wären?«, frage ich. Im Hintergrund läuft ganz leise eine Kassette, aber die wird fast vollständig von dem Röcheln des Motors übertönt. Je weiter ich mich von zu Hause und von Roses Schatten, der sich gierig nach mir ausstreckt, entferne, desto freier fühle ich mich. Ich spüre richtiggehend, wie die Ketten von mir abfallen – nichtsdestotrotz bleibt ihre Erinnerung wie rote Striemen erhalten. Diese Freiheit ist kein Dauerzustand, sondern nur eine kleine Pause. Aber darüber will ich jetzt nicht nachdenken.

»Es stand kein Auto in der Einfahrt.«

»Aber das muss doch nichts heißen?«

»Ich habe einfach nicht darüber nachgedacht, okay? Du klangst so panisch am Telefon, und das hat mir eine Heidenangst eingejagt – alles andere ist da erst mal in den Hintergrund gerückt.«

Ich nicke, weil ich nicht weiß, was ich sonst sagen könnte.

Mir fällt auf, dass Forrest und ich im Dunkeln andauernd Grenzen überschreiten, die wir eigentlich wahren sollten. Dass er und ich die erste inzwischen meilenweit hinter uns gelassen haben. Ich habe keine Ahnung, wie viele noch kommen, wie viele Stoppschilder noch an uns vorbeiziehen werden, bevor wir es endlich schaffen, auf sie zu hören – oder bevor wir diese Klippe, vor der sie uns andauernd warnen, hinunterstürzen werden.

Das Einzige, was ich weiß, ist, dass es mittlerweile zappenduster ist.

4•5-1

Forrests Wohnung entpuppt sich als eher kleiner, L-förmiger Raum im Dachgeschoss eines alten Backsteingebäudes, etwa zwanzig Autominuten von meinem Zuhause entfernt. Unter den vielen Schrägen, wo keine Regale hinpassen, stapeln sich die Bücher und Schallplatten. Unmengen davon.

Ich habe mich auf eine kleine Erkundungstour gemacht und fahre gerade mit dem Finger über den Einband einer Biografie, während Forrest mir das Sofa herrichtet. Meinen Einwand, dass das überhaupt nicht nötig sei, hat er einfach nicht beachtet. Stattdessen drapiert er gerade eine blaue Wolldecke über den in die Jahre gekommenen Lederbezug der Couch.

»Du hast es schön hier«, murmele ich. Und das stimmt. Das Mobiliar wirkt wild zusammengewürfelt, wie bei einer Flohmarktour erstanden oder bei Freunden erschnorrt, ein paar Stehlampen werfen warmes, unaufgeregtes Licht in den Raum und es riecht nach Forrest. Es ist gemütlich. Unordentlich, ja, aber nicht auf dieselbe chaotische Art wie im Cherry. Vielmehr auf eine liebenswerte, eine, die dazu einlädt, sich hier niederzulassen und sich zwischen den vielen Büchern zu verlieren. Allerdings gehöre ich hier nicht hin. Es ist die Wohnung meines Englischlehrers, mitten in der Nacht, eher schon am frühen Morgen, und es war ein riesengroßer Fehler, hierherzukommen.

Ich weiß nicht, was ich denken soll oder was richtig und was falsch ist. Mein Herz streitet sich aufs Heftigste mit meinem Kopf, und ich habe keine Ahnung, wer auf welcher Seite steht. Oder welches überhaupt meine eigene ist.

Nervös tigere ich weiter, gehe um eine Ecke, bis ich in der offenen Küche lande. Von hier aus hat man einen guten Blick auf das Sofa, den Couchtisch und den kleinen verstaubten Fernseher, nicht aber auf den Rest der Wohnung. Das brauche ich aber auch gar nicht, denn ich habe das Gefühl, dass sich mir jedes Detail in die Netzhaut gebrannt hat.

Von den Kakteen, die sorgsam aufgereiht auf einer Fensterbank stehen und darauf zu warten scheinen, dass sie vertrocknen, über die Pinnwand mit den unzähligen daran gehefteten Konzertkarten bis hin zu dem verschlissenen dunkelblauen Vorhang, der vermutlich Forrests Schlafbereich vom Rest des offenen Raumes abtrennen soll.

»Ob du es glaubst oder nicht«, meint Forrest plötzlich und lehnt sich an die Arbeitsplatte mir gegenüber, »du bist die erste Person, die ich hierher einlade.«

Ich zucke zusammen, weil ich so sehr in meine Gedanken versunken war, so vertieft darin, ins Nichts zu starren, dass ich gar nicht mitbekommen habe, wie er mit dem Herrichten des Sofas fertig geworden ist.

In den Tiefen meines Gedankenwirrwarrs grabe ich nach einer Erwiderung, aber ich bin viel zu nervös und viel zu überrascht, um dort auf irgendetwas ansatzweise Vernünftiges zu stoßen.

»Tee?«, fragt er schließlich, und er klingt dabei nicht weniger durcheinander, als ich es bin.

Ich nicke benommen, woraufhin er einen Topf aus einem der Küchenschränke holt, ihn mit Wasser füllt und dann auf den Herd setzt. Das scheint für ihn fast wie ein Ritual zu sein, denn als er sich danach wieder mir gegenüber an die Arbeitsplatte lehnt, wirkt er ein kleines bisschen ruhiger. Und irgendwie scheint ein Stück davon auf mich abzufärben, denn meine Hände, von denen ich gar nicht bemerkt habe, dass sie leicht gezittert haben, sind auf einmal wieder angenehm entspannt. Ich starre auf die orange-grau karierten Fliesen.

»Was ist mit Freunden?«, frage ich ihn und komme mir dabei viel zu aufdringlich und neugierig vor. Meine Stimme klingt laut und plump in meinen eigenen Ohren, aber ich will nicht, dass er aufhört zu erzählen.

»Die sind alle in Texas oder studieren noch. Ein paar neue habe ich hier auch gefunden, aber ich lade sie nicht zu mir ein.«

»Warum nicht?«

Ich bin der letze Mensch, dem es zusteht, Fragen zu stellen, und doch tue ich es.

»Ganz ehrlich? Es stört mich nicht, allein zu sein«, sagt er, lacht aber bitter auf, als gäbe es da noch etwas hinzuzufügen – ich kann die ungesagten Worte regelrecht zwischen uns spüren.

Genau in diesem Moment erschrecken wir uns beide über das laute Blubbern des kochenden Wassers. Das Geräusch reißt uns brutal wieder zurück in die Realität. Forrest geht zum Herd, macht ihn aus und lässt ein paar Teebeutel in dem dampfenden Topf verschwinden.

»Ich habe nur Pfefferminz. Ich hoffe, das ist okay«, meint er, bevor er fragt: »Honig? Zucker? Süßstoff?«

»Klar, den mag ich sowieso am liebsten«, erwidere ich, woraufhin ich ein echtes kleines Lächeln ernte, das mein Herz wider Willen und Vernunft springen lässt. »Und nein danke, ich trinke meinen Tee gern pur.«

In Gedanken füge ich hinzu, dass ich nun einmal kein besonders süßer Mensch bin.

»Super«, sagt Forrest und wischt sich mit dem Handrücken imaginären Angstschweiß von der Stirn, bevor er fortfährt. »Ich habe nämlich auch nichts davon da. Meine Mutter wäre jetzt enttäuscht von meinen Fähigkeiten als Gastgeber.«

Das ist das erste Mal, dass er von seiner Familie spricht, und seine Augen funkeln dabei amüsiert und – wenn ich das richtig deute – auch ein wenig wehmütig.

Ich würde zu gern wissen, was dahintersteckt, traue mich aber nicht, danach zu fragen. Umso überraschter bin ich, als Forrest von selbst anfängt zu reden.

»Ich habe wie gesagt kaum mehr Kontakt zu den Leuten aus Texas. Ich brauchte einfach Abstand, wollte weg, deswegen habe ich das Studium so schnell wie möglich abgeschlossen und alles dafür getan, diese Stelle bei euch an der Schule zu bekommen. Es wissen nicht viele Leute, dass ich hier bin. Meine Mutter und mein Vater gehören zu den wenigen.«

»Darf ich fragen, warum du weggegangen bist?«, hake ich nach, kann meine Neugierde nicht unterdrücken, obwohl mir seine Worte noch allzu lebendig im Kopf widerhallen: *Ich rede nicht gern über Texas.*

Er seufzt ergeben. »Im Prinzip ist es unwichtig. Geradezu lächerlich. Ich habe es einfach nicht mehr ausgehalten. Weißt du, manchmal passieren einfach Dinge in deinem Leben, die dafür sorgen, dass du dich fragst, wer du überhaupt bist. Und ob du diese Person auch wirklich sein möchtest.«

Mittlerweile lässt sich der Geruch von Pfefferminztee, der zwischen uns hängt, kaum mehr ignorieren. Ich nehme einen tiefen Atemzug, fülle meine Lungen damit und probiere, ihn auf der Zunge zu schmecken, fühle mich davon seltsam beruhigt. Fast so, wie wenn ich eine Zigarette rauche, bloß ein wenig weicher.

Einen Moment lang spiele ich mit dem Gedanken, Forrest zu fragen, wer er ist und inwieweit das mit dem Menschen zusammenpasst, der er sein will, aber das Ganze würde mir dann doch eine Spur zu intim vorkommen, wir haben schon genug unausgesprochene Grenzen überschritten.

Wir schweigen uns eine Weile lang an, jeder hängt seinen eigenen Gedanken nach, überlegt vermutlich, wie viel er von sich selbst bereit ist preiszugeben. Es ist aber kein unangenehmes Schweigen, bei dem man das Gefühl hat, dringend irgendetwas Banales sagen zu müssen, um auf Biegen und Brechen ein Gespräch am Laufen zu halten. Vielmehr ist es eine tröstliche Art davon, eine, die zeigt, dass man auf einer Wellenlänge ist, und dass man neben Worten auch Gedanken und ganz einfach Stille teilen kann. Dass ich diese Art von stiller Übereinkunft ausgerechnet mit Forrest erlebe, schnürt mir die Kehle zu. Ich bin mir nicht sicher, ob ich das Gefühl verdrängen oder es ganz fest an mich drücken soll. Letzteres aus dem Grund, dass ich es nicht, niemals und unter keinen Umständen vergesse. Denn das darf nicht passieren. Aber vermutlich, spinne ich den Gedanken weiter, interpretiere ich auch viel zu viel in die Sache hinein. Selbst wenn es mir so geht – wer sagt, dass Forrest das Gleiche empfindet? Ich bin seine Schülerin. Er hat sich einfach Sorgen um mich gemacht, und will sicherstellen, dass es mir einigermaßen gut geht. Das ist alles. Das würde jeder gute Lehrer tun. Oder?

Als der Tee durchgezogen ist, gießt Forrest jedem von uns etwas in eine Tasse, bevor er mir eine davon reicht. Sie sind beide Werbegeschenke von irgendwelchen Fast-Food-Ketten, und als das heiße Porzellan meine Handflächen berührt, holt mich der leichte Schmerz aus meinen düsteren Gedanken. Bevor ich mich verbrenne, stelle ich die Tasse neben mir auf der Arbeitsplatte ab.

Forrest hingegen scheint sich an der Hitze nicht zu stören, denn er nippt sofort an der goldenen Flüssigkeit. Seine Brillengläser beschlagen von dem Dampf, und als er sich das Gestell abnimmt, wirken seine Augen plötzlich noch intensiver, noch grüner als ohnehin schon. Ich schlucke.

Er hat mir so viel von seiner Vergangenheit erzählt – obwohl ihm das offenbar schwerfällt. Das ist nicht zu übersehen. Und ich? Ich weiche so ziemlich jeder seiner Fragen aus. Plötzlich überkommt mich dieser Drang, ihm ein bisschen von dem, was er mir preisgibt, zurückzugeben. Ich würde es gern damit erklären, dass ich es hasse, in der Schuld von jemandem zu stehen, dass ich es mache, damit wir quitt sind und er nicht mehr das Recht hat, Erwartungen an mich zu stellen. Aber die Wahrheit sieht anders aus. Denn tatsächlich ist es so, dass er mich bis jetzt jedes Mal verstanden hat und dass ich das Gefühl habe, dass jetzt und hier vielleicht der einzige Ort ist, an dem ich den Mumm haben werde, mit jemandem darüber zu reden.

»Wusstest du«, frage ich, meine Stimme blass und kaum mehr als ein Krächzen, »wusstest du, dass Dylan und Rose ein Paar waren? Also meine Schwester Rose – und unser Englisch-AG-Dylan?«

Das ist vermutlich der denkbar schlechteste Einstieg, aber zu etwas Besserem bin ich nicht imstande.

Forrest zieht die Augenbrauen zusammen, als er noch einen Schluck von seinem Tee nimmt. »Deswegen kennt ihr euch? Und nein, dass sie zusammen waren, wusste ich nicht. Auch wenn du das offenbar denkst: Ich bin kein Stalker!«

»Ja … genau … deswegen kennen wir uns«, erkläre ich langsam und reiße mich kurz los, um ihm ein flüchtiges Lächeln wegen des Seitenhiebs auf seine Stalkerneigungen zu schenken. »Auf jeden Fall waren sie so was wie das Traumpaar bei uns an der Schule. Du weißt schon, mit allem Drum und Dran, dem Kitsch, den Herzchen, den Partys und dem Homecoming – und allem, was sonst noch so dazugehört. Dylan hat meine Schwester wirklich geliebt. Und ich dachte immer, dass sie seine Gefühle erwidern würde. In dem Tagebuch allerdings, na ja, da stand, dass sie ihn betrogen hat.«

Forrest weicht meinem Blick aus. »So was passiert«, sagt er leise.

»Du verstehst das nicht!«, meine ich bestimmt. »Sie hat ihn geliebt. Man betrügt doch niemanden, den man liebt. Na ja … außer man ist offenbar Rose Cavendar.«

»Und das hat dich so schockiert?«

»Ein bisschen, vor allem aber tut es mir leid für Dylan. Er ist ein guter Kerl, und das hat er wirklich nicht verdient.«

Aus Forrests Mund kommt kein Ton, aber sein Blick schreit laut und deutlich: *Wann bekommt man schon mal das, was man verdient?*

»Was ich aber vor allem nicht verstanden habe, ist, dass sie so ein großes Tamtam darum gemacht hat. Andauernd hat sie geschrieben, dass sie Dylan liebt. Dass er ihr wichtig ist und dass sich an ihren Gefühlen für ihn nichts geändert hat. Nur um im selben Atemzug davon zu erzählen, dass sie diesen anderen Typen, diesen X – so hat sie ihn genannt –, ganz genauso liebt«, gebe ich den Inhalt des Tagebuchs, den Teil davon, den ich gelesen habe, wieder. »Im Prinzip ist das typisch für Rose, sich damit wichtigzutun.«

»Und Dylan weiß nichts davon?«

»Ich denke nicht. Ich meine, er hat wohl ein paar Mal was geahnt – zumindest hatte Rose das Gefühl –, aber gewusst hat er es wohl nicht. Sie hat ihn immer wieder beschwichtigt, ihm gesagt, wie sehr sie ihn liebt – nur um dann, sobald sie sich von ihm verabschiedet hat, zu ihrem Unbekannten zu gehen und ihm dieselben Worte zuzuflüstern. Und ich weiß nicht, ob er ein Recht darauf hat, es zu erfahren, aber ich will es ihm eigentlich nicht sagen. Er hat seine Erinnerung an Rose, sein eigenes Bild von ihr, und das will ich ihm nicht rauben. Ich meine, es ändert ja sowieso alles nichts.«

Ich nippe an dem Tee und nehme einen größeren Schluck, als mir auffällt, dass er zwar noch warm, aber nicht mehr brühend heiß ist.

»Dieses ständige Hin und Her! Rose hat sich so sehr in das alles hineingesteigert, dass sie irgendwann immer mehr daran zerbrochen ist. Ich weiß nicht, wie sie ihren Unbekannten kennengelernt hat. Irgendwann sind sie sich wohl begegnet. Und dann hat es gefunkt, heftig. Ich glaube, sie hat diese Heimlichtuerei genossen, bis zu einem gewissen Grad. Aber irgendwann hat das alles Überhand genommen, war sie selbst nichts weiter als eine Marionette in ihrem eigenen kranken Spiel. War sie den Spielregeln unterworfen und unterlegen, die sie sich selbst vor gar nicht allzu langer Zeit ausgedacht hatte. Und das hat sie dann nach und nach kaputtgemacht.«

»Hat sie denn mit niemandem darüber geredet?«, fragt Forrest. Vorsichtig. Langsam.

Ich schnaube. »Rose?! Als ob sie das jemals getan hätte! Auch wenn ich sie offenbar nahezu überhaupt nicht kenne, eines weiß ich doch mit Sicherheit: Sie ist eine egoistische Ziege. Immer gewesen. Unweigerlich, komme, was wolle. Sie hat niemandem von diesem X erzählt, weil das Konsequenzen für sie bedeutet hätte, die ihr nicht lieb gewesen sind. Irgendetwas hatte er an sich, das dafür gesorgt hat, dass sie sich nicht getraut hat, jemandem von ihm zu erzählen. Erst dachte ich, das könnte daran liegen, dass es eine verbotene Beziehung war, die sie geführt haben. Du weißt schon, eine Zeit lang habe ich vermutet, sie hätte irgendwie etwas mit«, ich stocke, »mit einem Lehrer oder so. Keine Ahnung, vielleicht mit dem Daddy von einer ihrer Freundinnen oder mit dem merkwürdigen, aber durchaus attraktiven Hausmeister mit den vielen Tätowierungen. Aber das kann es nicht gewesen sein. So etwas wäre die Art von Geschichte gewesen, mit der Rose selbst der Gerüchteküche die nötige Würze verliehen hätte. Es läuft also alles auf eine Sache hinaus …«

»Und die wäre?«

»Er war ihr … peinlich. Klingt dämlich, oder? Wie Roses Gedankengänge – deswegen ist es ja so logisch. Nichts war ihr wichtiger, als die Königin an der Highschool zu sein. Ihre Beliebtheit – das war es, was sie gehütet und gepflegt hat wie einen Schatz, und was sie auf keinen, wirklich gar keinen Fall verlieren wollte. Und das wäre passiert, wenn sie Dylan, den so ziemlich beliebtesten Jungen der Schule, für einen Außenseiter verlassen hätte.«

»Okay …«, macht Forrest. Ich sehe es ihm an. Sehe ihm an, dass er mich nicht verletzen will, indem er das ausspricht, was er denkt. Und bevor er es sich anders überlegt und es doch tut, fange ich lieber damit an.

»Du fragst dich jetzt sicher, warum ich dir das erzähle. Warum mein ganzes irres Verhalten vorhin nur so einen dämlichen Grund hat. Aber das hat es nicht. Das ist es nicht, warum ich so ausgetickt bin. Aber hätte ich dir das nicht erzählt, dann hättest du es nicht verstanden, oder nicht ganz verstanden, und ich kann diese ganzen Halbwahrheiten nicht mehr ausstehen. Vielleicht bin ich auch einfach nur hundemüde, weil ich seit Tagen nicht geschlafen habe, und fasele jetzt dummes Zeug, weil ich mich davor drücken will, zum Punkt zu kommen, und vielleicht suche ich auch nach einem Fluchtweg und finde keinen.« Ich mache eine Pause, sehe Forrest aus großen Augen an, mein Herz schlägt auf einmal wieder so unheimlich schnell und schmerzhaft in meiner Brust. Pocht seine ureigene Melodie der Angst. »Vielleicht bin ich ja das Kaninchen in der Falle.«

Aber in seinem Blick sehe ich nichts als Beständigkeit. Er wirkt wie der Anker, an dem ich mich festhalten könnte, wenn mein Leben mal wieder in stürmischen Wellen um meinen Körper schlägt und ich das Gefühl habe, kurz vorm Kentern zu stehen. Oder schlimmer noch: schon längst untergegangen zu sein.

»Vielleicht. Aber vielleicht sperrst du dich auch einfach so in deinen eigenen Eventualitäten ein, dass du gar nicht siehst, dass das Leben nicht nur aus ›Vielleichts‹ besteht- und dass du dich vor denen auch überhaupt nicht fürchten brauchst, weil es ja auch ganz schön ist, etwas Unbeständigkeit und Unvorhersehbarkeit zu haben – vor allem, wenn einem mal wieder alles vorkommt wie mit dicken Betonwänden ummauert.«

»Gott, das klang jetzt aber poetisch.«

»Ja, oder? Ich habe auch gerade lange überlegt.«

Er lacht, und ich fühle mich sofort … zu Hause. Von dem unbekannten Gefühl überwältigt, wende ich den Blick ab und starre auf den letzten Teerest auf dem Boden meiner Tasse.

»›*Bald ist dein Geburtstag. Das wird das Ende sein – witzig, oder? Dass die Geburt und der Tod manchmal so dicht beieinanderstehen können. Leben und Sterben, Anfang und Ende – wer zieht da schon die Grenzen? Das wird der letzte Tag sein, den wir miteinander verbringen. Und wir werden uns so nah sein wie nie wieder sonst, wir werden ein Geheimnis teilen, das uns fort von allem reißt, was uns nicht mehr halten kann. Witzig, oder? Aber leider nicht lustig*‹«, flüstere ich, mehr schaffe ich nicht. »›*Ich wollte auch nicht, dass es so kommt, wirklich, das musst du mir glauben. Aber ich sehe keinen anderen Ausweg. Es tut mir leid. Es tut mir jetzt schon leid, und dabei ist noch gar nichts passiert. Aber ich habe mich entschieden – und daran wird sich, so leid es mir auch tut, nichts mehr ändern.*‹ Das hat

Rose geschrieben. Das ist es, was mich so mitgenommen hat. Sie hat es geplant, Forrest. Sie wusste es die ganze Zeit – und der Geburtstag, von dem sie spricht, das ist meiner, anders kann ich es mir nicht erklären. Es ist ihr Abschiedsbrief an mich. Das ganze Tagebuch – es ist ihr Vermächtnis, ihre Erklärung.«

Erst da bemerke ich die heißen Tränen, die mir über die Wangen laufen und in meinen Augen brennen. Als sie auf meine Lippen fallen, schmecken sie nach Wut. Wut darüber, dass Rose alles geplant hat. Dass sie alles von vornherein gewusst – und es keinem verraten hat. Darüber, dass sie mich in die ganze Sache mit hineinzieht, ohne mich einzubeziehen – und Schock, weil ich solche hässlichen Gedanken habe. Alles in mir schmeckt nach Angst und nach Endgültigkeit und Salz. Aber vor allem und am stärksten nach Trauer. Trauer darüber, dass sie sich nicht einmal mir hat anvertrauen können. Dass es so weit kommen musste, denn das hätte es nicht.

Ich weine um meine Schwester und um das Leben, das sie einfach so weggeworfen hat. Ich weine um den Menschen, den ich eigentlich hassen will, von dem ich mein ganzes Leben gedacht habe, ich würde es tun, und ich weine, weil ich das nicht kann. Ich weine, weil ich Rose aus tiefstem Herzen liebe, auch wenn sie ein schrecklicher Mensch war, und weil alles vielleicht nicht hätte passieren müssen, wenn ich das früher gewusst und ihr mehr gezeigt hätte.

Plötzlich spüre ich zwei Arme um meine bebenden Schultern und ich werde an eine warme, harte Brust gezogen. Vergrabe meine Nase in diesem beruhigenden Geruch nach Pfefferminztee und Büchern und lasse mich einfach nur von Forrest halten, der mir immer und immer wieder unwirsche Worte ins Ohr flüstert.

Ich weiß nicht, wie lange wir so dastehen. Vielleicht ist es eine Ewigkeit, vielleicht sind es auch nur ein paar Minuten, aber er hält mich so fest, dass ich das erste Mal in meinem Leben nicht das Gefühl habe, wegzutreiben.

»Es ist meine Schuld«, flüstere ich, »das alles. Sie war total fertig, und ich habe es nicht einmal gemerkt, weil ich immer gedacht habe, dass sie Rose ist und ihr Leben perfekt. Dass sie immer alles bekommen hat, was sie wollte, und sich von nichts und niemandem hat einschüchtern oder aus der Bahn werfen lassen. Mann, ich lag so falsch.«

Ich habe keine Ahnung, wie viele Worte von meinen Tränen und dem durchweichten Stoff seines Hemdes geschluckt werden, aber das stetige Auf und Ab von Forrests Hand auf meinem Rücken, dieser beständige Druck seiner Arme ermuntern mich, weiterzusprechen. »An dem Tag, bevor sie gegangen ist, am letzten Tag, an dem sie und ich uns gesehen haben – an meinem Geburtstag –, da haben wir uns gestritten. Das kam immer mal wieder vor, aber dieses Mal habe ich ihr gesagt, dass sie einfach verschwinden soll. Und sie hat es getan. Und vielleicht war das der letzte Anstoß, den sie brauchte, um ihren Plan in die Tat umzusetzen. Wenn ich netter gewesen wäre – ich hätte es verhindern können, Forrest. Es ist alles meine Schuld.«

»Shh …«, macht er, und hält mich noch genauso fest wie vor ein paar Sekunden, auch wenn ich geschworen hätte, dass er mich nach diesem Geständnis von sich stoßen würde. Obwohl er jetzt weiß, was für ein schrecklicher Mensch ich bin, lässt er mich nicht los. Beschützt mich vor der Welt und dem Strudel aus düsteren Gedanken.

»Ist es nicht, Sage«, sagt er, und als er meinen Namen ausspricht, schlägt mein Herz ein kleines bisschen schneller. »Es ist nicht deine Schuld. Auch wenn du das jetzt im Moment noch nicht glauben kannst: Du hast keine Schuld. Alles, was passiert ist, ist einzig und allein Roses Entscheidung gewesen. Und eines Tages, nicht heute, aber eines Tages, da wird dir das klar werden.«

»Bitte hass mich nicht.«

Ich spüre seine Hand in meinen Haaren, wie er mich fester an sich drückt, und dann höre ich ihn flüstern, heiser und so leise, dass ich mir nicht sicher bin, ob er überhaupt mit mir oder nur für sich allein redet. »Ich könnte dich gar nicht hassen, selbst wenn ich es wollte.«

Forrest und ich sitzen auf dem Holzboden vor der Couch, um das behelfsmäßige Bett, zu dem er sie verwandelt hat, nicht durcheinanderzubringen, und sehen fern. Schulter an Schulter, Hüfte an Hüfte, Bein an Bein. Jede Kontaktfläche zwischen unseren Körpern, auch mit dem ganzen Stoff dazwischen, ist mir überdeutlich bewusst. Forrest hat seine Brille wieder aufgesetzt, und wenn ich ihn betrachte, dann kann ich sehen, wie sich der Film, den wir gucken, in den Gläsern spiegelt. Nach dem Geständnis konnten wir beide noch nicht schlafen, wir brauchten etwas, um die Stille zwischen uns zu füllen und die trüben Gedanken zu vertreiben.

Meine Augen fühlen sich total verquollen an, mein Hals tut weh und ich bin Forrest so unfassbar dankbar dafür, dass er einfach nur da ist. Von draußen klopft schon wieder der Regen an; er stürmt und wütet und klatscht in riesigen Tropfen wild und ungestüm an die

Gebäudewand, prasselt unaufhaltsam gegen die Fenster. In den Minuten, in denen der Fernseher still ist, kann man den Wind zäh und widerspenstig durchs Haus pfeifen hören, und langsam, aber sicher kommt der Donner immer näher.

Nach einer Weile flackert der Bildschirm, kommt das Programm immer stockender an. Forrest zuckt neben mir zusammen, als es plötzlich laut kracht. Keine Sekunde danach gehen auf einmal Fernseher und Licht aus.

»Stromausfall!«, stelle ich in dem Moment fest, in dem das plötzlich so dunkle Zimmer von einem Blitz in blau-weißes Licht getaucht wird. In der Sekunde, in der sie erhellt werden, kann ich die Panik auf Forrests Gesichtszügen ausmachen.

»Sag nicht, du hast Angst vor Gewittern?«, frage ich belustigt. Diese kindliche Angst in seinen Augen lenkt mich ein bisschen von dem Stein in meinem Herzen ab.

»Nein«, sagt er, aber es ist unüberhörbar, dass er lügt – auch wenn er sich alle Mühe gibt, das zu verbergen.

Ich muss sogar ein bisschen lachen, nur ganz kurz, aber da ist es: ein glucksendes Geräusch, das sich aus meiner Kehle stiehlt und zwischen Forrests angespannte Atemzüge mischt.

»Also doch.«

Erneut erhellt ein Blitz den Raum, und nur wenige Sekunden später grollt der Donner so laut über uns hinweg, dass sich sogar mir die Nackenhaare aufstellen.

»Hast du Kerzen oder so da?«, frage ich, bekomme als Antwort aber nur ein zittriges Kopfschütteln. Selbst bei dem schwachen Licht kann ich sehen, wie sich Forrests Blick verdunkelt. Ich kenne diesen Ausdruck nur zu gut.

Es ist der, den man bekommt, wenn der eigene Geist an Orte wandert, die so trüb und düster sind, dass man das Gefühl hat, von vollkommener Finsternis verschluckt zu werden. Forrest zieht sich zurück, und ich habe keine Ahnung, warum gerade das bisschen Donner dafür sorgt, dass er es tut, aber es ist nicht zu leugnen.

Nur mit Mühe kann ich meine Neugierde zurückhalten, immerhin würde es sowieso nichts bringen, zu fragen. Ich lege ihm stattdessen meine Hand auf die Schulter. Verstärke den Druck meiner Finger, als er die Berührung nicht wahrzunehmen scheint.

»Forrest?«, frage ich zögerlich, aber er ist mit seinen Gedanken ganz woanders. Ich spüre, wie er zittert. »Wusstest du, dass ich Gewitter liebe?«, erkläre ich ihm, weil ich hoffe, nein, weil ich weiß, wie orientierungslos man manchmal ist, wenn man von düsteren Erinnerungen verschluckt wird, und wie wichtig es ist, eine Stimme zu haben, die einen da rausnavigiert. »Früher, als Rose und ich noch Kinder waren, bin ich jedes Mal nach draußen gerannt, wenn es gedonnert hat. Egal, wie kalt und nass und laut es war, oder wie beängstigend. Ich bin einfach rausgerannt, so wie ich war, habe mir nicht mal Schuhe angezogen, und bin durch unseren Vorgarten und durch die ganze Siedlung gelaufen, bis ich bis auf die Knochen durchnässt war und so sehr gefroren habe, dass ich das Gefühl hatte, noch Tage danach vor Kälte zu zittern. Ich habe es geliebt. Es war, wenn man so will, der Inbegriff von Freiheit für mich. Nichts hat mir mehr Spaß gemacht, als den Regen zu schmecken und nasses Gras und glitschigen Asphalt unter den Fußsohlen zu spüren. Wenn ich dann wieder zurückgegangen bin, habe ich Rose bereits am

Küchenfenster stehen sehen, wie sie ihre kleine Stupsnase gegen die Scheibe gedrückt hatte, so fest, dass sie aussah wie ein kleines Schweinchen. Ich habe ihren strengen Blick immer schon in dem Moment gespürt, in dem ich in unsere Straße eingebogen bin. Sie und Mom wollten nie, dass ich rausgehe, haben versucht, die Haustür abzuschließen, bevor ich mich davonstehlen konnte. Aber, und ich weiß wirklich nicht wieso, irgendwie hatte ich immer so ein untrügliches Gefühl für richtig ruppige Stürme und habe jedes Mal eine Möglichkeit gefunden, nach draußen zu kommen. Ein noch viel besseres Gespür hatte ich jedoch immer für das Ende des Unwetters. Wenn der Regen immer sanfter kommt und die Sonne sich wieder mühselig zwischen den Wolken hindurchkämpft, wenn die Luft einige Sekunden so klar und sauber riecht – genau dann bin ich nach Hause gekommen, habe geklingelt und mir das ganze Wasser erst dann aus den Haaren gewrungen, wenn ich schon im Hausflur stand, um meine Mom zu ärgern. Denn ich wusste jedes Mal so oder so, dass mich, wenn draußen der Sturm vorbei war, drinnen erst das richtige Gewitter erwarten würde.«

Plötzlich spüre ich Forrests Blick auf mir.

»Aber das war doch total gefährlich! Stell dir mal vor, du wärst vom Blitz getroffen worden. Du hättest dir von der Kälte eine Lungenentzündung holen können. Oder … ein Auto wäre ins Schleudern gekommen. Aquaplaning ist bei heftigem Regen keine Seltenheit. Ein Baum hätte auf dich kippen können, oder …«

»Und trotzdem sitze ich jetzt hier und rede mit dir. Es ist ja nicht so, dass ich hier eine Lanze für Leichtsinnigkeit brechen will. Klar, das alles ist schon lange her, aber ich wusste auch damals schon, worauf ich mich einlasse. Was meinst du, wie oft meine Mom mir diesen Vortrag gehalten hat?«

Ich habe das Gefühl, dass Forrest eigentlich etwas anderes sagen will, dass er etwas zurückhält, denn ich höre ihn tief ausatmen und nehme aus dem Augenwinkel wahr, wie er kaum merklich den Kopf schüttelt. »Und warum hast du es dann trotzdem gemacht?«

Ich zucke mit den Schultern. »Ganz ehrlich? Keine Ahnung. Es war einfach … es war toll. Ein Riesenspaß. Irgendwie, ich weiß auch nicht, hatte ich, glaube ich, immer das Gefühl, da draußen etwas finden zu können. Klingt das komisch?«

»Nein, überhaupt nicht. Willst du jetzt innerlich insgeheim auch lieber rausgehen?«

Meine Lippen verziehen sich wie von einer höheren Macht gezogen zu einem Lächeln, das sich auf meinem Gesicht ausnahmsweise nicht unnatürlich und gekünstelt anfühlt, sondern genau am richtigen Fleck. »Nein.«

$2^5-(2^3+4)$

Ich öffne vorsichtig die Haustür. Es ist Samstagmittag, und bereits als ich mir im Flur die Turnschuhe von den Füßen streife, steigt mir der Geruch nach Essen in die Nase. Ich kann nicht wirklich zuordnen, was es ist, das so verführerisch duftet, aber mein Magen zieht sich sofort sehnsuchtsvoll zusammen.

In Forrests Kühlschrank herrschte gähnende Leere, was erklärt, warum im Cherry so viele Take-out-Tüten von Fast-Food-Restaurants liegen. Ich habe mir fest vorgenommen, Forrest irgendwann einmal mit feinen Lebensmitteln zu überraschen und zu kochen. Kein Wunder, dass er so schmal ist, wenn er außer dem Fast Food, und das ja auch nicht zu jeder Tages- und Nachtzeit, nichts isst!

Die Erinnerung daran, dass er auch noch mein Englischlehrer ist, habe ich komplett ausgeblendet. Vielmehr ist er einfach Forrest – und er versteht mich, ich fühle mich wohl mit ihm. Außerdem machen wir ja nichts Verbotenes, so viel ist sicher. An so etwas denkt Forrest vermutlich gar nicht, für ihn bin ich bloß eine Schülerin, um die er sich kümmert, und das ist ja seine Pflicht als Pädagoge.

Und ich? Ich wünschte, ich hätte auch nicht daran gedacht. Aber ich kann nicht leugnen, dass es sich besser anfühlt, als es sollte, wenn wir so nebeneinandersitzen.

Und auch dieses Flattern auf meiner Haut, wenn er mich berührt, das kann ich nicht ausblenden. Mein Herzklopfen, wenn er mich aus seinen tiefgrünen Augen ansieht, und die Erinnerung daran, wie richtig sich seine Hand in meinen Haaren angefühlt hat. Kann ich nicht, auch wenn ich will. Aber erstens bin ich kein Typ für Romantik, und das alles ist wahrscheinlich nur der Reiz des Unerreichbaren; deswegen so interessant, weil es nicht sein darf und ich immer ein Faible fürs Brechen von Regeln hatte. Und zweitens, und das ist wohl noch viel wichtiger, gehören immer zwei dazu. Und Forrest sitzt ganz sicher nicht im selben Boot wie ich, zumindest was das anbetrifft.

Ich hänge gerade meine Jacke an den Garderobenhaken im Flur, als meine Mom im Rahmen der Küchentür auftaucht. Sie hat die Haare nachlässig zu einem Knoten hochgesteckt und sich eine rot-weiß karierte Schürze um die Hüften gebunden – und sie sieht dabei so lächerlich häuslich aus, dass ich fast schon lachen muss. Das vergeht mir aber sofort, als ich in ihre Augen sehe. Die Wut in Moms Blick flirrt so sehr durch die Luft, dass sich die feinen Härchen auf meinem Unterarm aufstellen.

»Ich habe Essen gemacht.« Sie schenkt mir ihr Haifischlächeln.

»Hallo, Mom.«

»Es gibt gegrillte Putenbrust mit Tomatensugo und Reis.«

Ich nicke. »Oh, ähm, lecker«, sage ich und kann nicht verhindern, dass sich meine Tonlage zum Ende des Satzes hin wie bei einer Frage nach oben biegt. »Klasse. Ich, ähm, habe eigentlich gar keinen Hunger. Ich gehe jetzt eben hoch und kann mir ja nachher etwas davon in die Mikrowelle schieben.«

Kaum sind meine Lippen wieder verschlossen, habe ich mich auch schon halb umgedreht, um auf die Treppe zuzusteuern. Wie um mich Lügen zu strafen, knurrt mein Magen einmal protestierend, und ich hoffe, dass nur ich das Grummeln hören kann. Das hier ist die berühmte Ruhe vor dem Sturm. Ich spüre, wie es unter Moms kühler Vorzeigemutter-Fassade brodelt, und ich kann mir definitiv bessere Dinge vorstellen als einen Vulkanausbruch, gegen den die Apokalypse nur ein kleiner Mückenstich an der Ferse ist. Vor allem nach dieser Nacht. Ich habe einfach erst einmal das dringende Bedürfnis, mir die salzigen Tränen vom Körper abzuduschen und danach lange und ausgiebig zu schlafen, denn dazu bin ich diese Nacht nicht wirklich gekommen. Vielmehr haben Forrest und ich einen Film nach dem anderen geguckt und uns gegenseitig auf Regiefehler hingewiesen, als der Fernseher wieder ging.

»Oh nein, junge Dame!«, reißt Mom mich aus meinen Erinnerungen. »Heute ist Samstag, und wir werden zusammen mit der Familie essen!«

Welche Familie, will ich fragen, bringe aber keinen Ton heraus, sondern schlucke nur einmal und nicke. Ich beobachte Mom abwartend – wo bleibt die Schimpftirade? Der Anschiss, der eigentlich schon längst hätte beginnen müssen? Warum hat sie noch nicht angefangen, mich mit Fragen zu löchern und mit Vorwürfen zu erdolchen – ich merke doch, dass sie es eigentlich will.

Letztlich folge ich ihr in die Küche. Über der Delle im Kühlschrank hängt eine Postkarte aus Europa, die unsere Nachbarn uns irgendwann mal geschickt haben.

Ich versuche, meinen Blick nicht allzu lange darüberschweifen zu lassen. Dort, wo die Telefonstation an der Wand hing, prangt jetzt ein Kalender mit Babykatzenbildern. Er ist vom letzten Jahr, keine Ahnung, warum wir so etwas haben, aber ich fühle mich unter dem Blick dieser stechenden Katzenaugen unheimlich unwohl.

Dad sitzt am Küchentisch, auf seinem Stammplatz am Kopfende, ganz nah bei der Tür, für den Fall, dass er gerade einen Geistesblitz hat und schnell in sein Arbeitszimmer muss, um ihn aufzuschreiben. Er hat tiefe Ringe unter den Augen, wahrscheinlich hat er nicht viel geschlafen. Ich habe ihn erst gar nicht bemerkt, er ist fast wie ein Geist. Außerdem ist es so ungewohnt, ihn hier in der Küche zu sehen, dass ich meistens gar keinen Blick mehr auf seinen Stuhl werfe, um zu kontrollieren, ob er da ist. Denn in neunundneunzig Prozent der Fälle kenne ich die Antwort: Er ist es nicht. Was macht er also heute hier?

»Hi, Dad«, bringe ich mühsam heraus, weil ich irgendwie das Bedürfnis habe, etwas zu sagen, und setze mich an die Seite des Tisches, mit dem Rücken zur Wand. Ich fühle mich furchtbar eingeengt.

Er nickt mir zu und lächelt ein bisschen, wobei sich tiefe Falten um seine Augen graben.

»Ich habe das Buch fertig«, sagt er, und man sieht und hört ihm die Erleichterung förmlich an. »Also den ersten Entwurf. Jetzt lasse ich alles ein bisschen sacken und dann überarbeite ich noch einmal, bevor ich es meiner Agentin schicke. Sie ist schon sehr gespannt.«

»Das ist großartig!«, erwidere ich und probiere mich an einem Lächeln. Das erklärt auch das Familienessen. Ich habe zugegebenermaßen keine Ahnung, worum es in seinem neuen Buch geht. Oder in irgendeinem von Dads anderen Werken. Ich weiß nur, dass sie ziemlich erfolgreich sind. So sehr, dass meine Mom eigentlich gar nicht arbeiten bräuchte, weil wir auch allein von seinen Tantiemen leben könnten. Es ist nicht so, dass es mich nicht interessiert, was er macht – ich wollte bloß immer mit ihm selbst darüber reden und nicht mit irgendwem anders. Aber Dad ist nun einmal ein viel beschäftigter Mann und im Prinzip immer auf dem Sprung beziehungsweise hinter seiner fest verschlossenen Arbeitszimmertür, sodass sich dieses Gespräch schlichtweg nie ergeben hat.

Ich greife nach meiner Gabel und ernte einen missbilligenden Blick von Mom, woraufhin ich sie sofort wieder gerade an ihren Platz lege. Das fängt ja gut an. Entsprechend erleichtert bin ich, als Mom endlich jedem von uns den Teller gefüllt hat und sich dann selbst ans Kopfende des Tisches setzt. Der Platz mir gegenüber bleibt frei. Er gehört Rose. Und einen Moment lang starren wir alle auf den leeren Stuhl und die nackte Stelle des Tisches, auf der eigentlich eingedeckt sein müsste und von der aus uns jetzt nichts als Leere entgegenschreit. Ich habe das Gefühl, dass wir alle fast synchron peinlich berührt den Kopf abwenden.

»Guten Appetit«, verkündet Mom schließlich und ich lade mir ein wenig trockenen Reis auf meine Gabel, plötzlich ist mir dann doch der Appetit vergangen. Hätte ich mich damals anders verhalten, dann wäre Roses Platz nun nicht unbesetzt, sondern meine Schwester würde mir gegenübersitzen und irgendwelche spitzen Bemerkungen fallen lassen.

Ich schiebe immer noch lustlos Reis von der linken Seite des Tellers auf die rechte, über die goldgelb gebratene Putenbrust, sorgfältig darauf bedacht, dass die Körnchen sich nicht mit dem Sugo vermischen, als auf einmal der Zettel, auf dem steht, dass ich gestern Nacht bei einer Freundin übernachtet habe, in mein Blickfeld segelt.

»Welche Freundin?«, fragt Mom prüfend.

»Ähm …«, fange ich gerade an, mir eine Ausrede zu überlegen, als sie mir ins Wort fällt. »Junge Dame, wir haben uns Sorgen gemacht! Weißt du eigentlich, wie respektlos es ist, uns nichts weiter als diesen … diesen Zettel dazulassen und dann einfach auszugehen? Das kann nicht sein! So läuft das hier nicht!«

Mit jedem Wort klingt sie aufbrausender, wird sie wütender und lauter, sodass es mir zunehmend schwererfällt, ihre Schimpftirade auszublenden, so wie ich es sonst schon fast selbstverständlich tue.

»Da kommen wir nach Hause, und was finden wir von dir? Nichts als einen Zettel! Was meinst du, welche Angst wir um dich hatten? Es kann nicht sein, dass du hier einfach so mir nichts, dir nichts zu irgendwelchen Freunden verschwindest, die wir nicht einmal kennen!«

»Aber – aber ich habe doch den Zettel …«, versuche ich mich zu verteidigen, aber Mom hebt einfach die Hand und unterbricht mich scharf.

»Dann hätte ich gern die Telefonnummer deiner Freundin, außerdem will ich sie kennenlernen. Ich möchte nicht, dass du dich mit jedem dahergelaufenen Trottel abgibst!«

»Weil ich das ja auch andauernd tue!« Jetzt kann ich auf einmal nicht mehr verhindern, selbst lauter zu werden. Ich meine, es ist ja nicht so, dass ich oft ausgehe. Die meiste Zeit sitze ich zu Hause und lese, oder ich jogge, male, schreibe. Ich bin allein mit mir und meinen Gedanken – sollte sie sich nicht eigentlich freuen, dass ich mal Zeit mit jemand anderem als meinen eigenen Dämonen verbringe?

»Das wäre ja nicht das erste Mal, dass du ein schlechtes Händchen für die Wahl deiner Freunde beweist! Muss ich dich daran erinnern, wie taktlos es ist, dass du andauernd Zeit mit Dylan, dem Freund deiner Schwester, verbringst? Die Leute reden schon, Sage!«

»Ex-Freund. Und dann lass sie doch einfach reden!«, werfe ich ein und schiebe meinen noch mehr als halb vollen Teller ein gutes Stück von mir weg. Wenn mir eben noch der Appetit *nur* vergangen ist, dann bin ich mir jetzt mehr als sicher, dass er so schnell auch nicht mehr zurückkehren wird.

»Oder dieser Junge mit den schnodderigen Klamotten, der immer Mützen getragen und gestunken hat wie eine Tabakfabrik? Mit den tiefen Augenringen? Der, der sich immer geprügelt hat? Ich dachte, wir hätten das hinter uns und wären uns einig, dass solche Leute kein Umgang für dich sind!«

Ich sehe hilflos zu Dad: Will er sich nicht auch mal beteiligen? Kann er nicht wenigstens ein einziges Mal für mich Partei ergreifen? Aber er weicht meinem Blick bloß aus, das kann er immer gut.

»Robbie, Mom. Sein Name ist Robbie. Aber das tut jetzt auch überhaupt gar nichts zur Sache – ich finde es ziemlich frech, dass du diese Freundin von mir einfach so verurteilst, ohne dass du sie überhaupt kennst.«

Mom massiert sich die Schläfen, auf einmal sieht sie furchtbar müde und erschöpft aus.

»Gut«, sagt sie schließlich. »Wie heißt sie denn, deine Freundin? Stell sie uns doch mal vor.«

Mist. Mist, Mist, Mist, Mist, Mist. Ich habe keine Freundinnen. Johanna Mason? Nein, unsere Eltern kennen sich. Chelsea Carlson? Himmel, genauso schlimm. Meine Mom ist so was wie die Schaltzentrale der örtlichen Klatschpresse, ich würde nicht einmal dazu kommen, die Beine in die Hand zu nehmen und zu flüchten, bevor mein Bluff auffliegt. Von den anderen kenne ich ja meistens nicht einmal den Namen – das habe ich nun davon, dass mich das Highschoolleben wenig interessiert ... Ganz super. Und von Forrest zu erzählen ist auch definitiv keine Option. Und wenn ich noch länger überlege, beantwortet sich Moms Frage von selbst, ich muss mir also schnell etwas aus den Fingern saugen.

»Kit Kat!«, rufe ich auf einmal, als würde ich eine Pferdewette abschließen und nun meinen Einsatz in die Runde rufen. Ich hoffe, ich habe auf den richtigen Gaul gesetzt. Aber sie scheint neu hier zu sein, außerdem wird sie mich decken – vermutlich sogar mit Vergnügen, da bin ich mir ziemlich sicher. Bestimmt hält sie das Ganze für eine Art Freundschaftsbeweis oder so. Ich schaudere.

Mom presst die Lippen zusammen, als sie den Namen hört, und ich winde mich unter ihrem missbilligenden Blick, der noch deutlicher als alle ihre Worte zu sagen scheint: *Na, siehst du? Genau das meine ich!*

»Es ist ein Spitzname!«, versuche ich, mich zu verteidigen. »In Wirklichkeit heißt sie Ka... Katie. Aber wir, äh, sind so dick miteinander, dass ich sie nur noch beim Spitznamen nenne.« Ich probiere mich an einem falschen Lächeln und entschuldigendem Schulterzucken.

»Soso«, sagt Mom.

»Genau so«, antworte ich.

Einen Moment lang führen wir ein stummes Blickduell. Als ich zuerst blinzele, höre ich Mom tief Luft holen. »Und was ist das überhaupt mit deiner Kündigung? Was hast du dir bitte dabei gedacht?«

»Du hast gekündigt?«, klinkt sich Dad nun doch in das Gespräch ein. Er mustert mich nachdenklich aus seinen grauen Augen, und ich nicke.

»Ja … das … das war überfällig. Ich habe mich dort nicht mehr wohlgefühlt, außerdem brauche ich die Zeit fürs Training.«

»Du hältst nie lange an etwas fest«, meint Mom leise und mit diesem ekelig schweren und gekünstelten Bedauern in der Stimme. »Du fängst etwas an, aber nie bringst du es zu einem Ende.«

Ich stiere sie bloß an und konzentriere mich darauf, ruhig zu atmen. Ich weiß nicht, was ich in diesem Moment lieber tun möchte; sie anschreien und dabei all meiner Wut Luft machen, oder aber mich irgendwo in Embryonalstellung zusammenrollen und nie wieder aus meinem Versteck hervorkommen. Beides leider keine Option.

»Ich finde es gut, dass du wieder läufst«, erklärt Dad plötzlich und lächelt mich an. »Ich habe dich ab und zu von meinem Arbeitszimmer aus vorbeijoggen sehen. Was machen deine Zeiten?«

Ich sehe ihn erstaunt an, probiere mich dann aber irgendwie wieder zu fassen. »Längst nicht so gut wie früher, aber ich arbeite daran.«

»Na ja, wenigstens brauchst du dich so nicht mehr so oft von Dylan rumkutschieren lassen«, schnaubt Mom missbilligend, die nicht begeistert davon ist, wenn Dylan mich ab und an nach der Schule nach Hause fährt. Wenn sie wüsste, zu wem ich sonst so ins Auto steige, dann würde sie so etwas sicherlich nicht so leichtfertig sagen. Und überhaupt – als ob ich in letzter Zeit so oft mit Dylan gefahren wäre!

»Wenn ich ein Auto hätte, dann müsste ich mich von niemandem ›rumkutschieren‹ lassen.« Den Einwurf konnte ich mir nicht verkneifen.

»Ach Sage«, meint Mom. »Das hatten wir doch alles schon. Willst du das wirklich wieder aufwärmen?«

Ich seufze. Ich möchte ja nicht einmal eins. Es geht mir nur ums Prinzip! Mom und ihre ewige Doppelmoral.

Plötzlich klingelt das Telefon, das im Flur, das nicht kaputt ist. Ein Wunder, dass wir noch nicht darüber gesprochen haben, aber so ist meine Mom. Sie sammelt Vorwürfe wie Schätze, die sie so lange für sich behält, bis sie sie in einem richtiggehenden Schwall vor einem ausschütten kann. Im Prinzip ist sie der Inbegriff von passiv-aggressiv.

Dad und ich sitzen wie versteinert da, beide nach diesem Gespräch immer noch für ein paar Sekunden unfähig, uns zu rühren, und starren Mom hinterher, bis sie im Flur verschwindet und nur noch ihre gedämpfte Stimme zu uns dringt.

»Du darfst das deiner Mutter nicht so übel nehmen«, meint Dad plötzlich, erhebt sich und räumt die Teller ab. Ich löse mich aus meiner Starre und helfe ihm mit den Gläsern. »Sie meint das nicht so. Sie macht sich nur Sorgen um dich, vergiss das bitte nicht.«

»Dass ich nicht lache!«

Dad sieht mich erstaunt an. »Das weißt du doch. Seit der Sache mit Ro… deiner Schwester.«

»Sage?«, höre ich Mom plötzlich aus dem Flur rufen. »Das ist für dich.«

Als ich ihr den Hörer aus der Hand nehme, sieht sie mich nicht weniger erstaunt an, als ich mich fühle. Wer ruft mich denn bitte schön an? Doch wohl hoffentlich nicht Forrest? Himmel, wenn mein Englischlehrer an einem Samstagmittag bei mir zu Hause anrufen und sich bei meiner Mutter nach meinem Wohlbefinden erkundigen würde, dann wäre mir eine Fortsetzung der »Unangenehme Gespräche im Hause Cavendar«-Reihe beim Abendbrot sicher. Aber wer könnte mich denn sonst erreichen wollen? Robbie? Nie im Leben! Ich erinnere mich kaum, wann wir je miteinander telefoniert haben. Das mit uns war immer mehr so eine Art stille Übereinkunft. Fast so, als würden wir auf derselben Frequenz denken, sodass Robbie immer genau dann dort auftauchte, wo ich gerade hinwollte, oder umgekehrt. So ist das eben. War das eben. Früher.

»Hallo?«, frage ich etwas unsicher in den Hörer und hoffe aus tiefstem Herzen, dass es nicht Forrest sein wird, der mir gleich antwortet. Auch wenn sich ein anderer Teil von mir genau das mehr als alles andere wünscht.

»Sage! Hi!«, flötet mir auf einmal Kit Kats Stimme entgegen. Wenn man vom Teufel spricht …

»Ähm …«, mache ich und will sie eigentlich fragen, woher sie meine Nummer hat, bemerke dann aber aus dem Augenwinkel Moms argwöhnischen Blick und versuche, ein wenig freundlicher zu klingen. »Was gibt's?«

Die Stille, die mir ein paar Sekunden lang entgegenschlägt, spricht Bände – selbst die Quasselstrippe merkt, wie wenig diese aufgesetzte Freundlichkeit zu mir passt. Deswegen ist es auch kein Wunder, dass sie mich unsicher fragt, ob es mir gut geht.

»Ja, natürlich! Blendend!«, sage ich und schaffe es sogar zu lachen. »Und wie geht es dir?«

»Auch ... gut. Sag mal, ist wirklich alles okay bei dir? Na ja, ähm, eigentlich wollte ich fragen, ob du heute Zeit hast?«

Ich schlucke und sehe zu Mom. Ich habe also die Wahl zwischen Pest – zu Hause bleiben und mir weiterhin Vorträge anhören – und Cholera: einen Nachmittag mit der kleinen Quasselstrippe verbringen. Letzteres muss ich aber so oder so irgendwann. »Ja, natürlich, sehr gern«, zwitschere ich bemüht fröhlich ins Telefon. Diese neu gewonnene Fröhlichkeit steht mir ganz und gar nicht.

»Okay, cool!«, antwortet sie sofort, und es tut mir fast schon leid, als ich diesen hoffnungsvollen Unterton in ihrer Stimme höre. Mann, sie muss echt verzweifelt sein, wenn sie in ihrer ewigen Suche nach Freunden sogar jemand wie mich als potentielle Kandidatin zulässt.

»Ich hab heute sturmfrei, magst du vielleicht zu mir kommen?«

»Öhm ... ja, wieso nicht.« Wenigstens weiß ich, wo sie wohnt und dass ich das Haus, wenn ich jogge, relativ schnell erreichen kann. So kann ich noch einmal eine kleine Trainingseinheit einschieben. Plötzlich wird das Lächeln auf meinen Lippen eine Spur echter.

Ich höre sogar geduldig zu, während Kit Kat, die wohl vergessen hat, dass ich sie zuletzt beim Heimgehen gesehen habe, mir erklärt, wo sie wohnt, und dabei ein paar schlechte Witze macht. Und ab und an lache ich sogar an einigen Stellen darüber.

Als sie auflegt, bin ich irgendwie sehr zufrieden.

»Du bist ja wirklich gekommen!«

Das sind die Worte, mit denen Kit Kat mich begrüßt, als sie die Tür aufreißt und mich aus ihren großen Augen mustert. Dann stiehlt sich ein breites Grinsen in ihr Gesicht, das ihre Mäusezähne entblößt und den unteren Rand ihrer Brille auf den gehobenen Wangen aufliegen lässt, und sie bedeutet mir, ihr ins Haus zu folgen.

»Habe ich doch gesagt«, murmele ich und drehe mich noch einmal zu Mom um, um ihr halbherzig zu winken, bis sie sich schließlich doch mitsamt dem Familienvan in Bewegung setzt. Sie hat darauf bestanden, mich zu fahren, um sich selbst davon zu überzeugen, dass Kit Kat ein normaler Mensch aus Fleisch und Blut ist und nicht bloß eine Ausrede, um Zeit mit irgendwelchen »Ganoven« zu verbringen. Dass ich nicht laufen gehen konnte, hat mich ziemlich genervt, aber das Misstrauen meiner Mutter von der Backe zu haben, war auch nicht schlecht.

Ich bin froh darüber, dass die Haare der Quasselstrippe heute mal in einem pastelligen Pink, ähnlich dem des Duracell-Häschens, daherkommen, denn so wird Mom sie aus der Entfernung vielleicht einfach für ein helles Blond gehalten haben, in dem sich das Licht merkwürdig bricht. Ich glaube, mit den giftgrünen oder kornblumenblauen Haaren hätte Mom ein paar Probleme gehabt.

Letztlich schließe ich die Tür hinter mir, kicke mir die Schuhe von den Füßen und folge Kit Kat eine dunkelbraune Treppe, auf der ein cremefarbener Teppich liegt, nach oben. Sie trägt heute dicke Kuschelsocken, die in allen Farben des Regenbogens geringelt sind, dazu eine schwarze Leggings und mal wieder einen von dieses unsäglich ausgeleierten Schlabberpullis, dieses Mal in einem verwaschenen Grau. Auf den ersten Blick sieht sie also, bis auf die Haarfarbe natürlich, nicht wirklich anders aus als in der Schule – und doch könnte sie ein vollkommen anderer Mensch sein. Ihr Gang ist aufrechter, immer noch federnd, aber gleichzeitig steckt in jedem Schritt so viel mehr Selbstvertrauen. Ihr Kopf ist nicht mehr gesenkt, klemmt nicht mehr zwischen hochgezogenen Schultern – stattdessen ist ihr ganzer Körper aufgerichtet und der Blick geht klar und entschlossen nach vorn. Wenn ich sie so sehe, dann ist nicht mehr viel übrig von der schüchternen Zielscheibe für Hänseleien, diesem kleinen, verzweifelt nach Freunden suchenden Schoßhündchen, das sie in der Schule mimt. Hier ist sie zu Hause, hier fühlt sie sich wohl. Und ich frage mich, warum sie es nicht hinbekommt, die selbstbewusste Ausstrahlung auch außerhalb dieser Mauern aufrechtzuerhalten.

»Willkommen in meinem Reich«, kichert sie und macht eine ausladende Geste, als sie mir die Tür zu ihrem Zimmer aufhält. Die Quirligkeit scheint also tatsächlich so sehr zu ihr zu gehören wie die Unentschlossenheit, was die Haarfarbe betrifft. »Hier werden Träume wahr und Wünsche Wirklichkeit. Oder wie das auch immer heißt.«

Ich schenke ihr ein schwaches Lächeln für den lahmen Witz und sehe mich genauer um: Der Raum ist riesig, fast doppelt so groß wie mein Zimmer zu Hause, und wirkt so, als hätte sie sich sehr viel Mühe gegeben, ihn irgendwie bewohnt aussehen zu lassen.

Daran ist sie allerdings kläglich gescheitert.

Nicht dass es nicht schön eingerichtet ist, denn das ist es. Die Wände sind in einem warmen Gelb gestrichen und die Möbel weiß und wie aus einem Einrichtungsmagazin auf Hochglanzpapier. Aber es ist einen Tick zu ordentlich und die Kuscheltiere auf dem Bett und der Kommode sind ein wenig zu willkürlich, um wirklich zufällig dort gelandet zu sein. Auf den Teelichtern, die in kleinen Gläsern auf Fensterbank und Schreibtisch stehen, ist nicht ein einziges Staubkorn zu erkennen, und an keinem von ihnen – ich sehe sie mir sehr genau an, als ich durch den Raum laufe – wurde der Docht schon einmal angezündet. Wahrscheinlich haben sie noch nie das Licht eines Feuerzeuges gesehen. Außerdem wirken die Zeitschriften auf dem Nachttisch nicht wirklich, als wären ihre Seiten je umgeblättert worden. Keine Poster von Bands, die sie mag, keine Familienfotos, einfach nichts, das wirklich persönlich ist und etwas über sie erzählen würde. Ich suche wie verrückt, aber ich finde nichts. Gar nichts.

»Schön hast du es hier.«

»Danke.«

»Du wohnst noch nicht lange hier, oder?«

»Nein.«

Ich kann Kit Kats Gesichtsausdruck nicht sehen, vermutlich steht sie immer noch in der Tür, während ich ihr den Rücken zuwende und auf das gemachte Bett zusteuere. Erst als ich mich im Schneidersitz darauf fallen lasse und die Hände im Schoß verschränke, blicke ich zu ihr auf.

»Und, woran hast du so gedacht? Was machen wir?«

Auf meine Frage geht sie gar nicht ein, stattdessen setzt sie sich mir gegenüber, zieht die Beine unters Kinn und lehnt sich an die Rückenlehne des Bettes. »Ich bin deine Ausrede, oder? Da vorhin am Telefon – irgendjemand hat zugehört. Deine Eltern? Du wolltest nur von zu Hause weg, richtig? Ich kenne diesen Ton, außerdem passt so viel Freundlichkeit nicht zu dir. Die steht dir und deiner Stimme auch überhaupt nicht, wirklich. Schauspielerin solltest du nicht werden. Aber das ist okay, ich nehme dir das nicht übel. Du kannst mich ruhig als Alibi benutzen und jetzt zu deiner eigentlichen Verabredung gehen. Mir ist es gleich.«

Huch? Ihre Augen mustern mich wachsam, aber unaufgeregt, und ihre Stimme klingt erschreckend abgeklärt. Ich hätte der kleinen Quasselstrippe nie und nimmer so viel Biss – und so viel Intelligenz – zugetraut. Ich muss zugeben, dass ich sie unterschätzt habe und dachte, dass sie wirklich davon überzeugt ist, dass ich heute hier bin, weil es nichts gibt, was ich mir mehr wünsche. Und weil ich immer noch überrumpelt – und auch ein Stück weit beeindruckt – von ihrer Ehrlichkeit bin, beschließe ich, ihr die Wahrheit zu sagen. Ohne Watte und Luftpolsterfolie, ohne schöne Schleife drumherum, dafür aber auch ohne Lügen, die man eben bringt, um niemanden zu verletzen.

»Du hast recht – meine Mom hat zugehört. Und ich bin hier, um nicht zu Hause sein zu müssen. Es tut mir leid, dass ich dich dafür benutze, aber wir sollen ja sowieso etwas miteinander machen, um Forrest nicht zu enttäuschen, und da dachte ich mir, warum nicht die Gelegenheit nutzen? Ein Alibi bist du aber nicht. Falls du mich nicht rausschmeißt – und wenn, dann aus einem Fenster im Erdgeschoss und nicht hier aus dem ersten Stock, okay? –, dann werde ich auch so schnell nicht gehen. Was meinst du, machen wir das Beste draus?«

»Forrest?«, hakt sie nach.

»Was?« Ich reiße panisch die Augen auf. *Mist!* »Wer?« Statt ihr zu antworten, knibbele ich ein wenig an einem Hautfetzen an meinem Daumen herum.

»Du meinst doch nicht Mr Anderson, oder?«

»Wen?« Bald haben wir alle W-Fragen durch. Ich muss mein Repertoire an Wörtern unbedingt erweitern, wenn ich nicht will, dass sie mich ertappt, so viel ist sicher.

»Oh Gott, du meinst Mr Anderson! Ich glaube es nicht – wieso nennst du ihn so? Forrest??«

»Ich, äh, ich nenne ihn nicht …«, sage ich schnell, aber Kit Kat unterbricht mich.

»Ich wusste es! Okay, na ja, ich hab es geahnt, aber mir immer wieder gedacht: Nein, das kann doch nicht sein. Sie muss doch wissen, wie er heißt. Sie muss einfach.«

»Ich weiß auch, wie er heißt! Das wusste ich!«, verteidige ich mich und reiße zu fest an meinem Daumen, es blutet nicht, tut aber weh.

»Du weißt seinen Namen nicht, und deswegen nennst du ihn Forrest! Aber … warum ausgerechnet … Forrest? Oh mein Gott, du nennst ihn wirklich so und nicht nur, wenn du über ihn sprichst, stimmt's? Sonst hättest du gerade nicht so panisch und ertappt reagiert – was läuft da mit euch?« Sie redet so schnell, dass ich mich frage, wie sie es anstellt, nicht über ihre eigenen Worte zu stolpern.

»Gar nichts läuft da!« Ihr Blick spricht Bände, und endlich kann ich mich wieder so weit zusammenreißen, um sie messerscharf anzusehen. »Er ist mein *Lehrer*, Kit Kat. Da lief nichts, läuft nichts und wird auch nichts laufen, okay? Niemals!«

Ich kann nicht glauben, dass ich ausgerechnet mit ihr dieses Gespräch führe. Wer hätte gedacht, dass sie so scharfsinnig ist?

Sie sieht nicht weg, obwohl es die meisten anderen in ihrer Situation tun würden.

»Okay. Ich glaube dir das nicht so richtig, aber du willst nicht darüber reden und das ist in Ordnung. Wenn du es irgendwann doch möchtest, dann kannst du das mit mir aber auf jeden Fall tun. Ich meine, seien wir mal ehrlich, Sage, sieh mich an: Wem sollte *ich* es denn erzählen? Wenn ich das denn wollte – was nicht der Fall ist. Ich bin keine Gefahr. Aber in der Schule bin ich nicht die Einzige, die euch beobachtet, und wenn ihr nicht vorsichtiger seid, werden andere auf ähnliche Ideen kommen. Schon allein wie er dich ansieht – jetzt ergibt es Sinn!«

»Er sieht mich überhaupt nicht an! Nicht anders als alle anderen Schüler zumindest. Und das ist auch gut so«, fahre ich sie an, nicht einmal, weil sie mich nervt, aber weil das, was sie sagt, stimmt und weil einem die Wahrheit immer am stärksten an die Nieren geht. »Was ist eigentlich mit dir?«, will ich wissen, um das Thema zu wechseln. »Warum bist du hier so anders als in der Schule?«

Was ist dein dunkles Geheimnis, das dafür gesorgt hat, dass du in der Englisch-AG gelandet bist?

Ich kann nicht leugnen, dass ich diese bissigere Kit Kat mag. Es ist nicht zu übersehen, dass sie immer noch unter Strom steht, mehr als gut für sie ist, immer noch ist sie aufgedreht wie eine Stereoanlage auf einer Highschool-party und hibbelig wie ein Flummi – aber sie ist nicht mehr so verzweifelt nett, so anstrengend hoffnungsvoll.

»Bin ich gar nicht.«

Okay, ich erkenne einen wunden Punkt, wenn ich darin herumstochere. Ich nicke. Vielleicht hat sie einfach gemerkt, dass sie und ich in diesem Leben keine Freunde mehr werden und deswegen die Nettigkeit aufgegeben. Aber da muss noch etwas anderes sein. Mehr als die Sicherheit, die ihr Zuhause ihr gibt. Irgendetwas ist da noch, und ich wünschte, sie wäre mir so egal, dass es mich kein Stück interessierte. Aber man wünscht sich ja immer das, was man nicht haben kann, nicht wahr?

»Um auf meine eigentliche Frage zurückzukommen«, meine ich dann, während ich meine Hände ineinander verknote, »was machen wir denn *Schönes*?«

Kit Kats Lippen verziehen sich plötzlich zu einem bedeutungsschweren Lächeln und ihr Blick kommt meinem breiten blonden Haaransatz verdächtig nahe.

»Weißt du, ich wollte das schon immer mal bei jemand anderem machen als bei mir selbst.«

Sie weiß, dass ich sie verstehe, auch ohne dass sie direkt ausspricht, was sie meint, also ist jegliches Leugnen zwecklos.

»Ich nicht, um ehrlich zu sein.«

»Ach, komm schon, Sage! Schlimmer, als es jetzt ist, wird es ja wohl kaum werden können!«

Ich ziehe die Augenbrauen hoch und sehe sie giftig an, aber wir wissen beide, dass sie gewonnen hat. Ich bin das ständige Nachfärben sowieso mehr als leid und hänge auch nicht wirklich stark an diesem Nest auf meinem Kopf.

Kit Kat springt auf, schlittert aufgeregt mit ihren flauschigen Socken aus der Tür und dreht sich dann noch einmal zu mir um. »Worauf wartest du? Das wird so lustig!«

Ich schätze, wir haben komplett andere Vorstellungen von Spaß.

Kit Kat hat ihr eigenes Bad. Und darin ist ein Schrank, in dem ordentlich aufgereiht mehr Haarpflegeprodukte stehen, als ich in den meisten Friseursalons vermuten würde. Sie bedeutet mir, mich auf den Klodeckel zu setzen, und mischt die Blondierung an. Der Geruch ist so vertraut, auch wenn ich selbst noch nie welche benutzt habe. Im Gegensatz zu Rose, die dafür gesorgt hat, dass das Badezimmer auch Tage danach noch nach Wasserstoffperoxid roch. Meine Schwester hatte zwar von Natur aus blonde Haare, aber die Farbe war ihr nie strahlend genug, immer ein wenig zu aschig, sodass sie immer etwas nachgeholfen hat.

Auf dem Waschbecken steht ein kleiner CD-Player, den Kit Kat anschaltet, bevor sie sich schwarze Gummihandschuhe überzieht. Erst will ich etwas dagegen sagen, sie bitten, ihn auszustellen, aber der Song, der aus den schlechten Lautsprechern trällert, ist so lächerlich poppig, dass ich stattdessen ein wenig grinsen muss, weil ich genau vor Augen habe, wie Forrest bei dem Klang sein Gesicht verziehen würde.

»Warum hast du so schnell eingewilligt?«, fragt Kit Kat, nimmt sich einen Pinsel und beginnt, Partie für Partie meiner Haare mit der Blondierung zuzukleistern. »Ich habe dir ja nicht mal genau gesagt, was wir machen!«

Ich muss einen Moment überlegen, weil ich das selbst nicht so genau weiß. »Ich glaube, ich hatte einfach mal Lust auf eine Veränderung. Auf etwas Verrücktes – und du hast es ja selbst gesagt: Schlimmer, als es jetzt ist, kann es eigentlich gar nicht mehr werden. Außerdem: Was sollten wir denn sonst machen?«

Sie lacht, glockenhell und laut und hibbelig. Dann beginnt sie, ein bisschen im Takt des Songs mitzuwippen, was nicht gerade vertrauenserweckend ist. Ich bin gespannt, was Mom sagen wird. Seit ich denken kann, färbe ich mir die Haare braun, um weniger wie meine Schwester auszusehen.

Kit Kat und ich fangen an, ein wenig zu reden, über Gott und die Welt, und ich stelle fest, dass man sich mit ihr wirklich gut unterhalten kann. Sie ist lieb und tatsächlich auch ganz schön klug, und sie hat einen überraschend guten Sinn für bissigen Humor.

Als wir die Farbe ausgewaschen haben, schneidet sie mir noch ein wenig die Haare. Ganz ohne zu fragen nimmt sie sich einfach schnell die Schere und schneidet so dicht an meiner Schulter, dass Haare zu Boden fallen, die viel zu lang sind, als dass es jetzt noch ein Zurück geben könnte. Nachdem sie fertig ist und ich in den Spiegel sehe, bekomme ich kaum Luft.

»Ich sehe aus wie Rose«, bringe ich nahezu tonlos hervor, und in meinen Augen beginnt es plötzlich, so verräterisch zu brennen.

-5

Als er sie sieht, erstarrt er zu einer Salzsäule. Ihre Haare sind blond, schulterlang und wippen weich mit jedem Schritt, den sie geht. Kann sie es sein? Ist sie es wirklich? Er blinzelt noch einmal, sein Blick fällt auf die schlecht sitzende Hose, das schwarze T-Shirt und die dunkelgrüne Sweatshirt-Jacke, und danach wird sein Herz auf einmal so schwer in seiner Brust, dass er das Gefühl hat, es würde ihn in die Knie zwingen.

Sie ist es nicht. Es ist der Salbei. Aber das Gesicht – es ist ihr Gesicht. Die Stupsnase, die markante Kinnlinie, das weich fallende goldene Haar. Er erinnert sich, wie seidig es sich angefühlt hat, wie sehr er es liebte, es zwischen seinen Fingern hindurchgleiten zu lassen.

Sie ist gerade aus dem Haus gekommen, das gegenüber der Schule steht und in dem das andere Mädchen, das er aus der Englisch-AG kennt, wohnt. Wie war noch einmal ihr Name? Katie. Aber sie will, dass man sie Kit Kat nennt. Ja, genau, das war es. So heißt sie.

Der Salbei sieht sich ein paarmal um, und er kennt dieses Mädchen gut genug, um zu wissen, dass sie genervt die Augen verdreht und einen schnellen Fluch zwischen den Zähnen ausstößt, als sie nicht findet, wonach sie sucht. Genauso wie sie, seine Rose, bloß ein paar Nuancen tiefer, kratziger. Sages Stimme ist nicht wie die ihrer Schwester, nicht wie warmer Honig, sondern wie siedendes Quecksilber.

Er schließt die Augen. Ja, der Vergleich gefällt ihm. Es stimmt – das kann er bestätigen, hat er es doch schon so oft am eigenen Leib erfahren. Wo die eine Schwester, seine Rose, immer die richtigen Worte fand, um ihn sich wohlfühlen zu lassen, ihn zu entspannen, war Sage schon immer gut darin, etwas in den Ton ihrer Worte zu legen, was bei ihm ein beklemmendes Gefühl in der Brust verursachte.

Ihr Blick begegnet seinem, und sofort ist er versucht, einen Schritt zurückzutreten, raus aus dem Winkel, aus dem sie ihn sehen kann. Doch er kann nicht, seine Füße sind auf den Boden genagelt, seine Arme hängen tonnenschwer an den Seiten herab, und sein Kopf – er schafft es nicht, ihn auch nur einen Millimeter zu rühren und diese kostbare Sekunde zu unterbrechen. Jeder Muskel seines Körpers ist eingefroren, als der Eisblock, der sein Herz ist, langsam schmilzt und zieht und zerrt, während er ganz still und heimlich wieder anfängt, so etwas zu tun wie zu schlagen. Die Erinnerungen, die er so mühsam versucht wegzusperren und die doch das Einzige sind, was ihn noch am Leben hält – sie überrollen ihn mit einer Wucht, im Vergleich zu der die Schläge in die Magenkuhle, die er eben einstecken musste, nichts weiter als ein lästiges Kitzeln sind.

Sie hebt die Hand und blinzelt ihn einmal an, zweimal. Das ist ihre Form des Hallo-Sagens und definitiv mehr, als er erwarten kann und als er aus der letzten Zeit gewöhnt ist.

Ihre Finger krümmen sich ein paar Mal zum Gruß und ihm fällt auf, dass er die Geste stumm imitiert. Ein weiteres Blinzeln, ein kaum merkliches Nicken, dann fährt auf einmal Sages Mutter in ihrem Van vor und sein Salbei verschwindet hinter einer dicken roten Autotür. Kein richtiger Abschied … Und das Einzige, was ihm bleibt, ist eine halbe Begrüßung und dieses seltsame Ziehen zwischen seinen Rippen.

Er schüttelt den Kopf, um sich wieder zu fangen. Es ist nicht gut, dass die Erinnerungen an Sage und seine Rose derart verschwimmen. Das darf nicht passieren.

Er und Rose, Rose und er. Das war etwas Besonders. Das war einmalig. Und niemand wird je in der Lage sein, daran etwas zu ändern. Aber er und der Salbei – auch das ist auf eine ganz eigene, verquere Art und Weise einzigartig.

Nur, und das weiß er ganz genau, er darf der Verwirrung, die ihre gierigen Finger nach ihm ausstreckt, nicht die Führung überlassen. Das erste Mal in seinem Leben fragt er sich, ob der Salbei, Sage, die er für seine Heilpflanze gehalten hat, vielleicht nicht in der Lage ist, sein vergiftetes Herz zu retten. Was ist, wenn sie sogar selbst das Verderben ist?

Er weiß es nicht, und ihm wird gleich ganz schwummrig im Kopf. In seiner Hosentasche fasst er nach einem Feuerzeug, lehnt sich an den Maschendrahtzaun, der das Schulgelände eingrenzt, und schließt die Augen. Auf seiner Haut, dort, wo der Schweiß der Schlägerei, die noch gar nicht allzu lange her ist, langsam beginnt zu trocknen, bereitet sich eine Gänsehaut aus.

Ganz schön armselig eigentlich. Es ist Samstag, und er hat nichts Besseres vor, als durch die Stadt zu laufen, all die Orte, an denen Erinnerungen von ihm und Rose haften, abzuklappern und sich an seinem eigenen Schmerz zu laben wie der letzte Vollidiot. Aber das macht er oft. So oft, dass es schon eine richtige Route gibt. Die Sache mit den Erinnerungen ist, dass man sie nicht konservieren kann – sie werden irgendwann immer blasser und blasser, bis sie zu eingemotteten Gedanken und dann schließlich zu nichts weiter als einem Hauch von Vergangenheit verkümmern. Zu Staub, den man eines Tages einfach wegpustet, bis nichts mehr daran erinnert, dass er einmal da war.

Und groß war. Und wunderschön. Und das verdammt noch mal Beste, was ihm in seinem ganzen beschissenen Leben passiert ist.

Also wandelt er oft auf den Spuren ihrer Erinnerungen, versucht, sie lebendig zu halten. Er hat vor nichts mehr Angst als davor, dass sie irgendwann so instabil sind, dass sie ihm durch die Finger gleiten. Ihr Geruch, ihr Lachen, das Blitzen in ihren Augen, wenn sie sich freut. Das Gefühl von ihrer Unterlippe zwischen seinen Zähnen, von ihrer Hand in seiner. Die Art, wie sie läuft. Wie sie sich einen Joint ansteckt und den Rauch nachdenklich in die Luft bläst. Ihre Stimme. Der Geschmack ihrer Tränen und der ihres Lachens so dicht an seinen Lippen, dass er die Luft vibrieren spürt. Wie sie seinen Namen ausspricht, weinend, flehend, wütend, liebevoll, traurig. Sehnsüchtig. Vor allem sehnsüchtig.

All diese Dinge, das sind Bruchstücke von Rose, seiner Rose, die er so sehr fürchtet zu verlieren. Und mit ihnen den letzten Rest Selbst, der ihm noch geblieben ist.

Das hier ist einer der letzten Punkte auf seiner Route. Er hebt ihn sich immer für den Schluss auf, weil es der Ort ist, wo alles so richtig angefangen hat, nach dieser Party, wo sie ihn das erste Mal wahrnahm. Hier haben sie sich oft heimlich getroffen, nie für lange, schließlich haben sie ihre Beziehung geheim gehalten. Aber ein flüchtiger Blick oder ein schneller Kuss in der Raucherecke, während die anderen im Unterricht saßen, dafür gab es eigentlich immer eine Möglichkeit.

Und nun war er hier und wollte sich vollkommen in die Erinnerungen fallen lassen, als ein anderer Kerl ihn wegen irgendeiner Sache, auf die er gar nicht geachtet hatte, blöd angemacht hat. So unweigerlich wie ein Stein zu Boden prallt, wenn man ihn fallen lässt, so unweigerlich machte seine Faust Bekanntschaft mit dem Kiefer dieses Lackaffen. Und dann mit dessen Magenkuhle. Dessen Nase. Dessen Auge. Und danach wieder dessen Kiefer. Dumm nur, dass der Kerl zurückgeschlagen hat.

Er zieht die Nase hoch, es ist scheißkalt, und er reibt sich die schmerzenden Knöchel. Rose hat es gehasst, wenn er so die Beherrschung verloren hat.

Du bist nicht unbesiegbar, *hatte sie immer gesagt. Und er hatte bloß gelacht und erklärt, dass es darum auch gar nicht gehen würde. Und nun? Was bleibt ihm nun noch, wo sie weg ist?*

Er ist diese ständige Passivität so leid. Sein Leben dreht sich in kleinen grauen Kreisen, und er beobachtet es dabei.

Als die ersten Regentropfen über seine immer noch geschlossenen Augenlider streichen und beginnen, sanft auf seine Wangen zu fallen und dann irgendwann über seinen ganzen Körper zu prasseln, da beschließt er, dass er endlich etwas tun muss. Das ganze Beobachten reicht ihm nicht mehr.

$4 \cdot 5 + 0{,}25 \cdot 4$

Ich schrecke auf, als ich den Teller auf dem Boden splittern höre und die Bolognesesoße am Rande meines Blickfeldes vorbeifliegt wie in einem schlechten Film.

»Hey, kannst du nicht aufpassen?«, fragt irgendwer ruppig, aber ich kann die Stimme nicht zuordnen. Was ich ihr sehr wohl anhören kann, ist die Wut, die in ihr mitschwingt. Das wird Ärger geben. Vermutlich kommt der Sprecher vom Tisch der Sportler, selbstbewusst genug klingt er allemal, und auch die Richtung stimmt. Noch traue ich mich allerdings nicht, den Kopf zu heben und mich zu vergewissern, denn *noch* bin ich unbeteiligt. *Noch* habe ich die Chance, einfach zu sagen, ich hätte nichts von alledem mitbekommen. Noch bin ich kein schlechter Mensch, nur weil ich nicht dazwischengehe. Ich drehe mir noch ein paar mehr Nudeln um die Gabel und schiebe sie mir in den Mund. Viel zu ölig und geschmacklos … Wer auch immer da gerade sein Tablett hat fallen lassen, verpasst nichts, außer vielleicht eine potentielle Lebensmittelvergiftung.

»Oh, oh, Entschuldigung, das wollte ich nicht.«

Scheiße. Das ist unbestreitbar Kit Kat. Ich erkenne ihre Stimme – selbst jetzt, wo sie mindestens drei Oktaven höher und viel zu fiepsig und ängstlich klingt. Das ist nicht gut. Nicht Kit Kat. Nicht nach Samstag. Immer noch starre ich stur auf den Teller vor mir, hoffe darauf, dass der Sportler Erbarmen mit ihr hat. Sie ist ein Freshman.

»Ach, wolltest du nicht?«

Ich zucke zusammen, als ich höre, wie sie nachgeäfft wird.

Jetzt hebe ich doch den Blick. Da ist Kit Kat, die Haare immer noch pastellpink, aber verwaschener, ein bisschen wie rosa Schimmel. Sie trägt eine graue Strumpfhose, einen dunklen Rock und darüber einen weiten Pulli. Vor allem aber kniet sie auf dem Boden und versucht irgendwie, die Nudeln, die dort verstreut liegen, aufzuklauben und ein bisschen Schadenbegrenzung zu betreiben.

»Das tut mir so leid«, murmelt sie immer und immer wieder, ihre Finger sind schon ganz rot von der Bolognesesoße, während sie selbst von Wort zu Wort blasser wird. Ich knirsche mit den Zähnen. Das kann doch nicht wahr sein! Wo ist meine selbstbewusste Kit Kat von Samstag? Warum bietet sie ihm nicht Paroli? Sie bettelt ja geradezu darum, das Opferlamm sein zu dürfen!

Sie ist tatsächlich am Tisch der Sportler, und vermutlich ist es nicht einmal ihre Schuld, dass sie gestolpert ist. Ich kenne diese Leute. Sie haben oft genug die Nachmittage bei uns zu Haus verbracht und noch viel öfter die Wochenenden, wenn Rose irgendwelche Partys gegeben hat. Solche Sachen sind typisch für Arschlöcher wie die.

Es passiert alles wie in Zeitlupe. Chelsea Carlston, ausgerechnet Chelsea Carlston, steht auf, ihr Glas locker zwischen den Fingern, dreht ihr Handgelenk und kippt den Inhalt über Kit Kat – wie in einem schlechten Slapstickfilm.

»Ooooooh«, macht sie in gespielter Entrüstung. »Das wollte ich nicht. Das tut mir ja so leid. Verzeih mir bitte. Aber wenigstens hast du jetzt endlich mal einen Grund, deine Haare zu waschen. Die Farbe ist echt verdammt hässlich!«

Der ganze Tisch bricht in schallendes Gelächter aus und Kit Kat hockt einfach nur da, zwischen den Füßen der Leute, die sie verbal mit selbigen treten, und sieht wie erstarrt auf den Boden.

Sie ist ein Freshman. Ein verdammter Freshman. Und sie ist Kit Kat. Sie war nett zu mir. Ich merke selbst gar nicht, wie mir geschieht, kann erst wieder einen klaren Gedanken fassen, als ich direkt vor dem Sportlertisch stehe, mir der Riemen meiner Tasche schmerzhaft in die Schulter schneidet und ich Chelsea Carlston das Tablett mit ihrem übrigen Essen über den Kopf gezogen habe. Und das meine ich wortwörtlich so, denn der Knall, so hohl er auch war, hallt mir immer noch in den Ohren wider, als ich schon nach dem nächsten Teller greife und ihn gegen den Typen kippe, der damit angefangen hat, Kit Kat zu beleidigen.

»Also, mir tut das überhaupt nicht leid. Fühlt sich scheiße an, was? Fast so scheiße wie ihr!«

Ich greife nach Kit Kats Arm und zerre sie grob auf die Füße, als Chelsea Carlston mir irgendwelche Beleidigungen an den Kopf wirft und mir erklären will, was für ein teures Top ich mit meiner Aktion gerade ruiniert hätte.

»Du, das belastet mich ehrlich gesagt ziemlich wenig«, erkläre ich ihr, festige den Griff um Kit Kats Arm und zerre sie aus der Cafeteria. Auch wenn es mich einiges an Überwindung kostet. Ich halte mich normalerweise aus allem raus – aber wenn ich erst einmal angefangen habe, mich zu beteiligen, dann fällt es mir schwer, mich wieder zurückzuziehen. Ich habe kein gutes Gefühl dafür, wann ich zu weit gehe.

»Lektion eins an der Highschool: Leg dich nicht, nie und unter gar keinen Umständen mit den coolen Kids an. Niemals. Hast du das verstanden? Tu es einfach nicht, wenn du nicht vorhast, dass deine übrigen Jahre hier die Hölle werden. Und wenn du in eine Situation wie diese kommst – geh einfach weg. Ignoriere sie. Tu so, als mache dir das alles nichts aus«, zische ich ihr zu, als wir durch die große Flügeltür auf den leeren Schulflur gehen. Das sollte ihr doch klar sein!

Wenn du nicht mit ihnen befreundet sein kannst, dann sei für sie unsichtbar. Für Leute wie Kit Kat und mich ist das der einzige Weg, nicht ganz am Ende der Highschool-Nahrungskette zu stehen und von den großen Fischen gefressen zu werden.

»Sage?«, fragt Kit Kat, bleibt stehen und zieht die Nase hoch. In ihren Augen glitzern Tränen. »Danke.«

»Das war doch gar nichts. Und jetzt hör auf, so eine Heulsuse zu sein. Reiß dich zusammen und zeig denen demnächst, dass sie dir gar nichts anhaben können. Und geh dir mal lieber die Hände waschen, die sehen mit der ganzen Soße aus, als hättest du gerade ein Gewaltverbrechen begangen.«

Sie nickt nur, irgendwie mag ich sie so traurig und einsam nicht auch noch allein lassen. Und wenn ich so darüber nachdenke, dann wartet im Speisesaal ja auch nichts und niemand auf mich – außer vielleicht ein paar angepisste Sportler, und mit denen habe ich mich heute (und wenn es nach mir geht, für den Rest meines verbleibenden Lebens) genug angelegt. Außerdem ist Kit Kat eigentlich ganz in Ordnung, vielleicht sogar mehr als das.

»Na komm, ich hab noch einen Schokoriegel in meiner Schultasche, und wenn du magst, dann kannst du eine Hälfte davon abhaben.«

»Danke, das klingt super.«

Wir gehen zusammen nach draußen und setzen uns auf die rostigen Schulhofschaukeln, die mit jeder Bewegung, die wir machen, gequält quietschen, und schwingen ein wenig hin und her. Es ist so kalt, dass unser Atem weiße Wölkchen formt, wenn wir miteinander reden.

»Ich bin ja immer noch echt stolz darauf, was ich mit deinen Haaren angestellt habe.«

»Nach der Blondierung fühlen sie sich an wie Stroh.«

»Gib es zu: Es gefällt dir!«

Ich lache auf und erschrecke einen Moment selbst über das Geräusch.

»Was haben die anderen dazu gesagt?«, will Kit Kat wissen.

Ich seufze, nehme eine der honigblonden Haarsträhnen zwischen die Finger und zwirbele sie nachdenklich. »Nicht viel. Meine Mom hat mich gefragt, ob ich noch ganz bei Trost bin, und als mein Dad dann gesagt hat, dass ich gut aussehe, ist sie nach oben in ihr Schlafzimmer gegangen und ich glaube, sie hat geweint. Dad ist ihr nachgegangen. Danach hat sie mich nicht mehr angesehen. Den restlichen Tag über bin ich meiner Familie so gut es ging aus dem Weg gegangen. Und hier in der Schule hat niemand was gesagt. Warum auch?«

Sie zieht ihre Stupsnase kraus. »Das ist echt ein riesengroßer Mist, Sage. Tut mir …«

»Nein«, unterbreche ich sie, »entschuldige dich nicht. Nicht dafür und auch sonst – du tust das viel zu oft, dabei gibt es gar keinen Grund dazu. Und irgendwann verlieren deine Entschuldigungen ihre Bedeutung und deine Taten ihre Ernsthaftigkeit. Es ist alles okay. Ich bin sogar ganz froh. Das ständige Nachfärben hat verdammt genervt.«

»Okay. Sor…«, sie unterbricht sich selbst mit ihrem gluckenden Lachen. »Aber trotzdem. Ich hätte mit ein bisschen mehr Aufruhr gerechnet, du siehst klasse aus!«

Ich schnaube. »Von hinten vielleicht. Und um ehrlich zu sein, bin ich ganz froh darüber, dass das so gut wie keinem aufgefallen zu sein scheint.«

Seit Ewigkeiten färbe ich mir die Haare, um Rose *nicht* ähnlich zu sehen. Ich hatte etwas Angst, dass mich nun alle Leute wieder auf meine Schwester ansprechen würden. Aber die Wahrheit ist: Die Menschen sind oberflächlich. Es ist mehr als ein Jahr her, dass sie von uns gegangen ist – ob nun in den Urlaub auf eine schöne Karibikinsel oder in andere Sphären, kann ich nicht sagen, möchte es auch gar nicht – und außer uns Angehörigen redet kaum mehr jemand über sie. Die anderen machen irgendwie weiter, sie sind den Mantel der Trauer, der sich einem so schwer und so bereitwillig um die Schultern legt, mehr als leid. Sie alle scheinen beschlossen zu haben, dass es an der Zeit ist, die guten Erinnerungen (wenn überhaupt) im Herzen zu behalten und dafür zu sorgen, dass wieder Fröhlichkeit einkehrt. Ich würde ihn auch gern ausziehen, diesen Mantel. Wirklich. Aber es fühlt sich an, als wäre er mit meiner Haut vernäht.

»Du spinnst doch. Aber um noch einmal auf die Überlebensregeln zurückzukommen: Gibt es irgendetwas, was ich beachten muss?«

»Jede Menge, glaub mir! Fangen wir mal damit an, dass du dich beim Lunch ab jetzt zu mir setzt.«

Kit Kat strahlt mich an. »Oh Sage, das wäre toll!«

Plötzlich geht ihr Blick an mir vorbei, über meine Schulter, und ihre Augen weiten sich.

»Mr Anderson, ich …«, setzt sie erschrocken an, und ich drehe den Kopf einmal um neunzig Grad, nur um dann direkt von Forrests unwahrscheinlich grünen Augen eingefangen zu werden.

Forrest bedenkt die kleine Quasselstrippe, die eigentlich gar keine so große Plaudertasche ist, mit einem müden Lächeln. »Guten Morgen, Katie.«

»Es … Mr Anderson, es ist meine Schuld.«

»*Du* hast Chelsea Carlston verprügelt?«

»Ich finde, das ist Wortklauberei und schlichtweg unwahr. Wir sagen hier gar nichts ohne einen Anwalt!«, grinse ich, allerdings hat Forrest für mich und meinen lahmen Witz kein Lächeln übrig.

Stattdessen vergräbt er die Hände in den Taschen seines schwarzen Halbmantels und sieht mich streng an.

»Sage, wir müssen reden«, erklärt er geradezu tonlos, bevor er sich Kit Kat zuwendet. »Allein.«

»Es ist wirklich … Mr Anderson, Sage hat gar nichts getan!«

»Meines Wissens dürft ihr euch hier während der Pause gar nicht aufhalten. Aber ich drücke noch einmal ein Auge zu – ihr habt schon genug Ärger am Hals. Vor allem du, Sage. Katie, geh doch bitte wieder zu den anderen in den Speisesaal.«

Er macht eine Pause, seufzt, sein Blick wird weicher, einen kurzen Moment ist er wieder mein Forrest. *Mein Forrest?* Nein, keine Option. Seine Stimme reißt mich allerdings schnell wieder aus meinen Gedanken.

»Oder in die Bibliothek, oder wo dich eben sonst kein Lehrer beim Lunch-Schwänzen erwischt, falls du jetzt erst mal nicht in die Mensa willst. Und du, Sage, kommst jetzt mal mit mir mit.«

Ich bemerke Kit Kats schuldbewussten Blick und zwinkere ihr einmal beruhigend zu. Es ist nicht ihre Schuld. Und, das wird mir plötzlich klar, selbst wenn ich die Situation wiederholen könnte, würde ich Chelsea Carlston das Tablett wieder über den Schädel ziehen, wobei die Situation ja nicht mal wirklich dramatisch war – zumindest gehe ich nicht davon aus, dass da viele Hirnzellen gewesen sind, die ich hätte töten können.

Ich bin so in meinen Gedanken versunken, dass ich gar nicht bemerke, wie Forrest die Tür zum Englischraum aufschließt und selbst hineingeht. Erst als er seinen Mantel über einen der Stühle hängt und mich durchdringend ansieht, finde ich mich im Hier und Jetzt wieder. Und das beinhaltet gerade leider einen äußerst angepisst wirkenden Englischlehrer, der sich nervös durch die Haare fährt, nur um sich dann gegen sein Pult zu lehnen und mit dem Fuß auf und ab zu wippen.

Etwas unschlüssig, was ich machen soll, setze ich mich ihm gegenüber auf einen der Tische, überkreuze die Beine zum Schneidersitz und lege die Arme darauf ab.

»Nun leg schon los.«

»Was?«

»Die Standpauke. Fang an. Da ist ein Schokoriegel, der auf mich wartet, immerhin habe ich nur ein paar Bissen von dem widerlichen Kantinenzeug essen können, bevor … etwas dazwischengekommen ist. Ich hätte nicht gedacht, dass ich das tatsächlich einmal sage, aber … ich habe Hunger.«

Wie um meinen Worten mehr Nachdruck zu verleihen, knurrt mein Magen plötzlich. Das hat man dann davon, wenn man den ganzen Sonntag bei sich im Zimmer verbringt und die Familienmahlzeiten auslässt.

»Sehr witzig.«

»Ein bisschen schon. Du hättest Chelseas Gesicht sehen müssen.«

Komm schon, Forrest! Wo bleibt der Moment, in dem deine frostigen Gesichtszüge auftauen, du anfängst zu lachen und mir erklärst, dass das alles nur ein Scherz von dir war? Ein sehr geschmackloser noch dazu, wenn ich das mal anmerken darf.

Wer hätte gedacht, dass mir der Gedanke, dass Forrest sauer auf mich sein könnte, einmal so zuwider sein würde? Vor weniger als einem Monat noch war er mir genauso egal wie alle anderen auch. Er ist mir viel zu schnell viel zu wichtig geworden. Die Erkenntnis kommt wie ein Schwall eiskalten Wassers, durchnässt mich bis auf die Knochen und macht mein Innerstes zu einem zitternden Häufchen Elend.

»Das habe ich. Sie war gerade auf dem Weg ins Büro des Rektors. Du hattest Glück, dass ich vorher selbst ein Gespräch mit ihm hatte, sonst hätte ich das Ganze gar nicht mitbekommen. Versteh mich nicht falsch, ich halte mich normalerweise aus so was raus, aber sie hat schon angefangen zu reden, bevor ich überhaupt aus der Tür war, und als dann dein Name gefallen ist, bin ich geblieben. Sage, du kannst sie nicht einfach verprügeln! Weißt du, in was für Schwierigkeiten dich das bringt?«

Ich reiße die Augen auf, springe vom Tisch und gehe einen Schritt auf ihn zu.

»Das ist jetzt nicht dein Ernst, oder?«, fahre ich ihn wütend an. »Du glaubst ausgerechnet *ihr*? Ich habe sie garantiert nicht verprügelt. Ich habe ihr Essen über den Kopf geschüttet, ja, und vielleicht habe ich sie dabei auch ganz kurz ein bisschen mit dem Tablett gestreift – und ich bin nicht stolz darauf, okay? Aber das ist doch kein Grund, hier jetzt so durchzudrehen! Meine Güte – sie haben Kit Kat schikaniert! Was sollte ich denn tun? Einfach zusehen und nichts machen? Die lassen doch nicht mit sich reden. Okay, vielleicht hätte ich das vorher versuchen können. Ganz sicher sogar. Aber das kann ich jetzt nicht mehr ändern. Und ich werde mich ganz sicher, und da kannst du mich noch so streng ansehen, nicht dafür entschuldigen, dass ich Kit Kat verteidigt habe.«

Wo ist der Witz? Wo sind die versteckten Kameras? Und vor allem, und am wichtigsten, wo ist Forrest?

»Das wird nicht folgenlos bleiben, das weißt du, oder? Ich habe versucht, deine Strafe so weit wie möglich runterzuhandeln, aber ich befürchte, dass du nicht darum herumkommen wirst, dass Mr Finnings deine Eltern kontaktiert.«

»Ist das alles, was du zu sagen hast?« Ich ziehe eine Augenbraue hoch und probiere, mein angeknackstes Herz hinter aufgesetzter Gehässigkeit zu verbergen.

»Nein.«

»Nein?«

Forrest löst sich vom Schreibtisch, geht ein Paar Schritte in Richtung Tür und wirft einen Blick nach draußen, aber die Flure sind leer. Natürlich. Und dann, ehe ich mich fragen kann, was das Ganze soll, seufzt er tief und ergeben, kommt auf mich zu, macht den Abstand zwischen uns null und nichtig und schließt mich in die Arme. Sofort hüllt mich sein vertrauter Geruch ein und ich fühle mich unweigerlich zu Hause.

»Ich bin so stolz auf dich«, murmelt Forrest, und sein Atem kitzelt meinen Haaransatz. Ich drücke meinen Kopf noch ein bisschen dichter an seine Brust, komme nicht umhin, merkwürdig fasziniert davon zu sein, wie perfekt er dort hinpasst, und kann Forrests schnellen Herzschlag wahrnehmen. Eine seiner Hände fährt langsam und mit genau dem richtigen Druck auf meinem Rücken auf und ab, als er sagt: »Und diese Chelsea – Gott, ich bin Pädagoge, ich darf das gar nicht sagen –, die ist ein Biest. Du hättest ihr das Tablett meinetwegen auch zwei Mal über den Kopf ziehen können.«

So schnell, wie er mich in den Arm genommen hat, löst er sich auch wieder und schüttelt dann den Kopf. Er sieht plötzlich blass aus, seine Augen sehen überallhin, nur nicht in meine.

»Tut mir leid. Das hätte ich nicht sagen sollen. Oder tun. Das alles – es sollte nur eine Standpauke sein. Und was machst du? Siehst mich mit diesem verletzten Blick an, als hätte ich gerade dein gesamtes Weltbild zerstört, nur weil ich einmal versuche, mich wie das zu verhalten, was ich bin. Dein Lehrer. Ich sollte mich dir gegenüber nicht anders verhalten als bei allen anderen, und doch tue ich es immer wieder. Das ist falsch.«

Er fährt sich unschlüssig durch die Haare, vergräbt die Hände in den Hosentaschen, nur um sie dann wieder herauszuziehen und sich doch noch einmal am Kopf zu kratzen.

»Und jetzt erzähle ich dir schon wieder Dinge, die ich eigentlich gar nicht sagen sollte. Warum?«

Mein eigenes Herz fühlt sich plötzlich ganz schwer an, weil er das ausspricht, was ich schon die ganze Zeit wusste. Er und ich – zwischen uns ist irgendetwas, das dort nicht sein sollte. Das von der Beziehung abweicht, die eine Schülerin mit ihrem Lehrer führen sollte.

»Weil wir Freunde sind, Forrest«, erkläre ich ihm, »und weil Freunde sich nun einmal die Dinge erzählen, die ihnen auf dem Herzen liegen.«

Ich beiße mir auf die Lippe. Freunde, ja. Forrest hat es irgendwie geschafft, dass ich ihm vertraue, mich auf ihn verlasse. Dass ich mich wohlfühle, wenn er in der Nähe ist. Und sicher. Und nicht mehr ganz so allein.

Er starrt lange auf seine Schuhe, bevor er tief Luft holt. Dann öffnet er den Mund, als ob er etwas sagen wollte, und schließt ihn dann plötzlich wieder, wie um die Worte zurückzuhalten.

»Das stimmt wohl«, bestätigt er schließlich, und ich bin mir nicht sicher, ob ich da eine Spur Niedergeschlagenheit in seiner Stimme höre.

Und bevor wir doch dazu kommen, die zwischen uns schwingenden ungesagten Worte auszusprechen, durchschneidet plötzlich das Klingeln die Stille zwischen uns. Ich sehe schuldbewusst in Forrests Augen. »Ich schätze, ich muss zum Unterricht. Immerhin stecke ich ja sowieso schon bis zum Hals in Schwierigkeiten, wenn man dir glauben kann, und ich habe nicht vor, durch mein Schwänzen zu riskieren, dass ich darin ertrinke.«

»Stimmt«, bestätigt Forrest. »Es ist ganz schön schwer, in so einem zähen See aus Schwierigkeiten zu schwimmen. Dann sehen wir uns ja in Englisch. Und halt dich weiterhin so tapfer über Wasser, ja?«

»Ja, klar«, meine ich im Vorbeigehen, »du aber auch. Und wenn doch mal einer von uns untergeht, dann wirft der andere ihm einfach einen Rettungsring zu oder zieht ihn raus, ja?«

»Ja, klar. Und Sage? Schöne neue Frisur!«

Ich kann das Lächeln in Forrests Stimme selbst dann noch hören, als ich mich schon etliche Schritte von meinem Englischklassenraum entfernt habe.

$(20-18{,}5)\cdot 10+5$

»Hey, Kumpel!«, ruft Dylan, und ich drehe mich, dem Klang seiner Stimme folgend, um. Er läuft über den Schulparkplatz auf mich zu, knufft mich spielerisch in die Schulter und schenkt mir sein strahlendes Dylan-Lächeln. »Ich habe gehört, du hast einen starken linken Haken.«

Wenn er nicht gleich seine Hand von meinem Oberarm nimmt, dann können wir beide ja mal feststellen, wie stark er tatsächlich ist. Aber ich beiße mir auf die Zunge.

»Was gibt's?«, will ich stattdessen wissen.

»Wie, was gibt's? Es ist Montag. Ich fahre dich montags immer von der Schule nach Hause. Ich hab mir schon Sorgen gemacht, dass dir irgendwas passiert ist, als du nicht zu meinem Auto gekommen bist. Ein Glück, dass ich dich gefunden habe.«

»Dylan …«

Ich sehe mich unwohl auf dem Parkplatz um. Nach der Sache mit dem Tablett und dem Schuldirektor – mit dem ich heute auch schon ein ernstes und äußerst unangenehmes Gespräch führen durfte – habe ich mir vorgenommen, Chelsea Carlston erst einmal aus dem Weg zu gehen. Kann ja nicht schaden, den Ball erst einmal eine Weile flach zu halten, immerhin weiß ich nur zu gut, dass es nicht unwahrscheinlich ist, gestochen zu werden, wenn man sich mit der Bienenkönigin anlegt. Und mit ihrem Freund nach Hause zu fahren, ist da sicherlich eher kontraproduktiv.

»Ach komm!«, meint Dylan, der offenbar erkannt hat, warum ich zögere. »Wir machen das immer so. Außerdem sieht's so aus, als würd's gleich regnen, und du willst doch nicht freiwillig klatschnass werden?«

Das will ich wirklich nicht. Aber Chelsea ist ja nicht der einzige Grund, warum ich etwas Abstand zwischen Dylan und mich bringen muss. Er und ich, wir können nicht länger so tun, als wäre ich Rose oder irgendetwas, was ihr auch nur in Ansätzen nahekommt.

Aber weil ich nicht gerade bekannt für meine wohlüberlegten Entscheidungen bin, steige ich trotzdem in Dylans Truck ein. Die Ablageflächen sind sauber, es riecht ein bisschen nach dem Aftershave, das er immer benutzt, und das Einzige, was man in Ansätzen als Indiz für Unordnung beschreiben könnte, sind ein zusammengeknülltes T-Shirt und ein paar Sportschuhe auf der Rückbank. Das alles registriere ich innerhalb von Sekunden und fühle mich plötzlich, als hätte man mir etwas geraubt. Ich vermisse einen röhrenden Motor, der protestiert und aufjault, eine ausgelutschte Gangschaltung anstelle einer glatten Automatik, und, und das wohl am meisten, einen unheimlich charmanten Fahrer, der mir nicht so wie Dylan jetzt die Hand auf den Oberschenkel legt und sie so weit nach oben schiebt, dass ich unweigerlich die Beine zusammenpresse, um sie davon abzuhalten.

Dylan ist vieles, aber auf keinen Fall unsensibel, und als ihm meine Reaktion auffällt, verschwindet die Hand sofort und legt sich stattdessen verkrampft ans Lenkrad.

An einer Ampel sieht er mir in die Augen und meine Kehle schnürt sich zu, als ich den verletzten Ausdruck darin sehe.

»Was ist los?«, fragt er, muss den Blick dann aber wieder abwenden, als es Grün wird.

»Nichts. Was soll sein?« Ich beiße mir auf die Lippe und starre stur aus dem Fenster. Es fängt tatsächlich an zu regnen beziehungsweise leicht zu nieseln. Ich drehe die Heizung im Wagen höher, um die Kälte in meinem Inneren zu vertreiben, aber ich fühle mich dadurch irgendwie einfach nur noch kälter und herzloser.

Dylan ist ein guter Mensch. Und ich wäre zwar nicht gern Rose, aber ich wäre gern das Mädchen, das er liebt. Nicht, weil ich ihn liebe, aber weil ich es liebe, diese bedingungslose Zuneigung in seinen Augen zu sehen. Das klingt vollkommen verquer, selbst für meine Verhältnisse, und ich schüttele den Kopf.

»Dylan, du bist in Bio doch relativ gut, oder?«, will ich wissen. »Bist du«, beantworte ich meine Frage dann selbst, ohne ihm die Chance zu geben, darauf zu reagieren.

»Na ja«, meint er. »Ich fall jetzt nicht durch oder so. Wieso?«

Ich höre genau, dass er sich fragt, worauf ich hinauswill, und leider Gottes ist er da nicht der Einzige. Ich wünsche mir wirklich, ich wüsste es, aber leider bin ich nicht besonders gut darin, Schluss mit jemandem zu machen, mit dem ich noch nicht einmal zusammen oder gar so richtig befreundet bin.

»Spinnen.«

»Spinnen?«

»Ja, Spinnen. Wenn die ihre Netze bauen, dann wissen die ganz genau, auf welchen Fäden sie laufen können, ohne festzukleben, und auf welchen nicht. Und sie verstricken sich nicht darin, wenn sie es weben. Aber wir sind keine Spinnen, Dylan, wir sind bloß Fliegen, die sich vorgemacht haben, Spinnen zu sein, und wir wickeln uns immer mehr in unser Lügennetz, bis wir so sehr daran kleben, dass wir keine Luft mehr bekommen.«

»Warte … Was? Wir … Sage, wir sind keine Spinnen, wir sind Menschen.« Er lacht ein bisschen, aber ich höre die Unsicherheit. Dylan wartet auf die Pointe, die den Witz als solchen entlarvt, die aber leider niemals kommen wird.

»Du und ich – da machen wir uns doch nur etwas vor. Du versuchst verzweifelt, Rose in mir zu sehen, aber ich bin nicht sie, Dylan.«

»Ihr seht euch so ähnlich. So wahnsinnig ähnlich«, murmelt er leise. »Wenn ich dich ansehe, dann sehe ich sie in dir. Nicht hundertprozentig, aber einen kleinen Teil. Mehr werd ich nie wieder bekommen.«

Seine Stimme klingt so schwer und belegt, und ich habe das Gefühl, dass die Luft im Auto nur noch dichter und dicker von Trauer wird. Als ich aus dem Fenster sehe, fällt mir auf, dass wir kurz davor sind, in meine Straße einzubiegen. Es kommt mir vor, als hätte die kurze Strecke uns wertvolle Sekunden gestohlen. Die Zeit, die wir hätten nutzen können, um endlich das auszusprechen, was von Anfang an leider ungesagt geblieben ist.

»Versteh mich nicht falsch«, redet er schnell weiter, als er an einer Kreuzung abbiegt. »Das klingt, als würd ich dich benutzen, Sage, aber das tue ich nicht. Du bist doch mein Kumpel. Ich … ohne dich hätte ich das alles gar nicht bis jetzt durchgestanden.« Er schluckt, und ich kann hören, wie er zittrig Luft holt. Oder ist das doch mein eigener Atemzug, der so schwerfällig kommt?

»Ich weiß.«

»Ich vermisse sie einfach so sehr.«

»Ich weiß. Ich auch.«

Wir bleiben ein paar Häuser vor meinem eigenen stehen – das hat sich so eingebürgert, seit Mom mich vor mehreren Wochen darauf angesprochen hat, dass ich nicht mehr mit Dylan heimfahren soll. Niemand von uns rührt sich, bloß der Motor hört auf, leise zu surren, als Dylan den Wagen ausschaltet.

»Ich kann das nicht ohne dich.«

»Doch, das kannst du. Sehr gut sogar. Dylan, du bist so ein guter Kerl. Der beste, den ich kenne, wenn ich ehrlich bin. Du hast so ein großes Herz, und eines Tages wird es wieder für jemanden schlagen. Aber dieser Jemand bin nicht ich, und wenn du ehrlich zu dir selbst bist, dann wirst du das auch erkennen.«

Diese bodenlose Trauer in seinem Blick bringt mich ins Stocken, verschluckt mich geradezu, und fast bekomme ich das Gefühl, dass das Einzige, was meinen Fall noch aufhalten könnte, das Zurücknehmen von allem ist, was ich gerade gesagt habe. Aber das stimmt nicht. Also rede ich weiter. »Wir beide, das war doch immer nur eine Notlösung. Eine Illusion. Wir haben uns etwas vorgemacht. Ich weiß nicht, wie es bei dir ist, aber es ist jetzt mehr als ein Jahr her, Dylan. Und ich glaube, dass ich langsam wieder damit anfangen muss, die Realität als das anzunehmen, was sie ist. Ich muss weiterkommen. Und das musst du auch. Wir beide. Nur leider – und das bricht mir das Herz – können wir das nicht zusammen. Dann halten wir uns nur davon ab.«

Und dann beuge ich mich über die Mittelkonsole und beende mein Was-auch-immer-es-ist mit Dylan auf die Art und Weise, auf die andere ihres beginnen. Mit einem Kuss.

Als ich salzig-warme Tränen auf meinen Lippen schmecke und nicht mehr imstande bin, zuzuordnen, ob sie von mir oder von Dylan kommen, löse ich mich von ihm, steige aus dem Auto, rücke meine Schultasche zurecht und entferne mich, ohne einen letzten Blick zurückzuwerfen.

Und das erste Mal seit sehr, sehr langer Zeit habe ich das Gefühl, einen kleinen Teil meines Lebens wieder an die richtige Stelle gerückt zu haben.

»Heute mal keine Aufforderung, nach dem Unterricht noch zu bleiben? Forrest, was ist los?«, lache ich am Ende meiner Englischstunde, als schon alle anderen den Raum verlassen haben.

»Was soll ich machen«, meint er, und ich merke, dass er gegen seinen Willen grinsen muss, »wenn du dich so tadellos verhältst.«

»Immer.« Ich erwidere sein Lächeln. »Ich treffe mich heute übrigens mit Zachary.«

»Oh, viel Spaß euch beiden.«

Mittlerweile bin ich an seinem Pult angekommen, stütze die Hände darauf ab und beuge mich so weit vor, dass ich auf Augenhöhe mit Forrest bin. Und im selben Moment würde ich mir dafür am liebsten einmal fest gegen den Hinterkopf schlagen. Böser Fehler.

In diesem klaren Vormittagslicht kann ich die kleinen Sprenkel in seinen Augen erkennen und werde sofort von dem intensiven Grün gefangen genommen. Ich kann nicht anders, als sein Gesicht zu mustern, nur ein paar Sekunden. Auch wenn es mich vermutlich wie eine komplette Idiotin dastehen lässt – was, wenn ich ehrlich bin, gar nicht so weit hergeholt ist –, kann ich mich einfach nicht dem Drang entziehen, ihn anzusehen. Die vereinzelten Sommersprossen auf seinem Gesicht, die man erst aus der Nähe so richtig sieht; der leichte Bartschatten, als hätte er es heute Morgen zu eilig gehabt, um sich zu rasieren; seine unordentlichen braunen Locken und die Brille, die auf der ein wenig schiefen Nase sitzt, die sein schon fast schmerzhaft gut aussehendes Gesicht nur noch schöner macht. Ich fühle mich, als würde von zwei Seiten an meinem Körper gezogen – zum einen nach hinten, so weit wie möglich weg von Forrest und dieser merkwürdigen und zweifelsohne unangebrachten Anziehung, und zum anderen direkt in seine Arme. So abgeschmackt das auch klingt.

Ich schlucke. »Wegen der Englisch-AG. Er und ich sind ja diese Woche Partner. Noch einmal vielen Dank dafür.«

Ich kann nicht glauben, dass unsere kleine Donnerstagabendrunde nun schon dreimal stattgefunden hat – und dass sie bereits irgendwie zu einem festen Bestandteil meines Lebens geworden ist. Immer noch ganz klar ein nerviger, ja, aber es liegt etwas Tröstliches in unseren wöchentlichen Treffen.

Erst jetzt traue ich mich, wieder direkt in seine Augen zu sehen. Nur um festzustellen – und kann das wirklich sein? –,dass er mich mindestens genauso gebannt mustert.

Forrest räuspert sich, und fast wirkt er ein bisschen erleichtert. »Ach so. Weißt du denn schon, was ihr Schönes macht?«

Widerwillig löse ich mich vom Tisch, drehe mich mit dem Rücken zu Forrest, schließe die Augen und nehme einen tiefen Atemzug. Er könnte mir alles Mögliche erzählen, von dem Kuchenrezept seiner Grandma, einer richtig ekeligen Grippe oder einem potenziellen Weltuntergang gleich morgen früh … Es würde fast keinen Unterschied machen, weil die Art, wie er redet, wie er mich dabei ansieht, irgendetwas in mir so tief berührt, dass ich gar nicht anders kann, als an seinen Lippen zu hängen, als wären sie mein Rettungsring.

»Nein«, meine ich, drehe mich wieder zu ihm – dieses Mal allerdings mit ausreichend Sicherheitsabstand – und hoffe, dass die Pause nicht zu lange war. »Darüber wollte ich mit dir reden. Was ist sein Problem? Warum … ist er so?«

Forrest schüttelt unmerklich den Kopf.

»Komm schon! Wenn ich wüsste, was sein Problem ist, dann könnte ich vielleicht besser mit ihm umgehen. Wer weiß, ob er nicht der totale Psychopath ist und ich am Ende unseres Treffens zerstückelt und sorgsam in Ziplock-Plastiktüten verpackt an diverse Adressaten versendet werde?«

Ich weiß nicht, in welchem Maße ich es beunruhigend finden soll, dass Forrest nicht lacht, nicht mal schmunzelt, sondern dass er mich bloß ernst ansieht.

»Ich kann dir das nicht sagen, Sage. Ich möchte dich nicht anlügen, deswegen behaupte ich gar nicht, dass ich überhaupt keine Idee davon habe, was in Zacharys Kopf vorgeht, aber ich achte seine Privatsphäre, und deswegen musst du schon selbst mit ihm reden.«

»Du achtest seine Privatsphäre? Also das kommt ja von dem Richtigen! Wer von uns beiden hat denn hier bitte die bedenklichen Stalker-Tendenzen? Muss ich dich daran erinnern, dass du dich haarklein über uns alle informiert hast, bevor du uns auf die ein oder andere Weise in die Englisch-AG eingeschleust hast?«

Forrest hält meinem Blick stand. »Das ist etwas anderes.«

»Ist es das?«

»Ich sage ja gar nicht, dass ich mich richtig verhalten habe. Aber das rechtfertigt nicht, dass du auch das Falsche tust. Außerdem: Ja, das ist es. Weil es einen Unterschied macht, aus welcher Motivation man etwas tut. Und meine war es, euch zu helfen.«

Ich seufze und ziehe die Nase kraus.

»Wenn ich aber nachher tatsächlich zerstückelt werde«, murre ich widerwillig, als ich langsam auf die Tür zusteuere, »dann bist du schuld!«

Ich höre Forrest leise lachen, während ich mich von dem Englischraum entferne und auf meinen nächsten Kurs zusteuere. Ich komme an Dylans Spind vorbei und ich kann nicht verhindern, dass ich mich suchend – und erfolglos – nach ihm umsehe. Seit letzter Woche Montag haben wir nicht mehr miteinander geredet. Aber das haben wir ja nie besonders viel, wenn ich so darüber nachdenke, also ist das vermutlich nichts Besonderes. Ich glaube einfach, dass wir beide nicht wirklich wissen, wie wir jetzt miteinander umgehen sollen. In den ersten Tagen ist er, wenn wir uns im Flur oder in der Cafeteria begegnet sind, meinem Blick ausgewichen. Aber heute hat er mich das erste Mal wieder direkt angesehen und ich glaube, das ist ein guter Anfang. Die Zeit wird schon zeigen, was passiert.

Ich bin ein bisschen nervös, was mein Treffen mit Zachary bringen wird. Ich hatte schon ein merkwürdiges Gefühl, als wir einander zugeteilt wurden. Irgendetwas an ihm, und ich kann das nicht einmal genau benennen, irritiert mich. Und ich habe diese Ahnung, dass sich heute eine gute Gelegenheit ergeben wird, um herauszufinden, was genau es ist.

20+4-1

Nach der Schule warte ich vor dem Haupteingang. Ich sehe Zachary schon von Weitem. So gut, wie er sich auch versteckt – und er ist wirklich ein Meister darin, grau und unsichtbar zu sein –, so leicht lässt er sich doch erkennen, wenn man gezielt nach ihm sucht. Und da kann er nicht einmal besonders viel dafür; seine roten Haare verraten ihn einfach.

»Hey«, begrüße ich ihn, als er in Hörweite ist, bekomme als Antwort aber nur ein knappes Nicken. Nicht einmal einen Blick bin ich ihm wert. Na toll. Das fängt ja ganz großartig an.

»Also«, setze ich trotzdem an, ein ungewohntes Gefühl, mal der Part zu sein, der ein Gespräch aktiv fördert, und nicht der, der versucht, es im Keim zu ersticken. »Hast du schon eine Idee, was wir heute machen?«

Jetzt sieht er mir doch in die Augen – und ich wünsche mir im selben Moment wieder die Ignoranz von eben zurück. Ein Blick von ihm reicht, um mir das Gefühl zu geben, dass mir langsam, Stück für Stück und in ganz schmalen Streifen, die Haut abgezogen wird, bis ich vollkommen entblößt vor ihm stehe. Seelenlos ist, aus der Nähe betrachtet, gar kein Ausdruck.

»Darüber wollte ich mit dir sprechen.«

»Okay.«

»Ich fühle mich nicht gut.«

»Und?«

Jetzt sieht er ein wenig ärgerlich aus, dass ich ihn so dazu zwinge, mehr als irgendwie nötig zu sagen. Aber ich werde mich jetzt nicht so einfach zufriedengeben. Da hat er sich definitiv den falschen Menschen rausgesucht. Auch wenn er das, nüchtern betrachtet, ja eigentlich gar nicht hat.

»Ich denke, wir sollten unser Treffen heute absagen.«

Ich halte seinem Blick stand, obwohl ich mich innerlich winde. Ich werde das heute durchziehen. Auch wenn es mehr als nur verlockend ist, Zacharys dürftige Ausrede anzunehmen und abzuhauen. Aber ich möchte Forrest nicht enttäuschen. Irgendwas in mir will ihm zeigen, dass ich nicht mehr einfach so aufgebe, bevor ich überhaupt angefangen habe.

»Das denke ich nicht. Wenn es dir gut genug geht, zur Schule zu gehen, dann wirst du den Rest des Nachmittags auch noch irgendwie bewältigen.« Mit ausweichenden Antworten kenne ich mich aus, ich erkenne sie, wenn ich sie höre.

Zachary seufzt, seine schmalen Schultern sacken, falls das irgendwie möglich ist, noch ein Stückchen tiefer zusammen.

»Mein Dad holt mich aber gleich von der Schule ab.«

So. Das war also alles von langer Hand geplant.

»Prima, dann kann er mich ja mitnehmen und wir hängen bei dir zu Hause ab.« Ein mulmiges Gefühl macht sich in meiner Magenkuhle breit – was ist aus der Sage geworden, die klug genug ist, nicht in die Höhle des Löwen zu spazieren, als wäre es ein Freizeitausflug? Aus der Version von mir, die genug gesunden Menschenverstand besitzt, um gut sein zu lassen, was gut sein zu lassen ist?

Der Rotschopf starrt ergeben zu Boden und wippt mit den Fußsohlen auf und ab, während wir auf seinen Vater warten und meine Brust von Sekunde zu Sekunde enger wird.

Schließlich hält ein grauer Volvo vor der Schule. Die Scheiben sind abgedunkelt und hinterm Steuer sitzt ein Mann mit schütterem Haar und Pullunder. Er sieht nett aus, freundlich. Als ich näher auf ihn zugehe, um mich vorzustellen, fallen mir die Lachfalten auf, die sich um seine Augen herum abgesetzt haben, als hätten sie in den letzten Monaten – vielleicht sogar Jahren – nicht oft die Gelegenheit bekommen, sich tiefer zu graben. Ich kenne diese Art von Falten, mein Dad hat sie auch.

»Hallo, Mr …«, setze ich an, verstumme dann aber, als mir Zacharys Nachname beim besten Willen nicht einfallen will. Hat er ihn überhaupt schon einmal gesagt?

»Hallo, Dad. Das ist Sage Cavendar – darf sie nach der Schule mit zu uns kommen?«

Ich kann beobachten, wie über das Gesicht von Zacharys Vater dieselbe Überraschung huscht, wie sie sich wahrscheinlich auch auf meins legt. Im Gegensatz zu mir scheint er sich jedoch schneller zu fangen, seine Augen fangen plötzlich an zu glitzern und seine warme Stimme zittert ein wenig. »Aber natürlich. Selbstverständlich. Steigt ein.«

Zachary setzt sich wortlos hinter seinen Vater, spannt jedoch den Kiefer an, als ich die gegenüberliegende Tür öffne, um mich neben ihn zu setzen. Ein Muskel an seinem Kinn beginnt zu zucken und sein ganzer Körper scheint sich zu verkrampfen.

Plötzlich stößt er abrupt die Luft zwischen den Zähnen aus. »Ka…kannst du dich bitte nach v…vorne setzen?«

Seine Stimme klingt unheimlich gepresst, und mit dem abgewendeten Gesicht macht er nicht unbedingt den Eindruck, als hätte er vor, das noch weiter auszuführen.

Wortlos setze ich mich nach vorn neben Zacharys Dad. Er und ich werden nur durch die riesige luxuriöse Mittelkonsole getrennt, und die ganze Situation hat etwas merkwürdig Intimes. Ich fühle mich unweigerlich wie ein Eindringling.

»Wie heißt du noch mal?«, fragt Zacharys Dad an mich gerichtet. »Sage Cavendar?«

Ich zucke ein bisschen zusammen. »Ja.«

Seine Augen nehmen einen wissenden Ausdruck an, der Griff seiner Hände ums Lenkrad verstärkt sich. Auch nach mehr als einem Jahr ist mein Name, zumindest in einem gewissen Umkreis, ein sicherer Garant für unangenehme Situationen. »Mein Beileid.«

Anstatt etwas Schnodderiges zu erwidern oder die Phrase zu ignorieren, so wie ich es üblicherweise tue, bedanke ich mich. Denn irgendetwas an der Art, wie er das sagt und wie er mich dabei ansieht, hat etwas geradezu entwaffnend Aufrichtiges, dem ich mich nicht entziehen kann.

»Woher kennt ihr euch?«, fragt er. Ich nehme zuerst an, dass er mit Zachary gesprochen hat, aber der sieht nur abwesend aus dem Fenster und erweckt den Eindruck, alles um sich herum vollständig ausgeblendet zu haben. Ob das wirklich so ist oder ob er nur ein verdammt guter Schauspieler ist, kann ich nicht sagen.

»Aus der Schule«, erwidere ich lahm. Dumme Frage. »Wir besuchen zusammen diese Englisch-AG.«

»Ahh, habe ich es doch gewusst, dass das eine gute Idee ist, da mitzumachen. Monica, meine Frau, hatte zunächst ihre Bedenken, aber ich …«

»Dad«, knurrt Zachary von hinten, was dafür sorgt, dass wir alle in betretenes Schweigen verfallen.

In meinem Kopf beginnt es zu rattern. Warum beraten sich Zacharys Eltern über den Breakfast Club? Was hat dafür gesorgt, dass seine Mutter sich nicht sicher war, ob die AG das richtige für ihren Sohn ist? Irgendetwas muss dahinterstecken, sonst wäre der Rotschopf nicht so aus der Haut gefahren, als sein Vater das Thema angeschnitten hat. Dazu kommt seine komische Reaktion mit dem Beifahrersitz – als ob ich irgendwie giftig wäre. Aber gut, so, wie ich mich ihm aufdränge, habe ich das wohl verdient.

»Lass uns hierbleiben«, schlägt Zachary vor, während sein Vater die Haustür aufschließt, und nickt zu der Hollywoodschaukel, die ich schon von Dylans Erzählung kenne. Das Haus selbst ist überraschend nett, die richtige Mischung aus groß und klein, aus heimelig und gepflegt.

»Du weißt schon, dass das scheißkalt hier draußen ist, oder?«, hake ich nach und ziehe eine Augenbraue hoch. Dabei hätte ich von hier aus noch recht gut flüchten können, falls mir das alles zu viel werden sollte. Einfach aufspringen, die Verandastufen runter und dann durch den kleinen Vorgarten mit den kitschigen Gartenzwergen. Schnell und einfach. Aber leider nicht das, was ich will. Denn irgendein Teil von mir möchte tatsächlich wissen, was hinter Zachary steckt – warum er ist, wie er ist. Was er verbirgt. Welche Geschichte hinter diesen Augen schlummert, die immer so seelenlos und leer wirken. Vielleicht habe ich heute die Chance, einen kleinen Schnipsel davon zu erhaschen. Auch wenn die Chancen dafür, das muss ich zugeben, während ich Zacharys griesgrämigen Blick auf mir spüre, äußerst gering stehen.

Ohne ein weiteres Wort geht Zachary ins Haus und ich ihm hinterher. Innen ist es hell und modern – cremefarbene Wände, sauberer Laminatfußboden, Blumenvasen auf den Schränken. Ich kicke mir die Schuhe von den Füßen und will meine Jacke an einen leeren Platz an der Garderobe hängen, als Zachary plötzlich die Luft einzieht.

»Warte«, sagt er. »Ich mach das.« Dann nimmt er mir die Jacke ab und hängt sie über eine andere. Die leere Stelle bleibt frei. Ich habe nicht allzu lange Zeit, mich über diesen merkwürdigen Anfall von Gastfreundschaft zu wundern, weil Zachary bereits im Flur verschwunden ist und ich mich beeilen muss, Schritt zu halten.

Sein Zimmer liegt im Erdgeschoss, an der Tür hängen Schilder mit Aufschriften wie *»Keep Out«* und *»Zachary's Room«*, außerdem eine Konstruktion, die mich stark an eine Klingel erinnert. Das wirkt fast ein bisschen kindlich für einen Jungen, der immerhin schon sein zweites Jahr an der Highschool absolviert, und gibt mir das Gefühl, dass die Zeit hier vielleicht schon eine Weile stehen geblieben ist. Als wäre er früher einmal eines von diesen geliebten Kindern gewesen, die ihre Zimmertür mit Aufschriften wie »Draußen bleiben« dekorieren, letztlich aber glücklich sind, wenn ihre Mom vor dem Schlafengehen doch noch einmal reinkommt, um ihnen einen Gutenachtkuss zu geben. Und als wäre dann irgendetwas passiert, das ihn von heute auf morgen da rausgerissen hätte, sodass er es nie geschafft hat, weiterzugehen.

Innen ist es nicht großartig anders. Ja, es ist schlicht, aber auf den hellen Holzmöbeln reihen sich Actionfiguren an Bilderrahmen, es gibt ein ganzes Regal mit Brettspielen und in einer Vitrine stehen ein paar Gläser, die wohl mal für Gäste gewesen waren, die in letzter Zeit ausgeblieben sind.

Während ich mich umsehe, spüre ich den stechenden Blick von Zachary, der hinter mir im Türrahmen stehen geblieben ist, im Nacken, deswegen setze ich mich bald auf das gemachte Bett mit der Ninja-Turtles-Bettwäsche und schlage die Knöchel übereinander.

»Und nun?«, fragt er mich und zieht eine Augenbraue hoch. Die fixiere ich krampfhaft, weil ich ihm nicht in die Augen sehen kann. »Bist du jetzt zufrieden, weil du es in mein Zimmer geschafft hast?«

Er ist genervt? *Er?* Wer ist denn derjenige von uns beiden, der sich schon die ganze Zeit total zickig und merkwürdig benimmt? Ich nicke zu dem Schrank mit den Spielen. »Was hast du denn so für Sachen? Vielleicht ist da ja was … Lustiges dabei.«

Keine Ahnung, was er in seiner Freizeit so treibt, außer gruselig zu sein, sich selbst zu zeichnen und höchstwahrscheinlich kleine Kinder mit seinen seelenlosen Augen in ihren Albträumen zu jagen. Okay, Letzteres ist ziemlich gemein, aber ich bin auch ein wenig angefressen, dass er es mir so schwer macht. Ich bin es nicht gewohnt, so abgewiesen zu werden, weil ich sonst immer diese Position einnehme – und es ist verdammt ätzend, muss ich jetzt feststellen.

Die Brettspiele erinnern mich an früher, an seltene Samstagabende mit der Familie, an denen wir zusammensaßen und alle gemeinsam etwas gespielt haben. Wie lange ist das schon her? Man verschiebt so etwas immer gern, irgendwer hat immer keine Zeit. Bis es irgendwann nicht mehr möglich ist, in dieser Form und auf diese Weise zusammenzukommen.

Ein Stich fährt durch meine Brust. Es war unsagbar nervig, mit Rose zu spielen. Sie war eine schlechte Verliererin, hat geschummelt, hat niemals irgendetwas auf die Spielregeln gegeben – und doch, irgendwie hatten wir dabei immer … Spaß. Das hatte ich gar nicht mehr so richtig in Erinnerung, dass es auch Momente gegeben hat, in denen wir miteinander gelacht haben.

»Nein – lieber nicht«, reißt Zachary mich aus den schmerzenden Erinnerungen.

Ich schüttele den Kopf, stehe auf und mache ein paar Schritte auf den Schrank zu. »Schau mal, Monopoly ist doch ganz witzig … aber das dauert sicher zu lange. Oder Scrabble?« Dann entdecke ich das Schachbrett. Es steht auf dem Spiel-des-Lebens-Karton und ist ganz nach hinten in das Regal geschoben, sodass man es kaum sieht.

»Oh, das ist doch perfekt«, stelle ich fest, verdrehe die Augen, weil ich nun schon selbst ein bisschen so klinge wie Kit Kat, und will gerade danach greifen, als Zachary plötzlich auf mich zuläuft, nein, regelrecht sprintet und meine Hand wegschlägt.

»Kannst du *verdammt noch mal* damit aufhören, alles anfassen zu wollen?«, faucht er mich an, und das erste

Mal, seit wir uns kennen, sehe ich in seinen Augen etwas aufblitzen. Wobei ich mir nicht wirklich sicher bin, ob ihn mir das in irgendeiner Hinsicht sympathischer macht. Denn die Wut, die darin lodert, ist so kalt, dass ich eine Gänsehaut davon bekomme.

Provozierend langsam lege ich meine Finger, einen nach dem anderen, auf das Schachbrett, bis mein Daumen am Ende einen Bauern berührt. »Nein.«

Vielleicht macht es mir ja ein bisschen Spaß, ihn zu ärgern. Der gemeine Teil von mir wittert seine Chance, ihn aus der Reserve zu locken.

Aus dem Augenwinkel sehe ich, wie Zachary sich abwendet, mit den Händen erst durch seine Haare und danach über sein Gesicht fährt. Sein Atem geht stoßweise, und ich meine zu hören, wie er die Zähne fest aufeinanderbeißt und damit knirscht.

»Ich habe gesagt, du sollst hier nichts anfassen.«

»Und ich habe Nein geantwortet!«, werfe ich ihm an den Kopf, nehme das Schachbrett und stelle es auf den kleinen Beistelltisch neben dem Fernseher. »Wollen wir jetzt anfangen?«

Wenn ich die Situation nicht kennen und nur seinen Blick sehen würde, dann würde ich davon ausgehen, dass ich irgendetwas unsagbar Schlimmes getan hätte. Aber ich mache nichts weiter, als das Schachbrett auf den Couchtisch zu stellen, mich danebenzusetzen und die einzelnen Figuren zu ordnen. Nach einer Weile kniet auch Zachary sich schließlich vor das Spielbrett, macht aber nichts weiter, als es mit leerem Blick regelrecht zu hypnotisieren.

»Weiß fängt an«, murmele ich nach einem Moment der Stille und nicke in Richtung Spielbrett.

Langsam, als wäre sie auf dem Weg zur Guillotine, nähert sich seine Hand den Figuren – doch dann zieht er sie ruckartig wieder weg.

»Ich kann das nicht.«

»So schwer ist das gar nicht. Du könntest zum Beispiel mit einem Bauern anfangen, die …«

»Nein«, fällt Zachary mir ins Wort, »ich *kann* das nicht.«

Plötzlich verhärtet sich etwas in seinem Blick, und er fegt mit einer schwungvollen Handbewegung alle Figuren vom Schachbrett.

»Es tut mir leid«, murmelt er, zieht die Knie an die Brust und verbirgt sein Gesicht vor mir.

»Ich kann das *wirklich* nicht, es tut mir leid«, murmelt er weiter vor sich hin, fast schon entschuldigend, beinahe ein Singsang. Seine Stimme ist dabei so dünn und zerbrechlich, dass es mir fast das Herz zerbricht, vor allem, als ich das stete Auf und Ab seiner Schultern bemerke, dieses versteckte Weinen. Er hat keine Kraft, großartig zu schluchzen, er ist zu kaputt für Tränen.

Und ich? Ich wünschte, ich wüsste, wie man sich verhalten soll. Was zu tun ist. Ich spiele mit dem Gedanken, ihm eine Hand auf die Schulter zu legen, habe aber Angst, dass er vor meiner Berührung zurückschreckt. Dass sie alles nur noch schlimmer macht – denn er und ich, das kann man nicht leugnen, wir kennen uns nicht. Sind zwei Fremde vor- und füreinander. Also bleibt mir nichts weiter übrig, als aus einem Impuls heraus ein bisschen näher zu rücken. »Alles gut. Ich bin ja hier. Du brauchst dich nicht entschuldigen«, erkläre ich hilflos.

Draußen bricht die Sonne durch die Wolken, scheint durch die bunten Window-Color-Bilder am ordentlich geputzten Fenster, lässt den Staub auf den Actionfiguren tanzen, von denen ich mich frage, wie lange sie dort auf der Fensterbank wohl schon unberührt stehen.

»Es tut mir so leid«, murmelt Zachary tonlos. »So, so leid.«

»Shh«, mache ich. »Alles gut. Es ist nicht deine Schuld.«

Irgendein Teil von mir sagt mir, dass wir hier längst nicht mehr über Schach reden.

Als das Beben seiner schmalen Schultern anhält, findet sich meine Hand doch auf dem Schachbrett wieder, gar nicht weit von seiner. Nicht nahe genug, dass sie sich berühren, aber doch genug an ihr dran, dass Zachary hoffentlich spürt, dass sie da und er nicht allein ist.

»Er hat dort immer gesessen«, fängt Zachary nach einer Weile an. Seine Schultern zucken immer noch, den Blick hat er nach wie vor vor mir verborgen, aber seine Stimme ist nicht mehr ganz so brüchig, wenn auch immer noch schwach und zittrig. »Mein Bruder. Braeden. Es ist sein Platz im Auto gewesen, neben mir. Immer. An der Garderobe, der Haken – er hat dort immer seine Jacke hingehängt. Und hier in meinem Zimmer, hier sind wir die meiste Zeit gewesen, auch wenn seines nur eine Tür weiter ist. Aber irgendwie waren wir immer hier und haben all die Sachen gemacht, die Braeden jetzt nicht mehr machen kann, nie wieder, weil er nicht kann. Und die ich nicht mehr machen kann, weil es nichts gibt, das ihm gegenüber unfairer wäre, als sie zu tun. Er ist doch mein Bruder.«

Mein Herz gefriert in meiner Brust, zerbricht in tausend kleine Scherben, die alle nicht mehr ganz zusammenpassen wollen und gegeneinanderscharren, bis mir ganz schlecht davon wird. Denn der Schmerz, den

Zachary beschreibt, der, der in seiner Stimme liegt, vor allem dann, wenn er den Namen seines Bruders ausspricht, und in jeder der kleinen, zittrigen Gesten, die er während des Sprechens macht, diesen Schmerz kenne ich nur zu gut.

»Warum erzähle ich dir das?«, fragt er, plötzlich wütend, aber auf sich selbst. »Das ändert auch nichts daran, dass er tot ist. Einfach so. Selbst wenn der Tod eine Ankündigung hat, ist er dennoch scheiße. Dann vielleicht sogar noch mehr. Und es bringt nichts, mit dir darüber zu reden. Weder ihm noch mir noch sonst irgendwem. Ich weiß nicht, was ich mir dabei gedacht habe, vielleicht, dass du es verstehst. Dass du weißt, wie es mir geht. Dass es dann leichter wird – ist es aber nicht. Wahrscheinlich habe ich gar nicht gedacht. Das wird es sein. Tut mir leid. Vergiss es einfach.«

»Eine Ankündigung?«, hake ich vorsichtig nach. So viel habe ich ihn noch nie reden hören. Nicht am Stück, und, da bin ich mir ziemlich sicher, auch nicht insgesamt.

»Er war krank«, meint Zachary leise, »Krebs. Zu viele weiße Blutkörperchen, während meine ganz normal waren. Ganz normal sind. Wir haben die gleichen Gene – wie kann er krank werden und ich vollkommen gesund bleiben? Das ist doch nicht fair!«

»Nichts ist im Leben ist fair, Zachary.«

Erst als er aufsieht, mich mit diesem wissenden Ausdruck im Gesicht anguckt, erst da fällt mir auf, dass ich laut gesprochen habe.

»Er ist es, den du zeichnest. Braeden«, vermute ich plötzlich. Zachary überrascht mich, indem er nickt. »Er war mein Zwilling. Und in so vieler Hinsicht auch das bessere Ich.«

»Meine Schwester Rose ist vor etwa einem Jahr gestorben. Selbstmord, das sagt zumindest die Polizei, aber ich kann mir das immer noch nicht vorstellen. Muss man das nicht irgendwie spüren? Ich spüre gar nichts. Und das meine ich wörtlich. In mir ist diese riesige, endlose Leere, die alles um mich herum zerfrisst, bis nichts mehr übrig ist. Weder von mir noch von den Menschen um mich herum. Jeden verdammten Tag ein bisschen mehr.«

Dass ich gleichzeitig viel zu viel spüre, verschweige ich nicht, wie sollte er auch den Sturm, der in der Leere in meinem Herzen wütet, nachempfinden können?

»Er hatte immer gute Laune. Wenn jemand Lust aufs Leben hatte, dann Braeden. Das ist ja gerade das Tragische. Da, wo ich aufgegeben habe, hat er angefangen. Warum ist er derjenige mit der Leukämie gewesen? Mein Körper ist einwandfrei. Und jeden Tag, den ich ohne Braeden verbringe, hasse ich ihn, hasse ich mich.«

»Er klingt nach einem tollen Menschen.«

»Das war er. Scheiße, das war er. Das ist er immer noch. Ich wünschte bloß, er hätte die Chance gehabt, älter zu werden. Ich … früher haben er und ich immer gern mit Actionfiguren gespielt. Ich mag die mittlerweile nicht mehr – er hat nie die Chance dazu bekommen, sie ncht mehr zu mögen. Für ihn ist alles stehen geblieben.«

»Ich weiß.«

Er schlägt mit der Hand so fest auf das Schachbrett, dass ich seine Knöchel weiß hervortreten sehe und zusammenzucke, weil der satte Knall so unerwartet kam.

»Rose, das ist meine Schwester … sie hat alle überstrahlt. Kennst du diese Leute, die du einfach magst, selbst wenn sie die größten Arschlöcher sind? Die jeder liebt? Auch wenn sie gar nichts Besonderes dafür tun? Rose war so jemand. Und dann ist sie einfach verschwunden, und niemand wusste wieso. Niemand *weiß* wieso. Und jetzt habe ich ihr Tagebuch gefunden und darin gelesen, und das ist wie ein Abschiedsbrief. Und ihr grundloses Verschwinden, das stellt sich als gar nicht so grundlos heraus. Ich habe das Gefühl, als wären überall um mich herum lose Fäden, als müsste ich sie nur zusammenbinden. Die Lösung ist so dicht vor meiner Nase – aber ich finde sie nicht heraus. Etwas fehlt.«

»Wie bei einer Gleichung?«, fragt Zachary. Mein Plan geht auf – ich habe ihn abgelenkt. Er hat etwas von meinem Kummer und ich habe etwas von seinem genommen. Vielleicht ist das nicht der beste Weg, aber es ist der einzige, den ich ihm und mir anbieten kann.

Ich nicke. »Nur dass sie nicht aufgeht. Ich bin im Minus, da fehlt noch etwas. Aber ich bekomme es nicht zu fassen.«

»Versuchst du es denn?«

»Vermutlich nicht richtig.«

»Nein, vermutlich nicht.« Er klingt wie ein alter Mann, und vielleicht ist er das innerlich auch. Wer weiß, was er alles schon erleben, aushalten und verkraften musste. Womit er jeden Tag zu kämpfen hat.

»Okay«, murmele ich und stehe auf. Meine Knochen knacken, als würde ich hier schon seit Tagen und nicht erst seit etwas weniger als einer Stunde sitzen. »Ich glaube, du hast recht, ich muss es wirklich versuchen. Also so richtig. Und du? Du musst dein Leben weiterleben. Das hätte er gewollt. Du bist der Einzige, der das jetzt noch für ihn machen kann, all die Sachen, die er selbst nicht mehr erleben kann, die soll er doch zumindest durch dich erfahren. Oder?«

Dann klopfe ich ihm auf die Schulter. »War nett mit dir, Zachary. Irgendwie. Nächstes Mal spielen wir wirklich mal Schach.«

Ich habe das Gefühl, als hätten wir für heute genug gesagt. Vielleicht ist es rücksichtslos, ganz sicher sogar, aber ich für meinen Teil schaffe einfach nicht mehr.

Er schenkt mir ein Lächeln, und in seinen Augen sehe ich zum ersten Mal, seit wir uns kennen, etwas anderes aufblitzen als bodenlose Leere. Ganz schwach zwar, aber es ist da. Das Leben.

15·0,625+14,625

Mein Bett senkt sich von dem Gewicht meines Dads, der sich auf die Kante setzt. Das hat er lange nicht mehr gemacht, ewig eigentlich, und ich traue mich kaum, den Kopf zu heben, aus Angst, dass uns dann die Realität einholt und alles platzt. Ich liebe meinen Dad, aber er ist nun einmal niemand, der eine allzu wichtige Rolle in meinem Leben spielt – dazu hat er sich immer viel zu sehr herausgehalten.

»Du schläfst doch nicht mehr, oder?«, fragt er mich und berührt mich einmal zaghaft an der Schulter. Ich gebe ein Brummen von mir, das ihm Antwort genug sein sollte. In letzter Zeit hat sich mein Schlafverhalten deutlich gebessert, sodass ich nun tatsächlich ein paar Sekunden am Stück die Augen schließen kann, aber ich bin trotzdem nach wie vor ziemlich leicht aus dem Schlaf zu reißen. Da reichen Geschirrgeklapper und leise Worte von unten aus der Küche allemal aus.

»Ist es wirklich in Ordnung für dich?«, fragt er und kann noch nicht einmal aussprechen, worum es ihm geht. Aber er klingt ehrlich besorgt, deswegen hebe ich den Kopf ein wenig.

»Ja, natürlich. Mach dir keinen Kopf, Dad.«

Wir haben das alles die letzten Tage häufig genug durchgekaut – für meinen Geschmack viel zu oft, sodass die ganze Thematik mittlerweile furchtbar zäh und fad ist.

Er und Mom möchten über Ostern wegfahren und Verwandte besuchen – früher sind Rose und ich noch mitgekommen und haben langweilige Essen, merkwürdige Gespräche, unangenehme Wangenkneifer und noch peinlichere »Gott, bist du groß geworden«-Floskeln über uns ergehen lassen. Aber in den letzten Jahren durften wir über die Feiertage zu Hause bleiben und unser eigenes Ding drehen, was bedeutete, dass Rose die Sache mit dem Drehen wortwörtlich nahm und eine ihrer legendären Hauspartys schmiss, deren Chaos ich am nächsten Morgen beseitigen durfte, bevor Mom und Dad zurück waren, während sie verkatert im Bett lag und nach Aspirin gekräht hat.

Das letzte Halloween, Thanksgiving, Weihnachten und Neujahr sind meine Eltern zu Hause geblieben, anstatt wie sonst üblich übers Wochenende wegzufahren. Offiziell, damit ich nicht allein zu Hause sein und Trübsal blasen musste, in Wirklichkeit aber vielmehr, weil sie als Rabeneltern dagestanden hätten, wenn sie gefahren wären. Jetzt steht Ostern vor der Tür. Und es wird langsam Zeit, damit anzufangen, alte Gewohnheiten wieder aufleben zu lassen, ohne deswegen von den Nachbarn schräg angeschaut zu werden.

»Du weißt, dass du auch mitkommen kannst? Tante Judy würde sich freuen.« Dads Koffer sind gepackt und stehen auf dem Flur, wahrscheinlich mit Mom daneben, die abwechselnd auf die Uhr und auf das Auto schaut. Es grenzt schon an ein Wunder, dass sie noch nicht nach ihm gerufen hat, genervt darum bittend, dass er sich mal bitte beeilen solle.

»Sie hat sich auch schon genug gefreut, als sie mich auf der Beerdigung gesehen hat. Glaub mir, mein

Pensum ist erfüllt.« Ich weiß auch nicht, wie er sich das überhaupt vorstellt, sollte ich es mir nun doch noch spontan anders überlegen. Die beiden wollen jeden Moment losfahren, während ich immer noch im Pyjama im Bett liege, die Hälfte meiner Sachen in der Waschmaschine und die andere irgendwo in meinem Schrank – und definitiv nicht in einem Koffer.

»Ich habe ein schlechtes Gewissen, dich hier so allein zu lassen«, meint Dad, und ich höre an seiner Stimme, dass er wirklich so denkt. Aber ob er hier ist oder einen Bundesstaat weiter – allein lässt er mich doch sowieso schon mein ganzes Leben lang.

»Brauchst du nicht«, erwidere ich, anstatt meine Gedanken auszusprechen. »Ich komme klar, wirklich. Bin doch schon groß.«

»Das sagt deine Mom auch.«

Jetzt entfährt mir doch ein bitteres Lachen. »Mom ist doch bloß froh, einfach mal wegzukommen.«

Ich spüre, wie Dad sich auf dem Bett versteift.

»Das stimmt nicht«, sagt er ganz ernst, »aber sie möchte dir zeigen, dass sie dir vertraut.«

»Alles klar. Ich verspreche feierlich, dass ich hier keine Hausparty mit meinen ganzen nichtsnutzigen Freunden steigen lasse und übers Wochenende keine Drogenhöhle aus dem Haus mache. Und dass ich mir nicht die Pulsadern aufschlitze«, raune ich gehässig. Kaum habe ich die letzten Worte ausgesprochen, reißt Dad an meiner Decke, sodass ich mich nicht mehr darunter verstecken kann.

Ich setze mich auf und er sieht mich wachsam an. »Wir gehen beide stark davon aus, dass du nichts davon in Erwägung ziehst, Sage … Nein, Mom meinte, dass wir langsam wieder zur Normalität zurückkehren müssten. Ich wollte, dass wir bei dir bleiben, aber sie fand, dass es wichtig für dich ist, zu sehen, dass wir dir vertrauen.«

»Kommst du? Auf der Interstate 90 ist doch bestimmt wieder Stau wegen der Feiertage, und den würde ich gern umgehen, indem wir früh genug losfahren!«, höre ich Mom von unten rufen.

Er lächelt mich entschuldigend an. »Wir lieben dich. Wenn etwas ist, ruf an, klar?«

»Klar, Dad!«, sage ich und versuche mich an einem Lächeln. »Ich würde an deiner Stelle runtergehen, sonst ist sie nachher die ganzen vier Stunden Fahrt angepisst.«

Dad klopft auf seine Brusttasche, in der sich die Konturen seiner Kopfhörer abzeichnen. »Ich habe einen Diskman und die neue *Guns n' Roses*-CD dabei – ich kenne doch deine Mutter.«

Das bringt mich tatsächlich ein wenig zum Lachen. Er erhebt sich langsam, geht aus dem Raum und winkt mir ein letztes Mal zögerlich zu. »Pass auf dich auf!«

Mein Dad erinnert mich unweigerlich an Forrest, und ich frage mich, was der gerade so macht. Ob er auch das neue *Guns n' Roses*-Album hört. Wahrscheinlicher ist allerdings, dass er immer noch schläft.

Unten höre ich meine Eltern noch ein letztes Mal zum Abschied rufen, dann fällt die Tür ins Schloss und ein paar Sekunden später lausche ich dem rasselnden Motor des Autos. Reifen fahren über Pflastersteine, dann ist alles still. Ich bin allein.

Plötzlich kommt mir unser Haus so leer und ich mir selbst so einsam vor wie schon lange nicht mehr. Ja, meine Eltern sind auch nach Roses Tod immer mal wieder hier und da einen Abend weg gewesen – aber nie wieder ein ganzes Wochenende. Diesmal weiß ich, dass ich nicht irgendwann spät in der Nacht oder früh am Morgen davon wach werde, wie der Schlüssel in der Haustür klackert. Ein merkwürdiges Gefühl – und mehr als nur ein bisschen beängstigend.

Mein Magenknurren durchschlägt die Stille, schließlich erhebe ich mich aus dem Bett und tapse quer durch mein Zimmer. Der Drang, nach Roses Schritten auf der anderen Seite des Flurs zu horchen, ist unheimlich groß – und die Ernüchterung, als mir nichts als Schweigen entgegenschlägt, umso größer.

Ich mache mir ein Müsli, das ich auf dem Schoß balanciere, während ich es auf der Arbeitsplatte sitzend esse. Währenddessen betrachte ich, wie der Tag die letzten dunklen Schlieren der Nacht langsam, aber sicher für ein paar Stunden verjagt. Meine Finger zittern dabei so sehr, dass der Metalllöffel immer wieder gegen die Porzellanschüssel schlägt – es kommt mir unerträglich laut vor.

Auch wenn ich das Müsli unsagbar langsam esse, ist doch kaum Zeit vergangen, bevor es leer ist und ich keine Beschäftigung mehr habe. Um zu joggen, ist selbst mir das Wetter heute zu rau, und Kit Kat, die mittlerweile wirklich so etwas wie eine Freundin geworden ist, ist über die Feiertage verreist. Letztendlich schnappe ich mir ein Buch und kuschele mich auf die Couch, aber wirklich abschalten kann ich nicht – dazu verschlingt mich dieses Gefühl der Leere viel zu sehr.

»Forrest?«, frage ich, kaum dass ich höre, wie der Hörer abgenommen wird. Die Stille im Haus war irgendwann so unerträglich laut, dass ich Roses geheimen Alkoholvorrat geplündert habe, um nichts mehr wahrnehmen zu müssen. Ist es makaber, sich am Schnaps der toten Schwester zu vergehen? Wahrscheinlich. Wird Rose jemals die Gelegenheit haben, sich zu beschweren? Eher nicht. Der Gedanke befähigt meine Hand quasi ohne mein Zutun dazu, die Flasche, die nun wesentlich leerer ist als noch zu Anfang, an meinen Mund zu heben.

»Sage?« Er klingt sofort alarmiert, was ich ihm nicht einmal verdenken kann, wenn man beachtet, unter welchen Umständen ich ihn das letzte Mal angerufen habe. »Ist alles in Ordnung?«

Gut, vielleicht lalle ich auch ein bisschen, aber nach einer halben Flasche Whiskey ist das auch keine große Leistung.

»All…alles bestens«, meine ich plötzlich schüchtern und starre auf meine Füße. Das war eine dumme Idee. Dämlich. Vollkommen idiotisch. Der Alkohol hat genau das Gegenteil von dem bewirkt, was er sollte, denn meine Gedanken kreisen in noch schnelleren Bahnen als sonst. Blöder, blöder Whiskey und noch blödere Sage, dass sie auf seine leeren Versprechungen hereingefallen ist. Ich schnippe mir selbst einmal tadelnd gegen die Stirn. »Hat sich auch schon alles wieder geklärt. War eine Schnapsidee«, setze ich schnell an, muss über meinen eigenen Wortwitz lachen und will gerade auflegen, als seine Stimme energisch dazwischenkommt.

»Was ist mit dir los?«

»Ich … also … ähm … wollte fragen, was du so über Ostern machst?«

Kaum haben sich meine Lippen wieder geschlossen, lasse ich meinen Kopf ein paarmal fest mit der Wand kollidieren. Wirklich unsagbar dämlich. Und so ganz und gar untypisch für mich. Wer ist Forrest, dass er mich in solche peinlichen Situationen treiben kann? Und welchen Anteil trägt dieser ominöse Mr Whiskey daran? Es kommt mir vor, als hätten die beiden intuitiv ein Team gegen mich, vor allem aber gegen meine Würde gebildet.

Er lacht ein bisschen in den Hörer, es raschelt etwas. »Deswegen waren die Eier im Supermarkt aus.«

Ich kann nicht verhindern, dass sich meine Mundwinkel nach oben ziehen. »Sag nicht, du hast Ostern vergessen?«

»Nicht direkt vergessen …«, murmelt er nun peinlich berührt, »aber für mich ist es ein Wochenende wie alle anderen. Also abgesehen davon, dass ich mir morgen kein Omelette machen kann.«

Darüber müssen wir beide lachen. Vielleicht lache aber auch nur ich, und das laut genug, um es für uns beide zu zählen – ich bin mir nicht ganz sicher.

»Für mich aber auch«, gebe ich zu und wiederhole seine Worte, »also abgesehen davon, dass meine Eltern verreist sind.«

»Du hast sturmfrei?«, fragt Forrest nach. Er klingt kein Stück mehr wie ein Englischlehrer, sondern einfach nur noch wie ein Junge mit zu vielen Flausen im Kopf. Aber vielleicht bilde ich mir das auch bloß ein. Vielleicht ist das einfach nur genau das, was ich hören will. Aber jetzt und heute, genau in diesem Moment, da möchte ich, dass es nach dem geht, was ich will. Einmal. Ausnahmsweise. Deswegen ignoriere ich die mahnende Stimme, die versucht, sich durch meine paralysierten Hirnwindungen zu kämpfen.

»Allerdings. Und Eier.«

»Na ja, dann kannst wenigstens du dir ein Omelette machen. Ist sonst noch etwas?«, rudert er zurück. Er hat sich zu etwas hinreißen lassen, das für uns beide tabu ist, und er bereut es. Aber ich bin noch nicht bereit, wieder den nötigen Schritt zurückzugehen. Vielleicht, nein, wahrscheinlich sogar, ist es egoistisch, aber ich bin allein, und er ist der einzige Mensch, in dessen Gegenwart ich mich nicht einsam fühle.

»Weißt du was? Wenn du mich abholst, dann können wir später einen Filmabend und einen Crashkurs im Kochen machen. Oder wir bestellen einfach was … das ist vielleicht besser«, schlage ich vor. Erst als mir am anderen Ende der Leitung nichts als endlos lange Stille entgegenschlägt, wird mir das Ausmaß meines Angebots bewusst.

»Sage …«, murmelt Forrest.

»Du willst nicht, ich weiß schon. Ist okay«, erwidere ich nun und beiße mir auf die Zunge. Ich sollte dieses Gespräch definitiv beenden, wenn ich mich nicht noch tiefer in etwas hineinreiten will, was mir morgen wahrscheinlich unsagbar peinlich sein wird.

Forrest lacht gequält auf. »Ich will viel zu sehr, und genau deswegen kann ich nicht.«

Jetzt stockt mir der Atem, einen winzigen Moment fühle ich mich, als hätte man mich einer plötzlichen (und sehr, sehr wirksamen) Ausnüchterungskur unterzogen. Dass das nichts weiter als ein Trugbild ist, wird mir spätestens dann klar, als ich das Gleichgewicht verliere und mich mit dem Unterarm an einer Wand abstützen muss, um nicht weiter zu schwanken.

»Du willst?«

»Warte mal – Sage? Hast du was getrunken?«

»Lenk nicht ab – du willst?«, frage ich. Ich brauche die Bestätigung, dass ich mir das, was ich gehört habe, nicht einfach nur eingebildet habe.

»Auch das noch«, murmelt er, wie um sich selbst eine Antwort zu geben, und ich sehe ihn förmlich vor mir, wir er die Augen verdreht und aufstöhnt.

»Was willst du?«

Ich höre, wie Forrest einen tiefen Atemzug nimmt. »Ich will«, sagt er, »dass du jetzt einen ordentlichen Schluck Wasser trinkst.«

Ich führe die Whiskeyflasche erneut an meine Lippen und halte den Hörer so, dass ich mir sicher bin, dass er genau hört, wie die Flüssigkeit meine Kehle hinabrinnt. »Was ist, wenn ich keine Lust darauf habe?«

Ein kleiner Teil von mir weiß, dass ich mich peinlich verhalte. Eigentlich ist dieser kleine Teil sogar ziemlich groß und auch relativ laut – bloß ist der andere Teil, derjenige, der gerade in den seltenen Genuss kommt, am längeren Hebel zu sitzen, dieses Mal größer und lauter. Was soll ich tun? Mich trifft keine Schuld. Ich muss über meine eigenen Gedanken lachen.

»Hör mal, Sage, ich bekomme hier einen Anruf, den ich unbedingt annehmen muss«, sagt Forrest plötzlich. In seiner Stimme schwingt eine Dringlichkeit mit, die ich ihm nicht abnehmen will.

»Ausreden«, unterbreche ich ihn und gebe mir Mühe, möglichst patzig zu klingen, damit er nicht merkt, wie verletzt ich tatsächlich bin.

»Ich muss jetzt wirklich auflegen, okay? Tu mir den Gefallen und trink was Alkoholfreies, leg dich hin und lies ein gutes Buch oder so, ja?«

»Jaja«, erwidere ich lahm und lege dann als Erstes auf. Das verschafft mir zumindest kurzzeitig so etwas wie Genugtuung.

Tatsächlich ist mir danach allerdings der Appetit – oder wohl eher der Durst – vergangen, und so fülle ich die Whiskeyflasche aus Gewohnheit wieder mit Apfelsaft auf und verstaue sie in Roses Geheimversteck. Wer weiß, vielleicht ist das nicht das Ende. Vielleicht kommt sie eines Tages wider Erwarten doch zurück, und wer bin ich da, ihr die Ankunft damit zu vermiesen, dass nichts mehr ist, wie es einmal war? Denn das ist es nicht, so ziemlich alles hat sich geändert.

Der Gedanke verfolgt mich, und mit dem Alkohol im Blut kommen mir der Regen und die auf die Erde niederschießenden Blitze gar nicht mehr so abstoßend vor. Und so verhaken sich meine Finger schon bald bei dem ungelenken Versuch, meine Laufschuhe zuzubinden.

Ich kann gar nicht schnell genug nach draußen kommen, wo mir dicke, kalte Regentropfen ins Gesicht klatschen und dort zerbersten.

Ja, es ist ungemütlich – aber das ist allemal besser, das wird mir klar, während ich mich ein wenig dehne, als dort drinnen in dieser Scheinwelt zu leben. Das hier ist wenigstens ehrlich. Ich muss meinen Kopf und meine Gedanken klar kriegen, diesen schweren Nebel und dieses schnelle Kreisen vertreiben, und das ist nun einmal der einzige Weg, den ich kenne, um das zu tun.

Nach dem Tagebuch-Lesen dachte ich eigentlich, voran (und weg von meiner Schwester) gekommen zu sein. Aber auf einen Schritt nach vorn folgen immer zwei zurück – und bergauf, das bemerke ich mit einem Schnauben, geht es immer schwerer als bergab.

Ich habe das Gefühl, dass hinter Roses Verschwinden mehr steckt als einfach nur einer ihrer verrückten Einfälle. Da muss noch etwas sein, auch wenn alles dagegenspricht, nein, -schreit. Wie irrational ist das bitte? Die Polizei – diese verdammte Polizei – spricht von Selbstmord. Und dann das Tagebuch, in dem alles wirkt wie von langer Hand geplant, wie in Stein gemeißelt.

Aber ich kann das nicht glauben, etwas in mir sträubt sich. So war Rose nicht. Auch wenn ich sie, das wird mir immer mehr klar, im Grunde kaum kannte. Allerdings fehlt mir ein Teil. Das richtige Puzzlestück, damit alles einen Sinn ergibt.

Ich habe alle Zeit der Welt, und doch kommt es mir vor, als spiele sie gegen mich. Und wer bin ich überhaupt, an dem zu zweifeln, was die Polizei und was die Logik behaupten? Ich bin nun wirklich kein Detektiv und die letzte Person, die ihre Nase in fremde Angelegenheiten steckt. Wenn ich doch nur wüsste, wer dieser Typ war, mit dem sie sich getroffen hat. Irgendetwas sagt mir – und vielleicht ist das wirklich nur die Verzweiflung, der berühmte letzte Strohhalm, an den man sich mit aller Kraft klammert –, dass er weiß, was passiert ist. Er muss es wissen.

Vielleicht sollte ich Dylan einen Besuch abstatten. Mittlerweile ist es dunkel und meine Atmung geht schwer, aber nicht auf unangenehme Weise. Meine Beine haben ihren Rhythmus gefunden, meine Lungenflügel sich ihm angepasst. Als ich mich umsehe, bemerke ich, dass die Kreuzung, an der ich gerade links – anstatt rechts, wie ich es sonst immer tue – abbiege, die ist, an der ich immer meine verdammte Raucherlunge verflucht habe. Und dann fällt mir auf, dass ich diese Ausrede nicht mehr bringen kann, weil ich schon sehr lange keine Zigarette mehr zwischen den Fingern hatte.

Sie haben mir eine Zeit lang gegeben, was ich brauchte – oder was ich dachte zu brauchen, aber das war irgendwann nicht mehr genug, und mittlerweile ist es vergessen. Die Dinge verändern sich. Ich verändere mich.

Meine Zähne klappern, als ich in die nächste Straße biege. Die Laternen sind an, sodass mein langer Schatten immer kurze Perioden lang mein Laufpartner ist.

Rose hat geschrieben, dass Dylan nichts von diesem anderen Typen wusste – aber vielleicht hat er ja doch eine Ahnung. Es kann doch sein, dass er es irgendwie herausgefunden hatte und sich in ihrer Gegenwart bloß nichts hat anmerken lassen, aus Angst, sie zu verlieren. Obwohl ich Dylan nicht unbedingt so viel Kalkül zutraue, wenn ich ehrlich bin, so weiß ich doch, wie abgöttisch er Rose geliebt hat, immer noch liebt. Und deswegen klammere ich mich an diese Hoffnung.

Als ich schließlich die Stufen zu Dylans Haus emporklimme, bin ich froh, dem eiskalten Regen, der sich mit dem Schweiß in meinem Nacken vermischt und von dort aus in langsamen, kitzelnden Schlieren in den ohnehin nassen Kragen meines T-Shirts läuft, zu entkommen. Während ich mit vor Anstrengung und Kälte zitternden Fingern die Türklingel betätige, notiere ich mir im Geiste, dass das definitiv nicht das Optimum an Kleidung ist, die man bei so einem Wetter unter einer dünnen Trainingsjacke tragen sollte. Zusammen mit der klatschnassen Leggings schreit mein Outfit geradezu nach einer Erkältung – aber als ich losgelaufen bin, mit dem einzigen Ziel, von zu Hause wegzukommen, war einfach nicht großartig Zeit, sich über solche Feinheiten Gedanken zu machen. Dazu brauchte ich den Abstand viel zu dringend.

Erst nach und nach wird mir jetzt klar, wie dämlich das eigentlich war. Die Tür öffnet sich, lässt einen Teil der wohltuenden Wärme aus dem Haus nach draußen dringen und macht mir eine Gänsehaut.

Ich sehe, wie Dylans Mom bei meinem Anblick Anstalten macht, die Tür wieder zu schließen, also trete ich schnell noch einen Schritt nach vorn.

»Hallo, Mrs Warren, ich bin's, Sage. Ist Dylan da?«

»Oh, Sage!«, sagt sie. »Ich habe dich ja gar nicht erkannt. Du siehst ganz durchgefroren aus.«

Ich sehe, wie sie mit sich ringt, ob sie mich hereinbitten soll oder nicht. Sie entscheidet sich dagegen.

»Dylan ist nicht da«, sagt sie stattdessen und bedenkt mich mit einem abschätzigen Blick. »Er ist mit Chelsea aus. So ein liebes, anständiges Mädchen.«

Ich nicke. »Total. Wissen Sie denn, wann er ungefähr wiederkommt?«

»Oh nein, Liebes. Es könnte aber noch ein paar Stunden dauern, sie sind gerade erst los.«

»Dann hoffe ich, dass die beiden noch ein paar *anständige* Stunden miteinander verbringen«, säusele ich. Ich kann es mir einfach nicht verkneifen, bei dem aufgesetzten Lächeln, das mir Dylans Mom zuwirft. »Bis demnächst, Mrs Warren.«

Ich beiße mir auf die Lippe, bis ich Blut schmecke, und überlege, ob ich mich irgendwo unterstellen kann, um mich kurz auszuruhen. Mein Herz schlägt schnell, ich bin bis auf die Knochen durchnässt, meine Muskeln ziehen und protestieren schon beim bloßen Gedanken an einen Schritt, und ich bin einfach so verdammt niedergeschlagen.

Aber dann durchschlägt ein weiterer Blitz den Himmel und versetzt die ganze Straße für ein paar Millisekunden in gleißend helles Licht. Wahrscheinlich ist es nicht die klügste Idee, sich jetzt irgendwo unterzustellen. Außerdem möchte ich nach dieser Enttäuschung einfach nur nach Hause. Rose, Chelsea, ich – Dylans Frauengeschmack wird mir wohl immer ein Rätsel bleiben.

Ich wünsche mir, dass Dylan glücklich wird, wirklich. Dass er ein liebes Mädchen findet, eines, das ein Herz hat, das mindestens genauso groß und genauso gut ist wie sein eigenes. Nur leider bezweifle ich, dass Chelsea Carlston dafür die Richtige ist.

Warum muss er ausgerechnet heute weg sein, wo ich die Antworten auf die Fragen, die mir so auf der Zunge brennen und in meinem Kopf wüten, schon so dicht vor mir gesehen habe?

Ich schüttele den Kopf und beiße die Zähne zusammen. Ich möchte einfach nur nach Hause. Nicht wegen des Ortes, aber wegen der warmen Dusche und des Betts, was danach auf mich und meine müden und durchgefrorenen Knochen wartet. Der Alkohol, der mich anfangs noch von innen gewärmt und mir die Idee, mitten im Unwetter zu joggen, schmackhaft gemacht hat, scheint mittlerweile seinen Einfluss auf meinen Körper verloren zu haben, und so fühlen sich meine Glieder mit jedem Schritt steifer an, wie eingefroren.

Meine Kleidung ist so sehr mit dem eisigen Wasser vollgesogen, dass sie mir tonnenschwer vorkommt.

Als ich endlich zu Hause ankomme, durchgefroren bis auf die Knochen und so erschöpft, dass ich auf der Stelle zusammenbrechen könnte – so viel bin ich schon lange nicht mehr gelaufen –, muss es schon spät sein. Meine Augen fallen fast zu, während ich in der Jackentasche nach dem Türschlüssel taste.

Nichts.

Mein Puls bekommt gar nicht erst die Chance, runterzukommen. Stattdessen beschleunigt er sich noch weiter. Vielleicht die andere Tasche?

Nein.

Nein, nein, nein. Das darf doch nicht wahr sein! Ich stoße einen unwirschen Fluch aus, mir ist zum Heulen zumute. Heute ist einfach so ein verdammt übler Tag. Was soll ich denn jetzt machen? Ich kann mir kaum vorstellen, dass zu dieser Zeit noch einmal ein Schlüsseldienst rausfährt, der mir die Haustür für – ich klopfe mir aus Gewohnheit die Taschen ab – exakt null Dollar, ein paar Krümel und ein Hustenbonbon die Tür öffnet. Mein Magen knurrt, mein Hals kratzt. Außerdem – wie soll ich jemanden erreichen? Das Telefon und ich sind durch eine Tür, die ich nicht aufbekomme, und ein paar dicke Wände getrennt, und den Nachbarn will ich so nicht unter die Augen treten, aus Angst, dass sie meinen Eltern hiervon erzählen.

Verzweiflung schleicht sich in meinen Kreislauf, bis ich sogar mit dem Gedanken spiele, ein Fenster einzuschlagen. Allerdings kann ich es meinen Eltern nicht antun, sie schon wieder mit Sachbeschädigung willkommen zu heißen.

Wenn es doch wenigstens aufhören würde, so zu gießen! Stattdessen fährt mir ein eisiger Wind durch die Haare, die klitschnass an meinem Kopf kleben. Sie peitschen gegen meine Wangen, bis der Schmerz mir die Tränen in die Augen treibt.

Ich dränge mich gegen die Haustür, rolle mich zusammen und lege den Kopf auf die Knie, umschlinge meine zitternden Beine mit den Armen. Das ist der Tiefpunkt.

3·5+2,5+4

Sage«, höre ich jemanden sagen, aber die Stimme kommt von weit, weit weg. Wie durch einen Watteberg dringt sie leise zu mir, kitzelt mich.

Nein, das Kitzeln kommt von woanders. Mein Arm. Jemand fasst meinen Arm an. Fest, rüttelt daran. Wahrscheinlich sollte ich jetzt panisch werden, weil ich keine Ahnung habe, wo ich bin, aber die Hand ist angenehm und warm. Der Rest ist mir egal.

»Jetzt mach verdammt noch mal die Augen auf und sag etwas!«, motzt mich die Stimme an. Im Gegensatz zu der Hand ist sie nun nicht mehr sanft, nach und nach schiebt sie die Watte beiseite. Auch der Griff um meinen Arm verstärkt sich, bekommt etwas Harsches, Verzweifeltes.

»Au«, nuschle ich, »hördochbitteaufdastutweh.«

»Sage, oh Gott!«

Mittlerweile erkenne ich die Stimme. Forrest. Ach, Forrest, wenn du nicht gerade etwas Besseres zu tun hast, dann bist du immer für mich da.

Mir wird erst nach und nach klar, dass ich das gerade laut gesagt habe. Was macht er überhaupt hier?

»Mir ist kalt«, erkläre ich dann und öffne die Augen. Nur langsam gewöhne ich mich an das komische Licht, von irgendwo hinter Forrest blendet mich etwas Grelles. Scheinwerfer?

Forrests Hand streicht behutsam über mein Gesicht, und ich höre ihn so etwas wie »so kalt« murmeln.

»Warum bist du hier draußen?«, will er wissen.

»Kein Schlüssel«, bringe ich mit Mühe heraus. Meine Lippen fühlen sich so träge an wie die Worte, die sie formen.

»Wie lange bist du schon hier?«

»Sovielefragen«, murmele ich. Dann nehme ich wahr, wie er unter mich greift und mich hochhebt, als würde ich nichts wiegen. Ich schließe die Augen und lehne den Kopf an Forrests warme Brust. Ich weiß nicht, wer schneller ist; sein Herzschlag oder seine Schritte.

Dann geht eine Tür auf und zu und ich liege auf etwas Weichem. Irgendetwas rastet ein. Eine andere Tür, alles wie im Rausch. Es ist eng. Etwas drückt gegen meinen Arm, meinen Kopf.

Ich bin froh, als wir plötzlich anhalten, auch wenn ich gar nicht wahrgenommen habe, dass wir uns bewegt haben. Warum fühlt sich alles wie ein Schwamm an? Wieder hebt Forrest mich hoch – Treppenstufen –, mein Kopf, wie er an seiner Brust auf und ab wippt. Langsam, aber sicher lichtet sich der Wattewald, alles wird klarer. Das bringt aber auch wieder das Zittern mit sich.

Plötzlich habe ich das Gefühl, als ob jeder Muskel, ja, jeder Nerv an meinen Körper unaufhörlich zuckt – es ist mir ein Rätsel, wie Forrest es schafft, seine Wohnung dabei aufzuschließen und mich anschließend sicher auf die Couch zu legen.

»Du musst deine nasse Kleidung loswerden«, sagt er und sieht ernst an mir herab. »Kannst du dich ausziehen? Ich suche dir währenddessen etwas von mir raus.«

Als wäre es ihm unangenehm, dreht er sich plötzlich um und verschwindet rasch zu seinem Schlafbereich.

Ich höre ihn schon bald kramen, wahrscheinlich in seiner Kommode oder seinem Schrank – keine Ahnung, was er besitzt.

Mit meinen steifen, zitternden Fingern versuche ich, mich aus der Trainingsjacke zu befreien, aber ich scheitere schon am Reißverschluss. Die Jacke ist die durch die Kälte zu schwer und unbiegsam geworden, um sie über den Kopf zu ziehen, und ich habe das Gefühl, sie klebt an meinem Körper – als wäre sie mit mir verwachsen. Mit der Leggings sieht es nicht anders aus, meine Beine haben nicht genug Kraft, um sich aus ihr – geschweige denn aus den Laufschuhen, die immer noch an meinen Füßen und den nassen Socken sitzen – herauszustrampeln. Mein Zittern erstickt jeglichen Versuch, mich aus den Sachen zu befreien, im Keim.

Unterkühlung, schießt es mir durch den Kopf. Wie lange lag ich mit meinen nassen Sachen da draußen in der Kälte?

»Sage«, sagt Forrest plötzlich. Auf seinen Armen trägt er ein graues Sweatshirt und eine dunkle Jogginghose, beides sieht mollig warm und absolut verlockend aus. »Du musst aus deiner nassen Kleidung raus. Ich … ich … ach, egal.«

Er kommt entschlossen ein paar Schritte auf mich zu, sieht mir fest in die Augen, wie um sich zu versichern, dass ich nichts gegen das habe, was er im Begriff ist zu tun. Aber was soll ich sagen? Er hat ja recht – ich muss unbedingt aus den Sachen raus. Und das schaffe ich nicht allein.

Mit behutsamen und gleichzeitig schnellen Bewegungen zieht er den Reißverschluss der Jacke herunter und schält mich dann sanft aus den Ärmeln.

»Kannst du die Arme heben?«, fragt er, als er den Saum meines T-Shirts anhebt.

Dabei streifen seine Fingerkuppen die frostige Haut an meinem Bauch, die eigentlich so gut wie taub ist, und wahrscheinlich ist es das Letzte, woran ich jetzt denken sollte, aber ich komme nicht umhin, zu bemerken, wie gut sich seine Berührung dort anfühlt.

Ich nicke zittrig und hebe die bebenden Arme an, damit er mir das T-Shirt über den Kopf ziehen kann. Ich meine zu hören, wie sich seine Atmung einen kleinen Moment lang beschleunigt, aber dann beugt er sich auch schon über mich, hebt meine Hüfte hoch und zieht mich aus Leggings und Schuhen.

»Dreh … dreh dich um«, murmelt er, und ich gucke ihn an.

Als ob das so einfach wäre. Das soll er erst mal machen, wenn sein ganzer Körper vibriert und zu keiner kontrollierten Bewegung fähig ist – vollkommen nichtsnutzig und taub. Er scheint zu bemerken, was ich ihm sagen will, und geht dann vorsichtig ums Sofa herum, bevor er sich über die Lehne beugt und den Verschluss meines BHs öffnet. Sanft und langsam streift er mir die Träger von den Schultern, bevor er sich offenbar wieder zusammenreißt, nach dem Sweatshirt greift und mich bittet, die Arme zu heben.

Es ist warm, kuschelig, viel zu groß und riecht nach Forrest und Weichspüler. Ein zweites Mal an diesem Abend steigen mir die Tränen in die Augen.

»Ich … Danke. Ich kann den Rest«, wispere ich, fast schon zu leise, um meine eigenen Worte zu verstehen. Forrest nickt und geht eilig in die Küche. Ich höre den Wasserhahn rauschen, als mir auffällt, dass Forrest auch eine Boxershorts zu der Jogginghose gelegt hat.

Kaum habe ich die Sachen an, ist Forrest wieder bei mir, wickelt mich wie eine Puppe in eine Decke und drückt mir eine warme Tasse in die Hand.

»Kakao?«, frage ich.

»Wärme und Zucker«, bestätigt Forrest.

Ich nippe ein wenig an dem Getränk, genieße das Gefühl der Decke um meine Schultern und der weichen Kleidung an meinem Körper.

Geistesabwesend streicht mir Forrest mit den Fingerknöcheln über die Wange, an meiner Kinnlinie entlang, stockt an meiner Lippe. Ich weiß nicht, wie er es schafft, aber diese zarte Berührung gibt mir das Gefühl, als würde ihre Wärme mich durch und durch durchdringen.

»So blau, als ich dich gefunden habe«, flüstert er. »Sage, ich hatte solche Angst. Du kannst dir nicht vorstellen, wie froh ich bin, dass du wieder ansprechbar bist. Einen Moment lang habe ich gedacht, ich hätte alles falsch gemacht!«

»Alles falsch?«, meine Stimme zittert genauso sehr wie meine Schultern unter der Decke. Ich weiß, dass das ein gutes Zeichen ist – wenn auch gleichzeitig ein unangenehmes und peinliches.

»Ich wusste nicht, wie lange du da draußen schon lagst und wie schwer deine Unterkühlung war. In dem Moment habe ich alles, was ich gelernt habe, vergessen – als ich dich in meine Wohnung getragen habe, ist mir klar geworden, dass ich dich ins Krankenhaus hätte bringen müssen. Ich hätte aufpassen müssen, dass du dich nicht zu sehr bewegst, und … Aber dann hast du wieder mit mir geredet, und ich habe dich in deinen Augen wiedergefunden – es tut mir so leid, ich hätte den Notruf wählen müssen … Ich sollte es immer noch tun.«

Forrest macht Anstalten aufzustehen, und ich halte ihn mit einem tadelnden Blick zurück. »Das lässt du bitte! Wie soll ich es denn meinen Eltern erklären, wenn sie wiederkommen und ich im Krankenhaus war?«

»Das Schlimmste ist, dass ich mir das gedacht habe. Ich bin wohl doch nicht so verantwortungsbewusst, wie ich angenommen habe«, seufzt er.

»Forrest, du hast alles richtig gemacht!«, beruhige ich ihn. »Danke. Aber mir ist so kalt …«

»Wir dürfen dich nicht zu abrupt aufwärmen, weil ich keine Ahnung habe, wie dein Kreislauf damit umgehen wird. Tut mir leid …«

Ich schüttele den Kopf, kann das Zittern aber nicht unterdrücken. »Schon gut. Du tust schon genug für mich.«

Er seufzt, und während er mich ansieht, liegt in seinen tiefen grünen Augen ein Schmerz, den ich so noch nicht darin gesehen habe.

»Ach, scheiß doch drauf«, meint er dann, »rück mal bitte ein Stück.«

Und ehe ich michs versehe, liegt mein Englischlehrer neben mir auf dem Sofa, mein Rücken an seiner Brust und sein Kopf auf meinem Scheitel, und legt mir einen Arm um den Bauch. Seine Wärme dringt langsam zu mir durch, aber nicht so abrupt, wie es etwa heiße Wärmflaschen oder ein Bad tun würden.

»Ist das okay?«, fragt er schüchtern. »Ich hoffe, dass wir dich so ein bisschen aufwärmen können, ohne deinen Kreislauf damit zu sehr zu stressen.«

Er hat ja keine Ahnung, wie okay das ist. Ich will es nicht, aber ich kann mir im Moment keinen schöneren Ort vorstellen als in Forrests Armen. Es ist falsch, ganz und gar und durch und durch, aber ich fühle mich sicher. Aufgefangen. Zu Hause.

Jetzt, in diesem Moment, da habe ich nicht das dringende Gefühl, dass etwas fehlt, dass ich vor irgendetwas weglaufen muss. Ich nehme einen tiefen Atemzug. Er riecht so gut.

»Magst du mir jetzt mal erklären, was du da draußen so durchgefroren und ohne Schlüssel gemacht hast?« Forrests Stimme kitzelt meinen langsam trocknenden Haaransatz und macht mir damit eine Gänsehaut, die absolut nichts mit Kälte zu tun hat.

»Nur wenn du mir verrätst, was du bei mir zu Hause vorhattest. Du und deine Stalkertendenzen!« Die Frage brennt mir schon die ganze Zeit unter den Nägeln, aber in meinem Kopf war bis gerade eben so viel los, dass ich es nicht geschafft habe, die passenden Worte zu formen.

Ich habe das Gefühl, dass seine Lippen sich kurz zu einem Lächeln verziehen, bevor er wieder ernst wird. »Du zuerst. Ich muss wissen, wie lange du schon in der Kälte warst.«

Ich nehme einen tiefen Luftzug, um ihm meinen Missmut darüber zu zeigen, dass er gewonnen hat. »Ich bin … joggen gegangen. Musste einfach raus, und in dem Moment schien mir das eine gute Idee zu sein. Ich habe dir doch von Roses Tagebuch erzählt. Du weißt genauso viel wie ich – es sieht alles so aus, als ob sie sich umgebracht hat. Aber ich kann das nicht glauben. Da muss einfach noch etwas dahinterstecken. Ist das verrückt, Forrest? Alles spricht dagegen. Meinst du, ich versuche einfach verzweifelt, die Wahrheit zu ignorieren?«

»Du kennst Rose am besten.«

Ich lache auf, Forrests Arme umschließen mich durch die Erschütterung meines Brustkorbes unweigerlich fester. »Mir wird immer klarer, dass eigentlich niemand Rose so wirklich kannte. Wahrscheinlich nicht mal sie selbst …«

»Hör mal, auch wenn manchmal alles dagegenspricht, und auch wenn es wahrscheinlich die kitschigste Floskel überhaupt ist: Hör auf dein Herz. Das vergessen die Leute immer wieder und machen dadurch alles kompliziert und sich selbst verdammt unglücklich. Wenn du das Gefühl hast, dass da noch etwas sein muss, dann solltest du dem nachgehen, finde ich.« Während er erzählt, klingt er fast so, als wäre er nicht mehr hier bei mir, zumindest nicht in Gedanken. Der Körper neben meinem, aber der Kopf und das Herz an irgendeinem anderen, weit entfernten Ort.

»Klingt, als hättest du Erfahrungen damit«, kommentiere ich, will ihn aber nicht ärgern und rede deswegen weiter. »Auf jeden Fall bin ich froh, dass du das auch so siehst. Ich habe mir überlegt, dass dieser Kerl, von dem Rose in ihrem Tagebuch geschrieben hat, etwas wissen könnte – oder besser muss. Mir fehlt irgendwie noch ein Faden, damit ich alles verbinden kann, und ich glaube, dass er der gemeinsame Nenner sein könnte, der alles miteinander verknüpft. Bloß habe ich keine Ahnung, wer er ist.«

»Und dann hast du gedacht, dass du einfach mal querbeet durch den Regen rennst und anschließend ein Nickerchen vor eurer Haustür machst – weil dich das der Lösung ja so viel näherbringt?«

»Witzig«, murre ich. »War ja klar, dass du dir das nicht verkneifen kannst.«

»Hey«, erwidert Forrest sanft und beginnt geistesabwesend, mit dem Daumen kleine, beschwichtigende Kreise auf meinem Arm zu ziehen. Die Berührung scheint selbst den dicken Sweatshirtstoff zu durchdringen und ihm gar nicht wirklich bewusst zu sein. »Ich habe auch allen Grund dazu – ist ja nicht alltäglich, seine Schüler halb erfroren am Straßenrand aufzusammeln … Aber ich wollte dich nicht unterbrechen.«

Sein Daumen an meinem Arm lenkt mich ab. Wie ist es möglich, dass ich mich wegen so einer kleinen, leichten Berührung kaum auf irgendetwas anderes, zum Beispiel auf das, was Forrest erzählt, und das, was ich sagen möchte, konzentrieren kann?

»Also gut«, versuche ich mich dann zusammenzureißen und weiterzureden, »ich bin dann auf die Idee gekommen, dass Dylan vielleicht wissen könnte, wer dieser ominöse ›Er‹ ist – immerhin hat Rose ihn mit ihm betrogen. Da kann es doch gut sein, dass er eine Ahnung hat, oder? Und ich war ja sowieso unterwegs, da habe ich mir gedacht, dass ich ja auch gleich einen Abstecher zu ihm nach Hause machen kann. Moral der Geschichte: Dylan ist nicht da, seine Mutter schickt mich weg und mir ist schweinekalt. Ich laufe ja seit einer Weile wieder, aber diese Strecke – und dann zu diesen Wetterbedingungen –, das ist einfach zu viel gewesen. Und dann, als ich es tatsächlich nach Hause geschafft hatte, musste ich feststellen, dass ich keinen Schlüssel dabeihatte. Ich hatte ihn zu Hause vergessen …«

»Wie das?«

»Na, du hast doch gesehen, wie suboptimal ich angezogen war – das war so eine Nacht-und-Nebel-Kurzschlussaktion – Schuhe an und los geht's. Ich musste einfach aus dem Haus raus. Über irgendetwas anderes habe ich mir gar keine Gedanken gemacht.«

»Und was ist jetzt der Plan? Wann bist du überhaupt losgelaufen?«

»Also, wenn das für dich in Ordnung ist, dann würde ich morgen gern den Schlüsseldienst anrufen. Ansonsten hätte ich das bei meinen Nachbarn versucht, sobald es eine halbwegs anständige Uhrzeit gewesen wäre. Und losgelaufen bin ich kurz nach unserem Gespräch, also so gegen … halb sieben?«

Forrest zieht scharf die Luft ein. »Dann warst du fast fünf Stunden draußen in diesem Eisregen! Sage, wenn ich nicht vorbeigefahren wäre, dann hättest du morgen früh gar niemanden mehr anrufen können …«

Sein Griff verstärkt sich, und wie aus einem Impuls heraus reibt er sein Kinn ein wenig an meinem Scheitel. Nach und nach sickert in mein Bewusstsein, in was für einer komischen Situation wir uns befinden – was ein sicheres Zeichen dafür ist, dass es mir erstens besser geht und Forrest zweitens maßlos übertreibt. So schlecht ging es mir auch wieder nicht.

»Aber warum bist du denn jetzt vorbeigefahren?«, frage ich. Ich mag mich noch nicht aus seiner Umarmung lösen.

»Ich hatte nach unserem Gespräch so ein schlechtes Gewissen, weil ich ja einfach aufgelegt habe und du offensichtlich nicht ganz bei dir warst. Ich habe dann noch ein paarmal angerufen, wollte gucken, ob alles okay ist – aber es ist niemand drangegangen. Weißt du, was ich dir gerade über das Gefühl erzählt habe? Und dass man darauf hören soll? Tja, das war der Moment, in dem mein Herz mir gesagt hat, dass etwas nicht stimmt – und dass ich besser einmal nach dir sehen sollte.«

»Ein sehr engagierter Lehrer«, stelle ich fest.

»Wohl eher ein sehr dummer«, murmelt Forrest so leise, dass ich ihn wohl nicht verstehen würde, wenn er nicht so nahe wäre. Dann löst er sich von mir. »Ich mache dir mal noch einen Kakao – oder möchtest du lieber Tee?«

»Tee wäre gut. Danke.«

Ohne ihn an meiner Seite fühle ich mich plötzlich wieder so schutzlos. Wie kann es sein, dass mein Körper etwas fühlt, etwas mit jeder Zelle und Gewissheit weiß, was gegen jegliche Vernunft und alles, was mir jeden Tag meines Lebens im Kopf verankert wurde, spricht?

Ich setze mich auf, und während ich ihn so in der Küche betrachte, fallen mir ein paar Dinge auf, die ich vorhin in all der Hektik gar nicht bemerkt habe.

»Du trägst Jeans? Und einen Pulli?«, spreche ich meine Beobachtungen aus und kann gerade noch verhindern, anzufügen, wie unverschämt gut ihm beides steht. »Wo sind die Hemden und der Tweed?«

Forrest dreht sich zu mir um, lacht und schenkt mir dann ein freches Grinsen. »In der Ecke im Schrank, wo die unangenehmen Lehrerklamotten hängen.«

»Das ist nicht wahr, oder? Das glaube ich ja jetzt nicht! Warum?«

Ich kann den Blick nicht von der verwaschenen Hose und dem grauen Pulli, der sich perfekt um Forrests Oberkörper schmiegt, wenden. Er sieht so lässig aus. So jung – und so gar nicht wie ein Lehrer. Eher wie ein Student oder ein Typ, den man in der Buchhandlung oder einem Café trifft. Auch seine Haare sind vom Regen ein wenig nass geworden, sodass sie sich nun noch mehr locken als sonst, vor allem im Nacken.

Mir gefällt dieses Ungestüme viel zu sehr.

»Wenn du kaum älter bist als deine Schüler, dann tust du eben alles, um wenigstens so zu wirken. Irgendwie muss man sich ja Respekt verschaffen.« Forrest zwinkert, und ich kann nur den Kopf schütteln. »Ich weiß«, sagt er, und er muss lachen, als er zwei Tassen Tee auf den Couchtisch stellt und mir bedeutet, ihn noch eine Weile ziehen zu lassen. »Bei dir hat das nicht unbedingt funktioniert.«

»Ach nein?«

Ich kann mir ein Grinsen nicht verkneifen, und als Forrest sich wieder zu mir aufs Sofa setzt, muss ich den Drang unterdrücken, näher an ihn heranzurücken. Hier in diesem schummrigen Licht, mit der Müdigkeit so tief in meinen Knochen verankert, habe ich das Gefühl, dass alles möglich ist.

(31-15)·2-6

Mein Magenknurren reißt Forrest und mich aus unserem Gespräch über seine Outfitwahl. Wer hätte gedacht, dass diese ganze spießige Kleidung auch nur eine Art von Schutzmantel ist? Aber irgendwo kann ich es verstehen – ich habe meine Kapuzen und Jackentaschen, er hat seine braunen Ledertreter und den Tweed.

»Hast du Hunger?«, fragt Forrest mich, aufgeschreckt durch das Geräusch.

Erst will ich es leugnen, aber dann schaue ich beschämt auf meine Hände, die fast ganz in den grauen Ärmeln von Forrests Pullover verschwinden. »Ein bisschen vielleicht«, gebe ich zerknirscht zu. »Kann sein, dass ich seit einer Schale Müsli zum Frühstück nichts mehr gegessen habe …«

»Mit Rührei kann ich, wie du vielleicht noch weißt, leider nicht dienen«, überspielt Forrest, wie erschrocken er ist, »aber ich schau mal, was ich so dahab.«

Er kramt in den Schränken und stellt sich ein paar Sachen auf die Arbeitsplatte. »Du weißt aber schon, dass das eine absolut unangebrachte Uhrzeit zum Essen ist und unseren Tagesrhythmus komplett zerstören wird, ja?«, murmelt er vor sich hin und zieht ein paar Schubladen auf, in die er prüfende Blicke wirft. Aus einer holt er etwas heraus.

Ich kann nicht so richtig erkennen, was er da macht. Mein Blick wird immer wieder von seinen schmalen Hüften und der Art, wie sich dieser verwaschene Pullover um seine Schultern spannt, angezogen. Er wirkt so viel jünger und freier.

»Du kannst kochen?«, frage ich erstaunt. Nach ein paar Fahrten zwischen den Fast-Food-Tüten im Cherry hätte ich damit nun wirklich nicht gerechnet.

»Natürlich!«

»Aber die Tüten ... in deinem Auto?«

»Ich sage ja nicht, dass ich es allzu oft tue«, lacht er, »aber Grundnahrungsmittel habe ich zumindest immer zu Hause. Und Dosenravioli, die halten ewig. Damit wirst du wohl vorliebnehmen müssen.«

Jetzt muss ich lachen, er dreht sich kurz um und zwinkert mir zu. »Ich kann aber schon auch andere Sachen – eigentlich sogar ganz gut, ohne mich jetzt selbst loben zu wollen. Dafür hat meine Mutter schon gesorgt.«

Als hätte er sich selbst dabei ertappt, von seiner Vergangenheit zu reden, wendet er den Blick ab und zieht die Schultern kaum merklich zusammen. Ich will nicht bohren, wirklich nicht, aber ich kann mir eine Frage nicht verkneifen. »Warum hier? Warum bist du von Texas weg und ausgerechnet nach Tacoma?«

Es ist mir immer noch ein Rätsel, denn offenbar vermisst er es – auch wenn er versucht, diese Tatsache zu verbergen.

Ich höre, wie Forrest einmal tief Luft holt, fast so, als würde er mit sich selbst ringen. »Na ja, ich wollte relativ weit weg, das weißt du ja. Aber es ist gar nicht so leicht, mit zweiundzwanzig schon einen Berufseinstieg zu schaffen, da kann man noch so ehrgeizig sein.

Klingt vielleicht überraschend, aber die Bereitschaft, einen Kerl anzunehmen, der ohnehin kaum älter als die Seniors ist und der zu allem Überfluss gerade mal den Bachelor hat, ist verblüffend gering. Der Bruder von ... einer Freundin kennt hier jemanden, der hier jemanden kennt, und der war ihm etwas schuldig. Deswegen bin ich, sobald ich den Abschluss in der Tasche hatte, hierher. Er musste mir versprechen, niemandem etwas zu sagen, aber das war auch das Mindeste, was er ... egal.«

Er hat recht – ich habe mir nie so wirklich Gedanken darüber gemacht, aber wenn ich ein bisschen überlege, dann ist er tatsächlich der einzige Lehrer an meiner Schule, der keinen Master hat.

»Dann gibt es ja heute richtige Gourmetküche«, lenke ich ab, will ihn nicht weiter drängen, über etwas zu sprechen, das er nicht zu erzählen bereit ist – und bin unheimlich stolz auf meine Selbstbeherrschung. Der Zucker im Kakao hat mich wach, aber nicht dumm gemacht – ich möchte dieses Entspannte zwischen uns jetzt nicht durch irgendwelche blöden Fragen zerstören.

Er grinst. »Wenn schon ein Mitternachtssnack, dann doch auch bitte einen ordentlichen.«

Ich muss lachen und pruste dabei ein wenig in den Tee, an dem ich gerade nippe. Mit immer noch ein wenig wackeligen Beinen stehe ich auf und setze mich auf die Arbeitsplatte neben dem Herd, beobachte Forrest, wie er gedankenverloren in dem Topf rührt, in den er den Inhalt der Dose gekippt hat. Schon bald steigt Dampf auf, der so verlockend duftet, dass mein Magen ein weiters Mal sehnsuchtsvoll knurrt.

»Ich muss mal eben an den Schrank da hinter dir«, sagt Forrest, und ich schenke ihm ein freches Lächeln.

»Ja?«

»Du bist unmöglich«, meint er, und eine Sekunde später steht er direkt vor mir und holt etwas von den Regalbrettern. Anhand des Schepperns würde ich auf Teller tippen. Aber anstatt sich damit wieder von mir wegzubewegen, verharrt er, wie und wo er ist, und stellt die Teller geistesabwesend einfach neben mich. In dieser Position sind wir genau auf Augenhöhe, und auch in dem schwachen Licht kann ich diese Sprenkel in Forrests Augen ausmachen, in denen ich mich stundenlang verlieren könnte.

Er ist so nah vor mir, dass ich das Gefühl habe, die Luft zwischen uns lädt sich nach und nach immer mehr auf.

»Absolut unmöglich«, flüstert Forrest, mein Blick huscht auf seine Lippen, wie sie die Worte formen.

Plötzlich liegt da seine Hand auf meiner Wange, und das ist gleichzeitig das schönste und das schlimmste Gefühl, das ich mir vorstellen kann. Schön, weil mein ganzer Körper von Sehnsucht und Gänsehaut überzogen wird, und schlimm, weil es einfach alles für mich ist. Und das ist ziemlich intensiv, fast schon zu intensiv.

Zur einen Hand gesellt sich die andere, sodass Forrest mein Gesicht mit beiden Händen umfängt. Plötzlich verflüchtigt sich der leise Zweifel, der noch in seiner Berührung gelegen hat, und noch in derselben Sekunde liegen seine Lippen auf meinen.

Ich keuche auf und Forrest nutzt den Moment, um den Kuss zu vertiefen. Er hat etwas Verzweifeltes, und vermutlich habe ich das auch, denn ich schlinge meine Beine um seine Hüften und vergrabe meine Hände in seinen Haaren, nur um ihn noch näher bei mir zu spüren.

Mein ganzer Körper brennt dort, wo er mich berührt, konzentriert sich auf diese Hitze auf meinen Lippen, die mich durch und durch mehr als einfach nur aufwärmt.

Es ist kein süßer Kuss, vielmehr ist er bitter, fordernd und ungestüm. Er ist der Abschied von jeder Chance, noch irgendwie zurückzukönnen, und er schmeckt wie das ganze volle Leben, nicht nur wie dieses halbe, das ich bislang kannte.

Habe ich eben noch gedacht, dass sich die Luft elektrisch auflädt, so höre ich jetzt regelrecht, wie sie knistert …

»Forrest«, raune ich und lasse meine Hände auf seine Brust gleiten, spüre seinen schnellen Herzschlag und schiebe ihn dann, als er immer noch nicht aufhört, an meiner Unterlippe zu knabbern, und meine Selbstbeherrschung damit auf eine gewaltige Probe stellt, sanft von mir.

Kaum bemerkt er, was ich getan habe, schleicht sich in seine Augen ein Ausdruck, der mir das Herz bricht.

»Oh Gott, es tut mir so leid, ich hätte nicht …«

»Ich bin so froh, dass du es getan hast«, beschwichtige ich ihn, »aber ich glaube, die Ravioli brennen gerade an.«

Immer noch aufgewühlt wendet er sich ab und nimmt den Topf mit fahrigen Bewegungen vom Herd.

»Es tut mir so leid, das hätte nie passieren dürfen. Oh Gott …«, murmelt Forrest und rauft sich die Haare. Er sieht überallhin, nur nicht in meine Augen, während unser beider Atem immer noch schwer geht.

»Hey«, sage ich, aber er scheint mich gar nicht zu hören.

»Es ist falsch. Ich hätte dir nie so nahekommen dürfen. Du bist meine Schutzbefohlene – und ich bringe uns, bringe *dich* in solche Schwierigkeiten …«, flüstert er einfach weiter wie in Trance. »Was bin ich nur für ein Mensch …«

»Forrest«, sage ich nun eindringlicher, gleite von der Arbeitsplatte, gehe auf ihn zu und lege ihm die Hand auf den Arm. »Sie mich an«, fordere ich und rede erst weiter, als er nach einigem Zögern der Aufforderung nachkommt. »Es ist okay. Ich werde niemandem etwas davon sagen, dass es diesen Augenblick je gegeben hat. Aber bitte sag nicht, dass es ein Fehler war, weil sich in diesem Moment endlich einmal alles richtig angefühlt hat und ich es nicht ertrage, wenn du so darüber denkst.«

Ich muss schwer schlucken und beiße mir auf die Innenseite meiner Wange, um nicht zu weinen.

Forrest greift nach den Tellern, füllt beide mit Ravioli, steckt jeweils einen Löffel rein und reicht mir den volleren. Dann setzt er sich auf die Arbeitsplatte, und ich tue es ihm gleich.

Schweigend fangen wir an zu essen, und nach ein paar Minuten gelingt es mir nicht mehr, die Tränen zurückzuhalten.

»Du hast die Ravioli anbrennen lassen, Forrest. Du hättest sie viel früher vom Herd nehmen müssen«, bringe ich mit zittriger Stimme heraus. »Oder sie gar nicht erst machen dürfen. Hättest du sie gar nicht erst gekocht, wäre das alles nicht passiert – du kannst doch nicht einfach zulassen, dass sie anbrennen, wenn du weißt, wie falsch es ist.«

Am liebsten wäre ich jetzt weit, weit weg – nicht hier bei ihm, der sagt, dass etwas, was ich so richtig anfühlt, falsch und ein Fehler ist und damit mein Herz, das gerade angefangen hat, für ihn zu schlagen, von sich stößt. Aber wo soll ich hin? Wenn ich ehrlich bin, dann ist Forrest doch der Einzige, den ich habe – und den ich gleichzeitig nicht haben kann.

In seinen Augen sehe ich, dass er genauso sehr wie ich weiß, dass wir hier nicht über das Essen reden.

»Ich hasse es«, sagt er schließlich. »Ich hasse es, erwachsen zu sein, diese Art von Verantwortung zu übernehmen. Meine Freunde sind immer noch am College, einige haben nicht einmal angefangen. Mein ehemaliger bester Freund wohnt immer noch bei seinen Eltern, und das Einzige, worum er sich kümmern muss, ist, rauszufinden, wo man abends am besten feiern gehen kann. Ich hasse es, dass dieses Leben für mich schon meilenweit entfernt war, bevor ich überhaupt danach greifen konnte. Ich hasse es, dass alles in diese Richtung gelaufen ist. Und ich hasse es, dass du nur viereinhalb Jahre jünger bist als ich und ich dich trotzdem nicht so angucken darf, wie ich es möchte. Dass ich diesen Job angenommen habe und damit das einzig Gute, was mir in den letzten Jahren passiert ist, nicht festhalten darf.« Er seufzt und mir fällt auf, wie zittrig er einatmet. »Ja, ich habe die Ravioli anbrennen lassen. Und ja verdammt, ich hätte sie gar nicht erst kochen dürfen, ich weiß. Ich weiß, dass ich damit selbst schuld bin, und auch dafür hasse ich mich. Für meine eigene Schwäche und Selbstsüchtigkeit. Es tut mir so unendlich leid, Sage, das kannst du dir gar nicht vorstellen.«

Ich spüre, wie mir stille Tränen über die Wangen rinnen, während ich meine Hand vorsichtig neben Forrests lege.

»Ich bereue nichts, wirklich nicht, und wenn wir einmal ehrlich sind, dann sind die Ravioli doch schon angebrannt, seit wir uns das erste Mal allein getroffen haben. Davor konnte ich dich nicht ausstehen. Ich dachte, dass du jeden Morgen einzig mit dem Gedanken aufwachst, wie du mich am besten ärgern kannst, und an diesem Abend ist mir klar geworden, dass du mich verstehst und auf eine Art berührst, die ich selbst nicht beschreiben kann.«

»Vermutlich hast du recht – und spätestens da hätte ich sie schon vom Herd nehmen müssen. Aber ich konnte nicht. Ich habe so oft darüber nachgedacht, was ich tun kann, habe den Notausgang gesucht -- und letztlich nicht die Stärke gehabt, hindurchzugehen. Und jetzt sieh uns an – ich bringe hier deine ganze Zukunft in Gefahr.«

Sein kleiner Finger legt sich über meinen, trotz seiner Worte und wie von selbst, und sofort ist da wieder diese Verbindung, die unsere Gedanken längst haben.

»Ich werde dir hieraus keinen Strick drehen«, sage ich und lasse dabei bewusst offen, ob ich nur den Kuss von eben meinte oder vielleicht die Option, dass es noch mehrere geben kann. Denn das ist es, was ich mir wünsche. Schon jetzt muss ich mich zusammenreißen, nicht noch einmal durch Forrests Haare zu fahren, wo ich mittlerweile weiß, wie sie sich zwischen meinen Fingern anfühlen. Ich möchte seine Hände wieder auf meinem Körper, seine Lippen auf meinen spüren. Es ist wie eine Droge, wie ein Rausch – seine Berührungen sind ganz anders als die von Dylan. Ich habe angenommen, dass es immer so ist, wenn man mit jemandem zusammen ist – so mechanisch, eine kontinuierliche Abfolge von Berührungen, auf die der Körper reagiert, die den Geist aber kalt lässt. Berührungen, die im besten

Fall dafür sorgen, dass sich die Gedanken ein bisschen langsamer drehen. Jetzt kann ich nicht mehr verhindern, mich zu fragen, wie es mit Forrest wäre – wo schon allein sein Kuss jeden Winkel meines Körpers auf diese süchtig machende Weise berührt.

»Sage«, murmelt er, als ob er meine Gedanken gelesen hätte, »die Menschen sind doch nicht blind. Wir können nicht zusammen im Unterricht sitzen und so tun, als wäre alles beim Alten.«

»Was willst du denn tun?«

»Ich weiß es nicht!«, sagt er, unwirsch, laut, verzweifelt. Bewegt sich ruhelos durch den kleinen offenen Raum, bleibt wieder vor mir stehen, dieses Mal mit einigem Abstand.

Ich gleite erneut von der Arbeitsplatte, nähere mich ihm scheu ein paar Schritte.

»Ich weiß es wirklich nicht«, flüstert er, und dieses Mal bricht seine Stimme.

»Ich schlage dir einen Deal vor«, murmele ich, so dicht vor ihm, dass ich mich jetzt, wo ich endlich weiß, wie gut sich diese Lippen auf meinen anfühlen und wie sehr ich sie wieder dort spüren will, kaum denken kann. »Ein Wochenende – Samstag, Sonntag. Ein Wochenende lang tun wir so, als wäre ich nicht deine Schülerin und du nicht mein Lehrer. Wir sind einfach Sage und Forrest. Zwei Leute, du und ich. Das ist alles.«

»Und danach?«, fragt er skeptisch, aber ich höre die Sehnsucht schwer und verlangend in seiner Stimme, wie sie gegen die Vernunft kämpft. Es ist eine unsäglich dumme Idee, das weiß ich, und das weiß er vermutlich auch, aber es ist mitten in der Nacht, und als er mich das erste Mal geküsst hat, da ist etwas zwischen uns eingerissen, was jegliche Hoffnung auf Umkehr sowieso vergeblich gemacht hat.

Wir sind lange genug wie zwei Planeten umeinander herumgekreist, mal mehr, mal weniger nahe, und jetzt sind wir kollidiert, sowieso schon zerstört und zum Scheitern verurteilt – da können wir uns doch wenigstens zwei Tage klauen, um einen winzigen Teil von dem zu erhaschen, was uns eigentlich verwehrt bleibt.

»Danach«, murmele ich, meine Hand wie von selbst auf seiner Brust, sein Herzschlag schnell gegen meine Finger, »danach ist nichts.«

Und dann beuge ich mich vor, besiegele unser Arrangement mit einem Kuss, dem Forrest sich zunächst entziehen will. Dann spüre ich seinen Zweifel dahinschmelzen, und als ich mit meiner Zunge über seine Lippe fahre, scheint es gänzlich mit seiner Beherrschung vorbei zu sein und jeglicher Widerstand fällt, als er mit einem Stöhnen den Kuss vertieft.

Eine Gänsehaut breitet sich über meinen ganzen Körper aus, Forrests Hände sind plötzlich überall – und doch nicht genug. Ich will, nein, ich brauche mehr. Ich möchte vergessen, wer er ist, wer ich bin, wer wir sind. Ich muss wissen, wie es sein kann, wenn man jemanden wirklich braucht, wirklich will, und ich halte es nicht mehr aus, die bloße Möglichkeit zu erahnen, ohne sie nutzen zu können.

Forrest küsst mich fordernd und mit genau dem gleichen Verlangen, das auch durch meine Adern fließt. Ich schmecke meine Tränen zwischen unseren Lippen und küsse ihn härter, verzweifelter, fahre mit den Händen unter den Saum von seinem Pullover und spüre, wie er erschaudert.

Seine Haut fühlt sich so gut an, und ich muss einfach wissen, wie es ist, sie an meiner zu spüren. Da ist einfach viel zu viel Stoff zwischen uns, zu viel, was uns noch trennt.

Offenbar hat Forrest den gleichen Gedanken, denn wir entledigen uns beide hektisch der Pullover.

Einen Moment halten wir inne. Ich spüre, wie er mich ansieht und scharf die Luft anhält, etwas darüber murmelt, wie schön ich sei, die Stimme ganz heiser vor Sehnsucht. Aber ich habe nur Augen für seinen Oberkörper, auf dem sich genau die richtige Menge Muskeln subtil unter der Haut hervorhebt.

Anders als bei Dylan, bei dem jeder Fetzen Haut eine eigene Trainingsgeschichte erzählt, ist Forrest schlaksiger, gleichzeitig aber auch reifer. Und als er dann mit den Händen an meinen Flanken entlangfährt, meinen Körper berührt, als wäre er etwas Kostbares, und sanft meine Brüste neckt und eine Spur federleichter Küsse an meinem Hals herabzieht, da ist jeglicher Vergleich mit Dylan vergessen.

Ich seufze wohlig auf, als Forrest uns in Richtung Bett dirigiert, meinen Bauch mit Küssen übersät und dann plötzlich seine Zunge in meinen Nabel wandern lässt.

Ich kreische auf und fange dann an zu kichern, als er plötzlich damit weitermacht, meine Seiten zu kitzeln, bis ich nicht mir an mich halten kann und laut und glücklich lache.

»So ein schönes Geräusch«, sagt Forrest, lässt sich selbst mit dem Rücken aufs Bett fallen und zieht mich mit dem Kopf auf seine Brust, bis dieser bequem an der Kuhle von Hals und Schulter zur Ruhe kommt. Ich bin ganz gefangen davon, wie gut unsere Körper zusammenpassen, wie sie sich ergänzen, als wären sie dafür gemacht worden, und lasse meine Finger über Forrests Brust gleiten, nur um meine Lippen der Spur, die sie ziehen, folgen zu lassen. Forrest greift sanft nach meinem Kopf, fährt mir mit der Hand übers Haar und murmelt, als er uns beide zudeckt: »Lass uns schlafen.«

»Was?«, frage ich entrüstet. »Ich ... ich dachte ...«

Ich spüre, wie meine Wangen rot werden, aber Forrest hat schon den Arm ausgestreckt und einen Lichtschalter neben dem Bett betätigt, sodass wir nun in vollkommene Dunkelheit gehüllt sind.

»Nein, Sage, nicht so. Nicht nach so kurzer Zeit, nicht, wenn du so müde bist und gar nicht weißt, worauf du dich einlässt, und erst recht nicht, wenn nach zwei Tagen alles vorbei sein soll. Wenn wir miteinander schlafen, dann nicht mit dem Wissen im Nacken, dass die Zahl begrenzt ist, weil es mir jetzt schon schwerfällt zu glauben, dass alles, was ich mit dir mache, limitiert ist. Dass mir nur ein bestimmtes Kontingent bleibt, bei dem ich dir durch die Haare fahren darf.« Forrests Hand spielt mit den Strähnen, die mittlerweile wieder trocken und durch unsere Küsse ziemlich durcheinandergebracht sind. »Dass ich dir in weniger als achtundvierzig Stunden nicht mehr sagen darf, wie schön sich deine Haut unter meinen Fingern anfühlt. Wie gut deine Lippen schmecken. Wie schön dein Lachen klingt. Dass mein Herz aufgeht und ich dich eigentlich viel öfter zum Lachen bringen möchte, als ich es darf. Unter solchen Umständen, wenn alles ein Verfallsdatum hat, da werde ich ganz sicher nicht mit dir schlafen. Dafür bist du mir viel zu wichtig.«

Ich seufze auf, weil seine Worte etwas in mir berühren, das so tief liegt, dass ich mir nicht einmal sicher bin, ob ich schon jemals zugelassen habe, dass es an die Oberfläche dringt.

»Und jetzt schlaf«, sagt er. »Du hattest heute einen Tag, der hart genug war.«

Und tatsächlich dauert es nicht mal mehr eine Minute, bis meine Augen zufallen und mich das stete Schlagen von Forrests Herz in Geborgenheit wiegt und in einen erholsamen Schlaf gleiten lässt.

»Können Sie mir denn wenigstens etwas über die Einrichtung sagen?«, fragt mich der Mann vom Schlüsseldienst am späten Samstagnachmittag. Forrest und ich haben den größten Teil des Tages im Bett verbracht, in dieser kleinen Blase, die uns von der Außenwelt abschirmt.

Ich bin als Erstes aufgewacht, habe mich aber tatsächlich ausgeschlafen gefühlt, was selten genug vorkommt, und ein paar Minuten einfach nur diesen wundervollen Mann neben mir betrachtet, wie er friedlich geschlafen hat, ein paar verirrte Locken in der Stirn und die Mundwinkel ganz leicht wie zu einem seligen Lächeln gekräuselt.

In diesem Moment hat etwas in mir klick gemacht. Ich will mehr als nur ein Wochenende mit Forrest, zwei Tage sind nicht genug. Ich bin im Begriff, mein Herz an diesen Mann zu verlieren, und wenn das geschieht, dann will ich wissen, dass er es bei sich tragen wird. Und dieses Gefühl, das macht mir so viel Angst, wie es kaum etwas anderes in meinem Leben je getan hat.

Als hätte Forrest meinen Blick gespürt, haben seine Augenlider langsam zu flattern begonnen, bis sein verschlafener Blick meinem begegnet ist.

»Wie spät ist es?«, hat er mit einer Stimme gefragt, die vom Schlaf noch ganz rau war und mir eine Gänsehaut die Wirbelsäule hinuntergejagt hat.

»Keine Ahnung«, habe ich erwidert und konnte dabei nicht verhindern, wie blöd zu grinsen. Ich hätte nie gedacht, dass ich einmal in meinem Leben diese Art von Leichtigkeit und Glück würde spüren können, aber da war sie, genau in diesem Moment, ganz dicht bei mir.

»Das ist definitiv zu früh«, hat Forrest erklärt, die Hand nach mir ausgestreckt und mich an seine Brust gezogen. Nur ein paar Momente später ist er neben mir wieder in einen tiefen Schlaf geglitten.

Nach einer Weile wurde mir seine Wärme, sein schwerer Arm auf meiner Seite und sein Griff, der mich auch im Schlaf so fest umklammert hielt, als wolle er mich nie wieder loslassen, einfach zu intensiv, und ich habe mich vorsichtig aus der Umarmung gewunden und bin wie selbstverständlich ins Bad getapst, um mir eine wohlverdiente Dusche zu genehmigen. Dass Forrest mich in diesem Zustand trotzdem so dicht bei sich haben wollte, ist mir wirklich ein Rätsel.

Als ich das Badezimmer wieder verlassen hatte, hat er mich schon mit einem verführerisch duftenden Frühstück begrüßt. Ich war überrascht davon, wie leicht alles mit Forrest war, wie unbeschwert, bin es immer noch, auch wenn die tickende Uhr, die unser Arrangement mit sich brachte, drohend über unsere beiden Köpfe ragt.

Wir haben geredet, uns ein bisschen geneckt, und Forrest hat mich so oft zum Lachen gebracht, wie ich es vermutlich in den ganzen letzten Jahren nicht mehr erlebt hatte. Jedes Mal, wenn er wie beiläufig nach meiner Hand gegriffen oder einen Kuss auf meinen Scheitel gedrückt hat, habe ich mich ... richtig gefühlt. Lebendig. Gewollt. Gel... nein, zu früh. Viel zu früh.

Ich versuche, meine Gedanken wieder auf den Mann vom Schlüsseldienst zu fokussieren, der mich nach wie vor fragend anblickt. Wir stehen vor unserer Haustür, er, Forrest und ich, bloß will er sie nicht öffnen. Dabei sollte er genau das schleunigst tun. Der dicke Kastenwagen mit dem Logo des Unternehmens an den Seiten ist schon auffällig genug, und wenn mich dann einer der Nachbarn hier mit meinem Englischlehrer sieht – selbst wenn der gerade mit nüchternem Abstand zu mir steht –, dann ist das Chaos definitiv perfekt und die Erklärungsnot groß.

»Wie gesagt«, erkläre ich langsam und, wie ich hoffe, eindringlich, »mein Ausweis liegt im Haus. In der Geldbörse auf der Kommode im Flur. Wenn Sie mich reinlassen ...« Ich sehe ihm tief in die müden grauen Augen und dann noch einmal auf sein Namensschild. »Wenn Sie mich reinlassen, dann kann ich den Ausweis holen, Ihnen zeigen, und dann haben Sie die Gewissheit, dass ich tatsächlich hier wohne und gerade nicht mitten am Tag den Schlüsseldienst zur Beihilfe bei einem Einbruch angerufen habe.«

Im Blick des Schlüsselmannes sehe ich keine Regung. Ich weiß nicht einmal, ob Dave, wie er sich mir vorgestellt hat, sein echter Name ist oder ob einfach alle Mitarbeiter vom Schlüsseldienst schon aus Prinzip so heißen müssen. Was weiß ich? Und nach dem heutigen Tag ist mein Bestreben, die These zu überprüfen, auch äußerst gering. Ich knirsche mit den Zähnen.

Ich werfe einen Blick auf Forrest, der nur mühsam ein Grinsen unter Verschluss hält. Verräter! Ein bisschen mehr Unterstützung wäre durchaus angebracht.

Patrick. Korrigiere ich mich. Forrest heißt Patrick. Auch das hat er mir heute verraten – zusammen mit der Tatsache, dass er den Spitznamen, den ich ihm gegeben habe, viel lieber mag.

»Können Sie mir denn etwas über das Aussehen der Kommode sagen?«, fragt Dave gelangweilt. Vermutlich ist er von seinem Arbeitstag genauso angeödet wie ich von seiner Lahmarschigkeit.

»Braun«, sage ich, »Holz, dunkel. Fünf breite Schubladen,die erste hat einen Kratzer auf der linken Seite, der etwa drei Zentimeter lang ist und vergeblich mit Holzlack zu vertuschen versucht wurde. Die Knäufe sind aus Bronze und sehen ziemlich dekadent aus – reicht das?«

»Na ja«, Dave kratzt sich an seinem Kopf, »theoretisch hätten Sie die auch von draußen sehen können, durch das Glas in der Tür, wissen Sie? Können Sie mir vielleicht noch etwas anderes sagen?«

»Kumpel«, mischt Forrest sich jetzt doch ein und klingt dabei ziemlich amüsiert, »du verspielst dir hier gerade sämtliches Trinkgeld. Würdest du bitte einfach die Tür aufmachen, ansonsten schlagen wir einfach eines der Fenster ein, ist ja nicht so, dass wir dich zwingend brauchen.«

Forrest sieht bedeutungsschwer auf einen der Ziersteine, die im Vorgarten liegen. Und tatsächlich, Dave macht sich an die Arbeit.

Ich ziehe eine Augenbraue hoch und schaue Forrest zweifelnd an. Er lacht und hebt die Hand, wie um mir eine verirrte Haarsträhne hinters Ohr zu streichen, lässt sie dann aber wieder sinken. Er darf nicht, hier kann uns jeder sehen. Ich muss schwer schlucken.

Als wir schließlich ins Haus gegangen sind und ich Dave, dem Halsabschneider, ein paar Scheine in die

Hand gedrückt habe, ist das Erste, was Forrest sagt: »Ich will mehr als nicht mal mehr zwei Tage, Sage.«

Ich sehe ihn an. Das spricht definitiv gegen die stummen Regeln des Deals, jetzt darüber zu sprechen.

»Komm erst mal richtig rein«, bitte ich ihn dann und höre, wie er hinter mir in die Küche läuft.

»Möchtest du was trinken?«, frage ich ihn.

»Ich kündige meinen Job«, erklärt Forrest ohne Umschweife. »Ich finde schon was anderes.«

Jetzt ziehe ich scharf die Luft ein. Die Vorstellung, dass er … für mich …

»Nein«, sage ich stattdessen, »das kannst du nicht tun.«

»Wieso nicht?«

»Weil das vollkommen irre ist, Forrest!«

»Irre ist, *das hier* für einen blöden Job aufzugeben!« Er sieht mir tief und ernst in die Augen, bis ich seinem Blick nicht mehr standhalten kann.

»Ich will mich wirklich nicht mit dir streiten«, gebe ich zu und fahre mir durch die Haare, »aber das ist einfach nur dämlich. Du kannst nicht deine Arbeit – deine Arbeit, die du *liebst,* verdammt – für jemanden wie mich aufgeben. Du hast dir das hart erkämpft – und wer weiß, wann du wieder eine Stelle findest. Was soll denn aus der Englisch-AG werden, Forrest? Sie brauchen dich. Du kannst sie jetzt nicht hängen lassen. Wenn hier irgendwer irgendetwas macht, dann ich. Ich wechsle einfach die Schule.«

Kaum habe ich die Worte ausgesprochen, stelle ich fest, dass sie in meinem Unterbewusstsein längst Gestalt angenommen haben und ich bislang bloß nicht den Mut hatte, sie Forrest zu gestehen. Natürlich. Das ist die Lösung.

»Auf keinen Fall!«, sagt Forrest stürmisch. »Du machst nächstes Jahr deinen Abschluss, das darf nicht durch einen überstürzten Schulwechsel gefährdet werden. Außerdem kannst du deine Freunde jetzt nicht hängen lassen. Kit Kat sieht zu dir auf, als wärst du ihre Entenmama, und lässt sich mittlerweile nicht mehr alles gefallen. Und Zachary saß auch in den letzten Mittagspausen mit euch am Tisch – wenn ich mich nicht irre, hat er sogar gelächelt. Genauso wie du. Ihr tut euch gut. Da werde ich dich garantiert nicht rausreißen, um nichts in der Welt!«

Ich seufze bitter. »Warum muss das alles so schwer sein?«

Ich weiß es ja selbst. Es ist irrsinnig, jetzt so viel aufzugeben, nur um mit Forrest etwas anzufangen, das zwar im Moment funktionieren mag, bereits in ein paar Wochen vielleicht aber schon vorbei sein kann. Auch wenn das schwer vorzustellen ist. Ich bin ja selbst überrascht von der Woge an Gefühlen, die mich überrollt, von ihrer Tiefe und Eindringlichkeit – es macht mir Angst, wie intensiv alles zwischen uns ist.

»Lass uns erst einmal das Wochenende genießen«, sage ich dann, denn vielleicht ist alles nur ein Traum und der Zauber in ein paar Stunden wieder vorbei, die Kutsche wieder ein Kürbis und Cinderella wieder Aschenputtel. »Und danach sehen wir weiter.«

»Ich schätze«, meint Forrest, kommt auf mich zu und presst seine Lippen auf meine Stirn, seine Stimme an meiner Haut vibrierend, »dass ich froh sein kann, dass sich das ›Danach ist nichts‹ in die Option ›Und danach sehen wir weiter‹ gewandelt hat. Aber zufrieden macht es mich trotzdem nicht.«

Mich doch auch nicht, denke ich betrübt, ganz und gar nicht.

229÷27

Ich ziehe den Kajal nach und verstaue ihn in dem kleinen Seitenfach meiner Tasche.

In ihr sind ein paar Wechselsachen – auch wenn ich darauf spekuliere, wieder einen von Forrests Pullovern tragen zu dürfen –, Zahnbürste und Zahnpasta – und etwas zum Lesen. Das Nötigste eben, was man so mitnimmt, wenn man drauf und dran ist, eine weitere gestohlene Nacht bei dem Mann, den man mehr mag, als man sollte, zu verbringen.

Nachdem ich einen letzten prüfenden Blick in den Spiegel geworfen und meinen engen schwarzen Pullover glatt gestrichen habe, gehe ich die Treppenstufen hinunter.

»Wollen wir?«, frage ich Forrest. Er steht im Flur und betrachtet nachdenklich ein paar der Bilder, die dort hängen und stehen.

»Ihr habt einen Hund?«

Ich sehe zu Boden. »Nein.«

»Oh Mist, sorry«, sagt Forrest und legt mir vorsichtig eine Hand auf die Schulter, »das wollte ich nicht.«

Das Ganze ist ihm sichtlich so unangenehm, dass ich ein Grinsen bald nicht mehr unterdrücken kann.

»Und wir hatten auch nie einen, das ist nicht unserer. Keine Ahnung, wem der gehört.«

Es braucht ein paar Sekunden, bis Forrest realisiert. »Du hast mich verarscht!«

»Im Prinzip warst du es selbst«, grinse ich und mache ihn nach: *»Oh sorry, das wollte ich nicht.«*

»Witzig.«

»Ich weiß.«

Ich gehe auf das Bild zu, betrachte den goldenen Labrador und fahre mit dem Zeigefinger ein wenig über den glatten Rahmen. Irgendwie habe ich den Drang, die Sache zu erklären, auch wenn er mich dann vermutlich für verrückt halten wird.

»Als Kind hab ich ihn Barney genannt und mir manchmal vorgestellt, er wäre unser Hund. Meine Mom weiß Kunst sehr zu schätzen. Familienfotos sind in ihren Augen keine.«

»Das heißt …?«

»Das heißt, das Bild von dem Hund kommt aus einer Galerie in Seattle und wurde von einem Künstler gemacht, dessen Fotos mittlerweile für vierstellige Beträge den Besitzer wechseln.«

Forrest zieht die Augenbrauen hoch. »Das ist … irgendwie …«

»Traurig«, vervollständige ich seinen Satz. »Ich weiß. Wollen wir los?«

Der Samstag bei Forrest ist so entspannt verlaufen, dass ich mich glatt dran gewöhnen könnte. Ich liebe es, dass er offenbar genauso wenig die Finger von mir lassen kann wie ich von ihm und dass er das bei jeder Gelegenheit unter Beweis stellt. Selbst wenn er mich nur wie durch Zufall streift, steht mein ganzer Körper unter Spannung, lehnt sich ihm entgegen.

Bei ihm in der Wohnung, vor allem aber mit ihm zusammen, kann ich einfach ich selbst sein, unbeschwert, frei. Er kennt bereits alle Ecken meiner Seele, selbst die dunkelsten, die sogar ich die meiste Zeit zu ignorieren versuche, und trotzdem ist er bei mir, sieht mich mit einem Blick an, in dem nichts als Zuneigung ist und der ein wohliges Prickeln über meinen ganzen Körper sendet. Sein Versprechen, mich öfter zum Lachen zu bringen, hält Forrest definitiv ein, und so sind wir am Abend nach einer ausgiebigen Kissenschlacht erschöpft ins Bett gefallen und haben den ganzen Vormittag verschlafen, einfach, weil es so ein schönes Gefühl ist, so dicht beieinanderzuliegen, die Beine und Arme umeinandergeschlungen. So schön, weil dieses simple Beisammensein uns so lange nicht vergönnt gewesen ist.

Ich muss immer noch lächeln, wenn ich an das verführerisch duftende Mittagessen denke, mit dem Forrest mich schließlich aus dem Bett gelockt hat, an den Film, den wir danach geschaut haben – *The Breakfast Club*, welchen auch sonst? – und an die spontane Tanzeinlage, in die wir dann irgendwann einfach gerutscht sind, weil wir ein bisschen Musik gehört haben.

Ich rubbele mir die vom Duschen nassen Haare mit einem Handtuch trocken und schlüpfe dann in einen von Forrests Pullis, weil mir aufgefallen ist, dass er mich genauso gern darin sieht, wie ich sie trage. Ich ziehe eine Leggings von mir darunter, die betont, wie sehr sich meine Beine durch das Laufen zum Positiven verändert haben.

So glücklich wie seit Langem nicht mehr tapse ich in Richtung Küche, leise, um ihn zu überraschen, indem ich von hinten die Arme um ihn lege und ihm einen

Kuss auf die Schulter drücke. Das habe ich heute schon einmal gemacht, und das schien ihm gut gefallen zu haben – zumindest hat er mich danach lange und ausgiebig geküsst, bevor er etwas von Selbstbeherrschung gemurmelt und mich gefragt hat, ob ich einen Tee möchte.

Nein, aber dich, hätte ich am liebsten geantwortet und ihn damit gänzlich auf meine Seite gezogen. Ich habe mir letztendlich aber doch auf die Lippe gebissen, weil er ja recht hat, und mich mit einer heißen Tasse Tee aufs Sofa verkrümelt.

Ich will gerade um die Ecke biegen, da höre ich ihn reden. »Du, ich muss jetzt auflegen. Ja, wir sprechen uns morgen wieder, Süße. Mach's gut.«

Ich erstarre in der Bewegung, mein Herz setzt einen Schlag aus, bevor es damit beginnt, doppelt so schnell wie vorher in meiner Brust zu klopfen. Wahrscheinlich habe ich etwas falsch verstanden. Ganz sicher sogar. Aber als ich mit Schritten, die laut genug sind, um von Forrest gehört zu werden, um die Ecke biege, sehe ich, wie er sich versteift und das Telefon so schnell, als ob es Feuer gefangen hätte, zurück in die Station steckt. Das ist der Moment, wo etwas in mir einen Knacks bekommt und ich eine Frage nicht vermeiden kann, weil ich befürchte, dass es sonst reißt und dann zerbricht.

»Wer war das?«, bringe ich heraus. »Forrest?«, hake ich nach, als ich keine Antwort bekomme, und weiche ein paar Schritte vor ihm zurück, als ob seine bloße Nähe mich verbrennen würde, bis ich mit den Händen und den Hüften gegen die Arbeitsplatte hinter mir stoße. »Wen hast du da gerade ›Süße‹ genannt?«

Ich kann seinen Blick nicht sehen, seine Gefühle nicht deuten, weil er mir immer noch den Rücken zuwendet.

Mein Herzschlag ist auf einmal so laut, dass er alles andere übertönt, und ich merke, wie meine Knie beginnen, unter meinem Gewicht nachzugeben.

Nein, denke ich und fluche, dass ich nicht weiter nach hinten ausweichen kann. Nein, ich werde jetzt nicht voreilig sein. Ich kenne das aus grottigen Filmen und Büchern. Die naive Protagonistin denkt, dass ihr Mr Right etwas mit einer anderen hat, lässt ihn nicht ausreden. Sie streiten sich, werfen sich gemeine Dinge an den Kopf, vergeuden zu viel Zeit damit, dem anderen nicht zuzuhören. Ich weiß, wie es ist, wenn einem nicht zugehört wird.

Und ich kenne Forrest. Gleich wird er alles aufklären. Mir sagen, dass das seine Schwerster oder beste Freundin oder Wer-auch-immer war. So läuft das doch immer ab, oder nicht? Warum also nicht auch bei uns?

»Meine Verlobte«, erklärt er mir stattdessen tonlos, und als er sich zu mir umdreht, liegt in seinen Augen dieser entschuldigende Ausdruck, der alles nur noch schlimmer macht. Meine Welt, meine kleine, friedliche Schneekugel, in der einmal alles irgendwie gut war, zerspringt zu meinen Füßen in tausend Stücke. Bitterkaltes Wasser plätschert auf den Boden, Eisberge aus Scherben schwimmen träge darin herum, begierig, mein Herz immer weiter quälend langsam einzuschneiden. Ich versuche zu schlucken, aber mein Mund ist staubtrocken.

»Deine … Verlobte«, stelle ich fest. Ich bin überrascht, wie ruhig und fest meine Stimme klingt, wenn man bedenkt, wie kaputt ich mich innerlich fühle, wie sehr ich gerade zerrissen werde. »Du bist verlobt.«

Ich kann es nicht fassen.

»Sie heißt Ginger, und sie lebt und studiert in Texas. Wir haben uns nicht mehr gesehen, seit ich hierhergezogen bin«, erklärt er, als würde das irgendetwas ändern. »Wir sind zusammen aufgewachsen und waren seit der Middle School ein Paar.«

»Ich will gar nicht wissen, wie sie heißt! Oder was sie macht! Um Himmels willen, Forrest. Jetzt denke ich die ganze Zeit daran, dass deine kleine, nichts ahnende Verlobte in Texas sitzt und die Tage zählt, bis ihr euch wiederseht, während du … während wir …«

Alle beschweren sich immer über ein »Es ist nicht so, wie du denkst!«, während ich mir gerade nichts sehnlicher als genau das wünsche. Würde er es leugnen, ich hätte ihm geglaubt. Aber er? Offenbar bin ich ihm doch nicht so wichtig, denn er macht sich nicht einmal die Mühe, für mich zu lügen. Nicht jetzt, in diesem Moment. Dafür aber die ganze Zeit davor.

Ich weiß nicht, warum es mir nicht schon vorher klar geworden ist. Wie ich es geschafft habe, das so zu ignorieren. Aber es gibt einen Menschen außerhalb von Forrest. Forrest mag er hier sein, bei mir, mit mir … Aber wenn wir nicht zusammen sind, dann ist er Patrick Anderson. Vielleicht nennen ihn seine Freunde Pat, vielleicht nennt sogar Ginger ihn so. Bei dem Gedanken bildet sich ein Kloß in meiner Kehle, und meine Augen beginnen zu brennen. Ich versuche, das Gefühl wegzublinzeln.

»Du trägst keinen Ring«, bemerke ich unerwartet gefasst, geradezu nüchtern. Ich werde ihm jetzt nicht die Genugtuung geben, zu zeigen, dass gerade etwas in mir zerbrochen ist, etwas, das ich lange genug aus der Angst, dass genau das passieren könnte, weggesperrt habe.

Vielleicht ist das hier ja der springende Punkt. Vielleicht brauche ich das ja noch ein letztes Mal; diesen

Glauben daran, dass es doch gute Menschen um mich herum gibt. Dass es jemanden gibt, der einfach ehrlich und echt ist. Vielleicht war das das letzte bisschen, was noch gefehlt hat, um mich endgültig mit diesem Gedanken abschließen zu lassen. Menschen sind nicht gut.

»Ja …«, sagt er gequält und verstummt dann, gibt mir das Gefühl, dass da noch etwas ist, wofür er keine Worte hat. Ich habe Forrest noch nie auf diese Art und Weise sprachlos erlebt. Das ist vielleicht das Schlimmste.

»Er ist unbequem, engt mich irgendwie ein. Stört mich, weißt du? Ich will mich daran nicht erinnern. Wenn ich ihr begegne, würde ich ihn tragen. Alles andere muss sie nicht erfahren. Verdammt, es ist so makaber, ausgerechnet mit dir darüber zu reden.«

In seiner Stimme schwingt aufrichtiges Bedauern mit. Ich habe das Gefühl, dass er das loswerden muss. Dass er selbst nicht so recht weiß, was er denken soll, und dass er einen Freund braucht.

Dass er sich dafür ausgerechnet mich aussucht, spricht nicht gerade für Forrests Menschenkenntnis. Ehe ich richtig darüber nachdenken kann, poltern die Worte schon aus mir heraus: »Wenn es die Richtige ist, dann ist das Tragen von einem Ring nichts, was man ertragen muss. Dann ist das etwas, wofür man alles gibt. Das schönste Gefühl auf der Welt. Dann fühlt man sich nicht eingezwängt, sondern frei. Frei, allen zu zeigen, zu wem man gehört.«

»Es tut mir leid, Sage, dass ich es dir nicht gesagt habe.«

Ich schüttele den Kopf und fasse mir an die Schläfen, übe mit den Fingerspitzen leichten Druck darauf aus und beginne, sie kreisend zu massieren. Warum hat er für uns gekämpft, wenn er verlobt ist? Warum sagt er mir all diese Sachen, wenn ein paar Bundesstaaten weiter ein Mädchen sitzt, das er »Süße« nennt? Warum riskiert er so viel – für nichts?

Ich verstehe es nicht. Verstehe ihn nicht.

»Liebst du sie?« Mehr muss ich nicht wissen.

Erst als ich die Luft zwischen den Zähnen ausstoße, merke ich, dass ich sie angehalten habe. Es ist eine Frage, deren Antwort ich fürchte, auch wenn ich versuche, es zu leugnen. Mehr als alles andere.

»Das ist nicht so einfach«, weicht Forrest aus und versucht, in meinem Blick nach Verständnis zu kratzen, das ich definitiv nicht gewillt bin, ihm zu geben. Selbst wenn ich wollte, ich könnte es nicht.

»Beantworte einfach die Frage«, sage ich kalt.

»Ja.«

Das Schlimmste ist, dass Forrest mir dabei unverwandt in die Augen sieht und sein Blick so klar ist – eine Spur Bedauern zwischen den grünen Sprenkeln, ein Fünkchen Schuld. Er kommt ein paar Schritte auf mich zu, bis er ganz dicht vor mir steht, so dicht, dass ich mich am liebsten in den Schutz seiner Arme werfen würde, wenn sie nicht zu dem Menschen gehören würden, von dem ich so weit weg sein will wie möglich.

Er liebt sie.

»Sage, es tut mir leid …«, murmelt er und streckt die Hände nach mir aus.

»Ich weiß.« Mir auch. *Dass ich mein Herz an jemanden wie dich verloren habe.* Ich schlage seine Hände weg, als er mir noch näher kommt, dränge ihn grob zur Seite, als ich mich an ihm vorbeizwänge. Das erste Mal, seit ich ihn kenne, brennen seine Berührungen nicht auf eine schöne Art, sondern auf eine Weise, die alles in mir versengt, meine Haut, mein Herz, meine Gefühle. Jetzt stehen mir endgültig die Tränen in den Augen.

»Sage«, murmelt er, »warte doch bitte. Gib mir Zeit. Ich wollte es dir ja sagen – aber das ist alles nicht so einfach …«

Was ist denn schon einfach? Seine leeren Versprechungen? Die kann er meinetwegen, und auch wenn mir sogar bei dem Gedanken daran die Luft aus den Lungen weicht, Ginger geben.

Doch zusammenbrechen, das ist jetzt und hier keine Option. Um dieses hochgesteckte Ziel allerdings erreichen zu können, muss ich so schnell wie möglich Forrests Wohnung verlassen. Das Einzige, was ich in diesem Moment mit Sicherheit sagen kann, ist, dass ich nicht weiß, wie lange ich meine Eisfassade noch aufrechterhalten kann, immerhin ist sie schon halb abgetaut, und dann sieht er, wie viel mir das alles ausmacht. Ich möchte ihm diesen Triumph nicht gönnen, den es ihm wahrscheinlich gibt, wenn er sieht, dass dieses kleine Spiel, sein Zeitvertreib, weil seine Verlobte gerade nicht da und ihm selbst langweilig ist, tatsächlich so viel für ihn empfindet. Denn wenn man seine Mauern einmal einreißt, jemanden einmal dahinterblicken lässt, dann ist es nicht mehr so leicht, die Lücken zu stopfen und sie wieder um sich aufzubauen, selbst wenn sie das Einzige sind, was einen noch funktionieren lässt.

»Können wir darüber reden? Bitte? Gib mir die Chance, es zu erklären!«

»Patrick«, sage ich, weil es sich nicht richtig anfühlt, ihn jetzt Forrest zu nennen, und beobachte mit einer kranken Genugtuung, wie etwas in ihm bricht. Gut so. Der Mensch, der mir hier gegenübersteht, ist nicht der

Mann, den ich in den letzten Monaten kennenlernen durfte, mit dessen Hilfe ich so viel durchgestanden habe. Mit Forrest in einem Raum zu sein, fühlt sich richtig an. Mit Patrick hingegen ist es merkwürdig. Merkwürdig dahingehend, dass ich mir nicht mehr einbilden kann, ihn zu kennen. Ihm jeweils nahegegangen zu sein oder gar etwas in ihm berührt zu haben, so, wie es mit mir geschehen ist. Forrest ist vielleicht ein Quantum seiner Persönlichkeit – aber Patrick ist, wer er wirklich ist. Die ganze Zeit, in der ich dachte, an seinem Leben teilzunehmen, ein Teil davon zu sein, war ich nichts weiter als ein kleiner Zeitvertreib.

Und das tut verdammt weh.

Um nach Hause zu laufen, ist es zu weit, also gehe ich zum Telefon, um jemanden anzurufen, der mich abholt. Kit Kat ist wahrscheinlich noch nicht wieder da, Dylan würde zu viele Fragen stellen und bei Robbie hebt keiner ab. Ich greife nach dem Telefonbuch neben der Station und suche nach einer Nummer. Ich atme erleichtert aus, als es tatsächlich er ist, der drangeht, weil ich mich so nicht vor seinen Eltern erklären muss.

»Hallo, hier ist Zachary, was kann ich für dich tun?«, höre ich ihn am anderen Ende fragen, und treffender kann er es wohl nicht ausdrücken.

»Du musst mir einen Gefallen tun«, rede ich in den Hörer, weil ein Nein keine Option ist. Obwohl ich mir alle Mühe gebe, das Zittern in meiner Stimme zu verbergen, bin ich mir sicher, dass er es trotzdem hört. »Kannst du mich abholen?«

Ich nenne ihm eine Adresse ein paar Blocks weiter, und ich weiß nicht, ob es daran liegt, dass er Mitleid mit mir hat, oder daran, dass ich so flehend klinge, aber er willigt ein.

Kaum habe ich den Hörer aufgelegt, gehe ich an Forrest vorbei, kann ihn nicht ansehen, schnappe mir meine Tasche, stopfe meine Sachen mit steifen Fingern hinein und will dann einfach nur noch weg.

»Bitte geh jetzt nicht einfach so«, sagt Forrest. »Ich weiß, dass du etwas Zeit brauchst, und ich verstehe, dass du jetzt gerade nicht in meiner Nähe sein willst, aber ich kann dich auch nach Hause fahren …«

Ich sehe ihn mit einem so scharfen Blick an, dass er tatsächlich ein paar Schritte zur Seite weicht und mir so genug Platz macht, um an ihm vorbei und aus der Wohnung zu gehen. *Zeit?* Das ist ja wohl die Höhe! Als ob ich sein kleines Spiel weiterspielen würde! Diese Ginger, so sehr ich sie auch hassen will, tut mir einfach nur leid.

»Ich brauche keine Zeit«, sage ich, und ich kann nicht einmal mehr sagen, ob es Wut, Schock, Trauer oder Enttäuschung ist, was meine Stimme gleichzeitig schneidend und zitternd klingen lässt, vermutlich von allem etwas – oder besser gesagt viel zu viel. »Ich brauche gar nichts, weder mit noch von dir. Nie wieder.«

Und dann gehe ich aus der Wohnung, schaffe es, meinen Kopf so lange erhoben zu halten, bis ich die Tür hinter mir ins Schloss fallen höre, und spüre dann, wie einfach alles in mir zu dem Häufchen zusammenfällt, zu dem mein Körper sich jetzt auch am liebsten verformen würde.

Ich fühle mich jämmerlich. Benutzt, betrogen, belogen … Ich bin einfach nur geschockt. Wie hat mich mein Instinkt so sehr täuschen können? Warum musste es ausgerechnet Forrest sein, bei dem ich mich so gefühlt habe? Ist das ein kranker Scherz des Schicksals, der mir zeigen soll, dass Glück einfach nichts ist, was für mich bestimmt ist? Warum hat er mir all diese Dinge gesagt, die nach Zukunft geschmeckt haben, wie, dass er seinen Job kündigen will? Die Ernsthaftigkeit, mit der er dieses Lügengerüst geflochten hat, erdrückt mich schier.

Als der Volvo von Zacharys Vater in mein Blickfeld rollt, hat mein Atem bereits weiße Wölkchen gebildet, und mein Körper ist genauso kalt, wie mein Herz sich fühlt, obwohl ich die zwei Blocks bis hierher gerannt bin.

Am Steuer sitzt Zachary – und als ich einsteige und die Tür hinter mir mit einem Knall schließe, tut er genau das Richtige. Er sagt kein einziges Wort. Er fragt nicht, wo ich war, woher ich komme, wie es mir geht. Nichts. Genau die Stille, nach der sich der Sturm, der in mir wütet, sehnt.

Stattdessen fährt er einfach weiter geradeaus, verlässt sich darauf, dass ich ihm an Kreuzungen ein einsilbiges »Links« oder »Rechts« zuwerfe, und lässt sogar das Radio aus, als würde er intuitiv spüren, dass es in meinem Kopf schon laut genug ist.

Nach den zwei Tagen mit Forrest, in denen all das, was in mir schreit, mir Angst macht, mich nachts nicht schlafen lässt, leise war, fühlt es sich jetzt an, als wurden in meinem Gehirn drei dicke Verstärker montiert und jemand Böses hätte alles mit einem Ruck wieder auf volle Lautstärke aufgedreht. Meine Hände zittern, ich habe habe schon so fest am Nagelhäutchen des linken Daumens gezogen, dass er jetzt fürchterlich brennt und mindestens genauso sehr blutet wie die Innenseite meiner Wange, auf die ich mir schon die ganze Fahrt fest beiße, um mich vergeblich von dem Schmerz, der viel tiefer sitzt, abzulenken.

Ich starre fest auf dem Fenster, konzentriere mich auf die vorbeiziehenden Häuser, damit ich nicht vor Zachary im Auto zu weinen anfange. Er ist ein guter Autofahrer, ruhig und sicher, und ich frage mich, warum er sonst immer von seinen Eltern gefahren wird. Ob ihn einer seiner Dämonen bis jetzt immer davon abgehalten hat. Der Gedanke, dass ihn diese Fahrt hier vermutlich einiges an Überwindung kostet, sorgt dafür, dass ich mich nur noch schlechter fühle. Wir fahren an unserer Schule vorbei und ich werde von dem leeren Gebäude, auf dessen Parkplatz die Laternen bereits angesprungen sind, weil es langsam dämmert, geradezu angezogen.

Als der vorbildliche Fahrer, der er ist, fährt Zachary vorschriftsmäßig langsam, sodass mein Blick genug Zeit hat, aufs Dach zu gleiten. Etwas, was ich sonst nie mache, einfach weil es da nie etwas zu sehen gibt, weil es zu hoch ist, und unbequem, den Kopf derartig in den Nacken zu legen. Weil ich lieber auf den dreckigen Schulboden der Tatsachen blicke als auf irgendwelche Luft- und Wolkenschlösser, die mir sowieso nicht vergönnt sind.

Aber heute, da zieht mich irgendetwas an das Dachsims, ein Gefühl, eine Ahnung.

»Halt an!«, rufe ich schrill, als ich ihn sehe. »Zachary, du musst sofort anhalten!«

»Was?«, ist das Erste, was er zu mir sagt, und ich kann ihm die Frage, auch wenn sie uns wertvolle Zeit kostet, nicht einmal verübeln.

»Tu es einfach!«, bitte ich ihn, und ich klinge wohl so alarmiert, dass er den Wagen ohne ein weiteres Wort tatsächlich an die Straßenseite lenkt. Die Räder stehen noch nicht still, da springe ich schon heraus, nehme mir nicht einmal genug Zeit, mein Gleichgewicht zu sammeln, und sprinte schon auf das Schulgebäude zu.

-6

Er sieht auf sie herab, beobachtet, wie sie auf ihn zuläuft, weit unter ihm, ein blonder Engel mit wehenden Haaren, und fragt sich, ob er mittlerweile schon gar nicht mehr auf dem kalten Dach seiner Schule sitzt, sondern schon von viel, viel höher auf sie hinuntersieht. Aber dann erinnert er sich daran, dass es keinen Himmel für ihn gibt, und seine Rose verwandelt sich vor seinen Augen in den Salbei, der jetzt immer näher kommt.

Sie verankert ihren Blick mit seinem. Er ist scharf und schneidend und lässt keine Bewegung von ihm zu, dann geht sie entschlossen zur Feuerleiter und zieht sich vorsichtig, aber bestimmt die Streben hoch. Als sie näher kommt, sieht er, wie die Knöchel an ihren Händen weiß hervortreten, so fest muss sie das Metall umklammern. Er weiß, dass es so kalt ist, dass es sich fast schon brennend auf der Haut anfühlt, immerhin ist er vor gar nicht so langer Zeit selbst hier heraufgeklettert. Ausgerechnet hier. An diesen Ort, an dem ihm so viel Schlimmes passiert ist. Der ihm so viel Gutes gegeben hat, nur um ihm dann alles – und noch viel, viel mehr – wieder wegzureißen. Es muss wohl die sagenumwobene Ironie des Schicksals sein, dass ihn das Ende ausgerechnet an den Ort zieht, wo wohl alles angefangen hat.

Das gefällt ihm – für das Ende an den Anfang zurückzukehren. Als sich der Salbei keuchend neben ihm fallen lässt, die Haare, die der ihrer Schwester so sehr ähneln, wie ein Fächer um das schöne Gesicht mit den geröteten Wangen geschmiegt, da kann er nicht verhindern, wie von selbst zu erzählen.

»Sie ist mir sofort aufgefallen, als ich sie das erste Mal gesehen habe. Klar, wie will man ihre Schönheit auch übersehen, wirst du dich fragen, aber ich meine nicht nur ihren Körper, ihr Gesicht, ihre Haare, auch wenn auch die zweifelsohne atemberaubend gewesen waren. Nein, ich meine dieses Fünkchen in ihren Augen – diese Sehnsucht nach mehr. Sie wollte immer mehr als das, was sie hatte. Sie hatte all das Schöne um sich herum und doch im Herzen einen kleinen Funken Hässlichkeit – und davon habe ich mich angezogen gefühlt. Auch. Immer. Seit ich sie das erste Mal gesehen habe. Die Art, wie sie durch die Gänge gelaufen ist, als würde ihr jeder Quadratzentimeter Flur gehören, wie sie die Haare über die Schulter geworfen hat, aber nie einen Blick hat folgen lassen. Auch das hat mir gefallen. Dass sie nie zurückgesehen hat, als ob sie keine Fehler machen würde, aber auch nichts wirklich Gutes gehabt hätte, an das sie sich erinnern konnte. Das war der Moment, in dem ich ihr etwas Gutes geben, nein, sein wollte, der Moment, in dem ich angefangen habe, sie zu lieben, ohne dass sie überhaupt meinen Namen kannte. Und Gott, wie sehr wollte ich, dass sie ihn kennt. Dass er sich in ihr Gedächtnis brennt, bis sie an keinen anderen mehr denken kann. Aber wie gewinnt man ein Mädchen wie sie für sich? Ihr habt diese Partys bei euch gefeiert, an den Wochenenden … es war laut, stickig, zu viele Leute, vermutlich auch zu viel Alkohol –, und ich war auch da. Hass mich nicht dafür, bitte. Ich wollte mein Versprechen nicht brechen, aber ich musste auch das, was ich mir selbst gegeben hatte, halten.«

Er bietet ihr eine Zigarette an und zuckt ein wenig zusammen, als sie ablehnt, weil ihm klar wird, wie wenig er sie mittlerweile tatsächlich kennt. Dann schirmt er seine eigene Kippe mit den Händen vor dem schneidenden Luftzug hier oben auf dem Dach ab und nimmt einen tiefen Zug, als er sie anzündet. Wie sehr wünscht er sich, auch nichts weiter als Rauch zu sein.

Er redet einfach weiter: »Aber es war mir zu stickig, und ich hatte ständig Angst, dass du mich sehen würdest, außerdem habe ich sie nicht gefunden zwischen all den Leuten, für die ich doch nichts weiter war als jemand, der nicht dazugehörte. Also bin ich nach draußen gegangen, zu euch in den Garten. Weißt du noch, wie wir im Sommer manchmal auf dem Gras lagen, mitten in der Nacht, wenn alle bei euch zu Hause geschlafen haben? So spät, dass der Boden zwar noch warm vom Tag war, aber das Gras schon feucht von der Nacht. Wir haben zu den Sternen gesehen und über Gott und die Welt geredet. Du und ich, Sage … Wie konnte das so enden?

Erinnerst du dich eigentlich daran? An diesen Sommertag, eher schon Herbst, einer der letzten, die noch warm genug waren, um draußen zu sein – zumindest, wenn man ein wenig Alkohol getrunken hatte, der einen wärmte. Lange nach dieser Party, und vor allem lange nach … ihr. So lange, dass es uns allen immer mehr durch Mark und Bein gesickert ist, dass sie nicht mehr zurückkommen würde, nie wieder.

Wir haben einander schon immer gespürt, Sage, du und ich, so war das einfach mit uns, unsere Allianz der Außenseiter. Dieses Band, von dem ich mal dachte, niemand könnte es durchtrennen. Und so bist du auch an diesem Abend nach draußen gekommen, aber du hast dich nicht zu mir gelegt. Stattdessen hast du auf mich herabgeblickt und mir mit deiner Taschenlampe in die Augen geleuchtet, Dinge geschrien, an die ich mich nicht mehr erinnere. Wie konnte das aus uns werden?«

»Robbie«, flüstert sie. Ihre Stimme klingt leise und gebrochen, von Kummer schwer, als hätte sie heute schon geweint.

Wieder redet er einfach weiter. »Ich habe dich gebraucht – und du hast mich allein gelassen. Ich würde gern sagen, dass ich es nicht verstehe, aber das Schlimmste ist, dass ich es tue. Ich weiß, dass du mir immer wieder gesagt hast, ich solle damit aufhören, aber Sage, ich konnte es nicht. Ich musste diesen Schmerz spüren, weil er das Einzige war, was ich noch gefühlt habe. Und dann musste ich etwas nehmen, egal was, um ihn zu vergessen, weil ich zu feige war, um ihn bis zum Ende durchzustehen. Ich weiß, dass du alles versucht hast, mich davon wegzukriegen. Und ich weiß, dass du mir das Ultimatum gestellt hast, das ich letztlich öfter nicht erfüllt habe, als ich zählen kann. Du hast mir so oft gesagt, dass ich den ganzen Scheiß lassen soll, aber ich konnte nicht, verstehst du? Ich hab es nicht geschafft. Und als du an diesem Abend ins Haus gegangen bist, um einen Krankenwagen zu rufen, anstatt mir zuzuhören und mich mit den Sternen verschmelzen zu lassen, genau an der Stelle, wo ich sie zum ersten Mal geküsst habe – auf dieser Party im Spätsommer –, da habe ich mich so verraten von dir gefühlt. Ich bin zu diesem Psychiater gegangen, aber es ging mir nicht besser. Ich habe ihm trotzdem gesagt, dass es das tut. Von den Tabletten ist mir schlecht geworden, und sie war nicht da, und du warst nicht da, und verdammt, ich habe es verdient, dass es mir schlecht geht, weil ich an allem schuld bin. Aber ich halte es nicht mehr aus.«

Er beobachtet, wie sie sich wegen seines Geständnisses versteift. Langsam sickert immer mehr Begreifen durch ihre Knochen, das spürt er.

Er weiß, dass sie ihn damals nicht im Stich lassen wollte, dass sie alles getan hat, was sie konnte, um ihm zu helfen, aber dass sie am Ende einfach nur noch hilflos war. Sie hat mit ihren eigenen Geistern zu kämpfen und nicht auch noch Platz für seine Dämonen gehabt. Nachdem sie ihn so gefunden hatte, bei sich im Garten; sah, wie das Blut aus den Wunden in seinen Armen gesickert ist und gemerkt hat, dass er schon nichts mehr davon spürte, weil er alles an Zeug, was er hatte finden können, genommen hat, für diesen einen, letzten Tag, da hatte sich etwas zwischen ihnen verändert.

Er hat gemerkt, wie sie von da an seinen Blick vermied, wie sie ihm aus dem Weg ging, sich immer weiter entfernte, bis sie fast ganz und gar verschwunden war – eine Fremde. Nicht mehr die beste Freundin war, die er je hatte. Sondern ein Mädchen, das schon seine Schwester an den Tod verloren hatte und nicht mehr in der Lage war, zuzusehen, wie auch ihr bester Freund immer weniger wurde.

»Ich dachte, die Therapie würde dir helfen«, sagt sie plötzlich mit brüchiger Stimme, und eigentlich will er keine Erklärungen, will nicht, dass sie sich rechtfertigt, kann aber dennoch nicht verhindern, ihr wie gebannt zuzuhören. Er muss wissen, was sie denkt, das war schon immer so.

»Es tut mir leid, dass ich nicht für dich da war – aber ich habe es versucht. Du weißt, dass ich es versucht habe. Du wolltest mir nicht sagen, was los war, nie, nicht dann, wenn ich dir das Blut von den Schlägereien, in die du geraten bist, aus dem Gesicht gewischt habe. Nicht dann, als ich die Narben, die alten und die neuen, auf deinem

Körper entdeckt habe, und auch nicht dann, wenn ich dich gehalten habe, während dein Körper wieder irgendwas, was er nicht vertragen hat, hochgewürgt hat. Kein Wort hast du mir gesagt, außer dass du dich bessern würdest. Dass du es diesmal hinbekommen könntest. Dass ich mir keine Sorgen zu machen bräuchte. Du wolltest keine Hilfe, und erst recht nicht meine.

Jedes Mal, wenn ich dich nach dieser Nacht angesehen habe, konnte ich dieses Bild nicht vergessen, wie ich dich bei uns im Garten gesehen habe, die Augen nach hinten verdreht und weiter von mir weg, als du es je gewesen bist. Ich weiß, dass es nicht richtig war, dass ich weiter für dich hätte da sein müssen – aber ich habe es einfach nicht geschafft. Ich war einfach nicht stark genug, noch mehr Schmerz auszuhalten, und das bereue ich heute noch mehr als damals. Du warst mein bester Freund, und ich habe dich geliebt wie einen Bruder, habe zu dir aufgesehen wie zu einem Helden. Ich habe es nicht mehr ertragen, tagtäglich zu sehen, dass mein Held mich verlassen wollte – und der einzige Weg, damit umzugehen, war, allem auszuweichen. Du kennst mich. Du weißt, dass das damals meine Taktik war, um alles durchzustehen. Ignorieren, verdrängen. Was du nicht weißt, Robbie, ist, dass ich das nie ganz geschafft habe.

Aber ich hatte auch Angst, dass ich es vielleicht war, die dich runtergezogen hat. Dass ich das Minus in deinem Leben war, was alles in den Abgrund gerissen hat. Und du warst ja in Therapie, das hast du selbst gesagt. Ich dachte, so würde es uns beiden am besten gehen. Oder zumindest habe ich mir das eingeredet.«

»Ich mache dir daraus keinen Vorwurf«, sagt er ruhig, obwohl es ihn aufwühlt, zu hören, dass er ihr nicht egal

war. Dass sie ihn nicht verlassen hat, weil sie angewidert von seiner Schwäche war, sondern weil er ihr zu viel bedeutete, um ihn leiden zu sehen. Er kennt sie, immer noch, zumindest die, die sie früher war. Er weiß, dass ein verkümmerter und vertrockneter Salbei erst einmal sich selbst heilen muss, bevor er es wieder bei anderen tun kann.

»In der Nacht dieser Party war ich draußen, und ich habe sie bei euch im Garten gesehen. Rose. Wir waren allein, haben geredet. Ich habe meinen Joint mit ihr geteilt und war drauf und dran, ihr alles zu geben, weil der Anblick, wie sie ihn zwischen ihren Lippen hielt, fast noch besser war, als selbst daran zu ziehen. Es hat einfach gepasst. Besser, als ich es mir je zu wünschen gewagt hätte.

Ich weiß, dass du sie gehasst hast, dafür, wie sie war, und weil es genau das war, wofür ich sie geliebt habe, musste ich alles daransetzen, dass du es nie erfährst. Und jetzt sitze ich hier und erzähle es dir doch.«

»Du hattest etwas mit … Rose?«, fragt sie erschrocken. Er kann geradezu sehen, wie die Erkenntnis ihre braunen Augen verschleiert, sie immer weiter von ihm wegtreibt, als wären er und sie zwei Teile einer Eisscholle, die sich in unterschiedlichen, gegenläufigen Strömungen verfangen haben.

»Nicht nur etwas. Alles. Sie war alles für mich. Wir haben uns viel gestritten, aber noch mehr haben wir uns geliebt. Wenn es diese eine große, wahre Liebe gibt, dann war sie die meine. Und ich bin schuld, dass sie tot ist.«

Sage zieht scharf die Luft ein, versteift sich, nimmt dann aber einen tiefen Atemzug. So war sie schon immer. Sie hört zu, bevor sie ein Urteil trifft, und plötzlich ist er froh, dass sie ihn durch irgendein Wunder gefunden hat, sie beide haben sich schon immer auf diese ganz besondere Art gespürt, denn so kann er ihr noch ein letztes Mal alles anvertrauen, was schwer auf seiner Seele liegt, muss die Geheimnisse nicht zusammen mit seinem Körper auf den Pflastersteinen unter sich zerschellen lassen. Er hat Angst vor ihrem Blick, wenn sie erkennt, was für ein Monster er ist, deswegen schließt er die Augen. Vielleicht auch, weil er sich vor dem Aufprall fürchtet. Nicht vor dem Fall, aber vor dieser letzten Sekunde, vor dem letzten Bild, das er sehen wird, bevor alles für immer zu Ende geht.

»Sie war schwanger, Sage«, sagt er, und seine Stimme zittert so sehr wie seine schwitzigen Hände, die sich um den rauen Beton des flachen Schuldachs klammern, als ob sie seinen Körper noch nicht gehen lassen wollten. »Ich wusste nicht, was ich tun sollte. Ich war erst einmal wütend, unheimlich wütend. Auf mich selbst, dass ich nicht besser aufgepasst und sie in diese Situation gebracht hatte, aber im Nachhinein muss es für sie so gewirkt haben, als ob ich ihr die Schuld geben würde. Ich war doch nicht ganz bei mir. Was sollte ich denn auch tun? Wir waren beide so jung – und sie wollte ja nicht einmal dazu stehen, dass es von mir war. Im Grunde wollte sie es niemandem sagen, aber wenn, dann hätte sie eher gelogen und allen erzählt, dass es von Dylan wäre, als zuzugeben, dass sie mich liebt. Ich war verletzt. Und dann habe ich ihr gesagt, dass sie von mir sowieso keine Unterstützung zu erwarten hat – weil ich so kaputt und so wütend war und eine solche Angst hatte. Dabei hätte ich alles für sie getan. Und weil ich dachte, dass es das Beste für sie wäre, für uns wäre, habe ich gesagt, dass sie es wegmachen soll. Das hat etwas in ihr zerstört, was ich nicht wieder reparieren konnte.

Ich glaube, das hat sie letztendlich gebrochen. Rose hatte niemanden, mit dem sie darüber reden konnte, und hat mir mehr als klar gemacht, dass niemand je davon erfahren sollte. Das war ihr wichtiger als alles andere.«

Er seufzt und legt den Kopf in den Nacken. Der Himmel ist mindestens genauso bewölkt wie sein Herz, in dem es seit dem Tag, an dem er Rose verloren hat, nur noch regnet.

»Ich war es, von dem sie schwanger war. Ich war es, der nicht für sie da war, als sie mich am meisten brauchte.«

Er unterbricht sich, Tränen laufen über seine eiskalten Wangen. »Wir sind im Streit auseinandergegangen, und ich wollte mich entschuldigen. Sie hat mich einfach mit allem überrumpelt. Und als ich sie nicht mehr erreichen konnte, wusste ich, dass ich den größten Fehler meines Lebens gemacht habe. Etwas war schiefgelaufen.«

»Oh Robbie ...«, sagt sie langsam, als müsse sie die Worte erst ertasten, um herauszufinden, ob sie schmecken, bevor sie sie ausspricht. »Warum bist du nicht zur Polizei gegangen? Das wäre die Art von Beweis gewesen, nach dem sie alle gesucht haben.«

»Ich weiß!«, schluchzt er, mittlerweile zittern auch seine Beine, seine Arme, einfach alles. »Ich denke jeden Tag daran! Aber sie wollte nicht, dass es jemand erfährt, und ich kann doch nicht das, was ihr am wichtigsten war, ihren Ruf, zerstören? Ich schaffe das alles einfach nicht mehr, ich ...«

»Hey, was macht ihr denn so lange hier oben?«, hört er diesen Zachary plötzlich fragen.

Was macht der denn hier? Argwöhnisch betrachtet er den Jungen, der so leise aufs Dach geklettert ist, dass Robbie nicht einmal genau sagen kann, wie lange er schon dort oben hockt und zuhört. Seine Stimme klingt ruhig und gefasst, viel zu sehr, aber sein zitternder Körper verrät ihn. Er ist vermutlich schon viel zu lange in dieser Kälte und lauscht ihren Worten.

»Robbie, wir kriegen das hin. Ich wusste das alles nicht. Du hast an alldem keine Schuld …«, setzt Sage an. Er und sie beobachten, wie sich der andere Typ, dessen Haare selbst in dem Dämmerdunkel noch rot wie ein Feuerlöscher leuchten, zu ihnen setzt.

Von der plötzlichen Anwesenheit des Rothaarigen überrumpelt, rutscht er entschlossen ein Stück weiter auf die Kante des Daches zu, sodass seine Beine immer weiter über dem Abgrund baumeln. Er hat das hier viel zu lange aufgeschoben, hätte es vor Monaten schon zu Ende bringen müssen, an diesem schalen Herbsttag, als Sage ihn gefunden und den Krankenwagen gerufen hat.

Er beugt sich zu ihr, bis ihn ihre Haare kitzeln, die irgendwie leicht feucht sind, und flüstert ihr etwas ins Ohr. »Was ist, wenn ich nie der Held war, sondern immer nur du?«

Sie versteift sich unter seinen Worten, ihre Augen füllen sich mit Tränen. Die schwarze Schminke, die sie üblicherweise trägt, ist schon ganz verlaufen, und er weiß nicht, ob das von der Kälte oder von etwas anderem kommt.

»Ich schätze«, murmelt sie so dicht bei ihm, dass nur er es hört. Und obwohl sie weint, klingt ihre Stimme fest und vertraut. »Wir müssen beide einfach aufhören, uns etwas vorzumachen, und akzeptieren, dass wir eher Antihelden sind. Waren wir doch schon immer und dabei früher eigentlich ein gutes Team. Lass uns das zusammen wieder hinbekommen, Robbie. Ich hab damals nicht verstanden, was in dir vorging, aber ich denke, jetzt habe ich eine grobe Ahnung davon. Es ist nicht deine Schuld, nichts davon, und es bricht mir das Herz, dass du sie dir gibst. Was hältst du davon, wieder ein Team zu werden?«

Sein Herz, das so tonnenschwer in seiner Brust lag, wird ein wenig leichter, als er das leise Lächeln sieht, das ihre

Lippen umspielt. Es ist ein echtes. Es ist das seiner besten Freundin – und plötzlich ist der Salbei wieder da, wieder bei ihm. Das, was er sich gewünscht hat, scheint wahr zu werden. Vielleicht können sie das alles wirklich schaffen und ihre Freundschaft wieder aufbauen. Vielleicht ist es ein Anfang. Vielleicht!

»Komm, Robert, es ist ganz schön kalt hier oben. Lass uns wieder runtergehen«, schlägt Zachary vor, der sich die ganze Zeit über bedeckt gehalten hat. »Ich bin einfach so mit dem Auto los, und sicher fragen sich meine Eltern gleich, wo ich bin. Also, kommt ihr?«

Er spürt Sage neben sich nicken.

»Es ist schon verdammt arschkalt, hm? Kit Kat wohnt gleich gegenüber der Schule, ich bin mir sicher, sie freut sich über 'nen Besuch, und wir haben dann mal die Chance, uns aufzuwärmen. Vielleicht ist sie wieder zu Hause, sie wollte übers Wochenende wegfahren. Zachary, von dort kannst du ja deine Eltern eben anrufen«, schlägt sie vor, als ob sie die Glut ihrer gerade erst wieder aufkeimenden Freundschaft nicht verglimmen lassen, sondern sichergehen will, dass sie wieder zu alter Flamme emporsteigen kann.

Er hört, wie Zachary zustimmend grunzt. Er kann es nicht fassen: Trotz allem wollen sie Zeit mit ihm verbringen. Sie werden ihn nicht allein lassen.

Und plötzlich und ganz ohne dass er etwas dafür tun muss, ohne dass er sich verstellen oder einen Teil seiner selbst verstecken muss, hat er das Gefühl, Freunde gefunden zu haben. Der Abgrund erscheint ihm nicht mehr ganz so anziehend wie noch vor ein paar Minuten.

Es brennt immer noch alles in ihm, aber vielleicht ist das hier ja eine Chance, endlich frei von der Last und den Albträumen zu werden – die Chance auf eine Freiheit, nach der er sich schon so lange gesehnt hat. Rose ist nicht mehr da, aber vielleicht kann er für sie ausharren und ein Leben leben auf dieser verqueren Welt.

2·4+2·5+10

Was hast du da eigentlich mit Dylan gemacht?«, frage ich Kit Kat an der Tür. Als wir vom Dach runter waren und bei ihr geklingelt haben, war sie zum Glück zu Hause – aber nicht allein, sondern in der Gesellschaft von einem gewissen Quaterback, Ex-Freund, Kumpel. Von Dylan eben, mit all den Etiketten, die man ihm an den Kopf kleben kann, aber die dort nicht so richtig haften wollen.

»Ich dachte, du bist das Wochenende über unterwegs?«, hake ich weiter nach. Meine Hand liegt auf ihrem Arm, ich beuge mich verschwörerisch zu ihr, als ob wir wirklich richtige Freunde wären, und wahrscheinlich, das ist mir nach heute noch einmal klar geworden, sind wir das auch.

Sie grinst mich an. »Na ja, falls das alles hier in die Hose geht mit ihm und mir, dann ist es vielleicht besser, wenn niemand davon weiß, dass wir es überhaupt versucht haben …«

Jetzt ziehe ich die Augenbrauen hoch. »Du und … Dylan?«

Kit Kat wirft einen Blick über ihre Schulter zurück in die Küche und kichert dann verstohlen, in ihren Augen liegt eine Art von Funkeln, das sie viel frecher und selbstbewusster aussehen lässt.

»Vielleicht. Ich weiß es noch nicht. Ein bisschen, okay?«

Plötzlich trifft mich fast der Schlag.

»Dylan hat sich vorgestern mit Chelsea Carlston getroffen«, sage ich zögerlich. Ich will ihr nicht wehtun, aber noch weniger möchte ich, dass sie auf genau die gleichen Lügen hereinfällt wie ich. Wenn ich an Forrest denke, kommen mir schon wieder die Tränen, die Kehle schnürt sich mir zu.

Kit Kat verzieht allerdings keine Miene. »Ich weiß. Er hat Schluss gemacht! Hättest du das gedacht? Für mich – ausgerechnet!«

Ich sehe sie an – die leuchtenden Augen, die heute feuerroten Haare, die süße Stupsnase und das breite Grinsen im glücklichen Gesicht.

»Ja«, sage ich. »Ja, das hätte ich.« Und es macht mich wirklich froh, weil ich Dylans großes Herz kenne und mit Sicherheit weiß, dass Kit Kat genau die richtige Größe hat, darin Platz zu finden. Nach Rose, mir, Chelsea …

Ich habe das Gefühl, er könnte in Kit Kat endlich ein Mädchen gefunden haben, das wirklich gut genug für ihn ist, und ich hoffe sehr, dass die Sache mit den beiden hält. Vor allem, wenn ich sehe, wie sehr Kit Kat strahlt, wie glücklich er sie offenbar macht.

Drinnen höre ich ihn zusammen mit Robbie und Zachary über etwas lachen. Nach und nach hat die Anspannung zwischen ihnen nachgelassen, und diese Jungen, von denen ich nie dachte, dass sie sich im selben Sonnensystem befinden könnten, haben langsam, aber sicher angefangen, sich zu akzeptieren und zaghaft an Erinnerungen an Rose zu schwelgen. Den guten. Denen, die bleiben, wenn wir gehen und die heilen können, wenn wir sie im Herzen behalten.

»Aber jetzt zu etwas viel Wichtigerem«, flüstert Kit Kat plötzlich und wirft wieder einen prüfenden Blick über die Schulter. Die Jungs scheinen sehr vertieft in ihr Gespräch zu sein und ich bin glücklich darüber, dass mein bester Freund plötzlich wieder genau das werden kann. Dass ich ihn ansehen kann, ohne den Drang zu haben, den Blick zu senken.

Kit Kats Großeltern, mit denen sie hier zusammenlebt, haben uns alle mit einer Freude empfangen, die mich sehr überrascht hat. Sie waren nicht nur extrem locker, als wir drei zwielichtigen Gestalten uns die Schuhe abgeklopft haben, sondern haben uns auch noch in die hell erleuchtete Küche gebeten, Kekse auf den Tisch gestellt und sich selbst dann zurückgezogen. Kit Kat hat erklärt, dass die beiden sich freuen würden, dass sie mal Freunde mitbrachte. Und ich musste ein bisschen grinsen, weil ich den Eindruck hatte, dass es nicht nur ihnen so ging, sondern vor allem auch Kit Kat selbst.

»Danke fürs Fahren«, sage ich zu Zachary, als er schließlich vor meiner Haustür hält.

»Kein Problem«, erwidert er. »Ich bin irgendwie … so etwas habe ich schon lange nicht mehr erlebt. Es hat … Spaß gemacht mit euch heute. Also bei Kit Kat. Das auf dem Dach war …«

»Ich weiß«, flüstere ich und sehe aus dem Fenster.

Zachary wird ganz still. »Unser Treffen würde ich wirklich gern mal wiederholen. Ernsthaft. Ich … ich würde gern wieder etwas mit euch machen.«

Ich sehe ihm fest in die Augen. »Ich auch, Zachary.«

Ich liege schon in meinem Bett, als ich höre, dass meine Eltern heimkommen. Hinter meinen geschlossenen Lidern versuche ich, die brennenden Tränen zurückzuhalten. Es war heute einfach alles zu viel. Forrest, Rose, Robbie – alles auf einmal.

Forrests Verrat, seine Lügen – es tut so weh und bricht mir das Herz, das er kurz zuvor noch geflickt hat. Aber, und das habe ich heute festgestellt, als ich mit der Englisch-AG bei Kit Kat am Tisch saß, es liegt nicht an den Menschen an sich. Es ist einfach nur Forrest, der falsch ist, dem man nicht trauen kann, der Spiele spielt.

Und doch muss ich ihm dankbar sein. Weil er mir gezeigt hat, dass geteiltes Leid wirklich halbes Leid ist und dass man einen steinigen Weg besser gehen kann, wenn man Menschen hat, an denen man sich festhalten kann. Die einen stützen, damit man nicht ausrutscht. Und zu diesen Menschen hat er mich geführt. Zachary, Kit Kat, Dylan, Robbie – ich habe das Gefühl, dass wir auf einem guten Weg sind, genau das füreinander zu sein. Freunde.

Es macht mich bloß einfach so fertig, dass Forrests Verhalten rückblickend so viel Sinn ergibt – all die ausweichenden Antworten, wenn das Gespräch auf Texas gekommen ist. Seine abwesenden Blicke scheinen mich geradezu auszulachen.

Und dann ist da noch Robbie. Ich dachte, dass er ohne mich besser dran ist, aber als ich ihn dann auf dem Dach unserer Schule habe sitzen sehen, da ist mein Herz stehen geblieben. Ich wusste sofort, was los war. Nur warum, darauf habe ich mir keinen Reim machen können, war ich doch so überzeugt davon, dass er das alles mittlerweile im Griff hatte.

Robbie war schon immer sehr emotional, sehr verletzlich, auch wenn er das gut zu verbergen wusste. Ich hätte ahnen müssen, dass es ihm mehr schadet, als dass es ihm guttut, wenn ich versuche, weitestgehend aus seinem Leben zu verschwinden. Aber ich habe über Monate hinweg alles versucht, um ihm zu helfen – und jedes Mal hat er mich von sich gestoßen. Irgendwann konnte ich dann einfach nicht mehr, es war zu viel für mich, nicht nur meine eigenen Gefühle tief in mir wegzusperren, sondern auch noch seine Probleme mitzutragen.

Wie oft habe ich seine Hand gehalten, wenn er irgendwelche Albträume hatte? Hinter ihm aufgeräumt, wenn er mal wieder ein riesiges Chaos hinterlassen hat? In den schwachen Momenten hat er mir immer wieder versprochen, dass er einen Weg rausfinden würde. Nur wo raus, das hat er mir nie verraten. Man kann niemandem helfen, der keine Hilfe will.

Jetzt weiß ich, was ihm so zu schaffen gemacht hat. Dass er von Schulgefühlen eines Ausmaßes, das ich nur erahnen kann, völlig zerfressen wurde.

Er war es. Der Junge, in den meine Schwester so verliebt war. Aber was Robbie nicht zu verstehen scheint, ist, dass der einzige Mensch, für den Roses Herz geschlagen hat, selbst wenn sie ihn geliebt hat, immer nur sie selbst war. Ihr Stolz, ihr Ruf – das ist ihr wichtiger gewesen als alles andere. Immer schon. Deswegen kann ich ihm nicht die Schuld an allem geben, auch wenn es einfacher wäre, jemanden zu haben, auf den man alles abwälzen kann.

Aber jeder trifft die Entscheidungen selbst, die ihn da hinbringen, wo er ist. Am Ende war es vermutlich Rose ganz allein, die diesen Weg für sich gewählt hat. Weder er noch ich noch Dylan oder ihre Freunde. Sondern schlichtweg ihre Angst. Und das ist wohl der größte Fehler, den man machen kann. Den sie gemacht hat, aber auch Robbie – und ich genauso sehr. Wir müssen aufhören, unser Schicksal von der Angst leiten zu lassen.

Ich erinnere mich an Roses Worte im Tagebuch, an den Eintrag, der mein Herz gebrochen hatte.

Bald ist dein Geburtstag. Das wird das Ende sein – witzig, oder? Dass die Geburt und der Tod manchmal so dicht beieinanderstehen können. Leben und Sterben, Anfang und Ende – wer zieht da schon die Grenzen? Das wird der letzte Tag sein, den wir miteinander verbringen. An dem wir uns sehen. Witzig, oder? Aber leider nicht lustig.

Sie meinte niemals mich, sondern immer das Baby. Es ergibt alles auf eine kranke Art und Weise Sinn, die letzten Puzzleteile rücken sich vor meinen geschlossenen Augen endlich an ihren Platz.

Ich kann die Tränen nicht mehr hinter meinen Lidern zurückhalten, sie ziehen schwere, heiße Spuren auf meinen Wangen und ich vergrabe das Gesicht im Kissen. Ich wünsche mir so sehr, dass alles anders gekommen wäre. Es hätte alles nicht so enden müssen.

Aber so ist es nun einmal geschehen, und letztlich ist es immer schwerer zurückzubleiben, als zu gehen. Und wir sind es, an denen es nun liegt, den Drahtseilakt zu meistern, einen neuen Anfang zu machen, ohne dabei alles, was einmal war, wegzuwerfen.

Ich höre, wie die Tür zu meinem Zimmer geöffnet wird und versuche, langsamer ein- und auszuatmen, damit meine Eltern denken, dass ich schlafe. Nach allem, was heute passiert ist, schaffe ich es einfach nicht mehr, irgendwem unter die Augen zu treten. Ich weiß nicht, was ich ihnen sagen soll. Einerseits haben sie das Recht, zu erfahren, was passiert ist – aber auf der anderen Seite habe ich das Gefühl, als ob sie, im Gegensatz zu mir, bereits einen Weg gefunden hätten, mit allem umzugehen, und davon will ich sie nicht abbringen.

»Sie schläft«, flüstert meine Mom, und sie klingt so ganz anders als sonst. Die Härte, an die ich mich schon sehr gewöhnt habe, ist auf einmal verschwunden.

»Du darfst nicht immer so streng mit ihr sein, Liebes«, höre ich meinen Dad sagen, und spüre nun auch seine Blicke auf mir. »Sie ist so stark und vernünftig.«

»Ich habe einfach Angst, sie auch noch zu verlieren. Sie ist doch unser kleines Mädchen.«

»Wie oft«, höre ich meinen Dad flüstern und seine Stimme so leise werden, dass ich mich furchtbar anstrengen muss, um sie noch zu verstehen, als er sich entfernt. »Wie oft muss ich dir noch sagen, dass du genau das tust, wenn du so streng zu ihr bist? Du musst sie nicht zwanghaft beschützen, damit treibst du sie nur weiter von dir weg. Sie ist in den letzten Monaten so eine starke junge Frau geworden, ich glaube …«

Die letzten Worte gehen irgendwo im Haus unter, werden wahrscheinlich immer ein Geheimnis zwischen Mom, Dad und den dicken Wänden dieses Hauses bleiben.

Ich höre ein unterdrücktes Geräusch von meiner Mom, fast wie ein Wimmern. Weint sie etwa?

Dann entfernen sich auch ihre Schritte, und ich bleibe zurück in meinem Bett, allein in der Dunkelheit, aber irgendwie nicht mehr ganz so einsam.

»Miss Cavendar, warten Sie bitte nach der Stunde noch einen Moment?«, fragt mich Forrest, der es gerade geschafft hat, mich beinahe fünfundfünfzig Minuten lang erfolgreich zu ignorieren. Auch gestern hat er sich nicht mehr gemeldet, was mir einen größeren Stich versetzt hat, als ich es zugeben mag.

Ich spüre die Blicke meiner Mitschüler auf mir, die gerade alle ihre Sachen einpacken. Einige werfe ich giftig zurück, aber das scheint sie nicht davon abzuhalten, mich neugierig zu mustern.

»Was willst du?«, fauche ich schließlich, als nur noch wir beide im Raum sind. Bei meinem scharfen Ton zuckt er kaum merklich zusammen, und das verschafft einem kleinen Teil von mir eine ziemliche Genugtuung. Wobei, so klein ist dieser Teil gar nicht. Eher etwa faustgroß, verkümmert und zwischen meinen Rippen eingesperrt, jetzt gerade schwer dagegenklopfend. Ich will nicht, nicht nach allem, was ich über ihn erfahren habe – aber mein Körper verrät mich.

»Ich will mit dir reden, Sage. Lass es mich doch bitte erklären!«

»Zwischen Tür und Angel und in weniger als fünf Minuten, bevor ich zum Biologieunterricht muss?«, frage ich argwöhnisch. »Ganz toll. Da nimmst du dir aber viel Zeit für mich.«

»Nein, ich dachte eher …«, setzt er an.

»Du denkst gar nicht, das ist das Problem!«, zische ich. »Du bist so ein Arschloch!«

Dann rausche ich aus dem Raum und beiße mir auf die Lippe, bis ich Blut schmecke. Auch wenn es das

Letzte ist, was ich jetzt will, setze ich mich auf meinen Platz im Biologiekurs und versuche irgendwie, Mr Yangs Worten zu folgen. Erfolglos. Sie verschwimmen zu einem undefinierbaren Brei, vermischen sich mit dem Rauschen in meinen Ohren. Das Programm in meinem Kopf gleicht dem eines Fernsehers, der keinen Empfang hat.

Dann durchreißt ein Klopfen Mr Yangs Monolog über irgendetwas, das mit Evolution zu tun hat. Zumindest glaube ich, dass er das tut. Sicher bin ich mir nämlich nicht.

Mein Lehrer geht zur Tür, und als er sie öffnet, steht kein Geringerer im Rahmen als Forrest. Jetzt, wo ich mich zwinge, ihn eingehender anzusehen, fallen mir die schweren Augenringe auf und die zerzausten Haare, die aussehen, als hätte er seit unserem Wochenende nicht mehr geduscht. Und die Tatsache, dass das einzige Lehrerhafte an ihm heute ein Sakko ist, das er über der Jeans und dem Pullover trägt, die er auch am Sonntag schon anhatte. Beides sieht so verknittert aus, als hätte er darin geschlafen.

»Sebastian«, wendet er sich an Mr Yang, »könnte ich mir Miss Cavendar mal eben ausleihen?«

»Worum geht es denn? Hat das nicht etwas Zeit, bis mein Unterricht vorbei ist, Patrick?«, fragt Mr Yang argwöhnisch, und für diese unbeabsichtigte Rettung hätte ich ihm glatt die glänzende Halbglatze küssen können.

»Es ist sehr wichtig«, knurrt Forrest, »es geht um einen ihrer Aufsätze, und ich muss gleich zu einem wichtigen Termin, sodass ich nicht mehr lange genug hier sein kann, um mit ihr darüber zu reden.«

Das macht nichts, will ich zischen, aber Mr Yang, der Verräter, funkt mir dazwischen. Und ich hatte ihn gerade so lieb gewonnen.

»Gut, dann nimm sie mit«, entscheidet er einfach über meinen Kopf hinweg, und weil ich weder mich noch Forrest in eine unangenehme Situation bringen will, schnappe ich mir meine Tasche, aus der ich sowieso noch nichts ausgepackt habe, und stapfe hinter Forrest aus dem Raum.

Kaum ist die Tür hinter uns zugefallen, fällt die Scharade zusammen und ich wende den Blick von Forrest ab, drehe mich in die entgegengesetzte Richtung und gehe entschlossen von ihm weg.

Als ich höre, wie er mit schnellen Schritten näher kommt, beschleunige ich meine eigenen. Jedoch nicht schnell genug, denn plötzlich legen sich seine Arme von hinten um meine Taille, und er hebt mich hoch, bis meine Beine in der Luft hängen.

»Ich muss unbedingt mit dir reden, du Sturkopf, verdammt!«, knurrt Forrest, und als mir seine Stimme eine Gänsehaut macht, versuche ich, gegen seine Beine zu treten und mich aus seinen Armen zu winden.

»Du mieser Idiot, lass mich sofort los!«, fange ich an, lauter zu werden, aber Forrest scheint sich weder daran noch an meinen Tritten zu stören.

»Rennst du wieder weg, sobald ich dich runterlasse?«, fragt er zwischen zusammengebissenen Zähnen.

»Darauf kannst du wetten!«, keife ich und versuche, mich so weit zu verrenken, dass ich ihm in eine der Hände, die mich halten, beißen kann. Vergeblich. Er hat mich fest im Griff. Dabei möchte ich doch nichts weiter, als einfach weg von ihm und seinen Lügen zu kommen. Es ist schon schlimm genug, dass ich ihn im Unterricht ertragen muss, mehr schaffe ich einfach nicht.

»Du hast es so gewollt!«, murmelt er, und ich kann in seiner Stimme hören, dass ihm die Tritte doch mehr ausmachen, als er zu zeigen versucht. Davon angestachelt bemühe ich mich, seinen Schritt zu treffen. Als sich sein Griff eine Millisekunde lockert und er sich stöhnend krümmt, mich dabei aber immer noch festhält, kann ich einen leisen Triumph nicht unterdrücken. Das hat er verdient!

Forrest schafft es, auf eine Besenkammer zuzusteuern, nimmt einen Arm von meiner Taille, verstärkt dafür den Druck des verbliebenen, und schließt die Tür auf. In dem Raum riecht es nach Zitronenreiniger, und wir werden, sobald Forrest die Tür schließt, von staubiger, muffiger Luft umfangen.

Der Raum ist so klein, dass jeder Versuch, ihm und dem Kribbeln, das seine Berührung auf meiner Haut hinterlässt, auszuweichen, vergeblich ist. Ich will so nicht fühlen.

»Sage …«, setzt er an.

»Bitte«, meine Stimme bricht, »bitte lass mich einfach in Ruhe.«

Ich spüre, wie er nach meinen Schultern tastet und mich dann gegen seine Brust zieht, als ob er das bräuchte. Mich bräuchte. Ich versuche, mit den Fäusten dagegenzuhämmern, aber schon bald erschlaffen meine Berührungen. Hier in der Dunkelheit ist die Verlockung, alles zu vergessen und einfach auf mein Gefühl zu hören, auf diese unausweichliche Sicherheit, die mich bei Forrest überkommt, geradezu unausweichlich groß.

»Ich kann nicht«, flüstert er, und er klingt dabei mindestens genauso gebrochen, wie ich mich fühle. »Gott, ich hab es versucht. Ich habe es versucht, seit ich dich das erste Mal gesehen habe. Meinst du nicht, ich hätte es schon längst getan, wenn ich gekonnt hätte?«

»Das wird deine Verlobte«, abfällig spucke ich das Wort aus, »aber nicht besonders gut finden. Ich weiß überhaupt gar nicht, wer du bist. Was von dem, was du sagst, überhaupt stimmt!«

»Ich habe dich nie angelogen, Sage«, erklärt er mit einer Eindringlichkeit, die mich überrascht. »Über einiges habe ich nicht gesprochen, ja. Aber alles, was ich dir je gesagt habe, ist wahr.«

Ich zucke zusammen. Das heißt, dass er auch dann die Wahrheit gesagt hat, als er zugegeben hat, dass er sie, Ginger, liebt.

»Sie war meine erste Freundin«, flüstert Forrest in die Dunkelheit, als ob er meine Gedanken lesen könne. Vielleicht habe ich aber auch einfach nur laut gesprochen. »Ich war vierzehn, als ich mit ihr zusammengekommen bin, und für eine ziemlich lange Zeit war sie meine ganze Welt. Es ist wahrscheinlich schwer zu verstehen, aber ein Teil von mir wird sie immer mögen. Auch heute noch und nach allem, was passiert ist. Das bedeutet aber nicht, dass ich sie noch in meinem Leben haben will. Es ist bloß alles nicht so einfach.«

Er macht eine Pause, als ob er auf meine Antwort warten würde, aber ich habe nichts weiter als Schweigen für ihn übrig. Immer noch dicht an seiner Brust, zeigt mir das schnelle Klopfen seines Herzens, wie schwer es ihm fällt, darüber zu reden – und dass er mir keine Lügen auftischt.

»Ich bin also fast mein halbes Leben mit ihr zusammen gewesen. Aber es lief nicht immer alles gut. Weiß Gott nicht. Wenn man so früh zusammenkommt, dann ist es klar, dass sich beide noch entwickeln. Im besten Fall in ähnliche Richtungen oder zumindest in solche, die einander nicht ausschließen. Bei uns war das nicht so. Ich habe oft das Gefühl gehabt, dass ich ihr eigentlich zu langweilig war, während mir nicht entgangen ist, wie sie andere Männer angesehen hat, auch wenn ich dabei war, oder wie sie manchmal abfällige Bemerkungen mir gegenüber machte. Wir haben uns schon eine ganze Zeit lang mehr gestritten, als gut für uns war. Aber sie war schon so lange Teil meines Lebens gewesen, dass ich Angst davor hatte, ohne sie zu sein. Es gab immer nur uns beide, und ich habe mir wieder und wieder eingeredet, dass die wenigen guten Momente die vielen schlechten aufwiegen würden. Als sie mir den Antrag gemacht hat, habe ich angenommen. Ich dachte, dass uns das wieder helfen würde, zueinanderzufinden. Du musst wissen, dass sie kein schlechter Mensch ist, Sage. Sie hatte genauso Angst davor, mich zu verlieren, wie ich Angst vor einem Leben ohne sie hatte. Aber gleichzeitig hat sie auch immer befürchtet, etwas zu verpassen. Als ich von den ersten Affären erfahren hatte, fing es an, dass wir uns immer mal wieder trennten. Aber wir sind immer wieder zusammengekommen. Die Streits waren heftig, die Versöhnungen nur von kurzer Dauer. Irgendwann war ich einfach nur ausgelaugt. Und als ich sie dann mit meinem besten Freund – meinem besten Freund! – im Bett erwischt habe, da war für mich endgültig Schluss.«

Ich höre, wie er heftig ein- und ausatmet, als ob er sich auf das, was als Nächstes kommt, vorbereiten müsse. Auch die zunehmende Bitterkeit in seiner Stimme ist mir nicht entgangen.

»Es hat gewittert, ich bin aus der Wohnung gerannt, in mein Auto gestiegen und einfach weggefahren. Es war … ich habe mich so verraten gefühlt. Ich dachte, dass wir das endlich hinkriegen würden. In dem Moment ist mir klar geworden, dass wir einfach zu unterschiedliche Vorstellungen vom Leben haben. Sie wollte feiern, die Nächte durchmachen, jemanden, der bei diesem Lebensstil mitzog. Wir konnten einander nicht geben, was wir brauchten. Sie ist mir hinterhergefahren – und dabei von der nassen Straße abgekommen, mit einem Baum kollidiert.

Dabei hatte sie einen Teil ihres Gedächtnisses verloren, fast zwei Jahre lang. Wieder in unserer Wohnung, habe ich dann einen Brief gefunden, mit all den Andeutungen, die keine Zweifel daran gelassen haben, dass ihr Unfall … Absicht gewesen war.

Was sollte ich nun tun? Sie erinnerte sich an nichts, was vor diesem Unfall passiert war. Aber ich tat es, und ich konnte nicht mehr mit ihr zusammen sein. Aber wenn ich mich getrennt hätte, wer hätte mir garantiert, dass sie nicht wieder irgendetwas Dummes anstellen würde?

Als ich meinen Abschluss dann hatte, bin ich so schnell es ging weggezogen. Habe ihr gesagt, dass ich nirgendwo sonst eine Anstellung gefunden habe, was nicht einmal eine Lüge war. Sie macht im Moment ihr Studium zu Ende. Es war eine Kurzschlussreaktion, Sage, und ich weiß nicht, was ich mir dabei gedacht habe – dass sie mich einfach vergisst, sobald sie mich nicht mehr jeden Tag sieht? Dass sie sich von sich aus trennt? Wahrscheinlich. Ich brauchte einfach Abstand, so viel, wie es nur eben ging.«

Ich würde ihm so gern in die Augen sehen, aber die Dunkelheit um uns herum frisst jedes Fünkchen Licht auf.

»Oh Forrest«, flüstere ich an seiner Brust, mein eigenes Herz auf einmal ganz schwer. Es ist keine Lösung, aber wer, wenn nicht ich, weiß, wie leicht es ist, vor den Dingen wegzurennen, die einen belasten.

»Nein«, sagt er dann. »Es ist keine Entschuldigung, und das soll auch keine sein. Ich habe mich dir gegenüber absolut unangemessen verhalten, und das kann man nicht entschuldigen, so sehr ich mir das auch wünsche. Aber dank dir ist mir klar geworden, dass ich die Sache mit Ginger beenden muss. Es geht uns beiden nicht gut damit, wie es momentan läuft, und ich muss sowohl ihr als auch mir endlich die Chance geben, weiterzugehen, deswegen werde ich die Verlobung lösen.«

»Du tust … was?« Ich bin sprachlos.

Ich spüre, wie er nickt. »Ich habe heute mit meinem alten Professor gesprochen. Die Chancen, dass ich wieder studieren und den Master machen kann, stehen recht gut. Das bedeutet auch, dass ich den Job hier kündigen und wieder nach Texas ziehen werde. Es … ich … auch wenn es mir das Herz bricht, ich habe einfach das Gefühl, dort noch nicht fertig zu sein. Ich bin so schnell aufgebrochen, habe alles stehen und liegen gelassen – ich muss einfach wieder zurück, um dort das zu beenden, was ich angefangen habe. Ich hoffe, dass du das verstehst, Sage. Ich … du … Du hast mir wieder gezeigt, was mir wirklich wichtig ist. Aber ich hätte nie so mit dir zusammen sein können, wie ich es mir wünsche, wenn ich noch dein Lehrer bin. Und ich weiß ja nicht einmal, wie du das Ganze siehst, immerhin habe ich dich sehr verletzt. Ich habe heute gekündigt, das heißt, dass ich nach den Ferien wieder anfange, in Texas zu studieren. Bis dahin habe ich mir unbezahlten Urlaub genommen, es ist einfach zu viel zwischen uns passiert, um weiterzumachen wie bisher. Ich … ich weiß nicht, wie es mit uns weitergeht. Aber ich wollte mich einfach für alles bedanken, was bis jetzt passiert ist. Du bedeutest mir unheimlich viel, deswegen würde es mich freuen, wenn wir vielleicht in Kontakt bleiben könnten.«

»Du gehst?«, ist alles, was ich herausbringen kann. Ausgerechnet jetzt, nachdem er mir alles erklärt hat, will er gehen?

»Ich muss«, gesteht er, und wie von selbst finden seine Daumen den Weg an meine Wangen, streichen behutsam die Tränen weg, von denen ich gar nicht bemerkt habe, dass sie sich dort niedergelassen haben. Auch im Dunkeln spüre ich, wie er sich entspannt, weil er merkt, dass mein Herz ihn immer noch und trotz allem will.

»Ich würde dich jetzt so gern küssen«, flüstert er.

»Dann tu es«, spreche ich meine Gedanken aus, aber Forrest begnügt sich damit, mit dem Finger die Konturen meiner Lippen nachzufahren.

»Ich kann nicht.« Er klingt schwermütig. »Weil ich weggehen werde und du hierbleibst. Weil ein Kuss nicht genug für mich wäre, und ich nicht möchte, dass wir eine Fernbeziehung führen. Dass du dich einem Typen verpflichtet fühlst, der in einem anderen Bundesstaat hockt und deswegen das Leben und die Erfahrungen aufgibst, die du jetzt machen solltest. Das würde ich mir nie verzeihen.«

»Was ist mit der AG?«, will ich wissen. Es ist selbstsüchtig, ich weiß, aber ich möchte nicht, dass er geht. Selbst der Schmerz, ihn jeden Tag auf eine andere Art und Weise ansehen zu müssen, als ich es will, ist besser als die Leere, die mich schon bei dem bloßen Gedanken daran überkommt, ihm gar nicht mehr zu begegnen.

»Ich hoffe, dass ihr die Chips nicht vergesst, wenn ich nicht mehr da bin«, murmelt Forrest und lacht leise, aber ich höre, dass auch seine Stimme schwer von Trauer und belegt von Tränen ist.

1 1/2 Jahre später

∞

Ich wische mir den Schweiß von der Stirn, versuche, mir die Haare irgendwie aus dem Gesicht zu streichen.

Es ist heiß. Brütend-, sengend-, hitzeschlagheiß.

Texasheiß. Ich hoffe, dass ich mich irgendwann daran gewöhnen werde.

Ich bin jetzt schon seit etwas mehr als vier Wochen hier, studiere *Kreatives Schreiben* und teile mir ein Wohnheimzimmer mit einem Mädchen, das nett und quirlig ist und mich ein bisschen an Kit Kat erinnert. Außerdem möchte Meggie, so heißt sie, mich andauernd zu irgendwelchen Collegepartys einladen. Ab und zu spiele ich mit dem Gedanken, mitzugehen, einfach um hier endlich ein paar Leute kennenzulernen. Aber dann überkommt mich wieder diese Angst, ihm zu begegnen, und ich springe doch im letzten Moment ab. Ich weiß einfach nicht, ob ich dafür schon bereit bin.

Innerhalb der letzten anderthalb Jahre sind Kit Kat, Zachary, Dylan und Robbie zu einem derart festen Teil meines Lebens geworden, dass es jetzt merkwürdig ist, sie nicht mehr täglich um mich herum zu haben. Auch wenn Dylan jetzt ein Football-Stipendium hat und studiert, so ist er doch immer noch erreichbar gewesen. Was vor allem auch an Kit Kat lag – die beiden sind immer noch zusammen und dabei so verliebt und niedlich, dass

Robbie und ich uns ab und an ein paar Würgegeräusche und schlechte Witze nicht mehr verkneifen konnten.

Robbie geht es mittlerweile wieder besser, was einerseits an unserer Freundschaft liegt, andererseits aber auch an Forrest, der immer noch in regelmäßigem Kontakt zu ihm steht und dafür sorgt, dass er nicht vom Weg abkommt. Er ist es auch gewesen, der Robbie dazu gebracht hat, mit der Polizei zu reden, was letztlich tatsächlich dazu geführt hat, dass der Fall endlich so gut wie möglich ad acta gelegt werden konnte.

Das hat uns allen sehr dabei geholfen abzuschließen, endlich an das Gute denken zu können, ohne dass es vom Schlechten überstrahlt wird. Ich vermisse Rose, meine schreckliche, schöne Schwester. Jeden Tag. Aber ich weiß, dass ich damit nicht allein bin, dass ich Menschen an meiner Seite habe, die mir dabei helfen, das alles durchzustehen.

Dass ich mein eigenes Leben leben muss, anstatt zu versuchen, eines weiterzuführen, in dem ich mich nie wohlgefühlt habe.

»Du gehst jetzt zu seiner Wohnung, klingelst da und holst dir das Happy End, das du verdienst!«, hat Kit Kat mich bei unserem letzten Telefongespräch ermahnt.

»Ich weiß nicht«, habe ich geantwortet und damit nichts als die Wahrheit gesagt. Denn auch Forrest und ich sind in Kontakt geblieben, aber immer vorsichtig umeinander herumgeschlichen, unsicher, ängstlich.

»Dann mach es morgen früh. Versprich es mir!«, hatte Kit Kat mich am Vorabend genötigt, und ein ums andere Mal habe ich mich gewundert, was aus der schüchternen grauen Maus geworden ist, die ich einst im Breakfast Club getroffen habe.

Und jetzt bin ich hier, studiere dort, wo auch er es tut, und habe zu viel Angst davor, es ihm zu sagen. Fürchte mich vor seiner Reaktion.

Ein letztes Mal atme ich tief durch. In solchen Momenten sehne ich mich immer noch ab und an nach dicken Kapuzen, die ich über meinen Kopf ziehen kann, oder Taschen, um meine Hände zu vergraben. Ich schätze, so bin ich einfach, aber eine solche Kleiderwahl wird allein schon von der brütenden Hitze unterbunden.

Und nun endlich ist es so weit: Ich klopfe an diese Tür. Einmal, zweimal. Niemand macht auf. Vielleicht ist das hier die falsche Adresse? Robbie hat sie mir gegeben, er war ein paarmal hier und hat Forrest besucht. Aber vielleicht habe ich mich verhört, bin zum falschen Häuserblock gelaufen. Ich hätte auf dem Parkplatz nach dem Cherry suchen müssen. Falls er ihn denn immer noch fährt – so viel kann sich geändert haben, und das macht mir eine Riesenangst.

Dann öffnet sich schließlich die Tür und er steht vor mir. Anders, aber doch irgendwie noch er. Mir ist auf einmal unangenehm bewusst, wie laut und schnell mein Herz in meiner Brust schlägt. Ich hoffe so sehr, dass das hier keine katastrophal dumme Idee war.

»Ähm, hi«, sage ich schüchtern.

Forrest blinzelt ein paarmal heftig, als ob er nicht glauben könnte, dass ich vor ihm stehe.

»Du … Sage«, flüstert er plötzlich vollkommen verwirrt, und einen Moment lang habe ich Angst, dass er sich gerade überlegt, wie er am besten wieder aus dieser Situation herauskommt. Aber dann sehe ich das Funkeln in seinen grünen Augen, die jetzt dadurch, dass er von der Sonne gebräunt ist, noch viel mehr strahlen. Meine Hände zittern, so sehr sehnen sie sich plötzlich danach, die Konturen seines Gesichts nachzufahren, herauszufinden, ob er sich noch genauso anfühlt wie früher.

Die Art, wie er meinen Namen ausspricht, ehrfurchtsvoll, rau, ungläubig und mit dieser Spur Sehnsucht – sie macht eineinhalb Jahre zunichte und mir selbst eine wohlige Gänsehaut.

Das Jungenhafte ist fast ganz verschwunden, lässt sich nur noch leicht aus seinem schiefen Lächeln und dem Schalk in seinen Augen erahnen. Vor mir steht ein Mann. Und ein ungeheuer attraktiver noch dazu.

»Was machst du hier?«, fragt er.

»Ich«, jetzt muss ich wie eine Irre kichern, »ich schätze, ich studiere hier.«

Und dann kann ich ein Grinsen nicht mehr unterdrücken. Die Luft zwischen uns scheint zu knistern, und dieses Mal bin ich mir zu hundert Prozent sicher, dass das nicht an irgendwelchem Essen liegt, das gerade auf dem Herd verbrennt, sondern daran, dass ich Forrest endlich küssen kann, wann und wo ich will.

Das heißt, wenn er das auch möchte.

Und dass er das tut, zeigt mir nicht nur der hungrige Blick in seinen Augen, sondern auch schon ein paar Sekunden später der atemberaubendste Kuss der Welt, mit dem er auch noch den letzten Rest meines Herzens erobert.

Ich fühle, wie perfekt meine Seele zu Forrests passt, wie sehr mein Geist sich zu seinem hingezogen fühlt. Unsere Gefühle füreinander sind mit jedem Tag, der vergangen ist, an dem wir uns nicht gesehen haben, nur noch stärker geworden.

Der beste Weg, aus dem Minus zu kommen, ist, etwas zu addieren. Oder aber, noch besser, sich gänzlich von dieser wahnwitzigen Vorstellung zu lösen, dass das Leben etwas ist, was man berechnen oder in Zahlen erfassen kann.

Genauso sollten auch die Fragen beim Weglaufen nicht lauten »Wovor?« oder »Warum?«. Das ist kontraproduktiv, führt zu nichts. Vielmehr muss sie heißen »Wohin?«. Und wenn man darauf eine Antwort hat, dann kommt man der Lösung vielleicht etwas näher. Und dann ist das Davonrennen auch gar nicht mehr zu schlimm, weil es ein Zulaufen wird. Dahin, wo das Herz einen haben will.

Und meines, das fühlt sich gerade richtig an – endlich angekommen.

ENDE